가
우
디
의 남
자

가우디의 남자

1판 1쇄 찍음 2017년 7월 31일
1판 1쇄 펴냄 2017년 8월 9일

지은이 | 훈
펴낸이 | 고운숙
펴낸곳 | 봄 미디어

기획·편집 | 김민지, 김자우, 홍주희, 김현주

출판등록 | 2014년 08월 25일 (제387-2014-000040호)
주소 | 경기도 부천시 원미구 소향로17, 304(두성프라자)
영업부 | 070-5015-0818 편집부 | 070-5015-0817 팩스 | 032-712-2815
E-mail | bommedia@naver.com
소식창 | http://blog.naver.com/bommedia

값 9,000원

ISBN 979-11-5810-362-0 03810

가우디의
남자

훈 장편 소설

Contents

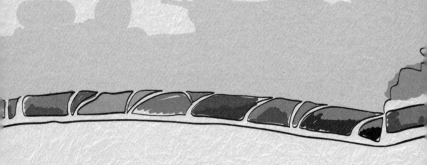

※「」는 영어, 『』는 스페인어, ""는 한국어입니다.

프롤로그

혜윤이 알기로 지금 눈앞에 보이는 저 사람은 한국에 있어야 했다. 동시에 이 순간에도 보고 싶었던 남자였다. 너무나 유명하지만 다가가기엔 멀기만 한 남자. 그런 사람을 낯선 나라에서 마주 보게 되었다.

"원혜윤?"

"안녕하세요."

얼떨결에 고개를 숙인 혜윤은 맞은편의 남자를 계속해서 어리둥절하게 바라보았다.

"선배님을 이런 곳에서 보리라고는 생각도 못 했어요."

"나도 마찬가지야."

남자는 약간 더운지 셔츠 깃을 손끝으로 흔들었다. 머리끝부터 발끝까지 시선을 끌지 않는 곳이 없었다. 가벼운 손짓에도 시선을 고정시켰다.

"혼자 왔어?"

"네. 선배님도요?"

"오긴 혼자 왔지."

"지섭 씨!"

남자를 부르며 다가오는 여자의 목소리에 혜윤의 시선이 돌아갔다. 여자는 자연스럽게 지섭에게 팔짱을 끼며 그를 올려다보았다.

"보다시피 지금은 혼자가 아니지만."

지섭은 무표정한 얼굴을 여자에게 돌리더니 환하게 웃었다. 햇살보다 밝고 눈부신 미소. 바로 혜윤이 두 번째로 좋아하는 미소였다. 아릿하게 울리는 심장의 소리를 들으며 혜윤은 살짝 고개를 끄덕였다.

"그럼 즐거운 여행 되세요."

"잠깐만."

등을 돌리려는 혜윤을 지섭이 불러 세웠다.

"언제 귀국해?"

"금요일에요."

오늘이 화요일이니까 사흘이나 남은 셈이지만 혜윤은 그 시간도 너무나 짧게 느껴졌다. 평생 소원하던 바르셀로나에 와 꿈에도 그리던 구엘 공원에 올랐다. 존경하는 가우디를 보고 있기엔 매우 짧은 시간이었지만, 그가 날짜를 물어봤을 때 아직 많이 남았다는 생각이 스치고 지나갔다.

"보자. 내일 이 시간 이 장소에서."

"네?"

"들었으면서 왜 안 들리는 척해."

물론 들었다. 하지만 다짜고짜 던진 예의 없는 그의 멘트가 의아했다.

혜윤의 생각을 읽기라도 했는지 그가 짧게 미소를 지었다. 아마도 그는 누구에게나 쉽게 웃는 얼굴을 보여 주나 보다.

"낯선 이국땅에서 동포를 만났는데 한 번 보고 헤어지면 너무 아쉽잖아."

그의 옆에 있는 여자를 두고 동포 타령을 하는 지섭이 정말로 의아했지만 혜윤은 심장이 쿵쿵 뛰는 걸 느끼며 입술을 깨물었다. 지금 이 시점에서 심장이 뛰는 게 정말 못마땅했지만 어쩔 수 없었다. 끌리는 마음을 모른 척하기에 그녀는 여유롭지 못했다.

"좋아요. 내일."

혜윤이 그의 얼굴을 올려다보았다.

"만나요."

대답이 마음에 드는지 지섭의 입꼬리가 올라갔다.

"콜. 그럼 내일 보자고."

지섭은 묘령의 여인과 함께 반대편으로 걸어갔다. 덩그러니 남은 혜윤의 곁으로 하늬바람이 스쳐 지나갔다. 가슴이 아지랑이 피듯 아련해졌다. 지섭을 처음 본 순간부터 혜윤은 그를 내내 짝사랑해 왔다.

그는 창영건설 장남이자 정식 후계자로 일찌감치 자리매김한 금수저였다. 여자들이 좋아할 만한 키와 외모를 모두 갖추고 태어났고, 언제나 평정심을 잃지 않는 성격에 학업성적마저 우수

했다.

멀어져 가는 그의 뒷모습을 바라보자니 더욱 초라해지는 듯해 혜윤도 서둘러 등을 돌렸다.

내일 보자고 했던 그 말이 거짓이라도 자신은 아마 이 자리에 나올 것이다. 그런 것은 이미 의식의 저편에서 조종당하고 있었으니까.

오늘 처음 본 구엘 공원이 석양에 반짝이고 있었다.

하필 여행 가방 안에는 그 흔한 치마 하나가 없었다. 왜 전부 캐주얼한 의상뿐인 건지, 이런 상황을 전혀 예상하지 못했던 혜윤은 오늘도 청바지에 연노랑 셔츠를 걸치고 나왔다.

오후 4시, 뜨거운 태양이 열기를 양보하고 한 걸음 물러나려는 시간. 덥지만 습기가 없는 하늬바람이 불어오자 바람결에 머릿결이 나부꼈다.

혜윤은 어제 보았던 구엘 공원을 다시 올랐다. 그 멋진 공간에서 누구보다 멋진 지섭을 보러 오른다.

어제 보았던 곳에서 똑같은 모습으로 지섭이 등지고 서 있었다. 자신보다 1초라도 먼저 온 그의 뒷모습이 참 좋았다.

혜윤은 지섭에게 다가가 그의 등을 손가락으로 꾹 눌렀다. 뒤를 돌아볼 거라고 예상했지만 그는 손을 뒤로 뻗어 혜윤의 손목을 잡아당겼다. 놀라서 한껏 커진 혜윤의 눈과 그의 서글서글한 눈동자가 부딪쳤다.

지섭은 제 앞에 선 그녀에게서 시선을 떼지 않은 채 손을 놓았다. 그러더니 위아래로 혜윤을 훑었다.

"단벌?"

옷이 한 벌밖에 없다고 여길 수도 있을 거라 생각했는데 역시 그랬다. 혜윤도 그의 시선을 따라서 제게로 눈을 내렸다.

"단벌이어도 냄새는 안 나요."

제길, 목소리가 기어들어 갔다.

"누가 뭐래? 단벌이냐고 물어봤지, 내가 냄새난다고 말했어?"

"아, 아뇨."

"별걸 다 창피해한다. 단벌이면 어때."

"네."

지섭은 구엘 공원 아래를 내려다보았다. 혜윤도 나란히 서서 그의 시선을 따라갔다.

"가우디 좋아하세요?"

"건축하는 사람치고 가우디 안 좋아하는 사람은 없지. 넌?"

어쩐지 몽환적인 느낌 때문에 그의 음성이 잘 들리지 않았다. 이건 아마도 긴장한 탓이리라.

"전 사랑해요."

순간 둘의 시선이 맞부딪쳤다. 혜윤은 멋쩍게 웃었다.

"가우디는 어떻게 이런 생각을 했을까요. 돌산을 깎아서 공원을 만들었잖아요. 정말이지, 대단하다는 표현으로도 부족해요."

혜윤의 눈동자를 힐끔 본 지섭이 양팔을 위로 올리며 기지개를 켰다.

"구엘이 있었으니까."

"맞아요. 구엘 백작도 진짜 멋져요. 가우디를 헌신적으로 후

11

원해 주었잖아요. 어떻게 그럴 수 있었을까."

고개를 크게 끄덕이는 혜윤을 보던 그의 눈매가 멋지게 휘었다.

"사람은 누구에게나 열망이 있어. 그 열망을 충족해 줄 누군가도 필요하지. 구엘은 가우디를 통해 자신의 열망을 충족했을 거야."

"그런 것 같아요. 서로에게 없어서는 안 될 존재잖아요."

잠시 침묵이 흘렀다.

"혹시 카사 바트요에 가 보셨어요? 전 그 건물이 가우디 건축물의 핵심이라고 생각해요. 파밀리아 성당도 최고였지만 전 카사 바트요를 잊을 수 없어요."

"이따 가 보자. 밤에 봐도 멋있어."

"와, 정말요? 사실은 혼자 여행하는 건 처음이라 살짝 무서웠거든요. 언어가 유창한 것도 아니고."

"그렇다면 귀인을 만났네."

"네!"

저도 모르게 목소리가 커져서 혜윤의 얼굴이 급격히 붉어졌다.

"정말로 사랑하는군. 그 양반이 부럽네."

혜윤의 시선이 그에게서 떨어지지 않았다. 그가 미소 지었다.

"그냥 부럽다고. 본 적도 없는 사람인데 이 정도로 애정을 갖는 게 신기해서."

"선배님도 가우디 좋다면서요."

"위인으로서 존경하는 거지, 사랑하는 건 아니거든."

지섭이 혜윤의 이마에 손가락을 튕겼다.

"아야."

"너처럼 사랑하지는 않아."

그는 다시 공원을 내려다보았다. 혜윤은 제 이마를 문지르며 서서히 시선을 따라갔다. 다시금 몽환적인 분위기가 흘렀다. 그와 함께 있는 이 시간이 꿈처럼 아득했다.

"바르셀로나엔 여러 번 왔는데 여긴 올 때마다 참 느끼는 게 많은 것 같아. 그러고 보니 너 5학년이던가?"

그걸 이제야 알았을까. 혜윤은 씁쓸함에 고개만 끄덕였다.

"졸업하면 뭐할 거야?"

"취직해야죠. 유학 갈 형편이 안 되니까요."

"나 들으라고 하는 소리야?"

졸업하자마자 유학을 가는 지섭에게 한 말은 아니었지만 어쩌다 보니 그렇게 되었다.

"너 설계에 재능 있던데."

"아니요. 제 실력으로는 턱도 없죠."

"그래?"

"설계는 기본적으로 돈도 있어야 하고, 삶이 여유로워야 가능하잖아요. 실력은 당연하구요."

혜윤의 말을 들은 지섭이 고개를 주억거렸다. 어느새 태양이 서산 너머로 지고 있었다.

"가자."

제 손목을 잡고 앞서 걷는 지섭을 따라가면서 혜윤은 정신없이 복잡한 감정 때문에 속이 울렁거렸다.

어제 그 여자는 어디에 있을까. 여기서 이렇게 시간을 보내도 되는 걸까.

속으로만 묻는 말들은 밖으로 나오지 못하고 구름처럼 사라졌다.

"어제 그 여자는 내 취향이 아니라서."

지섭이 고개를 돌렸다. 혜윤은 제 마음을 들키기라도 한 듯 갑작스레 딸꾹질이 나왔다. 독심술 하나.

"독심술 아니야."

무의식적으로 숨소리가 튀어나와 혜윤은 급히 손으로 입을 막았다. 갑자기 지섭이 큰 소리로 웃어 댔다. 저렇게 박장대소한 적이 있던가. 그를 오랜 시간 관찰했지만 방금처럼 크게 웃은 건 본 적이 없었다.

"너 얼굴에 다 티 나."

혜윤은 황급히 제 두 손으로 얼굴을 가렸다. 하지만 곧 그의 힘에 의해 손이 내려졌다.

"그러고 어떻게 가려고."

지섭은 다시 혜윤의 손목을 잡고 끌었다.

그를 따라 움직이면서 혜윤은 자기도 모르게 바르셀로나의 주변 풍경으로 고개를 움직였다. 모든 것이 설레었다. 특히 카사 바트요의 야경은 정말 멋있었다.

반짝반짝 빛나는 지섭처럼.

"동포를 챙겨 주셔서 감사합니다."

저녁을 먹으러 들어온 식당에서 혜윤은 음식을 먹으며 연신 떠들었다.

"사실 주머니 사정이 좋지 않아서 굶다시피 여행했거든요. 선배님 덕분에 오늘 완전 포식하네요."

"많이 먹어. 더 시켜 줄게."

"이제 그만 먹어야죠. 염치가 있는데."

혜윤은 실실 웃으며 제 배를 두드렸다.

"염치가 있었다면 아까 그만뒀겠지."

지섭은 슬쩍 흘기며 식탁으로 눈을 내렸다.

"너 이게 몇 인분인지는 아냐."

"그, 그렇게 많이 먹었나요? 죄송해요."

숟가락을 내려놓는 혜윤을 보며 그는 다급히 손을 내저었다.

"아냐, 아냐. 그냥 해 본 말이야. 잘 먹어서 예쁘다고."

"아닙니다. 이제 그만 먹을래요."

혜윤은 잠시 고민하더니 밝게 웃으며 고개를 들었다.

"싸 가도 되죠?"

"……맘대로."

"야호!"

무의식중에 버릇이 튀어나오자 그가 재미나는 장난감을 보듯 턱을 괴고 바라봤다.

"너 진짜 귀여운 거 알아?"

"네?"

"대학 시절 내내 꿀 먹은 벙어리길래 처음엔 말 못 하는 앤 줄 알았어."

그는 식탁에 손을 내리고 상체를 앞으로 숙였다. 그의 얼굴이 갑작스레 다가오자 혜윤의 눈동자가 커졌다.

"엉뚱한 구석이 많은 녀석이라는 건 나중에야 알았지."

지섭은 슬쩍 입꼬리를 올렸다.

"영민이 놈 말이 맞아."

"네?"

그는 말없이 혜윤을 빤히 바라보았다.

"너…… 아니다, 됐어."

혜윤이 두 번째로 좋아하는 미소보다 더 좋아하는 미소를 그가 지었다.

"너는 평생 모를 거야."

"네?"

지섭은 옅은 한숨을 내쉬며 빙그레 웃었다.

"숙소 어디야? 데려다줄게."

"아니에요. 혼자서 갈 수 있어요."

지섭은 일어서며 지갑을 챙겼다.

"타국에서 만난 동포한테 에스코트 정도는 해 줄 수 있어."

"그래요, 그럼."

혜윤은 얼떨결에 일어서 그를 따라갔다.

참 이상하다. 혼자 걸을 땐 발걸음이 빨라지고 어서 들어가 쉬고 싶은 마음뿐이었는데 지섭과 나란히 걸으니 밤거리가 운치 있게 느껴져 발걸음이 느려졌다. 그런데도 숙소까지는 단걸음에 와 버렸다. 혜윤은 숙소 앞에서 지섭을 돌아보았다.

"선배님은 언제 귀국하세요?"

"내일."

혜윤은 저도 모르게 그의 셔츠 자락을 잡았다. 곧 자신의 행동을 깨닫고 급히 옷을 놓았다.

"왜. 가지 마?"

혜윤의 눈동자가 그를 올려다보았다. 커다란 눈동자가 그의 눈 안에 들어왔다.

"너 나 좋아하잖아."

그녀의 눈망울이 흔들렸다. 들켰다. 몰래 한 사랑을 숨죽여 감췄는데 너무도 허무하게 들켜 버렸다.

"좋아하면 안 돼요?"

혜윤은 고개를 내렸다.

"제 마음은 제 거잖아요."

"맞아. 네 거지."

그의 손길이 혜윤의 머리카락을 넘겨 주었다. 이런 행동을, 아무렇지도 않게 여자의 손목을 잡는 남자 따위를, 여자의 마음을 쉽게 치부해 버리는 사람을 좋아하고 있다. 아니, 바보같이 사랑한다.

"그런데 너처럼 착한 애는 나 같은 나쁜 남자와 만나면 안 돼. 난 여자에게 최선을 다하는 남자가 못 되거든. 네가 상처받는 거 싫다."

그는 목소리에 힘을 주며 진지하게 말하고 있었다. 하지만 무엇 때문인지 살짝 떨려오는 걸 느꼈다.

"나에 대한 마음 접어. 그 말 하려고 오늘 만나자고 했어. 날 좋아해 주는 건 고마운데 널 정말 사랑해 줄 수 있는 남자를 만났으면 해."

"선배님······."

"사실 나도 네 마음을 느낀 건 얼마 되지 않았어. 정말로 찰나의 순간이었거든."

그는 어느 때보다 환하게 웃었다. 하지만 혜윤의 눈망울은 거칠게 흔들렸다.

"혹시 이번 여행, 의도된 건가요?"

"아니. 널 여기서 만날 줄은 정말 몰랐어. 네가 여행하는 곳을 내가 어떻게 알겠니."

"그럼 굳이 이런 이야길 하는 이유가 뭐예요? 그냥 말하지 않아도 되었잖아요. 모르는 척 넘어가도 되잖아요."

그녀의 목소리는 금방이라도 울 것처럼 떨려 왔다. 지섭은 쿵쿵대는 심장 소리를 누르며 목소리를 가다듬었다.

"내가 아끼는 후배니까. 나를 좋아하면서 다가오지도 않고 멀리서 바라보기만 하는데, 그게 또 귀엽더라. 그래서 참 예뻤어. 하지만 예쁘다고 다 만날 수는 없잖아. 안 그래?"

"하, 정말 잔인하다."

"날 향한 마음 정리해."

지섭은 애써 손목시계를 내려다보며 말을 이었다.

"늦었다. 오늘 만나서 반갑고 즐거웠어. 여행 잘하고. 조심해서 귀국하고."

말을 마친 지섭이 등을 돌렸다.

놓치면, 지금 놓치면 다신 못 볼 것 같아.

혜윤은 다급히 그의 등을 안았다. 눈물이 비 오듯 쏟아져 어느새 그의 등을 적셔 갔다.

"사랑해요. 선배님을 사랑해요. 마음을 어떻게 단번에 접어요. 선배님은 그게 쉬워요?"

지섭의 허리를 감은 혜윤의 팔이 부들부들 떨려 왔다. 그녀의 팔을 잡은 그의 손끝도 떨렸다.

"혜윤아, 이제 그만해."

"자고 싶어요."

그의 손아귀에 힘이 들어갔다. 그녀의 팔을 떼어 내려고 했지만 혜윤은 있는 힘껏 그를 안았다.

"선배님이랑 자고 싶어요. 절 안아 주세요!"

어디서 이런 용기가 튀어나왔는지 모르겠다. 겁을 상실한 건지, 먼 이국땅이라 그런 건지 모르겠지만 지금이 아니면 영원히 공지섭을 만나지도, 고백하지도 못할 거란 생각이 들었다.

더운 여름인데도 혜윤은 그의 체온이 따뜻하게 느껴졌다. 넓은 등을 제 팔로 안고 있는 지금은 그가 온전히 제 것 같았다. 아니, 머나먼 별 같은 그가 지금은 제 것이다.

지섭은 한동안 그대로 서 있었다. 온몸이 발가벗겨지는 느낌은 꼭 행동으로만 알 수 있는 것이 아니었다. 분위기만으로도 적나라하게 느껴졌다.

결국 지섭은 그녀의 팔을 떼어 내고 서서히 돌아섰다.

"너 남자랑 자 본 적은 있냐."

"네?"

혜윤의 맑은 눈동자가 흔들리는 것을 보자 지섭은 저절로 한숨이 새어 나왔다. 그러더니 그녀의 머리를 흐트러뜨렸다.

"난 처음인 여자는 싫어."

그가 다시 미소를 지었다. 남의 속도 모르고 활짝 웃는 그의 모습에 주먹을 쥔 손끝이 떨려 왔다.

"너처럼 남자를 전혀 모르는 여자하곤 더더욱 잘 수가 없지."

"선배님."

"그런 말 쉽게 하지 마. 다른 여자들이 쉽게 한다고 너까지 그러지 말라고. 넌 지금 이대로가 제일 좋아."

눈꼬리를 타고 눈물이 흘러내렸다. 혜윤은 병 주고 약 주는 그의 행동을 눈물 가득 고인 눈으로 노려볼 수밖에 없었다.

"방금 한 말은 못 들은 걸로 한다. 너도 그렇게 해."

"선배님!"

목소리에 울음이 섞여 왔다. 눈물이 앞을 가려 손으로 닦아 냈지만 멈추지 않고 흘렀다. 그가 서서히 다가오더니 혜윤의 눈물을 기다란 손가락으로 닦아 주었다.

"눈물 닦고."

혜윤에게 느껴지던 지섭의 체온은 그들의 분위기처럼 어느새 차게 식었다.

"간다."

지섭은 약간 서두르려는 듯 발걸음을 재촉했다. 눈물이 계속해서 앞을 가렸지만 혜윤은 연신 닦아 내며 그의 등을 서럽게 바라보았다.

"전 포기 못 해요. 학교 가면 예전처럼 감추고 있지는 않을 거예요! 이제는 그러지 않을 거라고요!"

멀어져 가는 그의 등에 대고 소리를 질렀지만 그는 끝내 돌아보지 않았다. 눈물이 방울져서 흘러내렸다.

"이렇게 차 버릴 거면서 오늘 왜 만나자고 했는데! 만나자고 하지나 말지."

혜윤은 그 자리에 주저앉아 서럽게 울었다.

"사랑한단 말이야. 정말 사랑하는데……."

남은 이틀은 말 그대로 엉망이었다. 낯선 땅에서 몸살에 걸려 꼼짝없이 누워 있어야 했다. 혜윤은 온몸이 쑤셔 오고 정신을 가눌 수 없이 아팠지만 한 가지 생각만은 잃지 않았다.

다신 그를 놓지 않아. 이젠 숨기지 않아.

한국으로 돌아오니 마지막 학기가 시작되었다. 지섭은 혜윤보다 네 살이 많지만 군입대와 휴학 등으로 그녀와 같은 시기에 졸업을 하게 되었다. 그러니 당연히 학교에서 볼 거라 생각했다.

"지섭 선배 자퇴했대! 반학기 놔두고 자퇴를 하는 사람도 있니? 대체 왜 그런 거야."

"아무도 소식을 모른다잖아. 영민 선배도 전혀 모른대."

"재벌 아들이 그런 거 일일이 말하고 다니겠니. 보나 마나 후계자 수업받으려고 그런 거겠지."

"후계자 수업을 받는데 학교를 자퇴해? 그게 더 말이 안 된다."

"정말 왜 그런 거야! 지옥 같은 밤샘 생활에 유일한 낙이었는데 이제 지옥의 마지막 학기를 무슨 힘으로 버티냐고."

믿을 수 없다는 얼굴로 친구들은 열변을 토해 냈지만 혜윤은 깊은 수렁으로 빠지는 느낌이 들었다. 왜 마지막 학기를 놔두고 휴학도 아닌 자퇴를 했는지 너무 궁금하고 걱정이 되었다. 절대 그럴 일은 없겠지만 혹시 지난 여행에서의 일이 영향을 준 건 아닐까. 눈곱만큼의 영향이라도 주었던 걸까, 하는 생각이 잠시 스치고 지나갔다.

만약 그렇다면 자퇴하고 싶을 만큼 자신을 피하고 싶었던 걸까. 다신 마주치기도 싫을 만큼.

그녀는 캠퍼스를 걷는 도중 눈물이 터져 나와 그 자리에 주저앉았다.

아프다. 마음이 너무 아프다. 혼자 간직할 때는 아픈 줄도 몰랐는데 상대방이 알아차려 거절을 당하고 나니 마음이 쓰렸다. 짝사랑이 아프다는 걸 이제야 알았다.

짝사랑인 걸 알면, 상대방이 거절했으면 딱 거기서 마음을 정리해 주는 약은 없을까. 상대는 싫다는데 마음은 더욱 갈망하니 자꾸만 아픈 것이다. 그래서 스스로가 싫어졌다.

바르셀로나에서 지던 석양과 비슷한 노을이 호숫가에 비치며 흘러갔다.

1

당신 누구야

6년 후.

"반장님! 이거 드시면서 하세요."

"뭘 또 사 왔어. 그냥 오지."

"뇌물이에요, 뇌물."

"암튼 우리 원 과장님 싹싹하니 마음에 든단 말이야."

공사 현장을 돌면서 작업 인부들에게 마실 것을 나눠 주는 혜윤을 김 반장이 흐뭇한 표정으로 바라보았다.

"공사는 다음 달 완공으로 생각하면 되겠죠? 혹시 어려운 점 있으세요?"

"천재지변 같은 변수만 일어나지 않는다면 일정대로 되겠어."

혜윤은 미소를 지으며 가지고 온 수첩에 일정을 간단히 메모했다. 한참 그녀를 바라보던 김 반장이 말을 꺼냈다.

"그런데 원 과장님은 왜 애인이 없는 거야?"

"네?"

혜윤은 김 반장의 뜬금없는 질문에 저절로 고개가 들렸다.

"얼굴도 곱고 성격도 천사 같은데 왜 여태 애인이 없어?"

"그러게 말이에요. 대한민국 남자들 시력이 좀 저조한가 봐요."

혜윤은 빙그레 웃으면서 김 반장의 말에 맞장구를 쳐 주었다. 손으로 입가를 가리고 김 반장에게 고개를 기울였다.

"제 생각에는요, 전 외국인의 눈에 띄는 얼굴인 것 같아요. 해외여행 가면 그렇게들 쳐다보더라고요. 동양의 미, 아시죠?"

"한국 사람이 한국인처럼 생겨야지, 서양 놈처럼 생겨서 되나. 난 우리 원 과장님이 제일 예뻐."

"말씀만 들어도 감사하네요."

혜윤은 김 반장의 말에 허리를 꾸벅 숙여 인사를 했다.

"오늘 듣기 좋은 말을 하시는 것 보니 제게 뭔가 바라는 게 있는 것 같은데 말이죠."

"허허, 난 순수하게 말했네."

"에잇, 그럼 오늘 회식해요. 반장님한테 칭찬도 받았겠다, 오늘은 제가 쏘겠습니다!"

"쥐꼬리만 한 월급으로 사 준다고? 우리도 염치가 있어."

"어머, 김 반장님 절 뭘로 보시고. 사랑하는 사람들에게 주는 건 절대 아깝지 않습니다."

회식 이야기가 들렸는지 두 사람에게 작업 인부들이 몰려들었다.

"원 과장님이 쏜다는 소리가 천 리 밖까지 들립니다."

"오늘 저녁은 삼겹살에 소주 어떠세요?"

"요즘 젊은이들은 이럴 때 '콜'이라고 부른다더군. 우리도 콜!"

동시에 터지는 웃음소리에 혜윤은 살짝 고개를 숙이고 가방을 고쳐 멨다.

"그럼 마무리 작업하시고 이따가 요 앞 삼겹살집에서 봬요."

밤 10시가 넘어가는 시간. 삼겹살집은 공사 현장 사람들이 모두 모여 북새통을 이뤘다. 남자들을 모두 휘어잡고 진두지휘하는 혜윤은 그들 사이에 앉아 연신 고기를 굽고 술을 따라 주며 분위기를 맞춰 주었다. 오랜 시간 작업 현장을 돌아다니다 보니 아무리 술을 마셔도 끄떡없는 지경에 이르렀다.

"원 과장은 술 진짜 세네. 웬만한 남자들 저리 가야."

가까이 앉아 있던 박 씨가 혜윤을 보며 엄지를 추켜세웠다.

"헤헤, 그쵸? 저 대학 다닐 땐 술을 궤짝으로 놓고 마신 적도 있어요. 그때 누구더라. 음…… 암튼 어떤 남자랑 대작했는데 제가 이겼었죠."

"술 너무 마시지 마. 남자든 여자든 너무 많이 마시면 몸이 상한다고."

"그래서 요즘엔 자제하고 있어요. 헤헤."

"원 과장 좀 취한 것 같은데?"

"그러게."

"어머, 취하다뇨! 하나도 안 취했어요. 다 먹었으면 2차는 노래방 어때요?"

"다 늙은 아저씨들 데리고 무슨 재미로 노래방을 가. 원 과장은 이제 집에 가."

김 반장과 인부들은 안 취했다고 박박 우기는 혜윤을 막아섰다. 대개 젊은 여자가 애교 부리면 당연히 남자들도 맞춰 주고 싶겠지만 혜윤은 그들에게 딸과 같은 존재라 얼른 귀가시키려는 본능이 앞섰다.

혜윤이 계산대에서 카드를 내밀자 김 반장이 그녀의 손을 거두며 만 원짜리 지폐 40장을 내밀었다.

"우리가 만 원씩 거둬서 낼 거니까 카드 집어넣어."

"반장님, 이건 제가 사 드리는 거예요."

"젊은 아가씨가 이런 데 돈을 쓰나. 넣어 두고 현장 나올 때 시원한 음료수나 사다 주면 돼."

"그래도 이건 제가 내는 게 맞는데……."

김 반장은 계산을 마치고 비틀거리는 혜윤을 일으켰다. 그리고 밖으로 나가 택시 한 대를 잡았다.

"노래방 안 가요? 노래방 가야죠."

"노래방은 다음에 가자고. 오늘은 집으로 가."

혜윤은 김 반장이 열어 주는 문을 물끄러미 바라보고만 있었다. 그러자 김 반장이 반 강제로 그녀를 택시 안에 밀어 넣었다. 기사에게 잘 좀 부탁한다며 요금도 미리 계산했다.

문이 닫히고 멍하니 앉아 있는 혜윤에게 기사가 말했다.

"어디로 갈까요?"

"아, 서초동이요."

혜윤은 택시 밖에서 손을 흔드는 김 반장에게 고개를 숙였다. 술은 취했지만 의사소통은 충분히 할 수 있는 수준이었다. 그런데도 그들은 항상 혜윤이 취한 것 같으면 일찍 귀가시켰다.

그들은 싹싹한 혜윤을 예뻐했고, 그녀가 현장에 나오면 딸자식 대하듯 아껴 주었다. 혜윤도 그 사실을 알기에 작업 인부들에게 더 마음이 쓰였다.

차가 목적지에 도착하자 혜윤은 택시에서 내렸다. 대문 앞에서서 두 손바닥을 대고 후 입김을 불어 보았다.

"으, 술 냄새. 아저씨 또 화내겠네."

혜윤이 술 냄새를 없애려 손부채질을 할 때 자신을 부르는 소리가 들렸다. 고개를 돌리자 이 집 주인댁의 딸이 서 있었다.

"유진이네. 야근했어?"

발음이 꼬이는 것을 느꼈는지 유진의 미간이 찌푸려졌다.

"술 마셨나 봐?"

"응. 헤헤."

고개를 떨구며 웃음을 흘리는 혜윤을 보다가 유진은 먼저 안으로 들어갔다.

"둘이 같이 오는 게냐?"

1층 안방에서 나오는 영우가 같이 들어오는 두 사람을 보며 물었다.

"전 야근했고 앤 현장 나갔다가 이제 왔대요."

"아저씨!"

혜윤이 영우에게 다가가 허리를 안았다.

"너 또 술 마셨어? 그만 마시라니까. 몸 상하면 어쩌려고."

"헤헤, 다 비즈니스예요."

"네 위는 아냐. 네가 비즈니스 중인 거."

"아마 알 걸요? 얘랑 나는 일심동체니까요."

영우의 입가에 미소가 걸쳐졌다. 술이 들어가니까 혜윤의 발그레한 볼이 더 예뻐 보였다.

"그래도 웃는 얼굴 보니까 좋구나."

"헤헤, 아저씨를 위해서라면 더 많이 웃을 수 있어요."

"말만 들어도 좋네."

둘을 지켜보던 유진의 눈매가 날카로워졌다.

"엄마는 안 계세요?"

"네 엄마 학회 때문에 제주도 갔다고 어제 말했잖냐."

혜윤에게 하는 것과 달리 거리가 있는 말투에 유진의 얼굴이 더욱 굳어졌다.

"아무리 원혜윤이 좋아도 자식 얼굴은 보고 말씀하시죠."

제 할 말만 내뱉고 올라가는 유진을 보다가 혜윤은 다시 영우에게로 시선을 돌렸다. 그의 얼굴이 눈에 띄게 굳어졌다.

"아저씨, 흰머리가 또 보이네요?"

"염색할 때가 되었나 보다."

"그럼 이번 주말에 제가 염색해 드릴 테니까 집에 계세요."

"오냐."

영우가 흐뭇하게 웃자 혜윤은 그를 꼭 안아 주고 난 뒤 꾸벅 인사했다.

"안녕히 주무세요."

계단을 올라가는 혜윤의 뒷모습을 흐뭇한 얼굴로 보던 영우가 옅은 숨을 내쉬었다. 먼저 가 버린 친구가 저 모습을 보았다면 얼마나 좋았을까. 그는 씁쓸한 웃음을 짓고 자신의 방으로 들어갔다.

2층으로 올라간 혜윤은 욕실을 쓰려고 방에서 나오다가 머리에 수건을 두르며 나오는 유진과 마주쳤다.

"다 씻었어?"

"그래."

혜윤은 살짝 미소 지으며 욕실 문을 열었다.

"너 말이야."

유진의 말에 혜윤이 고개를 돌렸다. 유진이 수건을 내리자 젖은 머리카락이 드러났다.

"언제까지 이 집에 있을 거야? 한 번 나갔으면 끝이지 다시 들어와서 대체 몇 살까지 있으려는 거야."

메마른 그녀의 말에 혜윤이 문고리를 잡던 손을 내렸다.

"엄마도 전부터 말했던 것 같은데 이제 좀 나가. 네 얼굴 보기 싫으니까."

독한 말을 내뱉는 유진을 보며 혜윤이 빙그레 웃었다.

"걱정 마. 이번 년도엔 꼭 나갈 거야. 네 말대로 한 번 나갔으면 끝인데 아저씨가 걱정된다는 핑계로 다시 들어와서 서른한 살까지 눌러앉은 건 좀 지나쳤어."

유진은 할 말이 막힌 듯 제 팔짱을 꼈다.

"조만간 집을 마련할 거니까 잠시만 참아 줘. 보기 싫어도 말이야."

혜윤은 잔잔한 미소를 내뱉곤 화장실 안으로 들어갔다. 독설은 제가 내뱉었는데 왠지 진 것 같은 기분에 유진은 미간을 찌푸렸다.

"고아 주제에 어디서 유세야."

유진은 수건을 제 몸에 소리가 나도록 걸치며 방으로 향했다.

화장실 문에 기댄 혜윤은 옅은 숨을 내쉬었다. 9년 전, 혜윤에게 비슷한 말을 했던 사람이 떠올랐다. 유진의 어머니, 오 여사였다.

그날은 눈을 감고 있어도 오후 햇살이 느껴질 정도로 화창한 날이었다. 부스스한 머리를 하고 눈을 비비며 계단을 내려오던 혜윤의 눈에 거실 소파에 앉아 차를 마시고 있는 오 여사가 보였다.

"안녕히 주무셨어요. 아 참, 점심이네요. 헤헤."

혜윤은 시곗바늘이 1에 가 있는 것을 보며 어색한 미소를 보였다.

"아저씨랑 유진인 다 나갔나 봐요."
"볼일 보러 나가셨다. 유진이도 과제 하러 나갔고."
"네."
"혜윤아."

오 여사의 목소리에 혜윤은 부엌으로 가려던 발걸음을 멈추고 돌아보았다.

"잠깐 이리 와서 앉아."

혜윤은 세수도 하지 못한 제 몰골을 탓하며 맞은편 소파에 앉았다. 오 여사는 언제 보아도 우아함과 품위가 느껴졌다. 유진을 대할 땐 때때로 푸근한 이웃집 아주머니 같았지만 자신에겐 언제나 품위를 지키며 말했다.

"이번 학기 1등이라고?"
"운이 좋았나 봐요. 매번 1등 하던 선배가 휴학했거든요."

혜윤은 살랑거리는 미소를 지으며 쑥스러운 듯 고개를 숙였다. 오 여사는 한동안 혜윤을 바라보았다.

"네가 이 집에서 지낸 지 10년이 넘었지?"
"네. 벌써 그렇게 되었네요."
"유진이와 학교도 같고, 이젠 세부 전공마저 같네?"

차가움이 느껴지는 목소리에 혜윤은 저절로 오 여사를 향해 고개를 돌렸다. 오 여사의 얼굴엔 웃음기가 없었다. 항상 저 차가운 눈빛이 혜윤을 다가가지 못하게 가로막았다. 그래도 노골적으로 적대감을 드러내진 않았었는데, 오늘은 평소와 다르게 서늘했다.

"솔직히 말하마. 난 유진이와 네가 같은 레벨에 있는 게 마음에 들지 않는다."

"네?"

"유진이도 설계, 너도 설계. 계속 같은 분야에서 경쟁하겠지. 내가 오랜 시간 대학에서 학생들을 가르치며 깨달은 게 있다면 이럴 경우 한 사람은 계속 승승장구하는 반면 다른 한 사람은 열등감 속에서 추락하게 되더라."

혜윤의 눈동자가 흔들렸다. 빙빙 돌려 하는 말이었지만 충분히 느낄 수 있었다. 오 여사가 말하고자 하는 의미를.

"난 우리 유진이가 널 시기하면서 방황하는 모습을 보고 싶지 않아. 너와 달리 예민하고 자존심도 강한 아이인 거 알지?"

"아주머니, 그냥 편하게 말씀하세요."

오 여사의 시선이 혜윤에게 향했다. 이런 말을 하는 데도 여전히 다정한 눈매로 자신을 바라보는 혜윤의 눈빛에 불편한 마음을 넘어 짜증이 밀려 왔다. 이런 상황에서도 자기감정을 내색하지 않고 컨트롤하는 저 단단함. 누구나 부러워할 만한 성격이자 장점이지만, 어느새 유진이와 비교하는 스스로가 한심하고 부끄러워서 비참하게까지 느껴지는 상황이 반복됐다.

"난 두 사람이 같은 길을 가지 않았으면 좋겠어. 넌 설계보단 시공으로 갔으면 한다."

오 여사의 단호한 말이 혜윤의 심장을 깊게 찔렀다.

"아주머니, 전 유진이가 친자매처럼 소중해요. 경쟁하고 싶지도 않고요. 믿어 주세요."
"그래, 알지. 하지만 상황이 사람을 변하게 만들어. 지금은 그럴지 몰라도 사회에 나가 경력이 쌓일 때에도 그럴 수 있을까? 누가 보더라도 네 실력이 월등히 높은데 그런 말은 내게 위로가 되지 않는구나."

혜윤은 안타까움에 옅은 숨을 내뱉었다. 아주머니의 마음이 이해가 안 되는 것은 아니지만 자신은 절대 유진을 이기고 싶은 생각도, 그럴 마음도 없었다.

"제가 설계를 포기하고 시공 쪽으로 간다고 한들 아주머니 마음이 편해지실까요?"

정곡을 찌르는 말이었다. 오 여사는 혜윤의 말에 불편한 감정이 단전 밑에서 끓어올랐다.

"솔직히 아니야. 난 혜윤이 네가 전혀 다른 길을 갔으면 좋겠어. 하지만 핏줄은 못 속인다고 둘 다 모두 건축 쪽으로 진로를 정했으니 이제 와서 바꿀 수는 없지. 유진이 아빠가 널 참 많이 아끼고 네 재능을 늘 자랑스러워했거든. 네가 꼭 네 아버지처럼 건축 일을 하길 원했으니까."

"아주머니."

혜윤은 손끝이 떨려와 애써 마주 잡았다. 오 여사의 눈빛은 난생처음 느껴 보는 차가움을 담고 있었다.

"그리고 난 이제 혜윤이 네가 독립했으면 좋겠어."

마음을 싸하게 찌르는 저릿함에 혜윤은 제 심장 위에 손을 대었다. 마치 그녀의 마음속 소리가 들리는 것 같았다.

이제 더는 널 이 집 안에 두고 싶지 않아. 더 이상은 우리와 함께 어울리지 마. 넌 우리와 같은 영역의 사람이 아니야.

하지만 오 여사의 기분을 알 것도 같다. 자식도 아닌데 여태껏 키워 준 것만으로도 감사해야 할지 모른다. 어디서 재능을 논할까. 배곯지 않고 대학을 다니게 해 준 것만도 감사한데.

혜윤이 빙그레 웃으며 오 여사의 손을 잡았다.

"무슨 말씀인지 알겠어요. 너무 걱정하지 마세요. 제가 어떻게 행동해야 하는지 알 것 같아요."

"그래."

"마침 이번 학기 우수 장학생이 되어서 기숙사로 들어갈 수 있을 거예요."

혜윤은 자리에서 일어나 그녀에게 허리 숙여 인사했다.

"그동안 키워 주셔서 감사했고, 앞으로도 잘 부탁드려요."

그날을 생각하며 쏟아지는 물줄기를 맞던 혜윤은 눈을 꼭 감
았다.
자신은 강한 사람이 아닌데, 강철 로봇이 아닌데 대놓고 드러
내는 시기를 맨몸으로 받아야 하는 게 참 힘이 들었다. 이젠 정
말로 독립할 때가 되었나 보다. 아저씨를 생각하면 더 있고 싶
지만 이 집에는 자신을 못마땅해하는 사람이 둘이나 있으니 나
가 주는 게 옳았다.
"그래도 아프긴 하다."
혜윤의 고개가 아래로 떨어졌다.

※   ※   ※

"안녕하세요."
혜윤이 사무실 안으로 들어오자 그녀에게 손을 들어 인사하
던 사람들은 다시 심각한 얼굴로 화이트보드를 노려보았다.
"뭐가 있어요?"
혜윤이 다가가자 후배 한 명이 자리를 비켜 주었다.
"이번에 가평에 지을 리조트 말이에요. 외부에서 설계할 사람
을 초빙하기로 했는데……."

몇 달 전부터 설계 단계에서만 머물러 있는 가평 리조트 건이야기인가 보다. 설계 팀이 몇 날 며칠 날밤을 새워서 해도 면박 주고 비난을 일삼으며 뒤집어엎길 몇 달째, 리조트 설계는다시 시작점으로 되돌아와 있는 상태였다.

"저 사람을 생각하나 봐요. 우리 소장님이."

손가락으로 가리킨 화이트보드엔 '라이언'이라는 이름이 적혀 있었다. 혜윤의 눈이 커졌다.

"라이언이요? 미국에서 서로 모셔 가려고 난리인 그 라이언?"

"그래. 문제는 라이언이 누구와 합작하려는 인간이 아니라는거지."

한용민 실장이 고개를 설레설레 저으며 한숨을 내쉬었다. 옆에 있는 다른 사람들도 숨을 푹푹 쉬었다.

"SNS 시대에 사진 한 장 없이 신비주의를 유지하는 게 쉬운일이 아닌데 정말 난놈이란 거지."

"누굴까? 소문엔 한국인이라던데."

"그것도 확실한 거 아니야. 말 지어내기 좋아하는 사람들이흘린 것일 수도 있어."

혜윤은 라이언이라는 이름을 뚫어져라 바라보았다. 라이언.확실히 거물이었다. 대기업에서 손을 내밀어도 거절하고 돈을억만금 주며 회유하려고 해도 거절한다는데, 소장은 무슨 자신감으로 이 사람을 데려오려고 하는 걸까.

"정말 이 사람으로 하실 거래요?"

"소장님 출근하시자마자 이것만 써 놓고 나가셨어."

영호가 이마를 누르며 숨을 내쉬었다. 이번 리조트 사업은 그만큼 다각도로 점검이 들어가야 했다. 이 소장이 설계에 심혈을 기울이는 것을 보면 클라이언트가 만만치 않게 까다로운 모양이다.

"라이언이 지금 한국에 들어와 있나 봐. 소장님이 직접 접촉하려고 했는데 잘 안 됐나 보더라고. 그러니까 저렇게 성질이나 있지."

한 실장의 말에 경수가 투덜댔다.

"소장님이 접촉해도 안 되는 걸 우리가 해서 되겠어요?"

"내가 못 하는 걸 하면 안 되는 겁니까?"

뒤쪽에서 저승사자 같은 차가운 목소리가 들리자 사람들의 얼굴이 순식간에 굳어졌다.

특유의 무표정으로 사람들에게 다가온 이 소장은 자신을 귀신 보듯 바라보는 사람들을 훑었다.

"우리 회사 직원들에게서 참신한 아이디어를 기대할 수 없다는 걸 알았으니 이런 결정을 내린 겁니다."

한 실장의 이마가 구겨졌다. 이 소장과 눈이 마주친 혜윤은 멋쩍은 미소를 지었다.

"이번 리조트는 우리 회사에 여러 가지 의미가 있습니다. 그동안 우리 가우디 건축 사무소는 작은 규모로 시작해서 크고 작은 건물들을 완성시키며 소기의 목적을 달성했습니다. 유명세도 탔고 좋은 평가도 받았습니다. 여기서 한 단계 진보할 것인가, 아니면 이대로 만족할 것인가는 큰 프로젝트를 맡았을 때 여지없이 드러나게 됩니다. 난 우리 가우디가 업계에서 절대 강자로

군림했으면 합니다. 그런 의미에서 설계는 가장 큰 중심 개체가 되어야 합니다. 그저 그런 설계도로는 톱이 될 수 없습니다."

직원들은 고개만 숙인 채 이 소장의 말을 들었다. 말이 작은 회사지 가우디 건축 사무소의 모기업은 E&G건설이었다. 이영민 소장의 할아버지가 이끄는 건설회사의 자회사인 셈이었다.

하지만 혜윤은 알고 있었다. 대학 선배인 영민이 가우디를 설립할 때 밑바닥부터 차근차근 밟아 올라갔다는 것을. 그 현장에는 자신도 있었다.

영민은 혜윤이 졸업할 때 그녀를 자신의 회사로 데려와 지금까지 기반을 다지고 이만큼 성장시켰다. 거기다 그는 클라이언트들을 주무르는 능력도 좋았다. 그래서 창립 8년 만에 이름난 건축 사무소가 되었다.

지금은 무서울 정도로 차갑지만 평소에 이 소장은 유머 감각이 넘치고 통 큰 오너이기도 했다. 직원들도 그걸 알기에 이 소장의 까칠함을 감수할 수 있었다.

"이 리조트에서 특히 중점을 두는 부분이 가족과 함께 여가시간을 보낼 수 있는 장소라는 건 다들 알 겁니다. 그런데 몇 달 동안 우리 직원들에게서 만족할 만한 결과물을 얻지 못해 설계 전문가와 협업하려고 하는데, 이의 있습니까?"

"없습니다."

"10분 뒤 전체 회의합니다."

소장이 나가자 사람들은 참았던 숨을 내쉬었다. 요즘 계속해서 저기압 상태인 이 소장과 함께 있을 땐 숨이 막히는 기분이었다. 곧이어 내선 전화가 울렸다.

"원 과장님, 소장님이 부르시는데요."

"왜?"

"저야 모르죠."

혜윤이 소장실 문을 노크하며 들어가자 영민의 모습이 눈에 보였다. 그는 데스크에 앉은 채로 서류를 뒤적였다.

"부르셨습니까?"

"혜윤이 너, 나랑 같이 일한 지 몇 년째지?"

그는 혜윤을 보지도 않고 입을 열었다. 둘이 있을 땐 격식 없이 말하는 영민이지만 혜윤은 항상 그를 깍듯하게 대했다.

"6년차네."

그는 궁금한 점을 해결했는지 서류를 덮고 그녀를 보았다. 혜윤은 도무지 영문을 알 수 없어 엉뚱한 얼굴로 서 있었다.

"은평구 공사 현장은 마무리되어 가?"

"네. 다음 달이면 완공할 수 있을 겁니다."

"그럼 그건 박경수 씨한테 넘기고 너는 다른 일 좀 진행해 보자."

"말씀하세요."

"너는 참 매력 있는 직원이야. 사람 구슬릴 줄 아는 능력도 좋고. 평소엔 참한데 인부들 대하는 것 보면 여장부가 따로 없어. 그게 난 또 그렇게 좋더라."

조금 전까지 회의실에서 독설을 내뱉던 사람이 맞는지 의심스러워서 혜윤의 눈이 커졌다.

"여태 공사 현장에서 인부들과 작업하면서 뒷말 나오지 않는 사람은 너밖에 없어."

"과찬이세요."

"대체 왜 설계는 안 하는 거야?"

넌 왜 설계도는 그리지 않고 만날 밖으로 도냐는 말인가. 설계는 다른 사람을 도와주는 서브 정도로만 하고 시공에 몰두했던 혜윤이었다. 회사에 다니려면 건축사 자격증은 기본이라 밤낮으로 열심히 경력을 쌓고 시험을 봤다. 하지만 그 또한 본인의 의지가 아닌 회사에 다니는 조건이라 영민의 반강제로 진행된 사항이었다.

혜윤에게 설계는 어느샌가 두려움의 대상이 되었다. 감히 접근할 수 없고 시도조차 하면 안 된다는 생각에 마음을 닫아 버렸다. 설계를 하는 자신의 모습을 상상하는 것조차 죄를 짓는 것 같아 마음속에서 쫓아내었다. 그러다 보니 설계는 다른 사람의 것이고 자신의 실력으로는 결코 할 수 없는 영역이라 생각했다.

"자신 없습니다."

"그건 내가 원하는 대답이 아니야. 6년이나 이 바닥에서, 그것도 가우디에서 썩었으면 자신이 있어야 정상이지."

혜윤은 슬쩍 웃음을 흘렸다. 영민의 입가에 가벼운 미소가 비쳤다.

"자신이 없다면 이제부터라도 자신감을 키워."

혜윤의 눈동자가 영민을 향했다.

"넌 무슨 생각을 하는지 얼굴에 티 나서 좋다니까. 계산적이지 않거든."

"무슨 말을 하시려고 이렇게 서두가 길까요."

정곡을 찌르는 말에 영민의 입에서 웃음소리가 터져 나왔다. 이내 웃음기를 거두고 목소리를 다듬었다.

"혜윤아, 라이언과 접촉해. 데려와서 설계일 도우면서 리조트 준공 총괄 업무를 맡아 보고."

말이 저리도 빨랐나. 영민은 속사포로 세 가지 지령을 한 번에 내렸다. 혜윤은 잠시 멍한 정신을 가다듬었다.

"전 라이언이 어떻게 생겼는지도 모르는데요. 너무 무리한 요구예요."

"그러니까 네가 해야지. 난 널 믿거든."

영민은 데스크에서 메모지를 들어 혜윤에게 건넸다.

"라이언 메일 주소야. 나도 만나 보지는 못했어. 공식 이메일 주소라 몇 차례 연락을 했는데 답이 없더군. 이젠 네 차례야."

"소장님도 못 하시는 걸 제가 해요?"

"넌 해낼 수 있을 것 같아. 어떤 일이든 네가 맡으면 끝까지 진행되었으니까."

"저 말고 한 실장님이나 김 과장님께 먼저 제안해 보시죠. 저보다 더 실력이 좋으신 분들이에요."

그들은 영민과 더불어 회사를 성장시킨 사람들이었다. 설계 바닥에서 이름도 나 있고, 실력도 월등히 좋았다.

"이건 네가 해야 돼. 난 네가 슬슬 설계도 하면서 총괄 업무도 경험해 봐야 한다고 생각해."

"그래도…… 선배님."

너무 답답하니 속마음이 튀어나왔다.

"이제야 선배야? 하도 철벽을 쳐서 내 후배가 맞나 싶더라."

영민은 의자에서 일어서 혜윤에게 다가왔다.

"이번 일 잘 끝내면 내 마음도 받아 주고."

"아, 정말! 선배님!"

혜윤의 얼굴이 붉어졌다. 함께 일을 시작하면서부터 그는 끊임없이 대시를 했다. 거절했는데도 그는 포기하지 않았다. 대학 시절 내내 혜윤에게 관심을 보이던 사람이었다.

자신은 전혀 눈치채지 못했지만 그는 내내 저를 챙겨 주었다. 그러다가 그녀가 좋아하던 지섭이 자퇴를 한 다음부터는 더욱더 적극적으로 애정 공세를 펼쳤다.

"너도 진짜 독하다. 10년을 대시했는데도 어떻게 넘어오질 않냐. 내가 어디 가서 이런 취급받는 사람이 아닌데 말이야. 너, 너무 잔인한 거 아냐?"

혜윤은 붉어진 얼굴로 그를 올려다보았다. 일할 때는 매몰차지만 사석에서는 끈질기게 마음을 어필했다.

그가 좋은 사람임을 알지만, 마음까지 가는 건 아니었다. 그거와는 별개의 문제였다. 이 사람의 마음을 받아 줄 수 없다는 결론을 일찍이 냈다. 그런데 그는 포기하지도 않고 시시때때로 애정을 표현했다. 지금처럼.

그의 마음이 부담스럽긴 했지만 일을 그만두고 싶지는 않았다. 일을 배우기에 더없이 좋은 사람이었고, 자신을 전적으로 신뢰하는 사람이었기에 그 믿음을 저버릴 수 없었다. 무엇보다 그를 포함한 몇몇 사람들과 함께 회사가 커 가는 모습을 지켜보며 가우디 건축 사무소는 제 분신이나 다름없는 존재가 되었다.

꿈쩍도 않고 표정이 굳어 가는 혜윤을 보자 영민은 난처하다는 듯이 양팔을 들어 올렸다.

"됐다. 오늘만 날이 아니니까. 그럼 그렇게 하는 걸로 알고 직원들에게 발표하지."

"아, 아니……."

어쩌다 이상한 흐름에 휘말린 혜윤은 소장실을 나가는 영민을 바라볼 수밖에 없었다. 리조트 준공은 당장 눈앞에 닥친 현실이기에 미룰 수 있는 상황이 아니었다. 그녀는 멍하니 있다가 머리를 흐트러뜨리며 따라갔다.

회의실에 모든 직원들이 모였다. 이 회사 사람들은 설계부터, 시공, 자재, 인테리어, 감리를 모두 겸하고 있지만 각자 맡은 주된 업무는 조금씩 달랐다. 하지만 일당백을 중시하는 소장 덕분에 사람들은 모두 전공 이외의 분야에도 준전문가가 되어 있었다.

"리조트 설계는 앞으로 원혜윤 과장이 주도적으로 이끌 겁니다."

모두의 시선이 혜윤에게로 쏠렸다. 그녀는 어색한 웃음을 지었다.

"원 과장이 라이언을 데려오면 그때부터 본격적으로 리조트 작업 들어갑니다. 클라이언트가 매우 닦달하고 있다는 것을 유념하고 원 과장을 도와서 부지런히 움직이세요."

영민이 회의실을 나가자 사람들이 우르르 혜윤에게 몰려들었다.

"어떻게 된 거야? 아까 소장실 불려가더니 찜 당한 거야?"

"대박. 라이언을 어떻게 데려와. 우리 소장 미친 거 아니래?"

43

"과장님 고생길이 눈에 보입니다. 힘내십시오."

저마다 한마디씩 던지며 어깨를 툭툭 두드려 주곤 회의실을 나갔다. 착잡한 얼굴로 멍하니 앉아 있는 혜윤이 어느 누구를 지목해 함께하자고 할지 모르기 때문에 잽싸게 사라져야 했다.

갑자기 폭탄을 안긴 영민이 밉지만 혜윤은 감당하려고 했다. 맞닥뜨린 현실에 최선을 다해 적응한다. 그녀의 장점이자 단점이었다.

"아, 미치겠다! 라이언, 당신 누구야."

2

Guel wants Gaudi

「안녕하세요. 전 가우디 건축 사무소의 원혜윤이라고 합니다…….」

메일을 보내려고 키보드를 두드리던 혜윤은 다급히 쓰던 내용을 지웠다. 늦은 밤 책상에 앉아 수십 번 고치고 고치기를 거듭해도 첫 메일을 어떻게 보내야 할지 감이 오지 않았다. 문득 메일 주소를 보던 그녀의 눈에 영문 스펠이 들어왔다.

guelwantsgaudi

두서없이 나열된 줄 알았던 순간 혜윤의 눈동자가 커졌다.
"구……엘?"
천천히 스펠을 읽던 혜윤은 심장 언저리에서 나는 소리에 다

급히 고개를 저었다. 그리고 다시 모니터를 봤다.

"가우디를 좋아하는 사람인가 보네."

혼잣말을 중얼거리던 혜윤은 다시 자세를 고쳐 잡고 메일을 썼다. 탁탁 두드리는 소리가 늦은 밤 집 안에 울려 퍼지듯 메워 갔다.

며칠 뒤, 씻고 방에 들어온 혜윤은 컴퓨터 전원을 켜고 로션을 발랐다.

습관처럼 메일을 열어 놓고 확인하기를 며칠째, 슬슬 지쳐 가고 있을 때였다. 오늘까지 연락이 안 오면 메일을 다시 보내 보려고 했다. 그가 읽을 때까지.

컴퓨터 의자에 앉은 혜윤은 급히 모니터 가까이 눈을 가져갔다.

답장, 답장이 왔다.

Dear Gaudi.

그게 끝이었다. 뭐야. 친애하는 가우디 뭐 어쩌라고. 난 댁에게서 그런 답을 받길 원한 게 아니라고.

혜윤은 울상인 얼굴로 제 메일도 다시 한번 확인했다.

「구엘과 가우디. 이름만 들어도 설레는 사이네요. 구엘의 열망이 가우디를 통해서 드러났다죠. 가우디가 기다립니다. 연락 주세요.」

서툰 영어 솜씨로 최대한 진지하게 썼는데 달랑 이것뿐이라니.

혜윤은 허탈한 마음에 모니터를 노려보았다. 이런다고 모니터 뒤의 라이언 일병이 느끼는 것도 아니었다. 한숨을 내쉰 그녀는 다시 자세를 고쳐 잡고 메일을 썼다.

「전 한국인이에요. 국적과 나이를 전혀 몰라서 제 마음대로 씁니다. 영어가 서툴러도 이해해 주세요. 혹시 몰라서 아래에 한국말로도 적어 놓을 거니까 읽기 힘들면 번역기 돌려서 읽어 주세요. 꼭이요.

전 건축하는 사람이에요. 꼭 한번 뵙고 싶어요. 직접 만나서 부탁드리고 싶은 것이 있습니다. 꼭 들어주세요. 가우디를 좋아하는 사람이라면 누구나 형제며 동포라고 생각해요. 부디 간절한 동포의 부탁을 거절하지 마시고 들어주시길 바랍니다.」

보내기 버튼을 힘껏 누른 혜윤은 간절히 두 손을 모았다.

"으, 제발. 이뤄 주소서."

그리고 책상에서 벌떡 일어나 침대로 갔다.

"이제 자자!"

침대에 누운 혜윤은 익숙한 천장을 바라보다가 눈을 감았다.

"구엘, 가우디……라. 운명 같네."

꿈은 이루어지는 것일까. 라이언에게서 또다시 답장이 왔다.

한국말 할 줄 아니까 앞으로 서툰 영어는 사절합니다.

비록 이 말이 다였지만.
"거, 성깔이 보통이 아닌 양반이구만. 되게 비싸게 구네."
정말 비싼 사람이지만 실제로도 비싸게 구니까 좀 많이 별로였다.
"너무 튕기지 말라고. 나도 업무상 매달리는 거야."
혜윤은 한동안 책상에 엎어져 있다가 급히 상체를 들었다. 그녀는 끌리듯 키보드에 손을 올렸다.

한국어에 능숙하시네요. 모국어일지, 제2외국어일지 굉장히 궁금합니다. 전 가급적 전자였으면 좋겠어요. 하지만 뭐든 존경합니다. 모국어라면 한국인의 자랑인 거고, 제2외국어라면 언어 천재가 아닌가 싶습니다.

혜윤은 자신이 봐도 낯간지러운 단어들을 나열하며 애를 쓰고 있었다. 그녀의 애원이 통한 건지 라이언에게 곧바로 메일이 도착했다.

아부가 천성인가 봅니다. 사람을 기분 좋게 하는 재주를 가졌군요.

이제 조금 마음이 열리나 싶어 얼른 미팅을 요청했다.

만나고 싶습니다. 시간과 장소 모두 맞출 수 있으니 꼭 연락 바랍니다.

다시 한번 애절함을 담아 메일을 보냈다.

날 보면 내가 라이언인 줄 알까요. 어떻게 알아보려고 약속을 잡는 거죠? 난 하나도 가르쳐 주지 않을 건데.

"어떻게는! 느낌으로 안다!"
혜윤은 열이 뻗쳐 육성으로 소리를 질렀다. 사무실 직원들의 시선이 그녀에게로 쏠렸다.
"돈줄인데 화내면 안 되지."

보면 알아요. 한 번 믿어 보세요. 요즘 건축계에서 제일 유명한 라이언인데 모를 리가 있나요. 어디로 가면 되나요? 거기다가 우린 가우디 동맹자들 아닌가요. 제 메일 주소 보면 아시죠? gaudi486. 이런 인연은 흔치 않다고 생각합니다. 꼭, 만나야 한다고 생각합니다!

다 된 밥이라고 생각했는데 어느새 미꾸라지처럼 빠져나가는 그를 보며 혜윤이 이를 악물었다.

난 만난다고 한 적 없습니다. 씩씩한 건 마음에 드는군요.

"네네. 감사합니다."

혜윤은 모니터 안에 그가 보는 것처럼 머리를 조아렸다. 그와의 메일은 어느새 실시간으로 이루어지고 있었다.

영진호텔. 내일. 시간은 미정. 스케줄이 계속해서 있을 예정이기 때문에 시간을 정할 수 없습니다.

"라이언인지 타이거인지 내가 꼭 잡는다. 흥!"

❋   ❋   ❋

다음날, 혜윤은 일찌감치 라이언이 알려 준 호텔 앞으로 찾아갔다.

오긴 했지만 막상 어떻게 찾을지는 감이 오지 않았다. 서울 땅에서 왕 서방 찾는 기분이 이럴까. 혜윤은 로비에 덩그러니 서서 프런트와 엘리베이터 쪽을 번갈아 보았다.

외국인처럼 생긴 남자를 찾아보면서도 그가 한국인이라는 생각이 자꾸만 들었다. 그 때문에 더 헷갈려서 사람 찾기가 쉽지 않았다.

"라이언 씨. 몇 살인지 정도는 알려 주면 좋잖아."

새벽같이 와서 기다렸지만 드나드는 사람을 속수무책으로 바라볼 뿐이었다. 호기롭게 찾는다고 했지만 무작정 라이언 맞느냐고 할 수도 없으니 답답함만 쌓여 갔다.

의미 없는 눈길을 돌리려는 찰나 엘리베이터 안에서 나오는 남자를 보고 혜윤이 얼음처럼 굳어 버렸다. 눈동자는 더없이 커졌고 손끝이 저절로 떨려 왔다. 심장의 상처가 분명히 다 아물었다고 생각했는데 아릿한 걸 보니 생채기가 남았나 보다.

걸어오던 맞은편의 그 사람도 로비에 서 있는 혜윤을 보고 걸음을 멈췄다.

약간 당황한 듯보이는 그의 얼굴에 여러 감정이 잠깐 스치고 지나갔다. 서로를 바라보는 거리 3m, 2m, 1m.

혜윤은 저도 모르게 발을 옮기고 있었다. 그러다 불현듯 제 무의식을 깨닫고 발걸음을 멈췄다.

"미쳤구나, 원혜윤. 언제적 공지섭이니."

혼잣말을 중얼거린 혜윤에게 지섭이 다가와 섰다. 6년이나 지났는데 그는 여전히 멋있고 빛이 났다. 달라진 게 있다면 훨씬 섹시해졌다는 것.

"오랜만이다, 원혜윤."

말을 해. 말을 하란 말이야. 속마음하곤 다르게 입이 떨어지지 않았다.

"이런 곳에서 다시 볼 줄은 몰랐다."

혜윤은 멍하니 바라보는 제 자신을 느끼고 급히 고개를 저었다. 그리고 허리를 숙여 인사했다.

"안녕하세요. 오랜만이에요, 선배님."

허리를 들 때 마주친 눈동자가 서로를 눈에 담았다. 한동안 혜윤을 바라보던 지섭이 입가에 미소를 지었다.

"여전하네."

눈싸움이라도 하듯 두 사람은 서로에게서 눈을 떼지 않았지만 혜윤이 시선을 돌리는 것으로 상황은 마무리됐다.

"선배님도 여전하시네요."

"그런가?"

"네."

"네가 그렇다면 그런 거겠지."

다시 또 웃는다. 여전히 누구에게나 친절한 얼굴이었다.

"그럼 일 봐. 난 볼일이 있어서."

걸음을 옮기려는 지섭을 속수무책 바라보고 있던 혜윤은 다급히 정신을 차렸다. 이제 와서 잘해 보고자 하는 마음은 없지만 이렇게 보내는 건 싫었다.

하지만 무슨 명목으로 그를 불러 세울 것인가. 그와 자신은 어떠한 교차점도 없는데.

이미 저만치 멀어지는 지섭의 뒷모습을 바라보던 혜윤의 눈동자가 커졌다.

"……라이언?"

문득 그 이름이 뇌리를 스쳤다. 그리고 점점 더 확실해졌다. 자신조차 이유를 모르겠지만 만약 그가 라이언이라면 멍하니 서서 보낼 수는 없었다. 명분이 생겼다.

혜윤은 다급히 뛰어가 회전문으로 나가려는 그의 팔을 잡았다.

지섭의 고개가 돌아가고 시간이 멈춘 듯 두 사람의 눈이 다시금 맞부딪쳤다. 이런 난감한 순간에 가장 필요한 것은 배짱이었다.

"선배님이 라이언이죠?"

무식할 정도로 천연덕스러운 배짱.

지섭은 눈썹을 살짝 꿈틀거렸지만 혜윤의 손을 천천히 떼어 놓으며 빙그레 웃었다.

"무슨 소리야?"

"미국 주립미술관 공모전에서 건축 설계 대상 받고, 요즘에 각종 건축상이란 상은 다 받은 그 라이언 말이에요."

"무슨 소리를 하는 건지 모르겠다. 누구?"

지섭은 뜬금없는 말에도 평정심을 유지했다. 얼굴에 티도 나지 않았지만 혜윤은 육감으로 느낄 수 있었다. 그가 라이언이라는 것을.

"Guel wants Gaudi."

다시 돌아서려는 지섭이 걸음을 멈췄다. 혜윤의 목소리가 등 뒤에서 힘 있게 들려왔다.

"가우디를 좋아하는 사람이라면 누구나 형제며 동포라고 생각해요. 부디 간절한 동포의 부탁을 거절하지 마시고 들어주시길 바랍니다."

다시 몸을 돌린 그에게서 복잡 미묘한 표정이 드러났다. 처음으로 웃음 외에 다른 감정이 얼굴에 떠올랐다.

"많이 들어 본 멘트죠?"

"글쎄. 무슨 말인지 모르겠다."

"저도 처음엔 미처 깨닫지 못했어요. 어디서 많이 들어 본 단어라고 생각했는데, 선배님 거였어요. 가우디, 동포."

"난 기억 안 나."

"괜찮아요. 제가 기억력이 좋으니까요. 잠깐 어디 가서 대화 좀 하죠. 할 말이 있어요."

"나 바빠. 여기서 이러고 있을 시간……."

"도망갈 생각이라면 접으시는 게 좋을 거예요."

지섭의 말을 잘라먹고 혜윤이 활짝 웃었다.

"제가 곧바로 사람들에게 뿌릴 거니까. 선배님 소식 궁금해하는 사람들 엄청 많은데 이참에 속 시원히 밝히는 것도 좋다고 생각해요. 자퇴하고 죽은 듯 자취를 감춘 선배님을 이제나저제나 기다리는 사람들에게 다 말하죠, 뭐."

눈에 띄게 당황해하는 지섭의 모습에 혜윤은 승기를 잡은 듯 더욱 활짝 웃었다.

"라이언이 공지섭이었다."

"원혜윤."

"그 공지섭이 지금 서울 영진호텔에 머물고 있다. 어서들 가 보시오."

"너 좀 사악하다? 원래 이런 애였어?"

"다 상황이 사람을 만들죠. 저도 목적을 이루기 위해서라면 충분히 사악해진답니다."

"……사람들에겐 비밀이야."

"당연하죠!"

애교 섞인 목소리를 내뱉고 먼저 앞장서 걸어가는 혜윤을 지섭이 눈길로 따라갔다.

호텔 커피숍으로 온 혜윤은 눈앞에서 기다란 다리를 꼬고 앉아 있는 지섭을 물끄러미 보았다.

모델에게나 볼 수 있는 긴 다리. 오랜 시간 수영을 했을 것 같은 떡 벌어진 어깨. 베이지색 코트 안에 흰 셔츠와 청바지를 입었을 뿐인데도 흘러넘치는 섹시함. 잘생긴 외모에 저절로 눈길이 갔다. 비단 혜윤만이 아니었다. 지나가는 사람들은 한 번쯤 지섭에게 눈길을 주었다.

무엇보다 신기한 건 그를 마주하는 자신의 용기였다. 6년 만에 만난 첫사랑이었는데 꿀 먹은 벙어리가 아니었다. 세월의 힘인지 그를 마주 보고 앉을 수 있는 용기가 생겼다. 이젠 그에 대한 감정이 정리된 것 같다.

그렇게 생각하고 싶었다. 심장이 떨리는 건 너무 오랜만에 봤으니까. 그리고 눈앞에서 라이언을 보고 직접 찾아냈으니까 떨리는 거라 생각했다.

"빨리 끝내고 갔으면 하는데."

"아! 네. 그러니까 제 용건은…… 저희 건축 사무소 설계 일을 좀 맡아 주세요."

"싫어. 대답 끝난 거지?"

"뭔지 들어 보지도 않으셨잖아요."

혜윤은 자리에서 일어서려는 지섭을 다급하게 불렀다.

그런 대답을 듣기 위해 협박까지 하면서 붙잡았겠냐고. 다짜고짜 설계 일을 의뢰한 부연 설명도 좀 듣고 진지하게 의논해야 하잖아.

"듣지 않아도 알아. 가평 리조트 준공 때문에 그러는 거잖아."

"어머, 어떻게…… 미래도 볼 줄 아세요?"

"너 가우디 건축 사무소 다니잖아."

"그건 또 어떻게 아셨어요? 정말 초능력 있으세요?"

동그란 눈동자로 지섭을 빤히 바라보자 그는 순간 웃음이 터질 뻔했다. 이 상황에 웃음이 나오다니, 참.

"gaudi486은 네 메일 주소. 그리고 gaudiworld는 이영민 주소."

"어어, 맞아요."

"영민이 놈이 가우디 사무소 소장이잖아. 그 녀석이 보낸 이메일 봤어."

"봤으면서 어쩜 답장 한 통이 없으셨어요? 소장님이 그동안 얼마나 기다렸는지 아세요?"

혜윤의 볼멘소리에 지섭이 살짝 웃었다. 그녀를 보니 유쾌했다.

"그 녀석은 내 문장이나 스타일 보면 바로 알아챌 녀석이거든."

생각해 보니 학교 다닐 때 둘이 친하긴 했었다. 종일 붙어 다녀서 끼리끼리 논다고 다들 엄청 부러워했었다.

"친한 친구셨죠."

"친구 아냐."

"네?"

"친척이야. 사촌."

친구인 줄 알았는데 친척이라니.

"저희 소장님이랑 성이 다른데 어떻게 사촌이에요?"

"이종사촌이니까. 설마 이종사촌도 모르는 건 아니지?"

사람을 대놓고 무시하는 지섭의 말에도 혜윤은 눈만 끔뻑거렸다.

그녀에겐 이종사촌, 고종사촌이 없기 때문에 낯선 단어였다. 그녀는 여전히 놀라운 얼굴로 지섭을 보았다.

"그렇다면 이야기가 쉽겠어요. 사촌이시니까 설계 맡을 사유는 충분하잖아요."

"아까 내가 한 말 뭐로 들었어. 싫다고 했잖아."

지섭은 꼬던 다리를 내리고 반대로 꼬았다.

"왜요?"

싫다면 그걸로 끝이지 왜냐니. 싫으니까 싫은 거지 '왜' 라는 이유는 필요 없었다. 그의 잘생긴 이마에 주름이 갔다.

혜윤은 지섭이 자신을 비꼬는 것도, 성질을 내는 것도 처음 보았다. 평정심이 그의 특기라고 생각했는데 화를 내는 모습을 보니 사람은 맞는가 보다.

"내가 왜 그 회사 설계를 해야 하는데. 무슨 이득이 있어서? 누구 좋으라고."

"그야, 사촌이 잘되면 서로 좋은 게 인지상정 아닌가요?"

"사촌이 땅을 사면 배 아프다는 속담도 몰라?"

"소장님이 잘되는 게 싫으세요? 보기보다 속이 좁으시네요."

지섭이 허탈한 비웃음을 날렸다. 그녀는 미소를 잃지 않고 그를 보고 있었다.

"됐다. 그만하자. 너한테 다 말할 이유는 없으니까."

"그러지 마시고 허락해 주세요."

"싫어."

지섭은 의자에서 일어섰다.

"아무튼 난 싫다고 했으니까 다신 찾아오지 마."

그는 긴 다리로 성큼성큼 걸어가다가 다시 돌아왔다.

"다른 사람들에게 내 이야기를 하면 난 그 즉시 뜰 거니까 알아서 하고. 특히 이영민한테."

멀어지는 지섭을 보며 혜윤이 혀를 쭉 내밀었다. 그런 협박은 하나도 안 무서웠다.

그가 사라진 곳을 바라보던 혜윤은 급히 휴대폰을 들고 영민에게 전화를 걸었다.

"소장님, 라이언을 만났는데요. 그게……."

말을 해. 콧대 높던 라이언을 만났고, 당신도 알고 있는 공지섭이라고 말을 하란 말이야. 왜 말을 못 해!

―벌써 만났나. 난 한참 걸릴 줄 알았는데. 널 믿고 맡긴 보람이 있네.

영민과 함께 일을 하면서 혜윤은 그가 연락이 두절된 지섭을 무척 걱정하고 있다는 걸 잘 알고 있었다.

"안 한대요. 싫대요."

―그래서?

"네?"

―그런 대답 듣자고 널 보낸 건 아니잖아.

"그렇지만 소장님, 싫다는 사람을 억지로 하게 만드는 건 불가능해요."

―우리가 남의 사정 생각할 때는 아니라고 보는데.

그렇게 잘 알면 댁이 좀 나서 보지 그랬소. 전화 너머에서 한숨 소리가 들려왔다.

—내가 괜히 심심해서 장난치자고 너한테 일을 맡겼겠어? 내가 사람을 잘못 봤나. 잘 들어요, 원 과장님. 가우디에서 쌓았던 경험들 총동원해서 설득해. 라이언과 협업해야 하는 이유는 더 말하지 않아도 알 거라 생각해.

영민은 제 할 말만 하고 먼저 전화를 끊었다. 혜윤은 제 머리를 흐트러뜨리며 테이블에 엎드렸다. 속 시원히 터트리고 싶지만 제게도 의리는 있었다. 말 안 하겠다고 약속했는데 저 살자고 터트리긴 싫었다.

"그럼 어쩌라고. 무슨 수로 싫다는 사람을 설득하냐고! 내가 신이야?"

혼자 중얼거리던 혜윤이 서서히 상체를 일으켰다. 공지섭은 절대 만만한 인간이 아니었다. 아니, 못 본 세월 동안 콧대는 더 높아졌다.

혜윤은 한숨을 내쉬고 의자에서 일어섰다.

"공지섭, 당신은 정말 여러모로 사람 미치게 만드는 것 같아."

밤늦은 시간. 혜윤은 책상에 앉아 수첩에 생각을 적어 갔다. 아무래도 집요하게 쫓아다니는 수밖에 없다는 결론이 나왔다. 그러려면 항시 그의 동태를 살펴야 했고, 며칠 집에도 오지 못할 것 같았다.

두 번째 문제는 설득이었다. 귀찮게 쫓아다니기만 하면 라이

언은 절대 수락하지 않을 테니 마음을 움직일 수 있는 계기가
필요하다.

그게 뭘까. 어떤 가능성을 보여 줘야 할까.

3

가우디가 여기 있었네

"난 너처럼 사리사욕 챙기면서 돈독 오른 사람이 제일 싫어. 자기들 입맛만 생각하면서 주변 환경은 고려하지도 않고 막무가내로 행동하지. 무식하게."

"돈 싫으세요? 돈이 많으면 하고 싶은 거 다 할 수 있는데요?"

"너 돌았어? 그러고도 집 짓는 사람이라고 할 수 있어?"

"그러니까 선배님 의견이 필요한 거잖아요. 부디 부족한 중생들 좀 구제해 주세요."

"내가 그딴 지저분한 일을 왜 하냐고! 꺼져!"

"리조트 짓는 걸 왜 지저분하다고 하는지 모르겠어요. 선배님이야말로 편견에 가득 찬 사람이네요, 뭐."

"너 학교에서 뭐 배웠냐. 건축물이 주변의 자연과 조화되지 않고 위화감이 든다면 그건 잘못 지어진 거야. 집 짓는 자의 양심을 걸고 그 땅에 호화로운 리조트를 짓는 게 맞다고 생각해?"

"전 호화로운 리조트를 짓겠다고 하지 않았는데요. 선배님 너무 앞서가셨다."

"아무튼 난 싫으니까 다신 찾아오지 마. 돈 좋아하는 사람이나 찾아가라고."

"제가 사람을 한참 잘못 봤네요. 전 선배님 굉장히 존경했는데 완전 실망이에요."

"뭐?"

"그리고 라이언은 거만하지 않다고 들었는데, 거짓 기사였나 봐요."

"가. 너랑 더 말하기 싫다."

꼴 보기도 싫은 듯 지섭은 손을 내저으며 걸어 나갔다. 그는 생전 하지도 않던 독설을 퍼부으며 얼굴에 감정을 고스란히 드러냈다.

하지만 절대 포기는 안 해. 여자가 칼을 뽑았으면 포기라도 베야지.

* * *

"어디 가세요?"

"너 뭐야! 지금이 몇 신데. 너 설마 여기서 밤새……?"

로비 의자에 앉아 감겨 오는 눈을 비비며 사람들을 관찰하던 혜윤은 새벽녘에 엘리베이터에서 나오는 지섭을 발견하고 급히 뛰어갔다.

"호텔이라 그런지 로비에서 잠자기 좋던데요? 소파도 쿠션감 끝내주고. 벌써 며칠째 노숙 중이에요."

"여자애가 겁도 없네."

지섭이 한심하다는 듯 혀를 찼다.

"그나저나 새벽 3시에 어디로 가시는 걸까요? 그 짐 가방은 설마, 야반도주하시는 건가요?"

"야반도주를 내가 왜 해! 약속 있어서 나가는 거지."

"그런 거죠? 저 피하려고 몰래 생쥐처럼 빠져나가는 건 절대 아닌 거죠?"

"너 미쳤어?"

"어? 왜 도로 들어가세요. 약속 있다면서요."

"취소됐다. 방금."

뒤돌아 들어가는 지섭을 보는 혜윤의 입가에 미소가 번졌다.

"뭐야. 왜 올라왔어?"

"그냥 맘이 바뀌셨나 하고 문안 인사 차원에서요."

"가. 그림자도 보기 싫으니까."

"네. 그럼 전 로비에 있을 거니까 맘 바뀌면 전화 주세요."

"너처럼 집요하고 집착하는 여자가 제일 싫어."

"저 좋아해 달라고 하는 거 아니잖아요. 저도 선배님 같은 이기적인 남자 완전 별로예요."

"……너 정체가 뭐야."

"원혜윤이요. XX염색체, B형, 지구인, 서른한 살……."

쾅. 갑자기 닫힌 문에 혜윤은 놀란 얼굴로 문을 보았다.

"물어봐 놓고 대답 끝나기도 전에 문을 닫아 버리다니, 예의가 없네요!"

들리도록 큰 소리로 말했지만 닫힌 문은 열리지 않았다.

"사람이 이쯤 했으면 듣는 척이라도 해 보지. 진짜 매정하네."

문에 대고 혼잣말을 내뱉은 혜윤은 씁쓸한 미소를 지으며 발걸음을 돌렸다.

혜윤은 무거운 마음으로 버스를 탔다. 벌써 6일이 지났지만 그는 어떤 협박과 회유에도 넘어가지 않았다. 그동안 라이언이자 공지섭인 남자는 혜윤을 철저히 무시했고 갖은 모욕을 다 주면서 쫓아냈다. 심지어 몰래 도망가려다 그녀에게 걸리기까지 했다.

막말은 기본이고 멸시하는 눈빛은 옵션이었다. 학교 다닐 땐 미처 몰랐는데 단 며칠 사이에 그의 성격을 전부 파악한 것 같다. 그는 한마디로 개자식이었다. 이놈의 미션만 아니면 물 한 바가지를 끼얹고 싶은 놈이었다.

갑자기 버스 창밖으로 비가 내렸다. 화통을 챙겨 오느라 우산을 잊은 혜윤은 창에 이마를 대고 밖을 바라봤다. 우산을 챙기지 못한 사람들이 황급히 뛰어갔다. 길바닥이 순식간에 젖었다.

창밖을 한참 바라보고 있는데 휴대폰이 진동했다. 이 모든 일의 원인 제공자인 이영민 소장이었다.

"여보세요."

—라이언은 잘 설득했어?

"아니요."

—내가 너를 너무 과대평가했나 봐.

"죄송합니다. 하지만 전 정말 최선을 다하고 있어요."

—나 그런 말 싫어하는 거 알면서. 최선을 다했다는 말은 변명일 뿐이야. 결과를 가져오지 않으면 인정할 수 없어.

"네. 압니다."

—이 일에 대해 크게 심각성을 느끼지 못한 것 같아서 한 가지 더 추가하려고 전화했어.

"추가요?"

—이번 일 완수하지 못하면 혜윤이 너, 해고야.

너무도 벼락같은 말에 혜윤이 버스 의자에서 벌떡 일어섰다.

"소장님, 농담하시는 건가요?"

—나 일할 때 농담하는 사람 아닌 거 알잖아. 넌 내가 아끼는 후배지만 공은 공이고 사는 사야. 라이언 데려오지 못하면 해고할 생각이야.

이건 분명 상사의 부당한 대우였다. 이 사람이 이렇게 막 나가는 건 그만큼 이번 일이 중요하다는 뜻이다.

"제가 라이언 데려오면 어떡하실 건데요? 저도 이득이 있어야 할 거 아니에요. 아무 이득도 없는 건 솔직히 맥 빠져요."

—회사원은 상사가 시키는 대로 해야 하는 거 아닌가. 네 잇속까지 바라는 거야?

"완전 막무가내이시네요."

수화기 너머로 웃음소리가 들려왔다.

—당연히 이득이 있지. 그중 한 가지는 지금 말할게. 임무 완

수하면 지금보다 두 배 높은 연봉을 받게 될 거야.

혜윤의 입이 벌어졌다. 요즘 경기가 좋지 않아서 다들 쥐꼬리만 한 월급을 받는다고 하지만 이 회사 사람들은 대기업 수준의 연봉을 받고 있었다. 그 정도로 남들보다 배는 열심히 했으니 당연한 일이었다.

그런데 거기서 두 배라니. 혜윤은 무슨 생각을 하는지 모르겠는 상사를 생각하며 휴대폰을 고쳐 잡았다.

"좋아요. 저도 그 정도는 되어야 일할 맛이 나죠. 마침 돈 필요했는데 잘 되었네요. 소장님은 연봉 갱신 계약서나 준비하고 계시죠."

—그럼 더는 입 아프게 당위성을 설명하지 않아도 되겠군. 말해 두는데 시간이 별로 없어. 언제까지 기다릴 수도 없고. 난 성격이 급하거든.

잔잔한 웃음소리가 들렸다. 남은 속 타고 잘릴 위기에 처해 있는데 혼자만 태평해 보였다.

—행운을 빌어. 나도 친애하는 직원을 해고하고 싶지 않아.

"연봉 갱신 계약서나 준비하시라고요."

혜윤은 홧김에 전화를 끊고 제 머리를 흐트러뜨렸다.

"하아, 이놈의 무데뽀. 잘리지나 않으면 다행이겠네."

버스에서 내려 정류장에 섰다. 도로에 세찬 물줄기가 쏟아졌다. 여기서 한 걸음이라도 걸었다간 온몸이 젖을 것이다.

혜윤은 비가 그칠 때까지 기다릴 생각으로 하늘을 올려다보았다.

"징하게도 내리는구나. 비야, 좀 봐주라. 오늘은 꼭 라이언을 설득해야 하는데 너까지 이러면 나 정말 잘린다."

한참을 기다렸는데도 비는 멈출 기미가 보이지 않았다. 고민하던 혜윤은 호텔까지 뛰어가기로 했다. 지섭이 언제 나갈지 모르기 때문에 마냥 기다릴 수 없었다. 그래도 화통 안에 있는 종이가 젖지 않을 것 같아 다행이었다.

그녀는 호텔을 향해 뛰어갔다. 몇 걸음 가지 않았는데 속옷까지 몽땅 젖어 버렸다.

호텔 로비로 들어오자 물에 빠진 생쥐 차림으로 서 있는 그녀에게 사람들의 눈길이 쏠렸다. 혜윤은 젖은 옷을 대충 털며 제 모습을 내려다보았다. 속옷이 훤히 보였지만 창피함을 느낄 여유 따위 없었다.

카운터 앞, 항상 앉던 소파 쪽으로 걸어가는데 나이 지긋한 호텔 직원이 다가왔다.

"원혜윤 씨? 매일 여기 계시던 분 맞으시죠?"

"네. 제 이름을 어떻게 아세요?"

"컴플레인이 들어왔습니다. 호텔 투숙객이 아닌 외부인이 계속 로비에서 숙식하는 점을 문제 삼았습니다."

"저 나쁜 짓 하려고 온 거 아닌데요."

"물론 저희도 알지요. 하지만 규정상 컴플레인이 들어온 부분은 시정해야 해서요."

혜윤은 울상인 얼굴로 호텔 밖을 바라봤다.

"저도 죄송한데요. 밖에 비 엄청 내리거든요. 옷이 좀 마를 때까지만 있으면 안 될까요?"

직원은 난처한 얼굴로 혜윤을 보았다. 옷이 흠뻑 젖은 여자를 다시 밖으로 내쫓는 건 여간 곤란한 일이 아니었다.

"죄송합니다. 고객님 입장을 모르는 건 아닙니다만 호텔 규정을 따라야 해서요."

"아니에요. 투숙객도 아니면서 숙식했던 제가 문제죠. 죄송합니다."

혜윤은 한숨을 내쉬며 고개를 끄덕였다.

"혹시 컴플레인 건 사람이 누군지 알 수 있을까요?"

"죄송합니다. 고객님의 정보는 알려드릴 수 없습니다."

"네. 혹시나 하고 여쭤봤어요. 알겠습니다."

혜윤은 호텔 밖으로 나와 입구에 서서 간신히 비를 피했다. 가방에 넣어 두었던 휴대폰을 꺼낸 그녀는 마음이 울컥 차올라 눈시울이 붉어졌다. 가방 안으로 비가 들이쳐서 휴대폰이 축축했다. 얇은 에코백을 들고 왔더니 그대로 흡수된 것이다.

휴대폰을 켜 보았지만 먹통이었다. 잠깐 들어가서 지섭만 만나고 오면 되는데 호텔 직원이 눈에 불을 켜고 혜윤을 주시하고 있어서 움직일 수 없었다.

"미치겠네."

벽에 기대서 장대비가 내리는 것을 보고 있자니 으슬으슬 추워지기 시작했다. 가을비는 정말 춥구나. 새삼 자연의 섭리를 느끼며 멍하니 서 있던 혜윤은 소름이 돋은 제 팔을 움켜쥐었다.

"전화라도 되면 좋겠는데……."

혜윤은 제자리에서 종종걸음을 하며 화통을 끌어안았다.

빗줄기가 서서히 줄어들자 아무도 없던 거리에 사람들이 하나둘씩 보였다.

호텔 로비로 내려온 지섭은 혜윤이 보이지 않자 휘파람을 불었다.

진작 호텔에 요청할 걸 그랬다. 며칠 동안 집요한 여자 때문에 온 신경이 곤두서서 여간 피곤한 것이 아니었다. 사실 밖에서 몇 날 며칠 날밤을 새우는 혜윤을 멈추게 하고 싶기도 했다. 심정은 이해 가지만 안 되는 건 안 되는 거니까.

호텔 밖으로 나오며 미리 대기하고 있는 차로 다가갔다. 그때 차를 막아서는 사람을 본 지섭의 눈동자가 커졌다. 온몸이 홀딱 젖은 혜윤이 오들오들 떨며 그를 올려다보고 있었다.

"어디…… 가시나 봐요."

이가 딱딱 부딪쳐서 말이 끊어졌다. 지섭은 놀란 눈으로 혜윤의 옷차림을 훑었다.

"너 뭐야. 비 맞았어?"

"선배님이…… 으…… 호텔 안으로 못 들어오게 막아 놨으니 별수 있나요."

"넌 진짜!"

지섭은 소리를 치다가 몸을 떠는 혜윤을 보고 재킷을 벗어 걸쳐 주었다.

"이게 무슨 고집이야! 그렇게 개념이 없어?"

"전 꼭…… 선배님을 데려가야 해요."

"그 정도로 매몰차게 쫓아냈으면 가 버릴 것이지 여기서 왜 청승을 떨고 있어! 이런다고 내가 허락할 것 같아?"

화가 난 지섭의 눈빛을 피하며 혜윤은 어깨에 멘 화통을 내밀었다.

"제가 그린 설계도예요. 어제…… 밤새워서 작업했어요. 한번 봐 주세요."

"내가 왜……."

혜윤이 제 손을 꽉 움켜잡자 지섭은 놀란 눈으로 그녀의 이마에 손을 댔다.

"열나잖아!"

그런데도 혜윤은 아랑곳 않고 화통을 내밀었다. 애원하는 눈빛이 불쌍한 강아지처럼 보였다.

"전 괜찮아요. 설계도가 정말 쓰레기 같다면 다신 찾아오지 않을게요. 선배님이 생각하시는 철학과 어우러지지 않는다면, 제가 무리한 요구를 하는 거니까요. 그래서 으…… 제가 생각하는 건축물을 그려 봤어요. 보시고 속물 같지 않다면…… 제 소원 좀 들어주세요, 제발……."

"원혜윤!"

혜윤은 이성을 잃은 사람처럼 오로지 설계도를 봐 달라는 말만 내뱉었다.

지섭은 연신 거친 숨을 내쉬더니 그녀의 손목을 잡고 호텔 안으로 들어왔다. 지배인을 불러 달라는 지섭의 말에 호텔 직원은 어디론가 콜을 했다.

잠시 후 아까 혜윤을 내쫓았던 지배인이 나오자 지섭이 그를 노려보았다.

"사람이 비를 맞았는데도 내보냈습니까?"

"고객님께서 컴플레인을 주셨기 때문에 저희는 규정대로 했을 뿐입니다."

"그렇지만 이렇게 비를 맞았는데……!"

"한참 전부터 호텔 입구에 서 계셨죠. 밖엔 장대비가 쏟아졌고 우산은 없으셨습니다."

지배인은 미소를 지으며 지섭에게 고개를 숙였다. 그는 이마를 쓸어 올리며 숨을 내쉬었다. 원인이 자신에게 있는 것을 모르지 않기에 지배인에게 화를 낼 수 없었다.

"801호로 따뜻한 차와 룸서비스 부탁합니다. 아, 해열제도."

"네. 곧 가져다 드리겠습니다."

지섭은 혜윤의 손목을 잡은 채로 그녀를 끌고 갔다. 룸 안으로 들어오자마자 그는 욕실에서 수건을 갖고 나왔다.

"물기 대충 닦고 욕실 가서 샤워해. 젖은 옷은 얼른 벗고."

"이 설계도만 봐 주세요. 전 제가 알아서 할 테니까……."

"그 빌어먹을 설계도 보고 있을 테니까 가서 씻으라고! 말 좀 들어!"

지섭의 호통에 혜윤은 눈만 끔뻑거리며 올려다보았다. 뭐라고 말을 해야 하는데 자꾸만 열이 올라서 말이 나오지 않았다.

"너 왜 이렇게 고집이 세. 젖은 거 보기 싫으니까 가서 씻으라는데 말 되게 안 들어!"

혜윤은 알아들었는지 허리를 숙여 인사를 하고 화통을 테이블 위에 올려놓았다.

"꼭 좀 봐주세요."

"알았어. 알았다고."

지섭은 혜윤의 등을 떠밀어 욕실로 욱여넣고 문을 닫았다. 그렇게 안 봤는데 참 끈질긴 여자였다. 왜 저렇게 기를 쓰고 찾아오는 건지.

처음으로 영민이 미워졌다. 설계하지 않을 거라 분명히 전했는데 자기 회사 직원을 이용해서 데려오려는 심보가 영 거슬렸다. 필시 저 애한테 협박했을 것이다.

영민이 메일로 설계를 제안했을 때 지섭은 단번에 호화로운 리조트가 되겠거니 생각했다. 가평처럼 조용한 동네 한가운데 초호화 리조트가 들어오는 구도를 지섭은 혐오했다. 어느 누가 찾아오더라도 절대 설계할 마음이 없었다.

혜윤을 바르셀로나에서 보고 6년이 흘렀다. 잘 웃고, 웃는 얼굴이 참 예쁜 후배였다. 저도 모르게 눈길이 가던, 흔하지 않은 매력을 가진 후배였다. 영민이 참 좋아하던 아이라 제 마음을 펼치지도, 가질 수도 없었던 사람.

다시 만났을 때는 저도 모르게 포옹을 할 뻔했다. 마음 깊숙한 곳에서 끓어오르는 두근거림이 자신을 휘감았다.

그런데 영민과 비슷한 이유로 찾아온 혜윤을 보며 지섭은 실망했다. 그래서 가볍게 쫓아낼 생각이었는데 이 여자의 집요함은 끝판왕이었다. 살다 살다 이렇게 물고 늘어지는 사람은 처음 보았다. 말 한마디를 지지 않고 따라다니는데 정말이지 경찰에 신고하고 싶을 지경이었다. 과거의 꿀 먹은 벙어리, 원혜윤이 맞는지 의심스럽기까지 했다.

그런데 비를 맞으면서도 자신을 기다리고 있는 그녀를 보자 지섭은 이 대치 상황에서 마침내 자신이 졌다는 것을 느꼈다.

혜윤은 처음부터 이길 생각을 하면 안 되는 여자였다.

화통을 열고 동그랗게 말려 있는 설계도를 꺼내 테이블에 펼쳤다.

설계도는 20평 되는 공간을 디자인한 구조였다. 선 채로 설계 도면을 유심히 본 지섭의 입가에 옅은 호선이 그어졌다. 세밀한 부분부터 전체적인 구도까지 꼼꼼히 살펴보던 그가 집게손가락을 테이블에 톡톡 두드렸다. 머릿속에 떠오르는 생각에 그의 눈동자가 짙어졌다.

그때 밖에서 차임벨이 울리자 곧 생각을 접고 문을 열었다. 요청한 룸서비스가 도착했다.

"세탁물을 맡기면 몇 시간 뒤에 도착합니까?"

"세 시간 정도 걸립니다."

마침 혜윤이 욕실 문을 열고 나왔다.

"저……."

지섭의 눈이 혜윤에게 고정되었다. 큰 수건으로 몸을 두르고 어정쩡하게 서 있는 그녀가 난처한 듯 눈을 피했다.

"도저히 옷을 다시 입을 수가 없어서요."

"그래. 다시 입을 수는 없지. 옷 가져와. 지금 세탁 맡길 거야."

혜윤은 급격히 밝아지더니 욕실로 들어가 옷가지를 가져왔다. 옷을 받던 직원의 시선이 계속 그녀 쪽으로 향하자 지섭은 다급히 문을 닫고 혜윤의 모습을 위아래로 훑었다.

짧은 수건 아래로 늘씬한 다리가 곧게 뻗었다. 다리뿐 아니라 팔도 가늘고 길었다. 가슴을 겨우 가린 수건 위로 그녀의 가슴

골이 아슬아슬하게 보였다. 피부는 또 왜 저렇게 하얀지 투명할 정도로 맑고 깨끗했다.

지섭은 제 머리를 헝클었다. 수건 한 장 두른 여자에게 눈이 갈 줄이야.

"욕실에 가운 없어? 대체 무슨 자신감이야."

"아, 죄송해요. 잠깐만요."

혜윤은 제 차림을 인식하고 욕실로 사라졌다. 솔직히 조금 더 보고 싶었지만 치한이 되는 건 순식간이라 마음에도 없는 말을 내뱉었다. 곧 가운을 입고 끈으로 꽁꽁 묶은 혜윤이 다리를 드러내며 나왔다.

젠장. 날씨에 상관없이 발목 드러내며 다니는 여자가 지천인데 가운 아래로 드러난 종아리와 발목이 섹시해 보였다. 스트레스로 정신이 어떻게 되었나.

혜윤은 지섭의 눈길을 전혀 의식하지 못하고 설계도가 펼쳐진 테이블로 왔다. 그녀의 머릿속엔 온통 설계만 있는 듯했다.

"어떠세요? 형편없나요? 아직도 돈독 오른 속물로 보이세요?"

혜윤이 대답을 원하는 눈동자로 지섭을 올려다보았다. 그는 문득 그녀를 갖고 싶다는 생각이 스쳐 지나갔다.

지섭은 한동안 그녀를 뚫어지게 바라보았다. 그녀는 전혀 의식하지 못하는 것 같았다. 호텔 방에 남자와 여자가 단둘이, 심지어 여자는 가운 차림으로 있는 이 상황을. 지섭의 입가에 슬쩍 미소가 비쳤다.

"이거 얼마 만에 완성한 거야?"

"어제 집에 가자마자 바로 시작했으니까 여섯 시간쯤 걸렸어요."

지섭은 심각한 얼굴로 혜윤을 보았다.

"아이디어부터 설계 작업까지 여섯 시간? 전부 네 생각인 거야?"

"네. 역시 별로예요?"

"별로라고 단정하는 이유는 뭐야."

"네?"

"다른 건 집요하면서 설계도 보여 주는 건 부끄러워하잖아. 새삼스럽게."

"그야…… 자신이 없으니까요."

지섭은 눈을 피하는 혜윤을 빤히 바라보았다. 이럴 때는 6년 전 원혜윤 같은데. 조금 전까지 설계도 들이밀 때의 자신감은 어디다 놨을까.

지섭은 눈을 꼭 감은 채 결과를 기다리는 그녀를 보자 자꾸만 웃음이 터졌다. 조심스레 그녀의 손목을 잡아끌었다.

"보아하니 온종일 아무것도 안 먹고 서 있었겠네. 밥부터 먹자."

그의 힘에 이끌려 따라가면서 혜윤은 지금의 상황이 조금 묘하다는 느낌이 들었다. 호텔 방에서 남자와 둘이 있는 것도 모자라 가운 차림으로 있는 자신이나, 조금 전까지 차가웠던 지섭이 갑자기 부드러워진 것이나. 6년 전처럼 손목이 잡힌 채 끌려가는 이 상황이 어쩐지 이상했다.

"대답부터 듣고 싶어요. 리조트 설계 맡아 주실 거예요?"

지섭이 몸을 돌려 혜윤을 내려다보았다. 제게 눈을 고정한 채 대답을 기다리는 그녀가 눈에 들어왔다. 눈빛이 진해졌다.

"조건이 있어. 무조건 들어주어야 해."

철벽을 치던 남자가 겨우 반응을 보이는데 그깟 조건쯤이야 얼마든지 들어줄 수 있다. 혜윤의 눈동자가 빛났다.

"당연하죠. 무슨 조건인데요?"

지섭은 두 손을 모은 채 기다리는 혜윤을 끌고 와 의자에 앉혔다. 그리고 왜건을 끌어 앞으로 가져왔다.

"조건이 좀 많아. 까다롭고."

지섭은 혜윤의 앞에 앉아 기다란 다리를 꼬았다.

"첫 번째, 룸으로 가져온 음식 다 먹어."

"그건 쉬운데요? 이미 아시겠지만 제가 좀 대식가잖아요."

혜윤의 미소에 그도 덩달아 미소를 지었다.

"그래, 잘 알지. 그리고 밥 먹고 해열제도 먹어."

지섭이 테이블에 알약을 올려놓자 혜윤이 고개를 끄덕였다.

"두 번째, 리조트 설계를 나한테 맡기려면 내 뜻에 무조건 따라야 해."

"구체적으로 어떤 거요?"

"난 여러 사람하고 작업하는 걸 싫어해. 내 작업실에서만 작업할 거야."

"그건 뭐, 좋을 대로 하세요."

"그리고 나와 작업하는 사람은 원혜윤, 너만 가능해."

혜윤의 동그란 눈이 지섭에게 향했다.

"저희 회사에 설계를 전문으로 하는 사람들 있는데요. 그 사람들이 도와주면 편하지 않을까요?"

"날 설득한 사람은 너니까 네가 내 작업을 도와야지. 안 그래?"

혜윤은 말을 잇지 못했다. 머리를 굴리며 상황을 정리했다.

"그러니까 선배님 설계하실 때 저만 참여해야 하니 양측의 의견을 전달하는 매개체가 되라는 말씀인 거죠?"

"정리 잘하는 거 하나는 마음에 드네."

혜윤의 고개가 테이블로 떨어졌다. 뭔가 어렵게 꼬인 느낌이 들었지만 거절할 수 있는 입장이 아니니 그저 듣고 있을 수밖에 없었다.

"리조트 기획안 보니까 내 설계가 필요한 곳은 가족 힐링 공간이더군. 그런데 그것도 좀 바꿔야겠어."

"뭘 바꾸시려는 건지."

"날 쓰고 싶으면 내가 리조트 전체 설계를 책임지고 할 수 있게 맞춰 놔."

"그건 제가 허용할 수 있는 부분이 아니에요."

"네가 회사 책임자 아니야?"

"물론 그렇지만 전체적인 결정은 소장님이 하셔야죠."

"소장을 설득해야지. 네가."

혜윤의 눈동자가 흔들렸다. 한 놈 데려다 놨더니 또 한 놈한테 까다로운 조건을 허락받으란다. 그녀의 미간이 찌푸려지며 목소리가 저절로 거칠게 나왔다.

"조건, 또 있어요?"

"내 얼굴 찍어서 잡지나 언론에 풀 생각은 하지 마. 난 네임만 올라가는 거지, 이미지는 절대 남기지 않을 거야."

"네네. 또요."

"언제 한번 나랑 술 마시자. 궤짝으로."

혜윤이 다시 얼굴을 들어 지섭을 보았다. MT, 궤짝, 술. 아마도 자신의 사랑은 이때부터 시작했었나 보다. 자신도 모르는 사이에 마음이 흘러간 게 분명했다.

"그걸 아직도 기억해요?"

지섭은 제 팔짱을 끼며 혜윤을 물끄러미 보았다.

"치욕스러운 순간이었지. 내가 어디서 술로 져 본 적이 없거든. 그런데 갓 입학한 새파란 후배한테, 그것도 여자한테. 절대 못 잊지. 그러니까 다시 대작해."

혜윤이 고개를 끄덕였다.

"재밌겠다. 오랜만에 술고래를 만났으니 원 없이 마실 수 있겠어요!"

"마지막 조건은 나갔다 온 다음에. 지금보단 멀쩡한 상태에서 듣는 게 정신 건강에 좋을 거야."

"아직도 조건이 남은 거예요? 정말 대단하시네요."

"툴툴대도 어쩔 수 없어. 날 쓰려면 그 정도 대가는 치러야 해."

정말 재수 없고 밥맛인데 틀린 말은 아니었기에 아무 말도 할 수가 없었다.

"그럼 내가 제안한 조건 생각하면서 밥 먹고 있어. 난 일 보고 올게."

"이러고 도망가려는 건 아니죠?"

"짐 다 놔두고 체크아웃도 안 했는데 어딜 도망가."

"체크아웃도 안 하고 짐도 버리고 갈 수 있으니까."

"그거 괜찮네?"

"어어, 안 돼요! 저 이런 큰 방값 낼 돈 없어요."

혜윤이 벌떡 일어서서 당장 지섭의 옷자락을 잡을 태세를 취했다. 강아지 같은 모습에 그의 입꼬리가 올라갔다.

"원혜윤의 약점 접수했다. 너 돈에 약하구나? 역시 속물이었어."

"그, 그러는 선배님은 정말 한량 같은 거 아세요?"

얼굴이 붉어져서 입술을 삐죽이는 혜윤을 보자 그의 입매가 더욱 올라갔다. 도톰한 입술이 유독 탱글탱글해 보였기 때문이다.

지섭은 드레스 룸으로 사라졌다가 재킷을 들고 나왔다. 그가 움직이는 동선을 물끄러미 보던 혜윤이 툭 던졌다.

"선배님도 집이 없어요?"

"도?"

"아니, 저야 사정이 있어서 집이 없지만 선배님은 왜 호텔에서 머무세요? 우리나라 건설업계 1위, 창영건설 장남이시잖아요."

지섭은 걸음을 멈추고 혜윤을 돌아보았다. 그녀가 어깨를 으쓱했다.

"엄청난 부자면서 호텔에 머무는 게 이상해서요."

"호텔이 편하잖아. 장기 투숙객은 서비스가 남다르거든. 미국과 한국을 오가니까 굳이 집이 있을 필요도 없고."

혜윤은 머릿속을 맴도는 생각이 목구멍까지 차올랐지만 고개를 저으며 참아 냈다. 안다고 한들 무슨 의미가 있나. 이젠 다 옛날 일인데.

"창영건설 후계자가 호텔에서 왜 이러고 있나, 생각하는 거 같은데."

제 마음이 읽힌 것 같아 혜윤의 얼굴이 급격히 붉어졌다.

"아니거든요! 그런 생각 안 했어요."

"그래? 그럼 말고."

"선배님은 안 드세요?"

"난 너처럼 지독한 사람이 아니라서 밥은 챙겨 먹고 다녀."

"고맙습니다."

다소곳이 고개를 숙이는 혜윤의 모습에 더 헷갈렸다. 지금은 요조숙녀처럼 보였다. 어떤 면이 진짜인지 모를 정도로 여러 가지 모습을 보는 것 같다.

"왜 설계 안 해?"

전에 이 소장도 묻더니 이젠 그 사촌도 같은 질문을 한다. 혜윤이 고개를 들어 지섭을 보았다.

"설계는 아무나 하나요. 전 설계 잘 못 해요. 그걸 할 수 있는 실력이 안 돼요."

지섭의 시선이 강렬하게 들어왔다. 혜윤은 다시 눈동자를 피했다.

"진짜 자기 재주도 모르고 헤매고 있네. 헛소리나 하면서 말이야."

"네?"

"아니야. 그럼 식사 잘해."

지섭은 손을 들어 보이고 문을 나갔다. 그가 없어지자 혜윤이 의자에 털썩 주저앉았다. 갑작스레 많은 일들이 휘몰아쳐 머리가 지끈거렸다.

"일단 약부터."

혜윤은 해열제를 먹고 포크로 고기를 찍었다. 지섭이 했던 말이 머릿속을 흔들었다.

"모르겠다. 일단 먹고 생각하자."

룸으로 돌아온 지섭은 좌우를 훑었다. 실내를 돌아다니던 그는 침대에 누워 자고 있는 혜윤을 발견했다. 그녀는 가운 차림으로 쌕쌕거리며 자고 있었다.

그때 차임벨이 울려 나가자 호텔 직원이 고개를 숙였다.

"세탁을 부탁하신 옷 가져왔습니다. 룸서비스는 가져가도 될까요?"

"네. 세탁이 좀 늦었네요. 세 시간이면 된다고 했었는데."

"아까 왔었는데 벨을 눌러도 대답이 없으셔서 다시 돌아갔습니다."

직원이 왜건을 끌고 나갔다. 곤히 자느라 벨이 울리는 소리도 못 들었나 보다. 지섭은 침대에 걸터앉아 그녀의 이마에 손을 얹었다. 열은 내린 것 같다.

"원혜윤."

이런 작은 소리로 깰 리가 없지. 허리에 손을 대어 살짝 흔들자 혜윤이 몸을 뒤척였다.

지섭은 가만히 자고 있는 그녀를 내려다보았다.

궁금했다. 영민과 잘 만나고 있는지. 그와 한 사무소에서 오랜 시간 같이 지냈으니 분명 잘 만나고 있을 것이다. 그가 오랫동안 마음에 둔 여자니까 가만히 뒀을 리가 없겠지.

모든 사람과 연을 끊고 지냈다. 그러는 중간에도 꽤 오랜 시간 생각나던 사람이 혜윤이었다. 가우디를 사랑한다고 말하는 여자의 눈동자가 자신을 볼 때도 비슷하게 변했던 게 그의 마음을 흔들었다.

그녀의 마음을 느끼고 뒤늦게 제 마음을 알았지만, 절친이자 사촌이 좋아하는 여자라 아예 생각조차 하지 않으려 노력했다. 그런데 한국을 떠나고 나서도 오랜 시간 생각이 나는 거 보니 그녀가 무척 그리웠나 보다.

지섭은 주저하다 손을 들어 혜윤의 얼굴 언저리에 있던 머리카락을 귀 뒤로 넘겨 주었다. 하얗고 깨끗한 얼굴이 드러났다. 커다란 눈동자가 눈두덩에 가려졌다.

"잘 때는 완전 천사네."

그의 입가에 미소가 생길 때 혜윤이 콧소리를 내며 눈을 떴다. 지섭이 보이자 그녀는 벌떡 일어났다. 그리고 완전히 어두워진 창밖을 보며 더욱 당황해했다.

"언제 오셨어요? 죄송해요. 옷 기다리다가 너무 졸려서 조금만 누워 있으려고 했는데."

"열은 내린 것 같네."

"네. 제 옷은 왔죠? 어디 있어요?"

"숨겼는데?"

혜윤의 눈동자가 급격히 커지며 지섭을 향했다. 그의 한쪽 입꼬리가 올라갔다.

"선녀와 나무꾼 놀이하자는 줄 알았지."

"선배님 어디 아프세요? 재미없거든요."

"재미없어? 난 굉장히 재밌는데. 너 옷 없으면 이 방에서 못 나가잖아."

"옷으로 협박하는군요. 좋아요."

혜윤은 침대에서 일어서더니 허리에 양손을 얹었다.

"심심한 것 같으니까 맞춰 줄게요. 지금부터 보물찾기 하면 되는 거죠?"

지섭이 재미있다는 눈으로 혜윤의 움직임을 따라갔다. 옷은 얼마 가지 않아 테이블에서 발견되었다.

"찾았다! 찾았으니까 선물 주세요."

그녀가 냉큼 손을 내밀자 그가 갑자기 웃음을 터트렸다. 혜윤은 불만인 얼굴로 볼을 부풀렸다. 먼저 시작해 놓고 안 받아 주는 것이냐. 그는 웃음기를 거두지 않으며 천천히 다가왔다.

"너 진짜 사람 미치게 만든다. 안 되겠다. 마지막 조건은 빼려고 했는데 아무래도 넣어야겠다."

혜윤은 기가 막힌 표정을 짓더니 거의 포기한 얼굴로 고개를 끄덕였다.

"딱 두 번만 연애라는 것 좀 하자."

뜬금없는 지섭의 말에 혜윤은 멍하니 바라보기만 했다. 너무 황당하고 예상하지 못한 말이라 적절하게 대응하지 못했다.

"너 영민이랑 사귀지?"

"네? 아니요, 그게 무슨 말이에요!"

화들짝 놀라는 혜윤을 보자 지섭도 의외라는 듯 바라보았다. 6년이란 세월 동안 혜윤이 누구의 사람도 아니었다는 게 놀랍고 반가웠다. 눈물이 날 만큼.

"만나는 거 아니야?"

"그냥 직장 상사이자 선배님일 뿐이에요."

얼굴이 붉어지는 것을 보니 영민의 마음을 모르는 건 아니라는 소리네.

"그럼 더 잘됐어. 영민이한테 미안해하지 않아도 되겠다."

"대체 무슨 소릴 하시는 거예요."

"연애는 연애인데, 가짜 연애. 우리 집 사람들한테 나랑 만나는 사이라고 해 줘. 가서 지극히 평범한 여자라는 것 좀 알리고, 절대 포기하지 않을 거라는 것도 좀 첨가해 주면 더 좋고."

"선배님, 지금 장난하시는 거예요? 뭘 해 줘요?"

혜윤의 목소리가 차갑게 내려앉았다. 그가 생각하기에도 너무하긴 했다. 뜬금없고 기가 막힐 것이다. 하지만 지금이 적격이란 생각이 들었다.

"특히 우리 회장님한테 확실히 어필하고."

계속 제 이야기만 하는 지섭을 보던 혜윤은 머리가 지끈거리는 것을 느끼고 손을 짚었다.

"너무 심한 거 아닌가요. 가짜 연애든 뭐든 계약하고 아무 상관도 없고, 무엇보다 선배님과 제가 왜 만나는 사이가 되어야 하는데요?"

혜윤이 쉽게 수긍하지 않을 거라고 생각했지만 생각보다 강한 거부 반응을 보이자 지섭은 괜히 섭섭한 마음이 들었다.

"진짜 사귀자는 게 아니잖아. 두 번만 해 달라는 거야. 계약과 관련이 없는 조건이라도 넌 무조건 들어줘야 해. 그래야 성사된다는 걸 잊지 마."

"왜 이렇게까지 하는지 정말 모르겠어요. 선배님이 무슨 생각인 건지 너무 혼란스러워요."

"솔직히 말할게. 난 회사를 이을 생각이 없어."

커다란 그녀의 눈동자가 자신을 향하자 지섭은 빙그레 웃었다.

"내가 창영건설을 이을 거라고 생각했어?"

"당연한 거 아닌가요. 장남에 실력도 좋고, 더 뭐가 필요한가요."

"난 틀에 박힌 일상이 싫어. 똑같은 일, 똑같은 사람들과 얽매이는 삶이 숨 막혀."

"혹시 학교를 자퇴한 것도 그것 때문이에요?"

"비슷해. 그대로 졸업해서 유학을 가고, 기계 찍어 내듯 비슷한 건축을 하는 게 싫증 났거든."

그렇다면 자신 때문에 자퇴한 건 아닌가 보다. 한편으로 다행이었다. 죽기보다 싫어서 피한 건 아니었으니.

"그런데 우리 아버지는 날 포기하지 못하고 있어. 아직도."

"그러니까 사람들한테 절 만난다고 하면서 당신을 후계자로 생각할 수 없도록 만들라는 말인가요?"

"정리 잘해서 좋다."

"대놓고 저를 총알받이로 사용하려고 하시네요."

"총알받이란 표현은 좀 그래. 우린 거래를 하는 거야. 넌 네 필요를 위해, 난 내 필요를 위해."

혜윤은 절망적인 기분으로 시선을 내렸다. 사실 더한 조건을 내건다고 해도 거절할 처지가 못 되었다. 하루라도 빨리 집을 나가 독립해야 하는 상황에 해고를 당하게 생겼는데, 저 집 사람들한테 몇 번 얼굴 보이며 정신 나간 여자 행세를 하는 건 어렵지도 않았다.

어차피 선배는 마음이 없으니까. 예전에 어긋났던 관계였으니까. 하지만 아무렇지 않게 이런 제안을 하는 저 남자가 참 미웠다.

"좋아요. 두 번이라고 했죠?"

"그래. 이번 주말에 한 번, 우리 아버지한테 한 번. 그러면 임무 완수야."

어째 인생이 조건부 삶의 연속인 것 같아 혜윤은 옅은 한숨을 내쉬며 고개를 끄덕였다.

"이제 더는 없나요?"

"잘해 보자."

지섭이 환하게 웃으며 손을 내밀었다. 멍하니 서 있던 혜윤이 서서히 손을 잡았다. 그가 맞잡은 손에 힘을 주었다.

"그래도 소장님한테 선배님이 제안하신 조건은 말해야 해요. 저 혼자 결정할 수 있는 부분이 아닌 것도 있으니까."

"그래. 결정되면 여기로 와."

지섭이 쪽지를 내밀었다.

"내 작업실이야. 호텔로 찾아오지 말고."

"감사합니다. 생각을 바꿔 주셔서요. 가짜 연애도 업무의 연장선이라고 생각하죠, 뭐. 저 옷 갈아입고 올게요."

혜윤이 사라진 곳을 보던 지섭은 자신이 웃고 있다는 것을 느끼고 황급히 입꼬리를 내렸다.

왜 자꾸 웃음이 나는지 모르겠는데 기분이 좋았다. 바로 얼마 전까지만 해도 집착하는 혜윤에게 진절머리가 났는데 상황이 급반전됐으니. 정말 그녀의 말처럼 상황이 사람을 만드나. 아니면 성격 파탄자든가.

아니, 여자애가 워낙 독특하고 통통 튀니까 적응하지 못해서 그런 반응이 나오는 거다. 정말로 엉뚱하고 귀여워서. 일반적으로 자존심 내세울 법도 한데 그런 모습을 일절 보이지 않는 것도 한몫했다. 일일이 복잡하게 생각하지 않고 단순하게 보는 성격도 꽤 믿음직스러웠다.

다시 옷을 갖춰 입고 나온 혜윤은 지섭에게 허리를 숙여 인사했다.

"전 이만 가 볼게요. 오늘은 발 뻗고 잘 수 있겠어요."

"집은 멀어?"

"버스 한 번 타면 쭉 가요. 참 다행이죠. 갈아타기까지 했으면 배로 힘들었을 텐데."

혜윤은 눈웃음을 짓고 룸을 나갔다. 갑자기 정적이 흐르면서 지나치게 조용해졌다.

지섭은 낯선 기분에 고개를 젓고는 테이블로 와서 그녀가 놓고 간 도면을 다시 들여다보았다.

솔직히 설계를 해 보지 않은 티가 날 정도로 도면은 순진하고 청순했다. 하지만 디자인은 독특하면서도 새롭고, 정형화되지 않은 신선함과 여인만의 감성, 부드러움이 녹아들어 조화를 이루었다. 뻔하지 않은 설계 스타일도 마음에 들었다.

"가우디가 여기 있었네."

호텔 밖을 나오자 깜깜한 밤하늘이 보였다. 새벽같이 일어나서 나왔는데 늦은 밤이 되어서야 호텔을 나오는 이 상황이 퍽 처량했다.

몸을 돌려 호텔 입구를 바라보았다. 엄청난 거래를 한 것 같은데 조금 멍한 정신과 간절함 때문에 아무것도 아닌 일이 되어 버렸다.

"그래도 이젠 마음이 정리됐나 봐. 저런 소리를 듣고도 무덤덤한 거 보면."

혜윤은 씁쓸한 웃음을 짓고 휴대폰을 꺼내 액정을 터치했지만 여전히 켜지지 않았다. 아, 맞다. 비에 젖어서 고장 났지. 그녀는 깊은 한숨을 내쉬고 팔을 내렸다.

"이거 장애물 통과 게임인가?"

계속되는 난관에 혜윤은 고개를 저으며 걸었다.

무거운 걸음으로 집에 도착한 혜윤은 1층 거실로 가 전화기를 들었다. 늦은 밤이라 거실은 불이 꺼져 있었고 고요했다. 다행히 영민의 번호를 외우고 있어서 답답함이 조금은 사라졌다.

―이영민입니다.

혜윤은 문득 시곗바늘이 1시에 가 있는 것을 보았다. 조건을 전달해야 한다는 생각에 몇 시인지도 모르고 전화를 걸었다.

"소장님, 저 원혜윤입니다. 늦은 밤에 죄송합니다."

─혜윤이? 휴대폰 놔두고 집 전화로 거는 거야?

"네. 휴대폰이 고장 나서요."

─정말? 무슨 일 있는 건 아니지?

혜윤은 거실 벽시계를 바라보며 너무 늦게 전화를 건 자신을 탓했다.

"죄송해요. 주무시던 건 아니죠? 내일 할 걸 그랬나 봐요. 죄송합니다."

─아냐. 네가 이 시간에 전화한 거 보면 급한 일이겠지.

"네, 저기…… 이런 말씀 드려도 되는지 모르겠는데요."

─그만둔다는 말은 아니었으면 좋겠다.

언제는 해고한다더니. 혜윤은 허탈하게 웃었다.

"네. 그런 말은 아니에요."

─그래? 그럼 됐어.

"라이언을 만났는데, 그 사람이 조건을 내밀었어요."

─조건?

"그러니까…… 음, 저하고만 작업하고 싶대요. 또 리조트 설계 전체를 자기가 주도하고 싶다네요."

─뭐?

"라이언, 그 사람이 좀 재수가 없고 무척이나 까다로워요."

영민은 한참 동안 말이 없었다. 당신이 생각해도 참으로 어이없겠죠. 책임자도 아닌 주제에 주객전도하고 있으니. 자기 사무실 사람 다 놔두고 한 사람하고만 작업하고 싶다는 걸 영민도 받아들이기 힘들 것이다.

—라이언, 누구야?

"네?"

혜윤은 순간 고민을 했다. 그가 누구보다 잘 아는 공지섭이라고 말하면 그만이었지만, 그놈의 의리가 뭔지 상대방을 공개하는 것이 마음에 걸렸다.

—한국인이란 짐작은 하고 있어. 한국인이라면 나도 웬만큼 알고 있어. 아무리 가명을 쓰며 감추더라도.

"아무에게도 밝히고 싶지 않대요. 잡지나 언론에 이미지도 남기지 말라고……."

—알았으니까, 누구냐고.

혜윤의 심장이 두근거렸다. 어쩐지 영민의 목소리가 차갑게 느껴졌다.

내가 무슨 힘이 있나. 일단 제게 더 가까운 사람은 이영민 소장 쪽이었다.

"공지섭 선배님이요."

그에게서 한참 동안 대답이 없었다. 혜윤도 그의 심정을 이해했다.

그는 여러 가지 의미로 배신을 느낄 것이다. 절친이자 사촌인 지섭이 연락 두절한 뒤 라이언이란 가명으로 나타나고, 그렇게나 매달렸는데 단호하게 거절한 사람이 제 절친이란 사실이 뒤통수 맞는 느낌이었을 테지.

"소장님."

—내가 호랑이 굴로 보냈군.

혜윤은 그의 말을 해석하고자 머리를 굴렸다. 그는 또다시 한참 뒤에야 입을 열었다.

—됐어. 라이언이 누구라도 우린 처음 계획했던 걸 실행해야 하니까 그자가 소지섭이든, 공유든 받아 줘야지.

수화기를 타고 들려오는 영민의 단조로운 목소리에 혜윤은 감탄했다. 그는 이런 상황에서도 공과 사를 구분했다.

—다른 조건은 더 없어?

순간 지섭의 막무가내 조건이 생각났다. 가짜 연애 두 번, 말도 안 되는 조건을 내걸고 당당하기까지 한 설계가랍니다. 목구멍까지 차오른 생각이 입술 끝으로 나오려 했지만 도저히 말할 수가 없었다.

"없습니다."

—그럼 조건 수락하니까 당장 설계 들어가라고 해. 아, 아냐. 내가 연락할게.

"네. 그래 주시면 더 감사하죠."

—지섭이 그 녀석, 난놈은 난놈이네. 본명도 아니고 가명 석 자로 정상에 있으니 말이야.

혜윤도 그렇게 생각했다. 집안 도움도 없이 미국에서 홀로 바닥부터 부딪치며 시작했을 텐데 6년 만에 미국 최고의 설계 전문가가 되어 있으니 가히 천재란 칭호가 어색하지 않았다.

—혜윤아, 오늘 정말 수고했다. 푹 쉬어. 이제 연봉 인상 재계약만 하면 되겠네. 뭐 다른 건 없어? 힘든 점이나 불편한 점은?

오늘 하루 자신의 일과를 구구절절 읊자면 한도 끝도 없겠지만 혜윤은 간단히 대답하고 전화를 끊었다. 영민에게 과정은 결과를 위한 도구일 뿐이었다.

혜윤은 제 방으로 오자마자 침대로 하강하듯 엎어졌다. 오늘 정말 잘했어, 고생 많았어, 혜윤아. 이렇게 자신을 다독이며.

4

이건 위험해

유난히 몸이 무거워 침대 머리맡에서 울리는 자명종을 끌 힘조차 나지 않았다. 혜윤은 쇳덩이보다 무거운 팔을 들어 알람을 끄고 부스스 일어났다. 비를 맞으면 바로 열이 오르는 체질이어서 그다음 날은 컨디션이 좋지 않았다. 우산을 쓰고 가도 으슬으슬 추운데 그 비를 온몸으로 맞았으니 몸이 정상일 리 없었다.

"휴대폰 수리해야 하는데."

혜윤은 두통 때문에 머리가 울려 진통제를 찾았다. 한 알을 꺼내 입에 물고 계단을 내려와 부엌으로 향했다.

"일어났니."

알약 때문에 입을 열 수가 없어 혜윤은 허리를 깊이 숙이는 것으로 인사를 대신했다. 오 여사가 부엌 입구에서 혜윤을 바라보았다.

"요 며칠 집에 없던 거 같던데."

혜윤은 마침내 물과 함께 약을 삼켰다. 그리고 입가에 미소를 띠우며 오 여사를 보았다.

"요즘 좀 바빴어요. 어려운 일을 맡아서."

"어젯밤에 통화하던 사람은 네 상사니?"

혜윤의 눈동자가 커졌다. 늦은 밤이라서 목소리도 일부러 작게 했는데, 전화 소리에 깨셨나 보다.

"네. 혹시 저 때문에 깨셨어요? 죄송해요. 휴대폰이 고장 나서 집 전화로 했어요."

오 여사의 눈빛이 차가웠다.

"여러 사람이 사는 집인데 밤늦은 시간에 통화는 자제하자."

"네."

"그 시간에 전화하는 직원을 상사가 어떻게 생각하겠어. 좀 생각하고 행동해."

오 여사는 제 할 말을 하고 부엌을 나갔다. 공허한 적막에 혜윤은 두 팔을 서로 교차하며 쓰다듬었다. 유난히 으슬으슬했다.

다시 힘든 몸을 이끌고 2층으로 올라가 출근 준비를 했다. 옷을 입고 나오다 잠옷 차림으로 방에서 나오는 유진을 보았다.

"출근 안 해?"

"웬 참견?"

"그래. 잘 쉬어."

혜윤도 더 말할 기운이 없어 몸을 돌렸다. 문득 유진이 다니는 회사가 창영건설이란 걸 알았다. 새삼 유진의 사회적 지위가 돋보였다. 사원 복지도 잘 되어 있고 연봉도 높은 대기업. 설계

팀에서 일하는 유진은 어느새 팀장이 되었다. 애초에 오 여사가 걱정하는 일은 일어나지 않았다. 오히려 사회에서 승승장구하는 유진을 무척이나 자랑스러워하였다.

혜윤이 계단을 내려오니 영우가 거실에서 신문을 보고 있었다.

"아저씨."

혜윤이 반가운 얼굴로 내려와 인사했다.

"요즘 얼굴 보기 힘들던데 바쁜 일 있니?"

"네. 어려운 과제가 떨어져서 요즘 좀 힘들었거든요. 이제 해결됐어요!"

눈웃음을 짓는 혜윤을 보며 영우도 슬쩍 미소를 지었다. 그러더니 혜윤의 안색을 살폈다.

"어디 아프냐?"

"네? 아니요?"

혜윤은 제 얼굴을 만지며 미소 지었다.

"아, 맞다! 아저씨 염색해 주기로 했는데!"

"이제야 기억났니."

"죄송해요. 너무 바빠서. 내일은 꼭 해 드릴게요."

영우는 웃으며 손을 저었다.

"됐다. 바쁜 사람 붙잡고 무슨 추태냐, 그게. 염색은 내가 알아서 할 테니까 넌 네 볼일 봐."

"꼭 해 드릴 거예요."

혜윤은 지팡이를 짚고 일어서는 영우를 보며 팔을 부추겼다.

"지팡이 오랜만에 보는데. 또 다리가 아프세요?"

그녀의 얼굴에 걱정이 잔뜩 몰려왔다. 걸음을 쩔뚝이며 걷는 영우가 혜윤의 팔을 놓았다.

"이만큼 나이 먹었으면 누구나 다 다리가 아픈 게지."

그게 아니라 뇌출혈 후유증 때문에 그런 거잖아요. 혜윤의 표정에 상심이 드리워지자 영우의 손가락이 혜윤에게 향했다.

"또 그런 표정."

"아, 죄송해요."

영우는 혜윤의 걱정하는 얼굴을 싫어했다. 그녀가 살짝 미소를 짓자 영우가 앞장섰다.

"어디 가세요?"

"너 배웅하려고 그러지."

"새파랗게 젊은 애를 무슨 배웅하고 그러세요. 앉으세요."

"이거 봐라. 너 지금 나 못 걷는다고 무시하냐."

"그럴 리가요. 아저씨가 누군데요. 제가 제일 존경하는 분이시잖아요."

두 사람은 서로를 마주 보며 웃었다.

"혜윤이 넌 갈수록 예뻐지는 것 같다?"

"정말요? 아저씨한테 들으니까 진짜 기분 좋다."

혜윤의 웃음소리에 영우도 껄껄 웃었다.

"나가는 애 붙잡고 뭐해요? 넌 어서 출근해."

오 여사가 방에서 나오며 툭, 하고 말을 던졌다.

"다녀오겠습니다."

혜윤이 빙그레 웃으며 인사를 하고 현관을 나갔다. 오 여사는 거실로 와 소파에 앉았다.

"당신, 대체 언제까지 혜윤이를 데리고 있을 거예요?"

영우는 어정쩡하게 서 있던 몸을 지팡이에 의지하며 돌렸다.

"이제 혜윤이도 진짜로 독립해야죠."

"말했잖아. 내 앞에서 혜윤이 독립 얘기는 꺼내지도 말라고. 혜윤이도 유진이랑 똑같은 자식이야. 당신 말대로라면 유진이도 독립시켜야지."

"여보, 유진이랑 혜윤이가 같아요? 혜윤이는 우리 딸이 아니에요! 제발 정신 차려요!"

오 여사의 목소리가 커졌다. 영우의 눈빛도 날카로워졌다.

"당신, 처음 혜윤이가 이 집에 왔을 땐 뭐랬어. 유진이에게 형제가 생겨서 좋다고 했잖아! 키워 온 세월이 얼만데 당신은 모정도 없어?"

"내 딸은 유진이 하나예요. 단지 그때는 어리니까 제가 이해하고 넘어갔어요. 하지만 이젠 싫어요. 더는 같이 살기 싫다고요."

"분명히 말하는데 혜윤이한테 나가란 소리 하지 마. 그동안 당신과 유진이가 혜윤이한테 모진 말 했던 거 대충 짐작하고 있어. 그래도 그냥 넘어가 줄 테니까 다신 내 앞에서 나가란 소리 하지 마."

"민영우 씨!"

오 여사도 화가 나서 소파에서 벌떡 일어섰다. 두 사람의 소리가 들렸는지 유진도 계단을 내려왔다.

"아빠, 저도 엄마랑 같은 생각이에요. 혜윤이 이젠 정말 나갔으면 좋겠어요."

"그만해라."

"혜윤이 그 계집애는 눈치도 없어. 어떻게 서른이 넘도록 여태 남의 집에 얹혀살 생각을 해! 아무리 아빠가 잡았기로서니."

"민유진! 말조심해!"

영우의 목소리가 분노에 차서 끓어올랐다. 그런데도 두 사람은 차분했다.

"유진이 말 하나도 틀리지 않아요. 당신 아내와 딸은 바로 눈앞에 있는 우리예요. 잊지 마세요."

"그래. 말 잘했다. 그런 분들께서 내가 쓰러졌을 때 어디 있었지?"

마침내 영우가 민감한 말을 꺼냈다. 한창 바쁘게 일하던 그가 5년 전 뇌출혈로 쓰러졌을 때 오 여사와 유진은 한 달가량 해외여행 중이었다.

생사를 오가던 그때 그를 제일 먼저 발견한 사람이 혜윤이었다. 그뿐인가. 긴 시간이 걸리는 수술을 혼자서 오들오들 떨며 감당하던 것도, 기적같이 살아나고 회복될 때까지 그의 곁을 지키던 것도 혜윤이었다. 긴박한 시간이 지나고 영우는 큰 후유증 없이 회복되었다. 다만 왼손과 왼쪽 다리는 약하게 절게 되었다.

"여행 중이어도 남편이 쓰러졌다면 당장 귀국하는 게 맞는 거지. 그런데 당신은 그때 뭐했어. 당장 귀국할 수 없는 상황이라며 한참 뒤에야 왔지."

"그땐……."

"그 많은 병원비는 누가 냈을 것 같아. 내 통장에선 한 푼도 나가지 않았는데 당신은 병원비에 대한 거 물어보기나 했어? 내게 관심이 있었다면, 딸자식이 아빠한테 관심이 있다면 그렇게는 안 하지!"

두 사람 다 일을 했고 사는 게 넉넉하니 통장도 각자 관리했다. 필요한 돈도 각자가 썼기 때문에 오 여사는 병원비에 대한 것도 물어보지 않았다. 당연히 영우가 냈을 거라 생각했다. 그러니 영우가 저렇게 나오면 두 사람으로선 할 말이 없었다.

"이미 지나간 일이잖아요. 그렇다고 우리가 지금 당신에게 소홀해요?"

"하!"

영우는 기가 막힌 얼굴로 두 사람을 노려보았다.

"혜윤이가 오죽 걱정이 됐으면 제가 모시겠다고 했을까. 다시 들어오라고 내가 애원해서 겨우 들어온 아이야. 그런데 누구 맘대로 내보내."

"여기가 당신 혼자 사는 집이에요? 왜 우리들 의사는 물어보지 않고 마음대로 정하세요!"

"이 집에 사는 나는 당신과 자식한테 무슨 존재야? 내가 남편이고 아버지이기는 해? 누구는 바쁘다는 핑계로, 이제는 집에나 앉아 있는 노인네 취급하면서 무심한데 피 한 방울 섞이지 않은 그 애는 혹시 나 어떻게 될까 봐 매번 불안해하더라. 내가 이걸 어떻게 받아들여야 하냐. 민유진, 할 말 있으면 해 봐."

유진은 불만 가득한 얼굴이었지만 말을 꺼내지 못하고 있었다.

"다시 또 독립 이야기 꺼내면 그땐 가만히 안 있어."

99

영우는 지팡이로 절뚝거리며 방으로 들어갔다. 한동안 적막이 흐르던 공간에 오 여사의 목소리가 뚫고 나왔다.

"네 아빠 말 신경 쓰지 마. 원래 외골수인 거 알잖니."

"알아."

오 여사는 자신의 서재로 들어갔다. 유진도 다시 계단을 오르다가 인기척에 현관으로 슬쩍 고개를 돌리고는 흠칫 놀랐다. 혜윤이 문가에 서 있었다. 혜윤은 곧 빙그레 웃으며 몸을 돌렸다.

"왜 쥐새끼처럼 엿듣고 그래."

유진은 미간을 잔뜩 구기고 계단을 올라갔다.

"고객님, 수리 다 됐습니다."

"……."

"고객님?"

연거푸 부르는 소리에 혜윤이 정신을 차리고 수리 기사가 내민 휴대폰을 받았다.

"다행히 물에 완전히 빠지지는 않아서 큰 고장은 아니었네요. 배터리 교체하고 기본 장착 칩을 바꿨습니다."

"네. 감사합니다."

혜윤은 수리된 휴대폰을 들고 나왔다.

휴대폰을 수리하러 나가는 길에 지갑을 놓고 와서 다시 현관문을 열고 들어가다 다투는 소리를 들었다.

혜윤은 멍한 기분으로 거리를 걸었다. 엄마는 자신을 낳다가 돌아가시고 아빠도 병으로 세상을 등졌다. 열 살이란 어린 나이에 자신을 거둬 준 그들은 혜윤에게 부모나 다름없었다.

한 번도 느껴 보지 못한 엄마에 대한 정을 오 여사에게 기댔지만 그녀는 혜윤에게 선을 그었다. 다정한 모녀지간이 항상 부러웠던 혜윤은 그 쓸쓸함을 영우에게서 채웠고, 그의 말이라면 무조건 받아들였다. 그의 부탁을 거절하는 건 자신의 살점이 뜯겨져 나가는 고통과 같았다.

기숙사에서 사는 동안 과외와 알바를 틈틈이 하다 보니 졸업을 한 후에는 작은 원룸을 마련할 수 있게 되어서 나와 살았다. 그러다 영우가 아프고 난 뒤 그의 부탁으로 다시 들어왔다. 들어오지 말았어야 했는데 조금이라도 그들과 함께 있고 싶어서, 어린 시절부터 자신을 거둬 준 그들의 애정을 느끼고 싶어서 들어오고 말았다.

오 여사와 유진이 자신을 미워하는 걸 알지만 혜윤은 그들의 입장을 이해할 만큼 두 사람을 사랑했으니 모진 말도 감내할 수 있었다. 이 감정은 흡사 짝사랑과 같았다. 혼자만 하는 짝사랑, 알아주지도 않는 짝사랑, 그런데도 갈구하는 사랑. 짝사랑 전문인 자신은 어느새 그러한 감정이 익숙했다.

무엇보다 영우를 생각하면 도저히 나올 수 없었다. 그의 관심과 애정으로 혜윤은 이만큼이나 자랐고 영우가 힘들 때는 자신이 그의 곁을 지켜 주었다. 그래서 아버지 이상인 그의 부탁을 거절하기 힘들었다.

그래도 진작 나왔어야 했다. 어느새 눈치 없는 민폐 덩어리가 되어 있었다.

천천히 걸으며 휴대폰을 켜자마자 낯선 번호로 문자가 여러 통 와 있었다.

〈원혜윤 휴대폰?〉

〈이영민한테 나에 대해 말했나 봐?〉

〈이러고 잠수 탈 생각인가 본데 어림없지.〉

〈확인하는 대로 전화해.〉

혜윤은 옅은 한숨을 내쉬며 낯선 번호로 전화를 걸었다. 얼마 안 가 그가 받았다.

—괜찮아?

버럭 소리라도 지를 줄 알았는데 부드러운 목소리에 혜윤은 울컥하여 목이 가라앉았다. 뭐라고 말해야 하는데 목소리를 낼 수가 없었다. 너무 잔인하게도 그의 목소리가 서러움을 폭발시켰다.

—이봐. 듣고 있어?

소리도 안 내고 고개만 끄덕였다. 또 적막이 흐르자 그는 한숨을 내쉬었다.

—좋아. 너도 찔리니까 말을 못 하는 거겠지. 영민이 녀석이 전화해서 날 죽이려고 했다는 걸 알면 절대 말 못 하지.

이 와중에 웃음이 나다니. 정말 미쳤나 봐.

그도 한동안 말이 없었다.

—어제 비 맞았는데 괜찮나 해서. 또 정식으로 계약했으니까 이제 그다음 단계 진행하자고. 그래서 전화했다. 안 알려 주려고 하는 네 전화번호 겨우 알아내서.

혜윤은 또 고개만 끄덕였다.

─오늘이 금요일이니까 작업은 다음 주 월요일부터 바로 시작하자. 이 소장이 아주 닦달하는데 네 심정이 조금은 이해 가더라. 어제 내가 준 쪽지에 주소 적혀 있지? 거기로 와.

"네."

겨우 목소리를 내어 대답했다.

─괜찮아?

"뭐가요."

─울었어?

"조금. 혼날까 봐 겁먹어서요."

혜윤은 실실 웃으며 작은 목소리로 겨우 말했다.

─혼 안 내. 더 중요한 일을 목전에 두고 있는데 내가 왜 혼을 내. 은인한테.

잠시 무슨 말을 하는 것인가 생각하던 혜윤은 말도 안 되는 거래를 한 기억이 떠올랐다.

"언제예요?"

─내일.

"내일이요?"

─그래. 안 믿어지겠지만.

"약속했으니 지켜야죠. 갈게요. 혹시 특별히 부탁하고 싶은 거 있으면 말하세요."

─없어. 그냥 지금의 너면 돼.

제길. 이 상황에서 심장이 두근거린다. 정신 차려. 그는 그저 비즈니스를 하는 것뿐이야.

"그래요."

―집 어디야? 데리러 갈게.

집이라는 단어에 다시 심장이 울렁거렸다.

"데리러 올 필요 없어요."

―말했잖아. 연애하자고.

혜윤의 심장이 쿵쿵 뛰었다.

"제 집이 아니라 알려 드리기가 좀 그래요."

―누가 들으면 집 안까지 들어가는 줄 알겠다. 대문 밖도 그 집 소유야?

"그럼 문자로 찍어 드릴게요. 이만 끊어요."

두통이 다시 심해져서 혜윤은 먼저 전화를 끊어 버렸다.

영민에겐 오늘 몸이 좋지 않아서 월차를 쓰겠다고 전하고 집을 알아보러 다녔다. 몸이 끊어질 듯 아파 왔지만 죽기 살기로 이 집 저 집 돌아다녔다.

모아 둔 돈 중 1억은 남겨 두고 나머지 금액으로 집을 알아보려니 마땅한 집이 없었다.

"대출이라도 받아야 하나."

혜윤은 눈을 낮춰 단칸방이라도 들어가고자 옥탑방, 반지하도 가리지 않고 돌아다녔다. 반나절 열심히 돌아다닌 결과 방 하나에, 부엌 겸 거실이 있는 주택을 구하게 되었다. 서초동 집과는 비교할 수 없을 정도로 작지만 여자 한 명이 살기에는 충분했다.

밤 10시. 혜윤은 녹초가 되어 서초동으로 돌아왔다. 문 앞에서 한참을 망설이던 그녀는 미처 들어가지 못하고 담벼락에 기대었다. 아침저녁으로 쌀쌀한 가을 날씨가 혜윤의 옷깃을 파고

들었다.

들어가려던 혜윤은 헤드라이트 불빛에 눈을 찡그리며 멈춰섰다. 차는 정확히 그녀 앞에 섰다.

고급 차의 창문이 열리자 그녀는 자동적으로 허리를 숙여 인사했다. 시동이 꺼지며 차 문이 열리고 안에서 사람이 내려섰다.

"소장님, 이 시간엔 어쩐 일로……."

6년을 함께 일했지만 혜윤은 한 번도 영민을 이 집에 데리고 온 적이 없었다. 영민은 문을 닫고 차에 기댔다.

"사랑하는 여자가 아프다는데 가만있을 수가 있나. 인사 기록부 찾아봤어."

혜윤의 얼굴이 또다시 붉어졌다. 아파서 열이 오르는 건지, 저런 말 때문에 열이 오르는 건지 알 수 없었다.

"소장님, 저 그런 말 부담스러워요."

정색하는 목소리에 영민은 미소를 지으며 한 걸음 다가왔다.

"부담스러워하지 마. 오늘은 정말 걱정되어서 왔어. 웬만해서는 나오는 녀석이 갑자기 병가를 내니까 걱정되잖아. 하루 종일 일이 손에 안 잡히더라."

"저 괜찮습니다."

혜윤은 열이 오르는 얼굴로 살며시 미소를 지었다.

"그동안 너무 무리한 부탁을 요구해서 아픈 것 같아 더 미안하고."

"저 정말 괜찮아요. 어제 비 맞아서 그래요. 비 맞으면 원래 몸이 아프거든요."

"그래. 괜찮다면 다행이고."

영민은 서서히 다가와 눈가를 가린 혜윤의 머리카락을 넘겨
주었다. 그리고 다시 바지 주머니에 손을 넣었다.

"지섭이 만나니까 어때?"

혜윤의 눈동자가 그를 향했다. 그의 눈빛이 너무 짙어 혜윤은
자신도 모르게 멈칫 뒤로 물러났다.

그는 알고 있었다. 혜윤이 대학 시절 내내 짝사랑하던 남자가
공지섭이란 사실을.

"어떻긴요. 업무상 만난 건데 좋고 말고가 어디 있어요."

"난 사실 내 발등을 찍고 싶은 심정이야. 너한테 라이언을 설
득하라고 하는 게 아니었는데. 이제야 말하지만 어제부터 한숨
도 못 잤어. 불안해서."

불안하다는 그의 말에 혜윤은 도리어 이해가 되지 않는 얼굴
을 했다.

"지섭이는 내 사촌이고 모든 부분을 나누며 자랐지만 내가 사
랑하는 여자까지 공유하고 싶지는 않아."

"무슨 말인지 잘 이해가 안 돼요. 지섭 선배님이랑 전 아무런
사이도 아니에요. 그리고 전 소장님의 여자도 아니에요."

정색하며 말하는 혜윤을 보자 영민은 단전 밑부터 뜨거운 아
픔이 올라왔다. 지금 이 순간에도 선을 긋는 그녀가 미웠다. 혜
윤의 난처한 얼굴에 씁쓸한 미소를 짓던 그가 어깨를 으쓱하며
그녀의 어깨에 손을 얹었다.

"6년을, 아니 훨씬 오래전부터 너만 바라보았더니 나도 모르
게 내 여자가 되었으면 했나 봐. 혜윤아, 기다릴게. 기다릴 거니

까 한 걸음이라도 다가와 줘."

"소장님."

"지금 말고. 오늘은 아무 생각 말고 푹 쉬어."

영민은 어깨에 올린 손을 올려 혜윤의 뺨을 살짝 쓰다듬었다. 곧 그의 손이 물러났다.

"갈게."

영민은 다시 고급 차에 올라타 눈앞에서 멀어졌다. 그가 간 곳을 하염없이 바라보던 혜윤은 옅은 숨을 내쉬고 몸을 돌렸다. 영민의 마음을 헤아리기엔 자신의 몸이 받쳐 주지 못했다.

천근만근 무겁던 몸이 겨우 회복되었는지 아침 햇살에 눈을 떴을 땐 한결 몸이 가뿐했다. 혜윤은 최대한 신경 써서 씻고 단정한 복장을 한 뒤 아래층으로 내려와 안방 문을 두드렸다.

"들어와."

영우의 목소리에 혜윤은 심호흡을 하고 문을 열었다.

"안녕히 주무셨어요?"

"그래. 너도 잘 잤어?"

"아저씨, 오늘 염색해 드리기로 했잖아요. 지금 해 드릴게 요."

"안 바쁘냐?"

"왜 안 바빠요. 엄청 바쁘죠. 염색해 드리고 나갈 거예요."

"그럼 됐다. 놔두고 얼른 일 봐."

"꼭 해 드릴 거예요."

혜윤은 안방에 달린 욕실로 가서 염색 용품을 가져왔다. 말로

만 싫다던 영우는 벌써 의자에 앉아 있었다.

그녀는 익숙한 손놀림으로 영우의 머리카락에 염색약을 발라 주었다. 두 사람은 한동안 말없이도 느낄 수 있는 감정으로 서로의 마음을 위로했다.

"아저씨, 저 어제 다투시는 소리 들었어요."

혜윤의 말에 영우가 급히 고개를 돌렸다.

"어어, 안 돼요. 얼굴에 염색약 묻어요. 그냥 들으세요. 얼굴 보면 더 말하기 힘들어요."

"혜윤아, 유진이 엄마가 한 말은 신경 쓸 필요 없다."

"그게 아니에요. 이젠 정말로 독립하고 싶어요. 아저씨, 그렇게 해 주세요."

혜윤의 부드러운 목소리에 영우는 아무 말도 할 수가 없었다.

"아주머니랑 유진이 말 틀리지 않아요. 전 절대 아주머니의 딸이 될 수 없어요. 아저씨도 아시잖아요."

"그래도 내가 안 돼. 내가 널 어떻게 키웠는데. 석우한테도 맹세했다. 널 힘이 닿는 데까지 보살펴 주겠다고."

그녀의 아버지인 석우는 어린 혜윤을 남겨 두고 눈을 감는 것이 한스러워 마지막 숨이 다할 때까지 눈을 감지 못했다. 그의 유언이 혜윤이를 끝까지 책임져 달라는 것이었다.

"아저씨, 저 이제 어린애 아니에요. 서른한 살이에요. 내년엔 한 살 더 먹어요."

"혜윤아. 난 네가 이 집에 없는 걸 상상하기 싫다."

"저 멀리 안 가요. 무슨 일 있을 땐 바로 부르세요. 언제든 달려올게요. 이젠 정말 혼자서 살아 보고 싶어요."

영우는 더 이상 말을 하지 못했다. 혜윤의 마음이 어떨지 알기에, 그러면서도 저렇게 태연하게 말하기까지 얼마나 마음 아팠을지 알기에 아무런 말도 하지 못했다.

"자주 놀러 오너라."

"당연하죠."

혜윤은 머리 손질을 마무리하고 협탁에 염색약을 내려놓았다.

"다 되었어요. 5분 기다렸다가 감으세요."

"알았다."

혜윤은 영우를 뒤에서 꼭 안았다.

"사랑해요, 아저씨. 제 아버지셨고 앞으로도 그럴 거예요. 영원히 사랑합니다."

"나도 사랑한다."

혜윤은 울컥하는 마음을 애써 잡으며 문을 열고 나왔다. 이제는 오 여사 차례였다.

혜윤은 오 여사가 있는 서재의 문을 열었다. 그녀는 교수님답게 우아한 자태로 소파에 앉아 책을 보고 있었다.

"잠시 들어가도 될까요."

"들어와라."

오 여사는 쓰던 안경을 내려놓고 혜윤을 보았다. 혜윤은 오 여사의 서늘한 눈빛을 애써 무시하며 그녀의 앞에 앉았다. 잠시 호흡을 고르던 혜윤이 어렵게 입을 열었다.

"이거요."

혜윤이는 하얀 봉투를 오 여사 앞 테이블에 올려놓았다. 뭐냐는 눈빛에 그녀가 빙그레 웃었다.

"그동안 절 키워 주셔서 감사하다는 의미로 드려요. 1억이에요."

오 여사가 약간 놀란 눈으로 그녀를 보았다. 여전히 웃는 얼굴로 혜윤이 말을 이었다.

"키워 주신 은혜까지 생각하면 더 드려야 하지만 지금은 이게 전부라서요. 비싼 등록금과 그동안의 고마움에 대한 답례예요. 진작 드렸어야 했는데 이제야 드리네요. 받아 주세요."

오 여사는 돈 봉투를 바라보았다.

"이걸 왜 주는 거니."

"이젠 정말로 독립해야죠."

다시 오 여사의 눈이 혜윤에게 향했다. 혜윤은 숨을 크게 내쉬며 웃었다.

"이렇게라도 해야 제 마음의 빚을 덜 수 있을 것 같아요."

"그래. 네 뜻이 그렇다면 거절하지는 않으마."

"한 가지만 부탁드려요. 영우 아저씨, 조금만 더 신경 써 주세요."

"그건 네가 신경 쓸 문제가 아니야."

"저한테도 1%의 입지는 있다고 생각해요. 아저씨와 아주머니는 제 부모님이나 마찬가지니까요. 아저씨 또 쓰러지시면 정말 위험한 거 아시죠? 부탁드려요."

"글쎄, 그건 네 문제가 아니래도!"

오 여사의 목소리가 높아졌다. 남에게서 제 남편을 잘 부탁한다는 소리를 듣는 것이 영 거슬렸다.

"넌 정말 끝까지!"

"죄송해요. 더는 주제넘게 참견하지 않을게요. 짐은 내일 나갈 거예요. 그때까지만 기다려 주세요. 그럼."

혜윤은 일어서서 허리를 숙여 인사하고 뒤를 돌았다.

"난 네가 참 밉다. 짜증 날 정도로 미워."

등 뒤에서 들려오는 오 여사의 목소리에 혜윤이 멈춰 섰다.

"네. 알아요."

"다신 부딪치지 말자."

혜윤은 더 말을 못 하고 서재 문을 열었다. 이젠 정말로 마지막인가 보다.

방으로 들어오는데 휴대폰이 울렸다.

"여보세요?"

―이제야 받네.

"네?"

―당장 휴대폰 봐.

혜윤은 제 휴대폰을 다시 들여다보았다. 부재중 전화 다섯 통. 그녀는 뜨끔한 마음에 일부러 밝게 웃었다.

"하하, 아침부터 하도 바빠서 전화가 온 줄 몰랐어요."

―어디 작별 인사라도 하고 왔나 봐?

농담으로 한 말이겠지만 그가 정곡을 찌르자 혜윤은 벙어리가 되었다.

―나와. 집 앞이야.

혜윤은 통화를 끊고 창밖을 내다봤다. 정말로 지섭이 차에 기댄 채 서 있었다.

그녀가 황급히 코트와 가방을 챙겨 나왔다. 어제 이영민 소장에 이어 오늘은 라이언, 두 남자를 연거푸 맞이하게 되는 상황에 묘한 기분이 들었다.

"이 집에서 화려한 대미를 장식하네."

문밖으로 나오자 지섭의 앞에 유진이 서 있었다. 두 사람이 대화하는 모습을 지켜보던 혜윤은 그의 눈이 자신에게로 향하자 천천히 걸음을 옮겼다. 유진이 뒤를 돌아보더니 미간을 구겼다.

"둘이 같은 집에 살아?"

지섭의 질문에 유진이 대뜸 맞받아쳤다.

"아뇨. 정확히 말하면 얘가 내 집에 얹혀사는 거죠."

그의 눈동자가 혜윤에게로 향했다.

"유진이 말이 맞아요."

혜윤의 미소에 지섭은 다시 눈을 돌려 유진을 바라봤다.

"그래. 그럼 회사 잘 다니고."

"도대체 그동안 어디 있었냐니까요. 제가 얼마나 선배님을 기다렸는데요."

지섭이 환한 미소를 지으며 유진을 바라보았다. 예전엔 저 미소를 제일 좋아했는데 이젠 알 것 같았다. 그는 곤란한 상황에서 저런 미소를 짓는 거였다.

"아름다운 아가씨는 몰라도 돼."

"회사로 돌아오기는 하실 거죠?"

유진의 집요한 질문에 지섭은 혜윤의 손목을 잡아끌고 옆에 세웠다. 이게 무슨 짓이냐며 멀어지려는 혜윤의 허리를 움직이지 못하게 잡아당겼다.

"급한 일 아니면 다음에 대화하자."

지섭은 조수석 차 문을 열고 혜윤을 안으로 밀어 넣었다. 다시 운전석 쪽으로 와 곧장 차 문을 열었다.

"보다시피 지금 좀 바빠서."

유진에게 웃어 보이며 지섭이 차에 탔다. 황당하다는 표정으로 보고 있던 유진은 멀어져 가는 차를 속수무책으로 바라볼 뿐이었다.

"가짜 연애라면서요!"

혜윤이 소리를 질러도 지섭은 태연하게 웃으며 운전했다.

"그래. 가짜 연애."

"그런데 남의 집 앞에서 이게 무슨 추태예요! 선배님 집 앞에서만 가능한 거죠, 그 계약은!"

"네 집도 아니라며. 그럼 어디서건 무슨 상관이야."

혜윤은 막무가내인 지섭을 얼빠진 얼굴로 바라보았다.

"유진이가 어떻게 생각하겠어요. 유진이 창영건설 다닌다고요! 소문이라도 나면 어떡해요."

"그럼 더 좋지. 아버지 귀에 더 빨리 들어가겠군."

"아, 정말."

혜윤은 대책이 없는 남자에게서 고개를 돌려 버렸다. 그때 유진에게서 문자가 왔다.

〈재주도 좋아. 어제 이영민 선배에 이어 오늘은 공지섭 선배. 대체 지섭 선배는 어떻게 만난 거야? 영민 선배야 네 회사 상

사니까 그렇다 치고, 연락 두절이던 지섭 선배를 어떻게 만났어. 너 몸 팔고 다니니?〉

지난밤에 영민이 찾아온 것도 본 모양이었다. 그래도 한집에서 20년 가까이 살던 사이인데 유진은 혜윤에게 차마 입에 담기도 힘든 말을 내뱉고 있었다.

한참 동안 휴대폰을 들여다보고 있는 혜윤을 보더니 빨간불에 선 그가 휴대폰을 뺏어 갔다.

"뭐예요! 어서 주세요!"

지섭은 혜윤의 손길을 따돌리면서 문자를 살폈다. 순식간에 내용을 읽은 그는 도로 휴대폰을 그녀에게 주었다.

"정말 노매너에 재수 없고 밥맛인 거 아세요?"

잔뜩 화가 나서 소리를 지르는 혜윤에게 고개를 끄덕이며 웃었다.

"정확히 파악했네."

"우와. 정말 노답이다, 노답."

혜윤은 휴대폰을 확 잡고 창밖으로 얼굴을 홱 돌렸다.

"그런 여자애 집에서 뭐 좋다고 같이 살고 있어?"

혜윤은 지섭의 목소리에도 얼굴을 돌리지 않았다.

"함부로 말하는 애랑 놀지 마."

"아빠라도 되세요?"

"필요하면 해 줄게. 연애도 하는데 아빠 노릇이라고 못 할까."

네네, 말이나 못 하면. 혜윤은 어이없는 웃음이 나왔다. 하지만 그 덕분에 조금은 마음이 풀어졌다.

"다음에 누가 그런 말을 하면 이렇게 말해."

저도 모르게 혜윤의 고개가 돌아갔다. 이어질 그의 말이 궁금했다. 지섭도 고개를 돌려 웃었다.

"무지개 반사."

잠시 멍하게 바라보던 혜윤이 큭큭 거리며 웃어 댔다.

"정말, 선배님은 못 당하겠네요."

혜윤의 웃는 얼굴에 그도 저절로 미소를 지었다.

"그렇게 웃고 다녀. 넌 웃는 게 제일 예뻐."

거짓말처럼 혜윤의 입가에서 웃음이 사라졌다. 그리고 다시 창밖으로 시선을 돌렸다.

"오늘 콘셉트는 뭐야. 어디 장례식장 가?"

지섭의 말에 혜윤이 제 복장을 훑었다. 단정한 옷을 고른다고 했는데 고르다 보니 재킷과 바지 모두 검은색이었다. 안에는 하얀 블라우스를 입었지만 신발도 검정 구두였다. 검정 모자만 있다면 장례식 업체 직원인 줄 알 지경이다. 혹은 마이클 잭슨 코스프레라거나.

"특별히 주문하신 거 없었잖아요."

"맞아. 잘했어. 장례식장 맞지."

소리 내어 웃는 지섭에게 눈을 돌렸다. 진심이 담긴 미소였다. 남자의 웃는 얼굴은 정말로 아름답고, 섹시했다. 심장이 떨릴 만큼.

거대한 저택 앞에 즐비하게 늘어선 고급 차들을 보며 혜윤은 저도 모르게 마른침을 삼켰다. 잠시 잊고 있었다. 라이언을 모셔 오는 데 집중한 나머지 공지섭의 집안이 어떤 집안인지 생각하지 못했다. 그는 고급 차가 문전성시를 이루고, 화려한 저택을 소유하고 있는 창영건설의 사람이었다. 혜윤은 옆에 서 있는 지섭을 바라보았다. 잘생긴 옆모습이 굳어 있었다.

"오늘 별의별 사람들이 모이는 날이야. 사모님 생신이거든."

"사모님? 어머니란 단어를 일부러 어렵게 말씀하시는 건가요?"

지섭이 미소를 지으며 혜윤을 내려다보았다.

"아니. 정말로 사모님이거든. 가자. 그래도 네가 있어서 좀 낫다."

지섭은 다시 혜윤의 손목을 잡고 걸었다. 대저택 안에는 많은 사람들이 있었다. 하나같이 예사롭지 않은 복장이었다. 지섭은 가벼운 슈트 차림이었다. 멋진 외모 덕분에 어떤 옷을 걸치더라도 고급스러운 분위기는 없어지지 않았다.

지섭은 그녀의 허리로 손을 내려 에스코트하듯 움직였다. 그의 손길이 허리에 닿자 심장이 촌스럽게 소리를 냈다.

그가 나타나자 모두들 놀라운 얼굴을 하고 바라보았다. 그 옆에 서 있는 혜윤은 견디기 힘들 정도로 낯이 뜨거워졌다. 모두의 시선이 지섭의 옆에 있는 자신에게로 연달아 쏟아졌다. 각오하고 왔지만 생각보다 더 죽을 맛이었다. 혜윤의 얼굴을 읽었는지 지섭이 그녀의 허리를 더욱 꼭 안았다.

"긴장 풀어. 일하러 가자."

그가 무작정 끌고 온 곳은 한눈에 보아도 보통 분이 아니라 느껴지는 여인의 앞이었다. 딱 봐도 사모님이라 불리기에 손색

없는 우아함이 흘렀다. 지섭이 고개를 숙여 인사하자 혜윤도 덩달아 허리를 숙였다.

"잘 지내셨어요? 여전히 아름다우십니다. 6년 전에 뵀을 때보다 더 어려 보이시니 세월도 사모님이 무섭나 봅니다."

지섭을 바라보는 여인의 미간이 살짝 찌푸려졌다. 누가 듣기에도 비꼬는 소리였다. 그런데도 그녀는 잠시 미간을 찌푸릴 뿐 미소를 잃지 않았다.

"몇 년 만인지 모르겠구나. 난 죽었나 했지. 살아 있었다니 다행이구나."

"네. 애석하게도 살아 돌아왔습니다."

"하필 그게 오늘이고."

"그렇죠."

지섭의 태연한 목소리에 여인의 표정이 더욱 굳어 갔다. 그에게서 어떤 결점도 찾아낼 수 없다는 걸 느낀 여인의 눈이 혜윤에게로 향했다. 지섭은 미소를 잃지 않은 채 혜윤의 허리를 끌어당겼다.

"제가 만나는 여자입니다."

모두의 시선이 혜윤에게로 쏠렸다.

"형이 만나는 여자라고?"

지섭보다 어려 보이는 남자가 비웃음을 머금은 얼굴로 혜윤을 보았다.

"응. 왜?"

"아니. 크흡, 복장이……."

남자는 혜윤을 위아래로 훑더니 킥킥거렸다.

"알 만하다. 형이 만나는 여자 수준."

"말이 좀 심하네. 내가 얼마나 사랑하는데."

지섭이 그녀의 허리를 더욱 끌어 품에 안았다. 혜윤의 심장이 두근거렸다. 연극일 뿐인데 제멋대로 움직이는 심장을 꼬집고 싶었다.

동생뻘 되는 남자가 놀란 눈으로 지섭을 보았다.

"형이 사랑을 한다고?"

"왜. 나는 사랑하면 안 돼?"

그의 주특기인 평정심은 이런 곳에서 발휘되나 보다. 어쩜 저런 말들에 꿈적도 않고 태연할 수 있을까.

"보면 볼수록 예쁘거든. 내 여자."

지섭은 사랑이 가득 담긴 눈으로 혜윤을 내려다보았다. 혜윤은 감탄의 눈으로 그를 올려다보았다. 배우 해도 손색없겠어. 다 속아 넘어가겠네.

혜윤의 행색을 본 여인은 급격히 얼굴이 밝아지며 안면에 비웃음이 자리 잡았다.

"하고 다니는 모습은 여전하구나. 후계자란 녀석이 아무 여자나 만나고 말이야. 그러니까 별의별 소문이 다 나지."

여인은 혜윤을 먹잇감으로 생각했는지 공격적으로 바라봤다.

"이봐요, 아가씨. 옆에 있는 남자가 누군지는 알고서 만나는 건가요? 그쪽이 만날 레벨이 아니에요."

대놓고 혜윤을 무시하는 말도 그녀에게는 남의 세계 이야기처럼 들려왔다. 그러니 기분 상할 일도 없었다.

"태초에 인간은 평등하게 태어났어요. 레벨은 테스트 통과할 때나 들어본 말이라서요. 정확히 무슨 뜻인지 모르겠습니다."

혜윤의 담담한 말에 여인이 오히려 당황했다. 지섭은 미소를 지으며 혜윤을 내려다보았다.

"무식해서 그런 건가. 무슨 의미인지 모른다면 문제가 있지. 아니면 남자 하나 잘 물어서 팔자 필 속셈이든가."

여인이 다시 독설을 날렸다. 하지만 이 또한 혜윤에게는 가벼운 외침일 뿐이었다.

"둘 다요. 아마도 무식해서 그런가 봐요."

살짝 웃어 보이는 혜윤을 모두가 기막힌 얼굴로 바라봤다.

"저랑 지섭 씨 떨어뜨려 놓으실 작정이라면 포기하세요. 전 절대 포기하지 않을 거예요. 포기라는 걸 모르는 여자거든요."

여인의 얼굴이 변화무쌍하게 변했다. 한편으론 지섭이 만나는 여자가 저 모양이니 그가 쉽게 회장님의 자리를 잇지는 않을 거라는 안도감이 들었다.

"그러니까요, 사모님."

지섭이 고개를 돌려 여인을 바라보았다.

"더 이상 회장님 자극하지 마세요. 전 그 자리가 전혀 탐나지 않으니까 두 분이 알아서들 하시고요. 그 사이에 저는 끼워 넣지 마시죠. 사모님이 사랑하시는 아들, 지환이나 적극 밀어 주세요."

여인과 남자를 번갈아 보면서 말하던 지섭은 미소를 한 번 더 지었다.

"사모님, 생신 축하드립니다."

지섭은 말을 끝마친 뒤 끝까지 혜윤의 허리를 놓지 않고 소중하게 데려갔다. 어쩐지 그의 기분이 좋아 보였다.

대문을 나오면 지섭이 곧장 허리를 놓을 줄 알았는데 그는 대기하고 있는 차로 갈 때까지 팔을 내리지 않았다. 혜윤이 먼저 그의 팔을 내려놓았다.

"왜. 불편해?"

"아뇨. 이제 연기 그만해도 되잖아요."

혜윤이 슬쩍 웃으며 먼저 차에 탔다. 지섭은 한동안 그녀를 바라보더니 운전석으로 왔다.

"오늘 제대로 임무 완수했어. 역시 원혜윤이야. 영민이가 왜 너를 보내서 라이언을 설득하라고 했는지 알 것 같아. 너 정말 뭐든지 해내는 여자구나."

"알아주시니 고맙네요."

"고생했어. 편한 자리는 아니었을 텐데."

"괜찮아요. 업무의 연장선이라고 생각하니까 별로 어렵지도 않았어요."

지섭이 새삼 혜윤을 보며 미소를 지었다.

"너 진짜 엉뚱한 거 알아?"

"그런가? 선배님만 그렇게 느끼는 거예요."

"뭐든 좋다. 첫 번째 관문 잘해 줘서 고마워."

혜윤도 빙그레 웃었다. 차가 지하철역 근처에 다다르자 그녀가 손가락을 가리켰다.

"저기 지하철역에서 내려 주세요."

"걱정 마. 집까지 데려다줄게. 근데 벌써 가려고?"

"그럼 어딜 또 가요? 임무 완수했고 조건 이행했으니 오늘 볼

일은 끝난 거잖아요."

"그건 그렇지만."

지섭은 갑자기 말문이 막혔다. 그녀의 말에 반박할 거리가 없었다.

"그리고 저 집에 가는 거 아니에요."

"그럼 어디?"

"비밀."

손가락을 입에 대고 눈웃음을 짓는 그녀에게 시선이 고정되었다.

"누구나 비밀 한 가지씩은 가지고 있는 거 아닌가요? 선배님도 만만찮게 비밀이 많은 것 같고요."

"비밀이라."

길가에 차가 서자 혜윤이 안전벨트를 풀었다.

"오늘 제가 조금이나마 도움이 되었길 바라요. 왠지 선배님의 인생도 제 인생만큼 복잡해 보여서요. 그럼 월요일에 봐요."

차 문을 닫고 그에게 손을 흔들다 지하철역 안으로 뛰어들어가는 혜윤, 그런 그녀를 넋 놓고 바라보고 있는 자신.

지섭은 그녀에게 틈도 보이지 않고 빠져 있단 걸 자각하고 급히 고개를 저었다.

"미쳤군, 공지섭. 혜윤인 건드리지 마. 저 애는 그냥 놔둬."

지섭은 대저택에서 어느 누구에게도 주눅 들지 않고 당당하던 혜윤이 떠올랐다. 자꾸만 그녀의 맑고 깨끗한 눈동자가 생각났다. 생각을 지우려 하면 할수록 예쁘게 웃는 그녀의 얼굴이 선명하게 나타났다.

"이건 위험해. 너무."

지섭은 얼마 못 가 길가에 차를 대었다. 그리고 그녀가 이미 가고 없는 곳으로 시선을 돌렸다.

마음을 다잡을 필요가 있다. 원혜윤이란 여자는 보통이 아니다.

5

이건 당신이 좋아서

알람 소리에 눈을 뜬 혜윤은 낯선 공간을 눈으로 훑었다. 어제 이사하고 처음으로 제집이 된 곳에서 잠을 잤다.

하루아침에 이사를 가는 혜윤이 못내 안타까워 집을 나선 영우, 그녀가 이사할 때 모습도 보이지 않던 오 여사와 유진. 혜윤은 얼마 없는 짐을 작은 트럭에 싣고 쓸쓸하게 나왔다.

커다란 집에서 살 때는 몰랐는데 밤이 되자 개 짖는 소리와 사람 지나가는 소리, 창문이 덜컹거리는 것에도 온 신경이 곤두섰다. 그나마 옥탑방이나 반지하가 아닌 것에 감사했지만 소리에 민감해진 혜윤은 뜬눈으로 밤을 지새웠다.

"이게 집 없는 서러움이었구나."

혜윤은 마른세수를 하고 침대에서 일어섰다.

집을 나서며 혜윤은 길가에 빨강, 노랑으로 물든 가로수를 바라보았다. 곧 겨울이 다가올 모양이다.

그녀는 겨울이 싫었다. 춥고 서럽고, 서늘한 감정이 너무도 적나라하게 드러나는 계절이 겨울이었다. 새로운 곳에서 겨울을 맞이하려고 하니 더욱 심란했다.

버스 정류장에서 한참 생각에 잠겨 있던 혜윤은 삼청동으로 향하는 버스에 사람들이 오르는 것을 보고 급히 따라 올랐다. 리조트 준공에 대한 총괄 업무를 맡긴 했지만 어떻게 시작해야 할지 대책이 서지 않았다.

영민은 이번 사업을 모두 자신에게 일임했고 원하는 대로 하라고 했다. 클라이언트가 엄청 닦달한다는데도 자신에게 전부 맡겼다. 혜윤은 창밖을 보며 터져 나오는 한숨을 내쉬었다.

버스에서 내려 한참을 걷던 혜윤은 쪽지에 써 있는 주소를 보며 한옥 구조로 되어 있는 단층 건물 앞에 섰다.

겉으로는 일반 한옥처럼 보여 특이한 점은 없었다. 단지 아담한 구조물이 라이언과 닮은 것 같으면서도 괴리감이 들게 했다. 독특하면서도 그와 전혀 어울리지 않는 모습이었다.

지섭은 달랑 쪽지만 주고 알아서 찾아오라고 했다. 그런 매정한 남자를 모셔야 한다는 생각에 벌써부터 눈앞이 깜깜했다.

벨을 누르자 문이 열렸다. 매끄럽게 다듬어진 나무문을 열고 안에 들어온 혜윤은 작은 마당 쪽으로 눈을 돌렸다.

이제 막 자라고 있는 묘목들과 새순들이 바닥에서 솟아나고 있었다. 대문부터 건물 입구까지 흙으로 깔아 놓은 것이 다른 집들과 달랐다. 대부분 오가는 길은 돌멩이로 깔고 주변을 잔디밭으로 꾸미는데, 이 집은 가운데에 흙이 깔려 있어 길이 더 돋보였다.

혜윤은 걷다 말고 주저앉아 바닥의 흙을 손바닥으로 만졌다. 아주 고운 입자도 아니고 모래처럼 굵은 입자도 아닌 중간 정도의 흙이었다. 걸을 때 소리가 나지 않고 흙먼지가 일어나지 않았다. 추워지는 바깥세상과 달리 흙에서 따뜻함이 느껴지는 듯했다.

"신기한 흙이네."

"왔으면 들어와. 개미 구경해?"

갑작스럽게 들려오는 목소리에 혜윤은 손을 털고 일어섰다. 지섭이 입구의 문을 연 채 서 있었다. 그러는 사이 기와가 덮여 있는 천장 아래로 한쪽 면이 전부 유리로 된 창이 눈에 들어왔다. 덕분에 실내가 훤히 보였다. 지섭은 혜윤이 들어가도록 옆으로 비켜서 주었다.

"우와."

안으로 들어온 혜윤은 자작나무 냄새가 나는 실내에 저절로 감탄사가 흘러나왔다. 나무를 베어다가 만든 건지는 모르겠지만 실내는 원목 구조였고, 거짓말 조금 보태서 수영해도 좋을 만큼 커다란 데스크가 눈에 들어왔다. 작업하기에 환상적인 높이와 넓이의 데스크였다.

단화를 벗고 안으로 들어간 혜윤은 잠시 작업실 안을 구경했다. 안쪽에 놓인 원목 계단을 올라가면 천장과 맞닿은 작은 공간이 나오는 모양이었다.

"청소는 직접 하시는 거예요?"

"왜. 난 청소도 안 하고 살 것 같아?"

"귀한 분이 빗자루에 손을 댈까 싶어서."

"청소는 사람의 기본 도리라고 생각해. 이래 봬도 기본 도리는 지키고 사는 사람이야. 안 믿겠지만."

지섭이 웃으며 현관문을 닫았다. 혜윤은 유리창 앞에 섰다. 전면이 유리라서 마당이 한눈에 들어왔다.

밖에서 보는 사람은 없을까 싶었지만 담벼락이 막아 주고 있어서 그럴 염려는 없었다. 자연 채광이 창으로 기분 좋게 스며들었고 마당에 골고루 퍼지는 빛으로 바깥의 작은 묘목들이 귀엽게 느껴졌다.

"정말 멋지다. 특히 이 원목은 진짜 자작나무예요?"

"어떻게 알았어?"

"선배님은 절 뭐로 보고. 냄새가 나잖아요."

지섭이 슬쩍 미소를 지으며 다가왔다.

"아는 분이 베어 버린 자작나무가 있다고 해서 그걸로 만들었어. 바깥에 심은 묘목도 자작나무야."

혜윤은 손가락으로 나뭇결을 훑었다.

"멋져요. 정말 가우디 같아요."

지섭을 향해 미소를 지으며 가방을 테이블 위에 놓고 데스크로 와서 의자에 앉았다.

"가우디는 공간미와 색채, 자연과 어우러진 구조물, 고객의 입맛에 맞추면서도 자신이 생각하는 바를 밀어붙이는 단호함까지 어느 것 하나 건축가로서 본받지 않을 점이 없어요."

혜윤은 허공을 보며 나지막하게 가우디를 표현했다. 지섭에게로 눈동자를 돌리더니 살풋 웃었다.

"그런데 선배님 보면 좀 비슷한 점이 있어요. 선배님이 하시는 건축물도 꽤 감명 깊어요."

"내가 한 것 본 적 있어?"

"요즘 가장 핫한 라이언 작품을 모르는 건축학도도 있어요? 선배님 전에 설문 조사에서 존경하는 건축가로 뽑히셨어요."

지섭의 입가에 미소가 번졌다.

"나쁘지 않네. 그런 평가."

지섭이 혜윤의 앞으로 의자를 끌어다가 앉았다.

"그런데 왜 라이언이라는 가명을 썼어요?"

"응?"

"아니, 라이언 말고도 외국 이름 많잖아요. 밥, 톰, 다니엘, 토니 등등. 라이언으로 지은 이유가 있어요?"

"궁금해?"

지섭은 테이블에 팔을 올리며 턱을 괴었다. 혜윤의 눈동자가 유난히 반짝인다는 생각이 들었다. 빤히 바라보는 그의 눈빛에 혜윤이 눈썹을 꿈틀거렸다.

"제 얼굴에 뭐 묻었어요?"

"아니."

"사람 무안하게 왜 그렇게 봐요."

"못생겨서."

그럴 줄 알았다는 얼굴로 혜윤이 입술을 삐죽이자 웃음이 나왔다.

"난 사실 외국 이름을 만들 생각은 없었어."

"그렇죠? 선배님도 처음부터 신비주의를 할 생각은 없었던 거죠?"

"아니. 내 존재를 감추려곤 했지만 외국 이름을 쓸 생각은 없었거든. 그런데 미국인 친구와 대화하다가 내 생일이 83년 5월 5일이라고 했더니⋯⋯."

"설마 라이언 커리?"

깜짝 놀라는 목소리에 지섭도 말을 하다 말고 그녀를 바라보았다.

"말도 안 돼! 본인이 어딜 봐서 라이언 커리와 닮았다는 거예요!"

격하게 부정하는 그녀를 보자 지섭은 묘하게 기분이 나빴다.

"외모를 닮았다는 게 아니라 생년월일이 같다고."

굳이 변명과 설명을 할 것 없는데, 왜 내가 부연설명을 해야 하는 거야.

"너 라이언 커리인지 인도 커리인지 좋아하냐."

"지금 아재 개그 하는 거예요? 완전 재미없어요."

"아재? 참나, 나 그런 소리 처음 들어. 내가 어딜 봐서 아저씨야."

"서른 넘으면 다 아저씨죠, 뭘. 전 아줌마고요."

"이상해. 네 단어 선택, 좀 많이 이상한 것 같아."

"외모는 커리와 다르지만 어쨌든 잘 어울리네요. 라이언."

병 주고 약 주냐. 지섭은 어디 더 해 보라는 듯 팔짱을 꼈다.

"아니야. 지금 보니까 또 라이언 커리와 비슷한 것 같기도 하고."

"건축 일보다 연예인을 더 유심히 보고 다니나 봐?"

"잘 모르시나 본데 건축에도 도움 돼요."

"설마 그럴 리가."

"비율 보면 조물주의 건축물에 다시 한번 감탄하게 되죠. 어쩜 저렇게 잘 빚어 놨을까 하고."

"일이나 하자. 너랑 대화하면 혈압 오르니까."

혜윤은 실실 웃으며 고개를 끄덕였다.

"리조트 기획안 가져왔지?"

"네."

"그럼 지금부터 숙제를 내줄게. 한 시간 안에 끝내도록 해봐."

혜윤의 미간이 살짝 구겨졌다. 무슨 인생이 타이머처럼 매번 제한 시간이 있다.

지섭은 일어서서 한쪽 모퉁이에 말아져 있는 종이를 폈다. 커다란 도면이 나왔다. 그는 도면을 데스크 위에 올려놓았다.

"내 건축물은 자연 속에 어우러짐이 특징이야. 그러니까 넌 이 도면 안에 자연을 넣어서 표현해 봐."

"제가요?"

"리조트 기본 사항은 너도 이미 봐서 알 거야. 그중에 아무 장소라도 좋아. 네가 표현해 보고 싶은 곳을 선택해서 그려 봐. 연습이니까 부담 갖지 말고."

"그런데 제가 왜 이걸 그려요?"

"내가 리조트 설계 담당자니까. 너는 내 조수고. 내 조수라면 당연히 할 줄 알아야지."

"조수는 그저 도우면 되는데 제가 도면을 그려요? 그건 조수의 임무가 아니에요."

"난 수동적인 조수는 별로야. 뭐든지 적극적인 사람이 좋아."

"전 설계에 자신 없어요. 어떻게 제가 그려요."

"저번에 호텔로 가져온 설계도도 리조트 견본이었어. 자신감을 가져도 돼. 자, 지금부터 한 시간이야. 그 안에 제대로 만들어 내지 못하면 오늘 저녁은 네가 사야 돼."

"그런 법이 어디 있어요! 순 제멋대로야!"

혜윤의 목소리가 천장을 뚫을 듯이 커졌다.

"좋아요! 한 시간. 시간 안에 그려 내면 선배님은 뭘 주실 거예요?"

"글쎄? 뭐든."

"제가 원하는 건 이기면 말씀드릴게요."

지섭은 벽시계를 보며 시작, 하고 외쳤다. 혜윤은 데스크로 와 텅 빈 도면을 바라봤다. 호기롭게 외쳤지만 도무지 어떻게 접근하고 생각해야 하는지 앞이 캄캄했다.

가방에서 노트와 펜을 꺼내며 슬쩍 지섭을 봤다. 그는 벌써 도면에 척척 그려 나가고 있었다. 어쩜 생각한 것을 그대로 표현해 낼 수 있을까. 다시 도면으로 고개를 돌린 혜윤은 제 머리를 흐트러뜨리며 생각했다.

한참 작업하던 지섭이 문득 고개를 돌려 혜윤을 바라봤다. 그녀는 머리를 부여잡고 노트에 무언가를 휘갈기고 있었다. 그러다가는 다시 고개를 저으며 다음 장으로 넘겼다. 골똘히 생각하며 정신을 집중하는 혜윤의 모습이 눈에 들어왔다. 그의 입가에 작은 호선이 그어졌다.

한 시간이 되자 지섭은 작업하던 것을 멈추고 혜윤에게 다가갔다. 도면이 깨끗했다.

"깨끗하네."

고개를 숙이고 있던 혜윤이 급히 머리를 들며 벽시계를 보았다. 곧 어두워진 얼굴로 지섭을 올려다보았다. 팔짱을 끼고 지켜보는 그가 마치 저승사자 같았다.

"한구석도 그리지 못했나 봐."

"네. 도저히 그리지를 못하겠어요."

지섭은 고개를 푹 숙이고 한숨을 내쉬는 혜윤을 물끄러미 보다가 데스크에 놓여 있는 노트를 가져왔다.

"어어, 보면 안 돼요!"

혜윤이 급히 손을 뻗었지만 그는 손쉽게 피했다.

"왜?"

"엉망이에요."

"연습장이니까 상관없잖아."

"그래도……."

혜윤은 울 것 같은 얼굴로 의자에 털썩 앉았다. 노트를 한 장 한 장 넘길 때마다 지섭의 미소도 덩달아 깊어졌다.

혜윤은 자기가 무슨 설계도를 그리고 있는지도 몰랐다. 그녀의 섬세한 공간미와 여백, 여인의 부드러움이 도면 가득히 드러나 있었다. 따뜻하고 다정한 그녀의 마음이 가득했다. 설계에 재능이 있는데 그녀는 왜 스스로를 가두고 있을까. 연습이 끝난 장에서 노트를 덮은 그는 급히 표정을 굳히고 노트를 내려놓았다.

"시간 안에 그리지 못했으니까 네가 저녁 사."

"네."

혜윤은 완전히 낙담한 듯 목소리가 가라앉았다.

"원혜윤."

"네."

"원해서 원혜윤이야?"

혜윤이 황당한 얼굴로 지섭을 올려보았다. 뭐가 재밌는지 그는 혜윤이 알고 난 이래로 가장 신나 보였다.

"아재 티 내는 거예요?"

"서른 넘으면 아재라며. 아재 하지, 뭐."

"재미없어요."

혜윤은 다시 시무룩한 얼굴로 의자에서 일어섰다.

"어? 정말 그러네? 원혜윤. 원해요. 비슷하잖아. 부모님한테 물어봐. 혹시 그런 뜻으로 지은 거 아니냐고. 분명히 그렇다고 하실걸?"

혜윤의 눈동자가 그를 향했다.

"부모님 돌아가셨어요. 그러니까 이제 이름 가지고 그만 놀리죠."

혜윤은 정색하며 말하고 가방이 있는 테이블로 갔다. 그의 시선이 그녀의 뒤를 따라갔다.

"그래? 언제 돌아가셨는데?"

그녀가 고개를 홱 돌려 지섭을 노려보았다. 꼭 이런 상황에서도 제 마음대로 말하고 싶을까.

"그만하시죠."

"부모님 돌아가신 거로 아직까지 힘들어하는 거야? 못났다."

"선배님."

"그렇게 가로막고 있는 장애물이 많으니까 생각이 안 나오지. 단순한 줄 알았더니 완전 복잡하고 피곤한 여자야, 너."

혜윤의 얼굴이 붉어졌다. 웬만하면 화내지 않으려고 하는데 이건 좀 너무하잖아. 가족은 건드리는 거 아닌데.

"머릿속에 제약을 두는 것들로부터 자유로워지지 않으면 절대 뜻대로 설계가 나올 수 없어. 아니, 아무것도 나오지 못할 거야. 평생."

"잘됐네. 전 평생 설계할 일 없으니까 나오지 않아도 되거든요!"

혜윤이 소리를 질렀다. 얼굴이 새빨개지고 몸은 부들부들 떨렸다. 참았던 서러움이 폭발했는지 눈동자에 핏발이 섰다.

"선배님이 절 아세요? 제가 왜 설계를 안 하는지 아시냐고요. 왜 부모님이 없는지 아세요? 왜 당신이 엿 같은지 아냐고요!"

실내가 울리도록 쩌렁쩌렁 소리를 지르는데도 그는 표정 하나 변하지 않고 혜윤을 바라보았다.

혜윤은 들썩이는 숨을 거칠게 내쉬며 흘러내리는 눈물을 손으로 닦았다.

"소리 다 질렀으면 저녁 먹으러 나가자."

지섭은 먼저 몸을 돌려 입구로 향했다. 그가 나가는 모습을 어이없게 보던 혜윤은 감정을 주체하지 못하고 폭발시킨 자신을 자책했다.

그래도 눈물이 계속 흘러내렸다. 참고 참았던 서러움이 폭발하듯 흘렀다. 내면의 약점을, 자신의 아킬레스건을 저 남자는 아무렇지도 않게 무너뜨렸다. 뭐라도 되는 것처럼. 마치 모든 걸 알고 있는 것처럼.

혜윤은 미간을 찡그리며 머리를 마구 헝클었다. 상황이 어떠 했을지라도 갑에게 소리 지르면 안 되는데 경솔했다. 상사에게 대드는 거랑 뭐가 다를까.

하지만 시원했다. 잠깐이라도 소리를 질렀더니 얹혔던 체증 이 내려가는 것 같았다. 그동안의 복잡한 마음이 어느 정도 가 라앉았다.

혜윤이 대문 밖으로 나오자 지섭은 담배를 피우고 있었다. 그 의 뒷모습이 저녁노을에 비춰 음영을 드리웠다. 섹시하고 기품 이 흐르는 뒤태를 멍하니 보던 혜윤이 서서히 그에게 다가갔다.

"뭐 드실래요."

조심스러운 목소리가 뒤에서 들리자 지섭이 돌아보았다. 고 개를 들지 못하는 혜윤이 영 못마땅했다. 지섭은 담배 끝 심지 를 손으로 툭툭 쳐 불씨를 끈 다음 길거리 쓰레기통에 버렸다.

"가자. 내가 가끔 가는 집이야."

지섭이 앞장서서 가자 혜윤은 그 뒤를 따랐다. 한참 걷는데 그가 혜윤이 다가올 때까지 멈춰서 기다려 주었다.

"먹는 내내 불편하고 싶지 않아. 계속 그런 얼굴 할래?"

"죄송해요."

혜윤은 허리를 숙였다.

"아깐 감정이 격해져서 선배님께 실수했어요. 다신 그런 일 없을 거예요."

"네가 잘못한 게 뭔데 죄송하대. 너 입버릇처럼 죄송하단 말

달고 살지? 그러지 마라."

혜윤이 지섭을 올려다보았다. 상처받은 그녀의 눈동자가 지섭을 향했다.

"네가 잘못한 거 아니야. 아무 생각 없이 말한 내 잘못이고 실수였어. 네가 잘못한 게 아니라고."

혜윤의 시선이 다시 바닥으로 향했다.

"난 널 가로막고 있는 막이 사라졌으면 좋겠어. 그 막이 있는 한 넌 설계할 때마다 계속 주저하게 될 거야."

"저 그런 거 없는데요."

"있어. 잘 생각해 봐. 넌 정말 설계에 재능 있으니까. 내가 보장해."

혜윤의 눈동자가 혼란스러움에 흔들렸다.

"들어가자."

지섭이 혜윤의 손목을 잡아 안으로 끌었다.

"저녁 사려고 했는데 이걸로 배가 차겠어요?"

와플을 자르며 혜윤은 지섭의 눈치를 보았다. 안으로 들어와서 보니 와플 가게였다.

"우울할 땐 단 게 최고지."

와플을 자르면서 혜윤은 도저히 종잡을 수 없는 그를 생각했다. 이럴 땐 부드럽고 다정한데 좀 전에는 차가운 칼날보다 더 시리고. 어떤 모습이 진짜 공지섭일까.

어떤 모습이든 상관없지 않을까. 그는 제게 관심이 없는데. 모든 여자에게 그러하듯이 제게도 친절을 베푼 것일 뿐이다.

"저 와플 좋아해요."

"그런 거 같아."

"그런가."

"이거 먹고 오늘은 집에 가서 쉬어. 작업은 내일 다시 하자."

"아직 시작도 못 했는데……."

"오늘 노트에 끼적인 거 다시 생각해서 내일 올 때는 바로 작업할 수 있게 해."

"고맙습니다."

"그리고 잊었을까 봐 알려 주는데 우리 설계할 시간 넉넉하지 않아. 언제까지고 설계만 할 수 없으니까 집중해서 빨리 끝내자."

"네. 그럴게요."

"기운 좀 내. 원혜윤은 천연덕스럽게 쫓아다니며 귀찮게 구는 게 어울려."

혜윤이 웃음을 터트리더니 눈썹에 손을 대며 거수경례를 했다.

안고 싶다. 그녀의 작은 어깨를 힘주어 당겨 품에 안고 싶다. 저 여자의 동그랗고 커다란 눈동자에 자신을 담고 싶다. 하얗고 예쁜 얼굴을 쓰다듬고 싶다. 저 붉은 입술을 탐하고 싶다.

순간 저도 모르게 손이 앞으로 향했다. 그는 곧 제 행동을 깨닫고 황급히 손을 내렸다. 다행히 혜윤은 와플을 맛있게 먹느라 그를 보지 못했다.

혜윤이 동그란 눈을 들어 마주 보자 그는 급히 다른 곳으로 시선을 옮겼다. 괜히 심장이 움직이는 것을 탓하며. 제 망상을 서둘러 지우며.

✳   ✳   ✳

혜윤은 밤새워서 도안을 만들고 삼청동으로 향했다. 집중해서 작업하다 보니 밤을 새워 버렸고 시간을 보니 잠을 자기는 애매했다. 먼저 가서 작업 준비나 하잔 생각에 일찍 집을 나섰다.

오전 8시. 혜윤은 대문 앞에 걸터앉아 휴대폰을 꺼냈다.

〈선배님, 작업실 비밀번호가 뭐예요?〉

아침이라 문자보다는 전화를 거는 게 나을 것 같아서 다시 휴대폰을 들었는데 귀신처럼 그에게서 전화가 왔다.

―왜.

"저 작업실 앞이에요. 생각보다 일찍 도착해서 먼저 들어가 있으려고요."

―들어와.

곧 대문이 열렸다. 혜윤은 급히 몸을 일으켜 열린 문을 바라보았다. 그는 어제 그대로 작업실로 향했나 보다. 현관문을 열고 들어가자 인터폰 근처에 서 있던 지섭이 도리어 혜윤에게 물었다.

"왜 이렇게 일찍 왔어? 난 오후나 되어야 올 줄 알았는데."

혜윤은 가방을 한쪽에 내려놓고 씩씩한 목소리로 말했다.

"조수가 게을러서 되겠습니까? 열심히 일해야죠!"

"그래?"

"선배님 말씀 듣고 용기를 냈어요. 절 가로막고 있는 게 무엇인지 모르겠지만 한 번 용기 내보려고요. 정말 열심히 해 볼 거예요. 그래서 집에서 계속 생각해서 작업해 봤어요. 보시고 괜찮다면 도면으로 그려 볼게요."

유독 밝게 웃는 혜윤을 물끄러미 보던 지섭은 가방에서 노트를 꺼내 가져오는 그녀에게 천천히 다가섰다. 마주 보고 서 있는 그녀의 얼굴이 계속 눈에 들어왔다. 지섭은 애써 눈을 피하고 건네는 노트를 받아서 펼쳤다.

지섭이 살펴보는 동안 혜윤은 숙제 검사를 맡는 학생처럼 두 손을 얌전히 모은 채 그를 올려다보았다. 한참을 기다려도 돌아오는 답이 없어 혜윤의 고개가 떨어지려는 찰나 지섭이 노트를 내밀었다.

"작업해 봐."

그녀의 눈동자가 지섭을 향했다. 그의 얼굴은 무표정이어서 무슨 생각인지 읽을 수가 없었다.

"오늘 안으로 그려 낼 수 있겠어?"

"네."

"좋아. 난 네가 구성한 부분을 가족 힐링 공간으로 만들 거야."

"어? 거긴 선배님께서 하셔야 하는데요."

"네 거 내 거가 어디 있어. 좋은 디자인으로 하는 거지."

혜윤의 얼굴이 급격히 밝아졌다.

"그 말은 제 도안이 괜찮다는 말씀이죠? 그럼 이대로 진행해도 되는 거예요? 우와! 그럼 얼른 작업해야겠어요. 빨리 그려 보고 싶었거든요."

혜윤은 지섭의 말을 듣기도 전에 데스크 앞으로 가서 어제 그대로 펼쳐 두었던 도면을 내려다보았다.

"오늘 안에 그리려면 정신 차리고 해야겠어요."

말이 끝나자마자 혜윤은 도면에 설계를 그려나갔다. 설계도를 그리는 그녀의 눈동자가 매력적으로 빛났다. 어제 보았던 모습과는 180도 달라진 모습이었다. 심지어 자신을 설득하고자 찾아왔던 그때보다 더 흥분된 상태였다.

"선배님도 얼른 작업하세요. 시간 얼마 없다고 재촉하던 사람이 누구시더라." ·

"난 다 했어."

도면을 향하던 혜윤의 눈이 급격히 돌아갔다. 이 사람 정녕 귀신 아냐?

"이게 바로 천재와 범인의 차이지. 난 생각한 것만 있으면 앉은 자리에서 모든 걸 끝내는 편이야. 며칠씩 날밤을 새워서라도 끝을 봐야 해."

여전히 잘난 척 끝판왕이지만 혜윤은 지섭이 정말 위대하게 느껴졌다. 괜히 이름만 유명한 게 아니야. 그는 정말 대단한 실력자야. 그러니까 영민도 그렇게 잡으려고 혈안이 되었겠지.

"그럼 선배님은 할 일 없는 거예요?"

"좀 더 다듬고 보충해야 돼."

혜윤은 존경의 눈빛을 거두지 않으며 고개를 끄덕였다.

"그럼 열심히 하세요."

혜윤은 제 도면을 내려다보며 아자, 혼잣말을 했다. 그 뒤로 그녀는 죽은 듯 도면만 그렸다. 펜의 사각거리는 소리마저 들리지 않았다면 있는지도 모를 정도였다. 점심이 지나고 저녁이 지날 때까지도 그녀는 화장실을 갈 때 빼고는 의자에서 일어서지 않았다.

"다 됐다!"

조용한 공간에 혜윤의 우렁찬 목소리가 퍼졌다. 그녀는 두 팔을 쭉 뻗고 활짝 웃었다. 그리고 비로소 지섭을 찾았다. 두리번거리던 혜윤은 그가 보이지 않자 슬슬 자리에서 일어섰다.

"선배님."

몇 번을 불렀지만 대답이 없었다. 여기저기 둘러보던 혜윤은 지섭의 데스크 앞에 섰다. 그가 설계한 도면이 놓여 있었다. 한참을 들여다보던 그녀의 입가에 미소가 번졌다.

"멋지다."

그의 건축물이 눈앞에 그려지는 것 같았다. 그의 설계는 부드럽고 다정했다. 강한 남성의 면모와는 다른 부드러운 감성이 곳곳에서 느껴졌다. 호화로운 리조트는 이 설계도 앞에서 쏙 들어갈 말이었다. 세상 누구보다 따뜻하고 아늑한 공간이 되리라 확신했다. 눈물이 날 만큼.

그때 현관문을 열고 지섭이 들어왔다.

"어디 갔다 오셨어요?"

"담배 피우고 왔는데."

고개를 주억이던 혜윤은 그를 보며 슬쩍 웃었다.

"그래도 여자 있다고 안에서는 안 피우나 보네요."

지섭은 코웃음을 치며 그녀의 머리카락을 흐트러뜨렸다. 눈동자가 동그래진 혜윤을 보자 그의 입매가 더욱 올라갔다.

"내 작업실에 담배 냄새 배는 게 싫을 뿐이야. 착각도 자유다."

혜윤은 입을 삐죽 내밀었다.

"담배 냄새가 싫으면 안 피우면 될걸. 남자들은 이상한 논리를 들면서 정당화시킨다니까."

"담배 냄새가 싫어?"

"그럼 좋아하는 사람도 있어요?"

"있을 수도 있지."

"다양성을 존중해 주라는 말 같은데 아무튼 전 싫습니다."

"그럼 피우지 말까?"

"정말요?"

혜윤이 기대하는 얼굴을 하자 지섭은 그녀의 이마를 손가락으로 튕겼다.

"아야!"

"그럴 리가 있냐."

"에이, 또 속았어."

혜윤은 말을 말자고 생각하며 제 데스크로 왔다. 그가 뒤를 따라왔다.

"여유가 생긴 거 보니까 완성했나 보네?"

"네. 시간이 이렇게 흐른 줄 몰랐어요."

꼬르륵. 타이밍도 기가 막히게 생체의 소리가 그녀의 배 속에서 진동했다. 혜윤은 갑자기 들리는 우렁찬 소리에 얼굴이 붉어졌다. 제발 그가 듣지 않았길 바라며.

혜윤은 제 설계도를 향해 두 손을 뻗으며 소개하는 제스처를 취했다.

"보시고 냉정하게 평가해 주세요. 보충할 부분이나 수정할 곳 있으면 짚어 주시고요."

지섭은 혜윤의 설계 도면을 꼼꼼히 들여다보았다.

가만히 그의 옆모습을 바라보고 있자니 새삼 잘생긴 얼굴에 눈이 고정되었다. 사람의 옆선이 절대적 미의 기준이라고 생각하는 그녀는 지섭의 곧은 콧날과 날렵한 턱 선을 뚫어져라 응시했다.

만져 보고 싶다. 갑자기 고개를 돌리는 지섭과 눈이 마주친 혜윤은 눈을 돌려야 한다는 것을 인지하면서도 시선을 뗄 수 없었다. 가까이서 바라본 그의 눈매가 지나치게 섹시한 탓이었다. 이건 내 탓이 아냐. 순전히 당신 탓이야. 당신이 지나치게 잘생겨서 그런 거라고.

그는 혜윤의 눈빛을 피하지 않고 바라봤다. 빨려 갈 듯 서로를 바라보던 시선은 지섭이 먼저 눈을 돌리면서이 끝이 났다.

다행이다. 그의 눈동자가 어쩐지 낯설어 벗어나기 힘들었는데 말이다.

"넓게 뻗어 나온 부분을 정원으로 만들려는 거야?"

"네. 각 공간마다 정원을 만들면 좋을 것 같아요. 인공적으로 개조하는 것이 아니라 최대한 자연을 훼손하지 않는 범위에서 공간에 반영하는 거죠."

"힐링을 단순히 쉰다는 개념으로만 접근하지 말고 조금 더 생각해 보자. 일단 네가 구성한 부분도 염두에 두고. 여긴 뭐야. 정원으로 나가는 창문을 표시한 거야?"

"네. 혹시 풀하우스란 만화 본 적 있어요?"

"아니."

"거기 보면 여주인공이 살던 집이 있어요. 1층 전체에 커다란 창문이 아름답게 지어졌고, 그 사이로 채광이 들어와요. 창밖에는 정원이 온전히 보이죠."

혜윤의 눈동자가 반짝거렸다. 그녀의 몸에서 빛이 난다고 느낀 순간 그는 시선을 피했다.

"전 어릴 때부터 그런 집에서 사는 게 꿈이었어요. 그래서 건축학도가 되었나 봐요. 언젠가 꼭 내 손으로 그런 집을 지으려고. 이젠 그냥 꿈이지만."

혜윤은 빙그레 웃으며 말을 이었다.

"어쨌든 그 집처럼 힐링 공간에 빛, 공기, 물, 돌, 흙 등의 자연을 느낄 수 있도록 해 보려고요."

자신의 의견을 피력하는 혜윤이 참 아름답게 느껴졌다. 지섭은 간단하게 고개를 끄덕이며 몸을 돌렸다.

"배고프다. 밥 먹으러 나가자. 갔다 와서 바로 모형물 작업 시작할 거야."

"그럴까요?"

앞서가는 지섭을 따라가는 그녀의 다리가 바삐 움직였다. 다리가 길어서 그런지 따라가는 혜윤은 마치 경보하는 느낌이었다.

그를 졸졸 따라가던 그녀의 눈에 분식집이 보였다.

"선배님! 우리 여기서 먹어요!"

지섭이 돌아봤다. 혜윤이 가리킨 건물로 시선을 향했다.

"더 맛있는 거 사 주려고 했어. 다른 데로 가."

"전 분식이 더 맛있어요. 이리로 가요."

혜윤은 지섭의 팔을 끌어서 가게 안으로 들어왔다. 안은 떡볶이, 순대, 어묵 국물 냄새가 섞여 있었다. 그의 미간이 찌푸려졌다.

"꼭 이런 곳에서 먹어야겠어?"

"이럴 땐 꼭 부잣집 도련님 티 낸다니까. 이게 얼마나 대중적인 음식인데. 난 솔직히 스테이크보다 이런 게 더 맛있어요."

"입맛도 참 저렴하다."

혜윤은 웃으며 그를 끌어다 의자에 앉히고 맞은편에 앉았다.

"맞아요. 제 입맛 정말 싸구려 같아요. 어차피 비싼 돈 주고 밥 먹을 일 없을 바엔 저렴한 입맛이 나아요. 아무거나 다 잘 먹을 수 있으니까. 그런 것들이 대부분 저렴하잖아요."

혜윤은 팔을 번쩍 들어 주문을 했다.

"사장님, 여기 떡볶이 2인분, 순대 1인분……. 혹시 간이나 허파 먹어요?"

"내가 그런 걸 먹을 리가 있겠어?"

지섭은 여전히 불편한 얼굴로 혜윤을 노려보았다.

"사장님, 순대만 1인분, 그리고 김밥 두 줄, 튀김도 주세요."

주문을 마친 혜윤은 기대되는지 두 손을 맞대었다.

"저도 분식 오랜만에 먹거든요. 요새는 잘 먹을 일이 없는 것 같아요."

곧 음식이 나오자 그녀의 입에서 자동으로 감탄사가 흘러나왔다.

"맛있겠다."

지섭은 테이블에 놓인 음식의 양을 보고 혜윤의 얼굴과 번갈아 보았다.

"너, 이거 다 먹을 수 있어?"

"저 원래 대식가예요. 아시면서."

지섭도 인정하는지 고개를 살짝 끄덕였다.

"더군다나 남자랑 왔는데 이 정도는 약하죠."

"너 혼자 다 먹어. 난 안 먹어."

혜윤의 눈이 그를 향했다. 참 까다롭게도 군다고 생각했다. 왕자님 입맛이어서 평민의 음식은 못 먹겠다는 건가. 콧등을 찡그린 혜윤은 혀를 쏙 내밀었다.

"싫음 먹지 마요. 나 혼자 다 먹을 거니까."

혜윤은 테이블로 시선을 고정시키고 포크를 든 다음 제일 먹음직스러운 목적지를 향해 배회했다. 떡볶이를 입속에 넣어 오물오물 씹고 꿀꺽 삼켰다.

그녀가 먹는 모습을 가만히 보고 있노라니 입술이 유독 눈에 들어왔다. 맛있게도 먹는다. 먹고 싶게. 처음엔 분식이.

"자요."

떡볶이를 찍은 포크를 내민 그녀의 예쁜 얼굴이 자꾸만 눈에 들어왔다. 사실은 입술이.

지섭은 속마음을 누르고 그녀가 내민 떡볶이를 받아먹었다.

생각보다 괜찮다.

"이제 당신은 마성의 맛에 빠지셨습니다. 이 맛을 잊고 싶으면 더 강렬한 맛을 느껴야 할 겁니다."

혜윤은 짐짓 진지한 얼굴로 순대를 찍어 그에게 내밀었다.

"더 강렬한 맛."

또 받아먹었다. 확실히 떡볶이의 맛을 잊게 하는 맛이었다. 제 취향은 아니지만.

"더 강렬한 맛은?"

"음⋯⋯."

예상하지 못한 질문에 혜윤은 테이블로 시선을 내렸다.

"다시 떡볶이⋯⋯?"

"난 알아. 더 강렬한 맛."

"떡볶이, 순대를 잊는 더 강한 맛이 있단 말이에요?"

"응."

지섭은 살며시 미소 지었다. 그의 시선이 붉은 입술로 향했다. 그 시선을 읽지 못한 혜윤은 입술에 손가락을 얹어 톡톡 두드렸다.

"매운 닭발 같은 건가?"

"가르쳐 줘?"

혜윤의 시선이 지섭을 향했다. 그의 눈동자에 웃음기가 없어졌다.

"알면 놀랄 텐데."

"놀랄 만한 음식이에요? 대체 뭐지?"

차마 이 순진한 얼굴에 나쁜 짓은 못하겠다. 지섭은 헛웃음을 지으며 그녀의 머리카락을 흐트러뜨렸다. 입술 대신 손바닥으로 달랬다.

"다음에 또 이런 음식 먹으면 그때 가르쳐 준다. 강렬함이 뭔지."

"에이, 뭐예요. 재미없게. 가르쳐 주다가 말아."

혜윤은 투덜대며 떡볶이를 찍고 그의 입속으로 밀어 넣었다. 갑작스레 들어온 떡 때문에 그의 입가에 빨간 국물이 묻었다. 킥킥대면서 휴지를 뽑아 그의 얼굴 가까이 가져갈 때 그제야 혜윤의 얼굴이 붉어졌다.

더 강렬한 맛. 그게 뭔지 알아 버렸다.

왜 이런 생각이 드는지 모르겠지만 그녀는 그의 입술을 보면서 요상한 맛을 떠올렸다. 그러자 얼굴이 화르륵 불타올랐다. 김밥을 집느라 테이블로 향한 그의 시선이 그녀에게 다다르자 혜윤은 황급히 고개를 내려 휴지만 건넸다.

"입술에 묻었어요."

"땡큐."

휴지를 건네받은 지섭은 계속 고개를 들지 못하는 혜윤을 보았다. 귓가와 이마가 붉어졌다. 다음엔 어디가 붉어지려나. 지섭은 사랑스럽게 변하는 혜윤을 물끄러미 바라보았다.

그의 눈빛이 느껴져서 혜윤은 더욱 고개를 들지 못했다. 떡볶이 먹다 말고 이게 무슨 상황이야. 이래서는 제대로 먹을 수 있겠냐고.

"사장님."

갑자기 지섭이 주인을 불렀다. 주인아주머니가 지섭에게 다가왔다.

"나머지는 싸 가도 됩니까?"

"네. 그럼요."

혜윤이 급히 고개를 들었다. 말을 마친 지섭이 그녀에게로 눈을 돌렸다. 맑고 깨끗한 눈에 붉어진 얼굴로 자신을 바라보자 문득 6년 전, 지금과 똑같은 얼굴로 제게 고백하던 혜윤이 생각났다.

지섭은 옅은 한숨을 내쉬고 빙그레 웃었다.

"싸 가는 거 좋아하잖아."

혜윤은 대답 없이 고개만 끄덕였다. 곧이어 비닐봉지가 나왔다.

"계산은 그쪽이."

멍하니 바라보던 혜윤은 그가 문밖으로 나가자 그제야 정신이 돌아왔다. 그리고 덩그러니 놓여 있는 비닐봉지를 바라보았다.

"원혜윤, 바보처럼 굴지 마. 이미 6년 전에 끝난 사랑이야. 질척거리지 마."

혼잣말을 내뱉던 혜윤은 서서히 일어나 계산을 하고 나왔다. 이미 저만치 걸어갔으리라 생각했는데 그는 분식집 앞에 서 있었다.

"야근하는데 야식이 필요할 것 같아서."

지섭은 맞은편에서 팔고 있는 붕어빵 봉지를 들어 주었다. 혜윤의 눈이 봉지에 닿았다.

"이런 거 싫어하잖아요."

"서민 체험이라고 생각하지, 뭐."

정말 재수 없어. 생각은 그러한데 눈은 그러지 못하니 이를 어쩐단 말이냐. 혜윤은 먼저 몸을 돌려 걸었다. 성큼성큼 걸어 온 그가 혜윤의 옆에서 보조를 맞추었다. 한동안 두 사람에게서 는 말이 없었다.

"대학 다닐 때 말이야."

그의 목소리에 혜윤이 시선을 위로 올렸다. 지섭도 그녀와 눈 을 맞추며 씨익 웃었다.

"같은 조 돼서 공동 작품 만들었던 과제 기억나?"

혜윤은 고개만 끄덕였다. 평생 잊지 못할 것이다. 전공 수업 에서 지섭과 영민, 자신이 한 조가 되었었다. 학내 최고 인기남 인 두 남자와 함께하는 자신에게 모두들 복 터졌다며 부러워하 던 그때를 어떻게 잊을 수가 있을까.

혜윤은 이미 그맘때에 지섭에게 푹 빠져 있었기 때문에, 그에 게는 말 한마디도 못 하고 모든 대화를 영민과 나눴었다. 오죽 했으면 영민이 중간에서 대신 말해 주기까지 했을까.

지금 생각하면 어디 모자란 애가 아닌지 한심하기 짝이 없는 과거였다. 그 당시 자신은 그의 그림자에도 설레어 밤잠을 설치 던 여고생 같은 감성을 갖고 있었다. 다시 말해 세상의 전부가 지섭으로 가득 찬 환상에 빠져 있었다. 그런 상태에서 지섭에게 말을 했다면 분명 사고를 쳤을 것이다.

공동 작품은 혜윤이 설계한 도면으로 영민과 지섭이 디오라 마를 만들었고 결과는 극찬 속에서 1등을 차지했다. 그 이야길 하는가 보다.

"그때 네 설계도 진짜 감동적이었어."

혜윤이 다시 그를 올려다보았다. 감동적이라는 말이 왜 이렇게 듣기 좋을까. 그의 목소리와 곁들이니 귀에 착착 감겼다.

"정말 놀랐어. 2학년밖에 안 된 여자애가 그릴 수 있는 도면이 아니었거든."

"그랬나요. 전 과제를 끝내야 한다는 생각밖에 없었던 것 같아요."

"그런데 놀라운 점이 뭔 줄 알아?"

지섭이 걸음을 멈추자 혜윤도 따라 섰다. 그는 혜윤이 가장 좋아하는 미소를 지었다.

"그때 그 감성이 아직도 남아 있다는 거야. 거기다 경험과 경력이 더해져서 지금 네 잠재력은 누구도 따라오지 못할 정도로 최고치에 다다랐어. 난 네가 그걸 얼른 깨닫고 꺼냈으면 해."

"선배님."

"필요하면 내가 도와줄 테니까 언제든, 주저하지 말고, 자신 있게."

혜윤의 심장에 잔잔한 진동이 밀려 왔다. 상대방에게서, 그것도 설계로 이름을 알린 라이언에게서, 제가 존경하던 남자에게서 그런 말을 듣는 것은 참으로 심장을 두근거리게 하는 일이었다.

"있죠. 선배님은 정말 나쁜 남자예요."

그의 입매가 더욱 진해졌다.

"뭐 새삼스럽게."

"근데 그거 아세요?"

그는 여전히 웃는 얼굴로 바라봤다. 혜윤은 말 대신 그를 물끄러미 보았다.

그런 당신을 제가 다시 사랑하려나 봐요. 사랑, 간절함, 소망. 당신에게 제 마음이 자꾸만 빠져들고 있어요. 그런데요. 다시 당신을 사랑하는 건 너무 힘들어요. 6년 전 그때, 전 정말 죽을 것처럼 아팠고 사랑을 보냈어요. 다신 사랑 따위 하지 않으리라 마음먹으면서 고이 보내 주었어요. 그러니 제발 잘해 주지 마세요. 기대하게 만들지 마세요. 또다시 그런 상황이 오면 제 자신을 통제할 수 없을지도 몰라요.

그의 눈동자가 흔들렸다. 그는 어쩌면 자신의 생각을 알았을지도 모른다. 귀신같이 마음을 읽어 내니까. 혜윤은 활짝 웃는 것으로 마음을 달랬다.

"얼굴에 주름 생겨서 가가멜 같아요."

그의 잘생긴 미간이 구겨졌다.

"가, 뭐?"

"스머프 잡아먹는 가가멜이요. 못된 가가멜!"

혜윤은 혀를 쏙 내밀고 먼저 뛰어갔다. 깡충깡충 뛰어가는 혜윤의 뒷모습을 어이없이 보던 지섭이 슬쩍 웃었다.

"안 되겠다, 너. 정말로 잡아먹어야겠다."

지섭은 멀어지는 혜윤을 단 몇 걸음에 따라잡고 아무렇지도 않게 뒤에서 그녀를 품에 안았다. 그녀는 몸이 저절로 굳어지는 걸 느끼며 심장 소리가 튀어나올라 입을 꾹 다물었다.

"너 그거 알아? 가가멜이 사실은 엄청난 미남이라는 거."

"그, 그런 말 못 들어 봤어요."

"그렇다면 잘 봐."

지섭이 혜윤의 몸을 순식간에 돌리더니 힘주어 당겼다. 바로 눈앞에 그의 얼굴이 한가득 들어오자 혜윤의 눈동자가 휘둥그레 커지며 미세하게 흔들렸다.

"네 앞에 있는 가가멜 잘 봐. 어때."

지척이면 닿을 거리에 자신을 두고도 그는 태연했다.

"이거 놔요."

그가 힘주어 잡은 어깨가 아파서 혜윤은 눈을 꼭 감았다.

"무서워요."

"그래. 가가멜은 무서운 놈이니까 자극하지 마. 정말로 잡아먹을 수도 있으니까."

그의 목소리가 강렬하게 귀에 박혔다. 혜윤은 눈을 꼭 감은 채로 고개를 끄덕였다. 그가 무슨 말을 하는지도 모르고 무조건 끄덕였다.

"이제 좀 놓지."

옆쪽에서 들리는 목소리에 지섭과 혜윤의 얼굴이 동시에 돌아갔다. 영민이 호주머니에 손을 넣은 채로 그들을 바라보고 있었다. 지섭은 그녀의 어깨를 잡은 손을 풀었지만 손목은 놓지 않았다. 영민의 얼굴이 무섭게 변했다. 혜윤은 마른침을 꿀꺽 삼키고 제 상사를 바라보았다.

"설계하라고 보냈는데. 놀라고 보낸 게 아니라."

눈은 지섭을 향했지만 말은 자신에게 하는 거였다. 혜윤은 지섭의 손을 힘주어 놓고 영민이 서 있는 곳으로 다가갔다.

"언제 오셨어요?"

지섭을 향하던 영민의 눈동자가 혜윤에게 내려오며 불안하게 흔들렸다.

"일 마치고 바로. 작업실에 없어서 기다렸지."

"작업실은 어떻게 알았어?"

지섭의 말에 영민은 혜윤에게 시선을 고정한 채로 말했다.

"혜윤이가 알려 줬거든."

지섭이 추궁하듯 혜윤을 보았다. 그녀는 곤란한 표정을 지었지만 금세 생각을 고쳐먹었다. 내가 왜 난처해야 하는데? 난 잘못한 거 없어.

"저희 회사 소장님이세요."

지섭을 보면서 영민을 소개하는 혜윤을 두 남자가 어이없게 바라보았다. 혜윤은 싱그럽게 웃으며 재잘거렸다. 마치 난 아무것도 몰라요, 라는 얼굴로.

"소장님, 라이언이에요. 마침 잘 오셨어요. 오늘 내내 작업한 설계도 보시고 방향 잡아 주세요. 이제 모형물 작업하려고 했거든요."

혜윤은 먼저 몸을 돌려 대문 안으로 들어갔다. 문 안으로 들어온 혜윤은 숨을 크게 내쉬며 제 심장에 손을 대었다. 지섭의 손길에서 빠져나갈 수 없으리라 생각하고 잔뜩 얼어 있었는데 영민이 나타나는 덕분에 벗어날 수 있었다. 그 상황이 영민에겐 좋지 못했지만 혜윤의 심장은 살 수 있었다.

혜윤이 안으로 들어가자 두 남자가 서로를 보았다. 6년 만에 봤지만 바로 어제 만났던 것처럼 여전히 똑같았다.

"살아는 있었네."

영민이 먼저 입을 열었다.

"넌 이 자식아. 그래도 나한테는 연락을 했어야지. 내가 얼마나 걱정했는 줄 알아!"

"너한테 말하면 아버지 귀에 들어가는 거 순식간인데 내가 어떻게 말하냐."

어색함은 없었다. 오히려 서로가 무슨 고민을 하는지 눈빛만 봐도 아는 듯했다.

"아직도 들어올 생각 없는 거냐. 아, 사모님 생신 파티 얘기는 들었다."

벌써 소문이 났나 보다. 지섭은 흥미로운 얼굴로 영민을 보았다.

"어떤 여자 데려와서 파티장을 난장판으로 만들었다며?"

"난장판까지야. 그저 지루한 파티를 좀 더 재밌게 했을 뿐이야."

"지랄. 여자는 누구야."

지섭은 슬쩍 웃었다.

"있어. 골 때리는 여자. 그날 난장판에 일등공신이었지."

입가에 미소가 번지는 지섭을 보며 영민은 괜스레 불안한 마음이 들었다.

"그래서 정말로 회사 안 들어갈 거야?"

"진흙탕 싸움에 끼고 싶지 않다. 난 지금 이대로가 좋아."

"우리 할아버지도 걱정하셔. 네가 몇 년째 연락도 없어서 죽은 줄 아신다. 네가 라이언인 건 아직 나만 알지만 곧 알게 되실 거야. 어르신들 정보력을 우습게 보면 안 돼."

"아버지는 어렴풋이 알고 계신 것 같아. 라이언 메일 주소로 편지도 쓰셨더라고."

"그 양반이?"

지섭이 허허 웃으며 고개를 끄덕였다.

영민이 본 지섭의 아버지는 굉장히 무서운 분이었다. 어린 시절부터 알았지만 웃는 얼굴을 본 적도 없었고, 포스도 압도적이었다.

지섭이 자퇴하고 사라지자 공 회장은 한동안 대한민국을 이 잡듯 뒤지기도 했고, 출국 기록에 그가 있다는 걸 알고 나서는 해외 각지에 정보원을 풀기도 했다. 자신에게도 몇 달 동안이나 추궁하며 닦달했다. 잠수를 탄 지섭을 끝내 못 찾고 포기할 때쯤 영민은 어렴풋이 느꼈다.

공 회장님이 아들을 참으로 사랑하는구나. 사실은 무서운 분이 아니었구나.

"들어가자."

지섭이 먼저 대문으로 몸을 돌렸다.

"거기서 멈춰."

등 뒤에서 들리는 영민의 목소리에 지섭이 고개를 돌렸다.

"혜윤이 건들지 마. 처음부터 네 여자 아니었어."

영민의 표정이 아까와는 다르게 굳어 있었다. 이게 진짜 하고 싶은 말이었겠지. 여기까지 찾아온 건 도무지 일이 손에 잡히지 않아서였겠지. 나에게 네가 사랑하는 혜윤이를 보내고 불안했겠지.

"싫은데?"

지섭의 입꼬리가 올라갔다.

"6년 전엔 너한테 양보했어. 나보단 네 감정이 더 진심이었고, 네가 먼저였고, 네가 사랑하는 여자였으니까."

어느새 그의 입가에 미소가 사라졌다. 그리고 영민에게 한 걸음 다가갔다.

"하지만 이젠 아니야. 6년이란 시간 동안 기회를 놓쳤으면 이젠 공평한 거야. 네 것이란 건 없어."

"공지섭!"

영민이 소리쳤다. 불안감에 그의 눈동자에 핏발이 섰다.

"혜윤이는 내 여자야. 내 거라고. 넌 아무것도 해 줄 수 없어. 지금 네가 무얼 해 줄 수 있는데! 네 실력? 웃기지 마. 업무상 같이 있는 것뿐이니까."

영민의 말에 지섭은 한동안 그를 바라보더니 슬쩍 웃었다.

"결국 그거였어? 재력으로 승부하길 원해? 이영민, 정말 내가 그 자리에 올라 혜윤일 갖길 원해?"

할 말이 없었다. 지섭은 마음만 먹는다면 충분히 최고의 자리에 오를 수 있는 녀석이었다.

"너처럼 한 여자에게 정착하지 못하고 갈아치우는 놈한테 혜윤이 줄 수 없어. 그건 내가 못 봐. 무조건 막을 거야."

영민의 말이 맞았다. 그의 말대로 자신은 여자들을 진지하게 만나본 적이 없었다. 늘 가까이에 있는 여자들이었고, 만남 또한 가볍기만 했다.

혜윤에게 떳떳하지 못한 것도 그 부분이 가장 컸다. 지고지순

한 영민의 사랑과는 반대로 자신은 날아갈 듯 가벼웠다. 애초에 사랑은 자신이 가질 수 없는 다른 사람의 것이라 생각했다.

"그럼 막아 보든지."

지섭은 빙그레 웃고 안쪽으로 고갯짓을 했다.

"들어와. 오매불망 기다리던 설계도 나왔어."

지섭이 들어가자 영민은 절망적인 얼굴을 바닥으로 향했다. 스스로 놓은 덫에 걸린 느낌이었다. 라이언을 잡고자 했더니 혜윤을 내주게 생겼다.

"안 돼. 그렇겐 안 돼."

한참이 지나도 두 남자가 들어오지 않자 혜윤은 다시 데스크에서 일어섰다.

"왜 안 들어오는 거야. 싸우는 거 아냐?"

혜윤이 불안한 마음에 움직이려 할 때 지섭과 영민이 들어왔다.

"설계도 보여 줘라."

"네."

혜윤은 테이블 의자에 앉은 영민에게 도면을 가져갔다. 여러 장 가져온 도면을 한 장 한 장 겹치면서 살피던 그는 허탈한 웃음이 나왔다.

그동안 회사 직원들을 닦달해도 나오지 않던 디자인을 라이언은 단 며칠 만에 완벽히 그려 냈다. 제 식구들이 어디 가서 인정 못 받을 실력이 아닌데 순식간에 발톱의 때만도 못한 존재가 되었다.

"거기에 가족 힐링 공간은 혜윤이 설계야."

영민이 고개를 들어 혜윤을 바라보았다. 그녀는 붉어진 얼굴로 어색하게 웃었다. 다시 도면으로 시선을 내린 영민은 혜윤이 작업한 설계도를 보았다. 그의 입가에 미소가 번졌다.

"잘했어, 혜윤아. 이대로 가자."

"정말 제 설계로 진행해도 되는 거예요?"

영민은 트렌치코트를 벗어 테이블에 올려놓고 셔츠 소매를 걷었다.

"모형 만든다고 했지? 간만에 대학 시절로 돌아가 볼까."

지섭과 혜윤의 시선이 영민에게로 쏠렸다. 그는 벌써 작업대로 가서 하얀 폼보드를 제도하기 시작했다.

"뭐해. 안 와?"

혜윤이 먼저 정신을 차리고 쪼르르 달려가 영민의 옆에 섰다.

"혜윤이 넌 네가 설계한 부분 만들어. 다른 건 나랑 지섭이가 할 테니까."

"네."

혜윤은 영민의 말에 일사천리로 움직였다. 지섭이 말할 때는 일일이 태클 걸고 따지던 여자가 그의 말에는 군말 없이 따랐다. 지섭도 서서히 작업대로 다가오면서 혜윤에게 말했다.

"힘들면 먼저 들어가고. 내일 와서 해도 되니까. 어른들 걱정하시겠다."

나름 걱정해서 한 말이었는데 그녀는 콧등으로도 듣지 않았다.

"괜찮아요. 이거 해야죠."

지섭은 헛웃음이 나오기도 했지만 이 상황이 유쾌하기도 했다. 제가 아끼는 사람들과 작업실에서, 대학 시절로 돌아간 것 같은 착각을 불러일으키게 하는 특별한 순간이 기분 좋았다.

독서실을 방불케 할 만큼 작업실은 고요했다. 치수를 정확히 재서 건물을 세우는 손길만 바삐 움직일 뿐이었다. 미세한 부분도 손끝으로 만들고 다듬었다. 칼 소리. 조각이 붙는 소리. 그들은 침묵을 금처럼 여기며 작업에 몰두했다.

"다 됐다!"

가장 먼저 작업을 끝낸 건 혜윤이었다. 벽에 걸린 시계를 보고 그녀의 입에서 헉 소리가 나왔다. 작은 시곗바늘이 2에 가 있었다. 저녁 먹고 들어와서 작업한 뒤로 6시간 동안 움직임 없이 작업만 한 것이었다.

혜윤은 양쪽으로 고개를 돌려 남자들을 보았다. 저절로 미소가 차올랐다. 뭘 해도 될 사람. 흔히들 사람들이 그런 말을 한다. 스포츠 선수가 좋은 성적을 내고 세계 랭킹 1위에 올랐을 때, 저 사람은 뭘 해도 될 사람이라고. 아마 양말 장수를 했어도 잘 팔았을 거라고.

저들에게 해당되는 말인 것 같다. 뭘 해도 될 사람들이었다. 온 신경을 집중하고 작업하는 그들의 모습이 심장을 떨리게 했다. 아름답고 섹시한 남자 둘이 일에 몰두하는데 싫어할 여자가 어디 있겠는가.

혜윤은 소리가 나지 않게 의자에서 일어나 테이블 위에 올린 코트를 집었다. 발꿈치를 든 채 현관으로 나가려던 그녀는 자신을 부르는 소리에 걸음을 멈췄다.

혜윤은 몸을 돌려 두 남자의 시선이 자신에게 쏠려 있는 것을 보았다.

"전 이만 집에 가려고……."

"밤도 늦었는데 어딜 가려고 그래."

지섭이 무심코 던진 말에 영민이 그에게 시선을 돌렸다.

"여기서 자. 집에 가긴 시간이 너무 늦었다."

"그래도……."

혜윤은 잠자리가 바뀌면 잠을 잘 자지 못했다. 또한 다른 곳도 아니고 작업실에서 잠을 자는 건 상대방에 대한 배려가 아니라 생각했다. 아무리 침대가 있다지만 그건 주인의 물건이지 제 것이 아니기 때문이다.

"그래. 늦었다, 혜윤아. 여기서 쉬어."

영민이 웃으며 허리를 쫙 폈다. 그리고 지섭에게 물었다.

"어디까지 끝냈냐."

"얼추."

"그럼 합체해 볼까."

"좋지."

두 남자는 만든 것을 가져와 한곳에 놓았다. 혜윤도 어정쩡한 걸음으로 다시 들어와 테이블에 코트를 벗어 놓았다. 그리고 제 모형을 들어 그들에게 다가갔다.

"오, 제법인데?"

지섭의 말에 혜윤도 빙그레 웃었다.

"혜윤이 부분은 너랑 내가 만든 것 사이에 배치하면 어때? 이 리조트의 핵심은 눈이 뒤집힐 정도로 힐링이 되어야 하는 특별 공간이니까."

"그래 볼까?"

두 남자는 혜윤의 모형을 합쳐 가운데에 놓고 제 것과 다른 이의 것을 위아래로 올려보며 구도를 살폈다.

"어때."

"퍼펙트."

"끝냈다!"

혜윤이 두 팔을 들어 만세를 부르자 지섭이 손바닥을 내밀었다.

"하이파이브."

짝 소리가 나도록 부딪친 혜윤은 연신 활짝 웃으며 완성된 모형물을 바라보고 또 바라보았다.

"너무 멋져요. 소장님, 우리 리조트 대박 날 것 같아요."

"다 혜윤이 덕이지, 뭐."

영민의 말에 혜윤은 쑥스러운 웃음을 지으며 고개를 끄덕였다. 둥글게 휜 눈매가 강아지 같았다.

"칭찬으로 듣겠습니다. 선배님, 우리 리조트 전혀 호화스럽지 않아요."

"내가 했으니까 그렇지."

어느새 또 본인 자랑을 하는 남자지만 지금 그녀는 뭐든 좋았다. 단 사흘만에 설계 작업이 마무리되었으니 말이다. 이젠 그동안 쭉 해 오던 시공에 들어가면 되었다.

"그럼 이쯤에서 지난번에 말했던 조건 실행하자."

영민과 혜윤의 시선이 지섭에게 향했다. 그는 오른손 엄지와 검지를 입가로 가져와 꺾었다.

"아! 그럴까요?"

자신만 모르는 소리에 영민은 그저 혜윤을 바라볼 뿐이었다. 그녀가 영민을 보았다.

"전에 술 대결하자고 했거든요. 궤짝으로."

"술? 궤짝?"

혜윤은 고개를 끄덕이며 말했다. 입가에서 미소가 떠나지 않았다.

"소장님도 기억나시는지 모르겠지만 저 신입생 때 MT 가서 술 대결을 했는데 그때 제가 선배님을 이겼었어요. 저도 잊고 있었는데 선배님이 말해 주더라고요."

"그래?"

"그런데 술을 어디서 마시죠?"

"다 방법이 있지."

지섭은 어디론가 전화를 걸며 현관 밖으로 나갔다. 영민의 시선이 혜윤에게 꽂혔다. 신나서 들떠 있는 그녀를 빤히 보던 영민의 눈동자가 얇게 흔들렸다.

"그럼 나도 참여하지, 그 대결. 재미있겠다."

혜윤의 커다란 눈동자가 영민에게 향했다. 그녀가 알기로 영민은 술이 약했다. 그래서 회식이나 모임에 가면 입술 적시는 정도로만 마셨었는데 괜찮을까.

"걱정 마. 죽진 않으니까."

그녀의 마음을 읽었는지 영민이 빙그레 웃었다. 혜윤도 고개를 끄덕였다.

지섭이 곧 나타났다.

"곧 올 거야. 넌 이제 가."

"너 같은 늑대만 남겨 두고 내가 어떻게 가. 나도 같이 마실 거다."

"너도?"

지섭은 한동안 영민을 보더니 입꼬리를 올렸다.

"마음대로."

바닥에 술을 깔아 놓고 셋이 동그랗게 모여 앉았다. 그들은 한 궤짝에 30병 하는 소주를 벌써 반 이상 소진했다. 영민의 얼굴이 새빨간 토마토처럼 붉어졌다.

"이제 전사할 시간이 얼마 남지 않았군."

지섭의 말이 끝나기가 무섭게 영민은 옆으로 고개를 떨구며 바닥에 쓰러졌다.

"침대에 눕혀야 하는 거 아니에요?"

"절대 안 돼. 난 내 침대에 남자는 눕히지 않아."

"그래도."

혜윤은 영민을 물끄러미 보다가 테이블에 올린 트렌치코트를 가져와서 덮어 주었다.

"감기 걸리면 안 되잖아요."

"네가 엄마야?"

"엄마 하죠, 뭐."

혜윤은 코트를 꼼꼼하게 덮어 준 뒤 다시 바닥에 앉았다. 옆에 앉아 턱을 괴고 그녀를 보던 지섭은 그녀의 귓가에 손가락을

가져다 댔다. 혜윤이 휘둥그레진 눈동자로 그를 바라보자 지섭
은 턱을 괸 채 그녀의 머리카락을 귀 뒤로 넘겨 주었다.

"머리카락이 흘러내려서."

부드러운 목소리에 혜윤의 시선이 바닥으로 떨어졌다. 눈치
없게 심장 녀석은 자꾸만 빠르게 뛰었다.

바닥만 뚫어지게 보던 혜윤은 지섭의 잔이 빈 것을 보고 술을
채웠다. 이어 지섭도 그녀의 잔에 술을 따랐다. 짠, 그리고 원
샷.

그러기를 여러 차례. 그동안 둘은 말없이 술잔을 기울였다.

"궁금한 게 있어."

그의 말에 혜윤이 바라보았다. 발그레한 얼굴이 예뻤고 촉촉
해진 눈동자가 아름다웠다. 술에 젖은 입술이 붉었다.

"왜 서초동에서 살아?"

혜윤은 한동안 지섭을 보더니 부드럽게 웃었다.

"세상에는 이상한 사랑이 있어요. 남들은 알아주지 않는 특이
한 사랑."

"난 그런 사랑은 해 본 적이 없어서."

"그러시겠죠. 사랑을 해 본 적이 없으니까."

정곡을 찌르는 말에 지섭의 얼굴이 살짝 굳어졌다. 그녀가 웃
으며 그의 가까이에 얼굴을 가져왔다.

"당신처럼 사랑을 모르는 남자는 평생 이해할 수 없겠지만
난 그들을 사랑해요. 날 미워해도 괜찮다고 생각하면서도 심장
이 찢어질 듯 아프고. 가끔 내게 지나가는 말이라도 걸어 주면
그게 또 그렇게 기쁘고. 그러다 한 번 웃어 주면 세상을 다 가진

듯 좋고."

혜윤이 활짝 웃었다.

"그게 바로 사랑이에요."

그러더니 다시 잔에 술을 따랐다.

"우리 엄마는 절 낳다가 돌아가시고 우리 아빠는 제가 열 살 때 돌아가셨어요. 서초동 사람들은 그때부터 절 받아 주셨었고."

혜윤은 빙그레 웃더니 술을 들이켰다. 그리고 다시 잔에 술을 따라 잔을 들어 그에게 내밀었다.

"그러니까 그때 그쪽이, 얼마나 못된 질문을 했는지 알겠어요?"

가만히 보고 있던 지섭은 혜윤이 들고 있는 술잔을 잡아 들이켰다. 바닥에 잔을 내려놓고 그녀의 어깨에 손을 얹어 어루만졌다.

"미안. 내가 나빴어. 사과할게."

말이 끝나자마자 혜윤의 눈에서 눈물이 흘러내렸다. 바보같이, 그의 목소리에 눈물이 흘렀다.

지섭은 그녀의 눈물을 손가락으로 닦아 주며 뺨을 쓰다듬었다. 열이 오른다. 혜윤은 술 탓을 하며 열이 오른 자신을 합리화했다.

"잘 컸네. 부모님이 자랑스러워하시겠다."

"정말요?"

"그래. 네가 정말 자랑스러우실 거야."

"다행이다. 내가…… 자랑스러우셔서."

혜윤의 눈가에서 다시 눈물이 또르르 흘러내렸다.

"우리 어머니도 내가 어릴 때 돌아가셨어. 나도 열 살쯤이었던 것 같아. 날 정말 많이 사랑하셨고 아껴 주셨던 분인데 아파서 돌아가셨어. 나중에 알았는데 마음의 병이었대. 아버지가 다른 여자와 바람이 나서 자식까지 낳았지. 그런데도 그 여자는 뭐가 그리 당당한지 우리 집까지 찾아와서 어머니 속을 뒤집어 놓았대. 난 알지도 못했어. 나중에 강 집사가 한 말 듣고 알았지."

"집사도 있고 대단하다."

혜윤은 눈가에 물기가 묻어 있는 채로 웃었다.

"울다가, 이젠 웃냐?"

"무식해서 그래요."

이번엔 그의 입가에 미소가 번졌다.

"어머니가 돌아가시고 외삼촌이 아버지를 찾아와 뒤집어 놨지. 두 분이 친구셨거든. 네가 하도 쫓아다녀서 소개해 줬더니 이런 기함할 짓을 했느냐, 하시면서."

"이 소장님 아버지요?"

"그래. 역시 원혜윤, 정리의 여왕이다."

지섭은 마음에 드는지 그녀의 머리를 흐트러뜨렸다.

"그런 아버지의 아들인 난 누구도 사랑하지 못했어. 내가 사랑을 하는 건 어머니를 기만하는 거니까. 그런 회장님의 아들인 난 도저히 회사로 들어갈 수 없어. 내가 그 자리에 오르는 건 아버지의 잘못을 용서하는 거니까."

"선배님."

"난 평생 어머니의 한을 가슴에 묻고 살아야 한다고 생각해. 그게 공건우 회장에게 복수하는 거야."

남의 이야기를 하듯 덤덤하게 내뱉는 지섭을 물끄러미 보던 혜윤이 그의 얼굴에 손을 댔다.

"전 다르게 생각해요. 선배님 어머니를 위해 회장님에게 복수하는 거라면, 피하는 방법보단 정면으로 나서는 걸 추천해요."

혜윤의 얼굴이 다가오더니 그의 뺨에 가볍게 입을 맞췄다.

"이건 당신을 위로하려고."

입술이 이번엔 반대편 뺨에 닿았다.

"이건 어려운 얘기해 준 답례."

그다음엔 입술에 닿았다. 아주 살짝 스치는 가벼운 입맞춤 뒤에 그녀가 웃었다.

"이건 당신이 좋아서."

눈꽃처럼 하얗게 웃던 그녀의 눈이 감기더니 그의 가슴에 머리가 떨어졌다.

굳은 듯 움직임이 없던 지섭의 손이 혜윤의 숨소리에 겨우 움직여 그녀의 머리를 쓰다듬었다.

"술 대결은 다음에 다시 해."

쓰러져 있는 혜윤에게 혼잣말을 했다.

"여자의 입맞춤에 설레다니. 키스도 아니고 뽀뽀에 말이야."

무방비 상태에서 다가온 입술이 그에게 닿았을 때 지섭의 심장이 저 아래로 쿵 떨어졌다.

지섭은 옅은 한숨을 내쉬며 그녀를 가볍게 안아 들고 2층으로 올라갔다. 남자는 절대 눕히지 않는다는 침대에 혜윤을 눕히고 이불을 덮어 주었다.

"그거 알아? 전에 호텔에서도 그렇고, 내 침대에 누운 여자는
네가 처음이야."

침대에 걸터앉아 잠든 그녀를 바라보던 지섭은 그녀의 뺨에
입을 맞췄다.

6

우린 가짜 연애잖아요

혜윤은 가벼운 발걸음으로 집을 나섰다. 살벌했던 설계 작업을 모두 끝내서 정들었던 지섭의 작업실 대신 회사로 출근하는 날이었다.

"모두들 좋은 아침입니다!"

혜윤의 경쾌한 목소리에 사무실에 있던 사람들이 일제히 환호했다.

"금의환향했네!"

"역시 혜윤 씨 최고!"

"원 과장님 진심으로 존경합니다!"

박수를 치며 자신을 환대해 주는 사람들을 보자 그녀도 기분이 좋았다. 그동안 얼마나 보고 싶었는지 모른다.

"설계도랑 디오라마 봤어요. 괜히 라이언, 라이언 하는 게 아니던데요. 확실히 좋았어요. 특히 그 가족 힐링 공간, 혀를 내둘렀다니까요."

혜윤은 그저 웃으며 경수의 말을 들어 주었다.

"이제 곧장 시공 준비 들어가면 됩니다."

혜윤이 한 실장을 보며 말하자 그가 손을 들어 오케이 모양을 했다.

"이제 빠르게 진행하자고."

"좋은 아침입니다."

"소장님, 안녕하십니까."

영민이 사무실로 들어오자 직원들이 일제히 인사했다. 영민은 사람들을 쭉 훑더니 잘생긴 얼굴로 미소를 지었다.

"오래 기다렸습니다. 클라이언트가 리조트 준공을 허락했습니다. 이제 본격적으로 박차를 가합시다. 원래 하던 대로, 각자의 위치에서."

"네, 알겠습니다!"

"원 과장은 나 좀 봅시다."

영민이 먼저 나서자 혜윤도 따라나섰다. 사무실에 남은 사람들은 나가기가 무섭게 모였다.

"아무래도 수상해."

"그렇죠? 저 두 사람 요새 분위기가 요상해요."

"대학 때부터 알던 사이라면서요."

"야야, 말도 마. 내 친구가 그 학교 다녔는데 유명했대. 우리 소장님이 원 과장 쫓아다닌 건."

"그럼 드디어 원 과장님이 철벽을 부수고 소장님 마음을 받은 걸까요?"

"글쎄, 만약 그렇다면 우리 이제 원 과장한테 뭐라고 불러야 하는 거야?"

"저 원 과장님께 뭐 잘못한 일 없었죠?"

경수가 심각한 얼굴로 물었다.

"야, 넌 맨날 실수했지. 네가 제일 위험해."

"으아, 어떡합니까. 저 잘리는 건가요."

"원 과장을 몇 년간 봤는데 아직도 몰라. 요즘 세상에 저런 여자가 어디 있냐. 넌 네 선임이 원 과장인 걸 감사하게 생각해."

모두들 동의하는 뜻으로 고개를 끄덕였다.

"근데 대체 라이언은 어떻게 생겼을까요. 설계 작업을 했는데 어떻게 우린 얼굴 한 번을 못 봐요."

"비싸신 몸이라잖아. 그런데 정말 보통은 아니야. 어떻게 이런 짧은 기간에 설계도가 나오냐고. 젠장."

한 실장이 얼굴을 구겼다. 역시 천재는 이길 수 없는 것인가. 사람들은 한 실장의 어깨를 톡톡 두드리더니 제자리로 향했다.

"자, 연봉 갱신 계약서."

접대용 의자에 앉자마자 영민이 서류를 내밀었다. 약속은 칼 같이 지키는 그이기에 출근하자마자 이것부터 챙겼나 보다. 혜윤의 얼굴에 미소가 번졌다.

"고진감래네요."

"자격 충분하지. 공 회장님이 아주 흡족해하셨어."

"네?"

"이제야 말하지만 그 리조트 기획, 창영호텔&리조트 공건호 회장님이 제안하신 거거든."

공건호 회장님이라면 공건우 회장님의 형님? 지섭은 알고 있는 건가.

"지섭인 몰라. 창영건설도 모르고. 지섭이도 황당할 거야. 제가 디자인 한 건축물이 큰아버지 회사 거라는 걸 알면. 공 회장님도 가우디의 대표가 E&G건설 회장 손자라는 것을 직접 얼굴 보고 나서 아셨대. 그때까진 가우디 소장이 누군지도 몰랐던 거지."

영민의 얼굴에 미소가 번졌다.

"아주 기분 좋아. 우리 회사가 그 정도 위치까지 올라갔다고 생각하니까 좀 뿌듯하더라."

"다 소장님이 뛰어나셔서 그런 겁니다."

"공 회장님이 그러시더라고. 대기업에 맡겨도 되었는데 일부러 중소기업 입찰로 넘긴 거라고. 그런데 훨씬 독특하고 효과적이었다고."

기분 좋아 보이는 영민을 보자 혜윤의 얼굴도 덩달아 밝아졌다.

"회장님께는 말씀드렸어. 전체적인 설계는 라이언이라는 전문가가 맡았다고. 라이언이 누군지는 전혀 모르시는 것 같더라. 그 녀석이나 회장님이나 나중에 알면 황당할 거야."

영민이 웃음기 있는 얼굴로 혜윤을 보았다.

"그리고 특별히 회장님께서 신경 쓰셨던 가족 힐링 공간은 혜윤이 네가 했다고 말씀드렸어."

혜윤의 얼굴이 예쁘게 붉어졌다.

"그랬더니 한 번 보자시네."

"네?"

커다란 눈동자가 영민을 향했다.

"문제는 우리 할아버지가 그 자리에 같이 있었거든."

영민은 제 이마를 긁적거리더니 살며시 웃었다.

"예전부터 혜윤이 널 보고 싶어 하셨어."

"소장님."

"같이 보자."

그녀의 얼굴이 눈에 띄게 굳어졌다. 영민의 심장도 따라서 굳어졌다. 어른들께 소개시켜 준다는 말은 널 진짜 내 사람으로 만들겠다는 뜻인데, 저런 창백한 표정을 짓는 여자를 눈앞에서 보는 그는 절망적이었다.

영민은 가슴을 찌르는 통증을 달래며 미소를 지었다. 그래도 밀어붙여야 했다. 이젠 그 방법밖에 없었다. 더는 봐주기 싫었다.

"내일모레 가평 출장이지? 아마 회장님이 직접 현장 시찰하시러 나오실 거야. 그때 우리 할아버지도 함께 보자."

"소장님, 전……."

"이젠 내 마음 받아 줄 때도 되었다고 생각해. 더 이상은 기다리기 싫어."

혜윤의 눈동자가 흔들리더니 고개가 저절로 떨구어졌다. 정확히 알고 있었다. 자신의 마음속에 눈앞의 남자는 없다는 것을. 그렇기에 한 가지 대답밖에 할 수가 없다는 것을. 너무나 미안하고 또 미안해서 말조차 할 수 없다는 것을.

"내 차 타고 가서 현장 보고 같이 점심도 먹자."

영민은 울 것만 같은 혜윤의 얼굴을 애써 무시하고 빙그레 웃었다.

"6년을 기다렸어. 아니, 그보다 훨씬 오래전부터. 그러니까 나한테도 그 정도의 지분은 있다고 생각해."

영민은 계약서를 그녀의 앞으로 밀었다.

"연봉 계약서 잘 봐. 적용은 다음 달 1일부터. 회장님께서 특별 포상금 주신 건 조금 이따 네 계좌로 넣어 줄게."

혜윤은 대답도 못 한 채 굳은 얼굴로 허리만 숙여 인사하고 소장실을 나왔다. 사람들의 시선이 따라갔지만 혜윤은 의식하지 못했다.

"표정이 왜 저렇죠."

"싸웠나."

속닥거리던 사람들은 혜윤이 책상에 엎드리자 영문을 모르겠다는 얼굴로 바라봤다. 이럴 땐 조용히 몸 사리고 있자며 다들 제자리로 돌아갔다.

혜윤은 연신 한숨을 내쉬며 눈을 감았다. 영민의 마음을 차라리 몰랐다면 좋았을 텐데 내내 거절했음에도 끈질기게 구애하던 그의 사랑을 알고 있기에 마음이 더욱 아팠다.

그녀에게도 짝사랑은 매우 시린 아픔이었으므로 그의 마음을 이해할 수 있었다. 하지만 이해한다고 좋아할 수 있는 건 아니었다.

문득 6년 전 지섭이 자신을 대하던 마음이 이렇지 않았을까 하는 생각이 들었다.

책상 위에 놓인 휴대폰이 울리자 혜윤은 서서히 허리를 들었다. 화면에 뜬 이름 하나로 심장이 바로 반응하는 것이 영 못마땅해서 괜히 퉁명스럽게 받았다.

"여보세요."

—바빠?

"네. 끊어요."

—잠깐!

혜윤의 입가에 살며시 미소가 지어졌다.

—너 말이야.

"네?"

—왜 먼저 갔어?

"네? 말을 좀 알아듣게⋯⋯."

대수롭지 않게 말하던 혜윤은 그날의 일이 떠올라 급격히 얼굴이 붉어졌다.

술 마신 다음 날 눈을 뜬 혜윤은 저 혼자 작업실에서 자고 있는 것을 발견했다. 영민도, 지섭도 작업실에 없었다.

커다란 창에 햇볕이 스며드는 것을 보니 날은 이미 지천에 밝아 있는 것 같았다. 낯선 공간에서는 잠을 잘 못 자는 체질이었는데도 남의 침대에서 잘만 잤다. 지난밤, 사실은 새벽의 일이 떠올랐다.

제길. 혜윤은 제 머리를 감싸며 헝클었다. 차라리 기억이라도 나지 않으면 다행일 텐데 이놈의 기억력은 너무나 멀쩡했다. 그의 입술에 사고 친 것도 아주 생생하게 기억났다.

"어떡해, 어떡해! 미쳤어! 어쩌자고 입에다가!"

어떡해, 라는 말만 수십 차례 반복하길 몇 분째, 혜윤은 인기척이 느껴져 잽싸게 누웠다.

"원혜윤, 아직 자?"

아래층에서 부르는 지섭의 목소리에 혜윤은 눈을 꼭 감고 이불을 뒤집어썼다. 쿵쿵, 계단을 올라오는 발소리가 들리더니 곧이어 침대 끝이 살짝 내려앉는다.

"되게 피곤했나 보네."

지섭이 이불을 들어 올리는 바람에 혜윤은 마치 방금 깬 것처럼 눈을 떴다. 심장이 사망할 뻔한 걸 가까스로 달래며 어설픈 연기로 눈을 깜박였다.

"깼어?"
"네. 몇 시예요?"
"2시."

헉. 2시까지 세상모르고 잤나 보다.

"소, 소장님은요?"

침대에 앉으며 그를 바라봤다. 지섭의 눈동자가 자신에게 쏠려 있는 것을 보자 도저히 눈을 마주할 수 없어 고개를 돌려 버렸다.

"깨자마자 영민이 찾니?"
"네?"
"아까 전에 갔지. 그 녀석은 진짜 에프엠이거든."

혜윤도 동의의 의미로 고개를 끄덕이며 침대에서 서서히 일어섰다.

"저도 이만 가 볼게요."
"기다려. 집까지 데려다줄게."
"혼자 갈 수 있어요."
"기다리라니까."

지섭이 혜윤을 제지하며 먼저 1층으로 내려갔다. 진짜 괜찮은데, 하고 작은 소리로 말했지만 그에게 전달되지 못했다. 아직도 심장 소리가 제자리를 찾지 못하고 있다.

혜윤은 잔뜩 울상인 얼굴로 느리게 걸으며 1층으로 내려왔다. 테이블에 놓인 코트를 입고 나서 서서히 돌아보았다. 옷을 갈아입는지 지섭이 눈에 보이지 않자 혜윤은 잽싸게 현관문으로 뛰어갔다.

"다음에 봐요!"

안에다 소리를 지르고 후다닥 뛰어나와 버스 정류장까지 미친 듯이 달렸다. 태어나고 그렇게 빨리 뛴 적이 없었다. 100m 달리기 시합을 할 때에도 이 정도는 아니었다.

헉헉, 거친 숨을 내쉬며 혜윤은 정류장 의자에 털썩 앉았다. 이젠 정말 가급적 얼굴 보지 말자 다짐하며.

─술 마신 날 기억나?

생각에 잠기던 혜윤은 지섭의 목소리에 정신이 번쩍 들었다.

"네? 술 마신 날? 제가 무슨 실수를 했어요?"

이럴 때는 모르쇠가 답이었다. 속은 심장이 들쭉날쭉 뛰어 죽을 맛이지만 혜윤은 최대한 태연한 척 연기를 했다.

그의 한숨 소리에 그녀의 심장도 바쁘게 움직였다.

"용건 없으면 끊을게요. 진짜 바빠요."

─오늘 저녁 뭐해?

"친구 만나요."

─그럼 내일 저녁은.

"친구 만나요."

그에게선 한동안 말이 없었다. 화났나 보다.

─그럼 늦더라도 너희 집 앞에서 기다릴 테니까 친구 다 만나고 와.

"안 돼요. 저 이사 갔어요. 그러니까 서초동에 찾아오고 그러

178

지 마세요."

—어디로? 왜 말을 안 했어.

"왜 말을 해야 해요?"

—왜냐니. 당연히…….

혜윤은 살며시 미소 지었다.

"아무 사이도 아니잖아요, 우린. 상대방의 집을 알 필요가 있
어요?"

그가 대답하기도 전에 먼저 전화를 끊었다. 일부러 약 올린
꼴이 되었지만 혜윤은 제 말이 틀리지 않다고 생각했다. 그와
자신은 아무 사이도 아니었다. 따라서 집을 알려 줄 필요는 없
는 것이다.

곧이어 문자가 왔다.

〈굳이, 무슨 사이인지 알고 싶다면 가르쳐 줄게.〉

이 문자가 다였다. 혜윤은 어쩐지 섬뜩한 느낌이 들어 등 뒤
에 식은땀이 흘렀다.

"내, 내가 무서워할 줄 알고?"

혜윤은 휴대폰에 콧김을 뿜고 책상에 내려놓았다.

퇴근 시간이 되자 사람들은 각자 인사하고 나가기 바빴다. 아
침에 폭탄을 터뜨리고 소장실에서 꼼짝 않는 영민이 신경 쓰였
지만 혜윤도 몸을 돌려 사무실을 나섰다.

회사 건물을 나온 혜윤은 어둑해진 거리를 걸었다. 한참 가벼

운 발걸음으로 거리를 걷는데 갑자기 팔을 당겨오는 힘에 그녀의 몸이 쏠렸다. 자신을 가볍게 안아 세우는 인물을 본 혜윤의 눈동자가 커졌다.

"선배님."

그는 혜윤의 손목을 잡은 채 가던 길을 걸었다. 그녀는 그의 뒷모습을 바라보며 손아귀 힘에 끌려갔다.

혜윤의 시선이 손목으로 향했다. 그의 손에 힘이 들어갔다. 잔뜩 골이 나 있을 텐데 이럴 때 마주치면 일진이 좋지 못할 것이다.

아까 사무실에서 자신만만하던 마음은 어느새 콩알만 하게 변해 버렸다. 이러다 갑자기 성질을 낼까 봐 혜윤은 옆에서 걷는 지섭의 얼굴을 시시각각으로 힐끔거렸다. 그는 한참 동안 혜윤의 손목을 잡은 채 걷기만 했다.

"오늘은 담배 안 펴요?"

"담배 냄새 싫다며. 이제 끊으려고."

"제가 싫다고 안 피는 거예요?"

혜윤의 놀란 얼굴에 지섭이 빙그레 웃으며 바라봤다.

"응."

혜윤은 놀란 얼굴을 아래로 내렸다. 건축 일을 하는 사람들은 대다수 줄담배를 피웠다. 밤샘 작업을 하고 현장을 도는 일을 할 때 스트레스를 풀기 위한 방법이 담배라는 걸 그녀도 잘 알고 있었다.

그래서 지섭이 담배를 끊는다는 말이 굉장히 가슴 떨렸다. 정말 자신 때문에 끊는 건 아니겠지만 혜윤은 그의 말에 심장이 들쭉날쭉 흔들렸다.

"우리 가짜 연애 몇 번 남았지?"

"네?"

뜬금없는 말에 혜윤이 되물었다.

"회장님만 보면 미션 클리어잖아요."

"그랬지? 우리 아버지 보고 끝내기로."

"네. 말 나온 김에 회장님은 언제 볼 거예요? 저도 바쁜 사람
인데 언제까지 선배님 시간에 맞출 수 없거든요."

"정말 보고 싶어? 우리 아버지 진짜 무섭거든."

혜윤은 마른침이 나오려 했지만 꿀꺽 삼키고 웃었다.

"업무라고 생각하면 어려울 게 뭐 있나요. 어떤 모진 말을 들
어도 울지 않을 자신 있습니다."

지섭의 입가에 미소가 번졌다.

"그래. 내가 널 선택한 가장 큰 이유지. 투철한 직업 정신."

"설마 그게 오늘이에요?"

"뭐?"

"오늘도 아닌데 회사 앞까지는 왜 오셨어요?"

종알거리는 혜윤을 보던 지섭이 걸음을 멈추고 마주 보았다.

"할 말이 있어서."

"그럼 요 앞에 카페에 갈래요?"

혜윤은 지섭의 눈빛이 신경 쓰여 앞장서서 걸었다. 카페 문을
열려고 하는데 그가 어느새 다가와 열어 주었다.

"고마워요."

여자를 위한 매너가 몸에 배었을 테니 그는 누구에게든 이렇

게 해 줄 거라고 생각했지만 심장은 눈치 없이 뛰었다.

혜윤이 메뉴판을 보며 고르는 사이 지섭은 묻지도 않고 계산대 앞으로 갔다.

"에스프레소 한 잔, 키위 주스 한 잔 주세요."

점원은 지섭의 외모에 감탄하다가 그의 목소리까지 듣자 제정신이 아니었다.

"에, 에스프레소에 샷 추가할까요?"

"아뇨. 참, 키위는 시럽 빼고 주세요."

"네. 만 이천 원입니다."

혜윤은 옆에 서서 그가 계산하는 모습을 올려다보았다. 친구들과 카페에 오면 커피를 마시지 못하는 혜윤은 생과일주스를 시키곤 했다. 특히 키위 주스를 좋아해서 자주 즐기는 편이었는데 묻지도 않고 주문하는 지섭을 보자 괜히 심장이 방망이질을 했다.

그냥 우연히 일어난 일이야. 혹시 자신이 에스프레소를 좋아하는 줄 아는 건가. 하지만 에스프레소를 좋아하는 사람은 지섭이었다.

"저 키위 주스 좋아하는 줄 알고 있었어요?"

옆에서 혜윤이 묻자 그가 빙그레 웃었다.

"학교 다닐 때 매번 그것만 먹더라."

그는 싱긋 웃고는 진동 벨을 들어 자리로 향했다. 혜윤은 심장이 요동쳐서 그에게 향하던 시선을 가까스로 내렸다.

같은 과 선후배니 함께 어울리다가 몇 번 봤을 수도 있다고 합리화하며 걸음을 옮겼다.

그렇다 해도 그는 항상 여자들에게 둘러싸여 있어서 자신을 살필 틈이 없었을 텐데. 건축하는 사람이라 눈썰미도 좋은 건가.

혜윤은 그의 맞은편에 앉아서도 생각에 빠졌다. 골똘히 생각하는 그녀를 물끄러미 바라보던 지섭이 테이블을 똑똑 두드렸다. 그녀의 커다란 눈동자가 자신을 향했다.

"무슨 생각해?"

"아, 아뇨. 그냥 옛날 생각."

혜윤은 살며시 웃고 시선을 내렸다. 그때 진동 벨이 울리자 그녀는 화들짝 놀라며 냉큼 일어섰다.

"제가 가져올게요."

후다닥 멀어지는 혜윤의 뒷모습을 보던 지섭은 입꼬리를 올렸다. 긴장하네, 저 녀석.

곧이어 음료를 가져오는 혜윤은 언제 그랬는지 활짝 웃고 있었다.

"여기는 잔이 진짜 예뻐요. 그래서 회사 사람들이랑 오면 다들 사진 찍느라 여념이 없어요."

에스프레소 잔은 작은 항아리 모양의 사기그릇이었고 겉을 조각해서 구웠다. 키위 주스 병도 투명한 호리병 모양에 아래쪽엔 제비꽃들이 병을 감싼 채 무늬를 만들었다.

지섭은 긴 다리를 꼬고 눈앞에 앉은 혜윤을 보았다.

"아버지는 내일 볼 거야. 유진이가 회사에다 말한 건지 귀신같이 전화가 오더라. 비서실에서."

"아, 정말요?"

"사모님 생신 잔치에서 난리 쳤다는 소문도 들어갔을 테고."

"그렇구나."

"아버지가 내일 당장 데리고 오라고 그러더라고."

"내일은 또 어떤 컨셉으로 가야 하나."

슬쩍 웃는 혜윤을 유쾌하게 바라보던 지섭이 그녀의 머리를 흐트러뜨렸다.

"장례식장 버전은 좀 그렇고, 신파 버전 어떠니."

동그란 눈으로 자신을 빤히 바라보고 있는 혜윤이 장난처럼 뱉은 제 말을 진지하게 듣고 있었다.

지섭은 눈앞에 앉은 여자가 사랑스러워 손길이 나가려는 걸 겨우 인내했다.

"눈물을 흘려야 한다는 소리죠?"

이런 건 정말 캐치를 잘한다. 원래 여자들이 이런 걸 잘 아는 건지, 아님 이 여자가 기가 막히게 아는 건지 모르겠지만 지섭이 한마디만 하면 열 마디를 알아듣고 정리했다.

"그럼 더 좋고."

"전 평소에 눈물이 없는데 어쩌죠."

"거짓말. 네가 눈물이 없어? 내가 볼 때마다 울었는데."

"그, 그거야! 선배님이 나쁜 남자니까 그렇죠!"

"우리 아버진 더 나쁜 남자야."

할 말이 없어진 혜윤은 붉어진 얼굴로 또 골똘히 생각한다.

"내일 아버지만 보면 너와의 거래는 끝나는 거야."

그녀의 시선이 자신에게로 향했다. 맑고 깨끗한 눈동자가 자신을 보며 예쁘게 웃었다.

"다행이에요. 미션 완수해서. 전 제가 해낼 수 있을까 걱정했거든요. 생각보다 쉽네요."

"아쉽지 않아?"

"뭐가 아쉬워요? 애초부터 거래로 이루어진 건데."

"그래?"

그녀의 눈동자가 지섭을 진지하게 바라보았다.

"아쉽다는 건 제가 아직도 선배님에게 미련이 남았다고 생각해서 하는 말인가요?"

"응?"

"전 6년 전의 원혜윤이 아니에요. 이젠 선배님과 잘해 보고 싶은 마음 없어요."

지섭은 내색하진 않지만 심장이 쿵 내려앉는 기분이었다.

"왜?"

"선배님은 재벌이고 전 평범한 여자잖아요. 선배님은 라이언이고 전 이름 없는 건축가일 뿐이잖아요. 선배님은 나쁜 남자고 전 멍청한 여자니까요. 전 나쁜 남자 싫거든요. 철없을 때나 나쁜 남자한테 끌리죠. 이젠 착한 남자가 좋을 나이예요."

남의 이야길 하듯 부드럽게 말하는 혜윤의 눈매가 예쁘게 휘었다.

"혜윤아."

그의 목소리에 혜윤은 떨리는 심장을 애써 달래며 한껏 미소 지었다.

"그날은 제가 실수했어요. 죄송해요. 제가 원래 좀 취하면 스킨십이 많아지는 면이 있어요. 죄송합니다."

어느새 미소가 사라진 그녀를 그가 바라보았다. 그녀의 눈동자가 파르르 떨리는 게 사랑스러우면서도 안타까웠다.

"술 취해서다? 미안하다?"

그의 날 선 목소리에 혜윤은 의아하게 바라보았다. 얼굴이 뚫릴 듯한 그의 시선이 부끄러워 혜윤은 다시 눈을 내리깔았다. 최대한 미안한 표정을 지으며.

"우리가 무슨 사이인지는 내일 알겠지."

그녀의 고개가 다시 올라갔다. 커다란 눈동자가 자신을 향하자 지섭이 싱긋 웃어 주었다.

"각오해."

"가, 각오까지 해야 하는 거예요?"

"응. 해야 할 거야."

지섭은 눈부시게 웃으며 자리에서 일어섰다. 혜윤의 얼굴은 그의 미소에 속수무책으로 붉어졌다. 그러다 곧 고개를 저었다.

"가자. 바래다줄게."

지섭을 뒤따라 나가던 혜윤은 카페를 나오며 그가 자연스럽게 자신의 손을 잡자 화들짝 놀라 손을 뺐다. 손목과 손은 엄연히 달랐다.

"뭐하시는 거예요."

"뭐가?"

지섭이 도리어 황당하다는 얼굴로 보았다.

"지, 지금 제 손을 막 잡았잖아요!"

얼굴이 토마토처럼 붉어진 혜윤이 제 손을 가슴으로 모으며 그를 노려보았다.

"연애하는 사이에 손도 잡으면 안 돼?"

"우린 가짜 연애잖아요!"

혜윤은 몸을 홱 돌리더니 쿵쾅대며 걸어갔다. 성큼성큼 따라온 지섭이 그녀의 손을 다시 잡았다.

"뭐……!"

"빼기만 해 봐."

지섭이 혜윤에게로 눈을 내렸다. 언제 웃었냐는 듯 그의 눈동자가 매섭게 변했다.

"손 뺀 걸 후회하게 해 줄 거니까."

할 말을 못 찾은 혜윤은 지섭이 끄는 대로 따라가야 했다.

이 남자가 나를 놀리는 걸까. 아직도 6년 전처럼 자신을 좋아하는 줄 아는 걸까. 도대체 원하는 게 뭐야. 혹시 나와의 잠자리?

혜윤은 허탈한 웃음을 짓고 옆을 올려 보았다. 당신이 내게서 원하는 게 그거 말고 뭐가 있겠어.

그가 이끄는 대로 걷던 혜윤은 주변에 보이는 모텔 네온사인을 보며 걸음을 멈췄다.

지섭이 돌아봤을 때 그녀의 얼굴은 차갑게 식어 있었다.

"왜?"

"선배님이 왜 이러는지 알았으니까요."

"그래? 듣던 중 반가운 소리네. 내가 왜 이러는 것 같은데?"

"진작 말씀하시지 그랬어요. 뱅뱅 돌리면 전 무식해서 못 알아들어요."

"무슨 말이야."

"자러 가요. 그럼 선배님이 원하는 건 다 해 준 거죠?"

지섭의 눈이 차갑게 변하는 걸 알지 못한 혜윤은 계속 쏘아붙였다.

"왜 저한테 자꾸 이러나 싶었는데, 전에 해 보지 않은 게 계속 생각나서 그런 거잖아요."

"너……."

"그러면 되는 거죠? 완벽하게 거래 종료하는 거죠?"

먼저 안으로 들어가려는 혜윤의 팔을 홱 잡아당긴 지섭이 그녀의 뒷머리를 끌어 입을 맞췄다. 눈이 휘둥그레진 혜윤이 그를 떼어 내려고 힘을 줬지만 지섭이 허리를 끌어안아 수포로 돌아갔다.

낯선 물질이 혜윤의 입술을 헤집고 돌아다니며 틈을 주지 않았다. 그녀의 안을 모두 정복할 생각인 건지 그는 끝없이 몰아붙였다.

부들부들 떨고 있는 몸은 그의 혀가 부드럽게 입술을 쓸자 축 가라앉았다. 커다랗게 뜬 눈이 스르르 감겼다. 여기가 모텔 앞이고, 지나다니는 사람들이 지천이라는 것도 잊을 만큼 그의 키스가 정신을 차릴 수 없게 만들었다.

도망 다니는 혀를 끝까지 쫓아다니다 포획한 그는 강렬하게 휘감다가 부드럽게 다독여 주고, 뽑힐 듯 강하게 잡아당겼다가 실크처럼 매끄럽게 풀어 주었다.

몰아붙이던 혀가 사라져도 입술은 멀어지지 않았다. 지섭은 입맞춤에 한껏 부풀어 오른 그녀의 따뜻한 입술을 맛있는 음식처럼 먹어 댔다.

혜윤은 아득해지는 정신을 부여잡고 간신히 서 있었다. 그의 팔이 아니었다면 진작 바닥으로 쓰러졌을 것이다.

"하아…… 하아……."

간신히 벌어진 틈 사이로 혜윤의 가쁜 숨이 쏟아졌다. 이보다 더 붉어질 수 있을까. 붉어지지 않은 곳을 찾기가 힘들 정도로 그녀의 얼굴은 잘 익은 토마토였다. 근데 왜 이렇게 예쁘냐고. 쪽, 하고 그는 다시 혜윤의 입술에 입을 맞췄다. 뺨에, 그리고 다시 입술에.

감긴 눈이 떠지지 않았다. 눈을 떠서 그를 보고 싶은데 볼 수가 없었다. 당장 귀싸대기를 날려야 하는데 손이 움직이지 않았다.

갑자기 지섭이 손목을 잡아 달리자 혜윤은 속수무책으로 따라갈 뿐이었다. 지나다니는 사람들의 시선에서 어느 정도 멀어지자 지섭의 발걸음이 느려졌다.

아직 제대로 호흡하지 못하는 혜윤이 손을 빼내려고 안간힘을 써도 그는 잡은 손에서 힘을 빼지 않았다. 그가 걸음을 멈추고 혜윤을 보았다.

"너 아까 실수한 거야."

혜윤이 무섭게 노려봤지만 지섭은 붉게 부풀어 오른 그녀의 입술에 자꾸만 시선을 빼앗겼다.

"나랑 자고 싶은 마음은 알겠는데 네 뜻대로 쉽게 해 주지 않을 거거든."

"하!"

기가 막힌 말에 혜윤은 잡힌 왼손을 힘주어 뺐다.

"천만에요! 전 당신이 싫어요!"

"싫은데 왜 그런 못된 말을 해. 싫은 남자랑 왜 자려고 해. 남자도 지조가 있어. 아무 여자랑 자는 거 아냐."

혜윤은 어이없는 헛웃음을 지으며 고개를 돌렸다.

"난 네가 알고 싶어."

부드러운 목소리에 멋대로 반응하는 심장을 탓하며 혜윤은 지섭을 노려보았다.

"키위 주스 좋아하는 거, 내가 알고 있는 건 그거밖에 없더라. 난 그거 말고 원혜윤의 다른 부분도 알고 싶어."

"그런 사람이 다짜고짜 키스를 해요? 제 의사는 물어보지도 않고?"

"네가 자자고 끌고 들어가려 했잖아. 그 상황에서 내가 신사적으로 따라 들어갔어야 했니, 아님 부드럽게 이러지 말자고 타일러야 했니. 제정신이 아닌 널 깨우기엔 그 방법이 최고지."

"거봐요. 당신은 그게 문제예요! 제 마음은 안중에도 없고 제멋대로 행동하잖아요!"

혜윤이 마침내 악에 받친 소리를 질렀다. 눈가가 붉어졌다.

"상대방을 알고 싶다면 막무가내로 행동할 게 아니라 마음을 얻으려고 노력하는 게 정상이에요! 다짜고짜 입술 들이미는 게 아니라 안아 주는 게 정상이라고요."

그녀는 급기야 눈물을 흘렸다. 지섭은 혜윤의 붉어진 눈을 보았다. 심장이 저리듯 아파 오는 게 아무래도 저 여자 때문인 것 같은데, 왜 아픈지는 모르겠으니 미칠 노릇이었다.

"그동안 만났던 여자들은 당신 좋다고 쫓아다녔으니 막무가

내로 행동해도 받아 줬겠죠! 매너 있게 행동하면 다 좋아했겠죠. 이렇게 함부로 대해도 다 좋아했나 보죠. 하지만 전 아니에요!"

무섭도록 노려보고 있는데도 그는 혜윤에게 입을 맞추고 싶은 생각이 먼저 들었다.

"네가 처음부터 잘 가르쳐 주면 되잖아. 어떻게 하는 게 상대방의 마음을 얻는 건지 네가 가르쳐 달라고."

"제가 왜 그래야 해요. 누구 좋으라고 제가 힘들여 그런 짓을 해야 하는데요!"

"너 좋으라고."

말문이 막힌다. 따박따박 맞받아치던 혜윤은 허탈한 웃음을 지으며 지섭을 보았다.

"전 그럴 생각 없어요. 너무 잘난 남자와는 잘해 보고 싶지 않으니까 안녕히 가세요."

혜윤은 지섭에게서 몸을 돌려 반대편으로 걸어갔다.

놓치기 싫다. 지금 놓치면 다신 말을 꺼내지 못할 것 같다. 지섭은 저도 모르게 다가가 그녀의 팔을 잡아 세웠다.

"그럼 그냥 있어 줘. 아무것도 안 해도 되니까 곁에만 있어 줘."

혜윤의 커다란 눈동자가 자신을 향했다. 맑고 깨끗한 눈동자에 제 마음도 맑아지는 기분이었다.

이렇게 예쁜 널 어떻게 다른 놈에게 줘. 절대로 안 돼. 이젠 싫어.

"넌 그냥 지금처럼 있어. 그럼 다가가고, 노력하고, 마음 얻는 건 내가 다 할게."

그녀의 눈동자가 흔들렸다. 지섭은 혜윤이 제일 좋아하는 미소를 지으며 한 걸음 다가갔다.

"나한테 툴툴대고 화내고 소리 질러도 너니까 용서해 줄게. 나 이렇게 매달리는 남자 아닌 거 너도 알지? 마음 얻으려고 별짓 다 하고 있다."

"지금 좋아한다고 고백하는 거예요?"

"그걸 지금 알았니."

혜윤의 눈가에서 눈물이 또르르 흘러내렸고 입술이 부르르 떨렸다. 한동안 그의 눈길을 피하던 혜윤이 정면으로 눈을 맞췄다.

"그럼 당신도 내 마음을 얻기 위해 노력이란 걸 해 봐요. 쉽지 않겠지만."

살면서 누군가를 위해 노력이란 걸 해 본 적이 없었던 지섭이다. 그만큼 제 마음을 노골적으로 드러낸 적도 없었고, 여자의 마음을 얻기 위해 노력을 시도하지도 않았다. 그런데 저 여자는 제 인생을 송두리째 흔드는 말을 하고 있다.

"선배님을 보면 제 감정이 시시각각으로 변해요. 저 원래 이렇게 울고 소리 지르는 여자 아닌데 선배님만 만나면 감정이 들쭉날쭉 흔들려요."

혜윤은 혼란스러워하면서도 나직하게 내뱉더니 제 이마에 손을 얹어 문질렀다.

"내일 회장님 뵙고 욕 든든히 먹으면 다시 정신이 들겠죠. 그럼 선배님도 생각이 바뀔 거예요. 당신들이 말하는 레벨, 느낄

192

거예요."

혜윤은 허리를 숙여 인사하고 걸어갔다. 따라오려는 지섭의
발을 그녀의 목소리가 멈춰 세웠다.

"따라오지 마요. 지금은 싫어요. 여자도 동굴이 필요해요. 혼
자서 생각할 동굴."

그녀가 걷던 걸음을 멈추고 뒤를 돌아봤다.

"따라오기만 해 봐. 죽여 버릴 거야."

얄팍하게 흘기던 혜윤이 멀어지는 걸 멍하니 보던 지섭은 웃
음을 터트렸다.

왜 네게 마음이 쏠렸던 건지 알았어. 왜 네가 그리웠고, 왜 호
텔로 계속 찾아오는 네게 화가 났는지, 왜 병신처럼 웃음이 나
는지 알겠어.

처음부터 너였기 때문이야. 네가 원혜윤이고, 내 마음을 가
져간 여자여서 그랬던 거였어. 그래서 난 널 절대 놓칠 수 없어.
그 누구에게도 양보하지 않아.

"이젠 그러지 않을 거야."

집으로 돌아오는 내내 혜윤은 후들거리는 다리를 애써 부여
잡고 머리를 쥐어뜯길 여러 차례, 급기야 고개를 도리도리 저었
다.

"어떡해……. 나 어떡해."

혜윤은 멍하니 제 입술로 손가락을 가져왔다. 대로변에서 남
자와 키스를 한 것이나, 하필 그게 첫 키스였고 그 상대가 다름
아닌 공지섭이라는 게 믿기지 않았다. 그뿐인가. 옆에만 있어

달라는 그에게 노력을 하라고 으름장을 놓은 것 모두 머릿속에 떠올랐다.

자신에게 좋아한다고 고백한 남자와 키스를 했다. 입술 사이를 뚫고 들어오던 물컹하고도 낯선 물질. 아찔하면서 부드럽고, 날카로우면서 말랑거리던 감촉이 되살아나 털썩 주저앉고 말았다.

키스만으로도 쾌락을 느낄 수 있구나. 그와 키스하던 순간 몸이 달아올라 사라질 것만 같았다. 처음 느껴 보는 감정이 낯설고 두려웠지만 아이러니하게도 다시 느껴 보고 싶은 욕구마저 생겼다.

"미쳤나 봐. 왜 자꾸 생각이 나는 거야."

탄식하며 몸을 일으킨 혜윤은 집 앞에 커다란 고급 세단이 세워져 있는 것을 보았다. 그녀의 기척을 느꼈는지 운전석에서 검정 정장을 입은 남자가 내려섰다.

"원혜윤 씨 되십니까."

혜윤은 말도 꺼내지 못하고 고개를 끄덕였다. 차체의 포스가 사람을 괜스레 주눅 들게 했다.

"누구세요?"

그때 안에서 나이 지긋한 노신사가 내려 몸을 서서히 돌렸다. 처음 본 사람이지만 혜윤은 단번에 알 수 있었다. 그와 너무도 닮은 노신사가 누구인지를. 저절로 허리가 숙여졌다.

혜윤은 제 방 맞은편에 앉아서 집 안을 눈으로 훑고 있는 노신사를 물끄러미 보았다.

"보통 이런 경우엔 차를 대접하는 게 일반적이지."

"아! 자, 잠깐만 기다리세요."

혜윤은 급히 일어서 부엌으로 향했다. 집에서 차를 마실 시간이 없기 때문에 그런 것들을 집 안에 들여놓지 못했다.

"죄송한데 주스도 괜찮으세요?"

혜윤은 제가 생각하기에도 어이가 없어 식은땀이 흘렀다. 그는 살짝 고개를 끄덕이는 것으로 의사를 표시했다.

혜윤은 냉장고에서 주스를 컵에 따라 쟁반에 받쳐 내갔다. 무심코 바닥에 내려놓던 그녀는 작은 식탁마저 꺼내지 않은 자신을 자책했다.

"그냥 두게."

일어서려던 혜윤을 붙잡는 단조로운 목소리. 혜윤은 마른침을 삼키며 바닥에 앉았다. 문득 조금 전 대치 상황이 떠올랐다.

차에서 내린 노신사를 물끄러미 보던 혜윤에게 안으로 들어가자면서 먼저 발을 옮긴 건 그였다. 집주인으로서 절대 안 된다고 뿌리치면 그만인 것을, 혜윤은 거절하지 못하고 안으로 들였다.

"아가씨가 원혜윤인가."

"네."

혜윤은 커다란 눈동자를 남자 쪽으로 돌렸다.

"내가 누구인지는 아는 것 같네. 얼굴 보니."

"네. 그런데 회장님은 내일 뵌다고 들어서 여기까지 오실 거라곤 전혀⋯⋯."

노신사는 혜윤을 빤히 보더니 다시 집 안을 훑었다. 그의 눈빛이 날카로워서 혜윤은 계속 침을 삼켰다. 지섭의 말보다 노신사는 훨씬 더 무섭고 두려운 존재였다.

"집이 좁은데 살기 불편하진 않은가."

"아, 네. 집이란 게 본디 의식(衣食)을 해결하기 위해 필요한 곳이잖아요. 그런 점에서 충분합니다."

혜윤이 미소를 지으며 말했다.

"집사람에게 듣던 대로 보통이 아니군."

혜윤은 씁쓸한 미소를 지었다. 아무래도 공 회장은 미리 반대 의사를 밝히려고 찾아온 것 같다. 지섭 앞에서 반대하는 것보다 한 발 먼저 나서서 선전포고하는 것이 낫다고 생각했나 보다.

"아가씨 뒷조사를 한 걸 너무 기분 나쁘게 생각하지는 말고. 집도 최근에 이사했다더군."

"네."

"아버지 성함이 원 석 자, 우 자 인가."

갑작스럽게 아버지 이름을 묻는 말에 그녀의 눈이 흔들렸다.

"그렇군."

그는 그저 고개를 끄덕이며 말을 마쳤다.

"지섭이 그놈이 라이언이지?"

이번에도 예상치 못한 질문에 혜윤의 눈동자가 노신사에게 박혔다. 뜨끔하며 급히 시선을 내린 그녀의 행동에 그는 얄팍하게 미소를 짓다 표정을 거두었다.

"짐작하고 있었어. 내가 그놈 스타일을 모르는 것도 아니고."

뭐라 해 줄 말이 없었다. 제가 이른 건 아니었지만 괜한 죄책 감이 몰려 왔다.

"미안해할 필요 없어. 아가씨가 라이언 잡으려고 쫓아다닌 건 다른 루트로 들었으니까."

이분도 제 속마음이 보이는 것인가. 혜윤의 커다란 눈동자가 끔뻑거렸다.

"진짜로 만나는 게 아닌 거 아네."

뭐라 말해야 할지 몰라서 혜윤은 숨을 들이켠 채 눈만 내리깔았다. 가짜로 만나는 사실도 알 정도면 굳이, 이 허름한 곳까지 왜 찾아온 것일까. 생각한 끝에 혜윤은 다시 눈을 들어 그를 마주 보았다.

"아가씨한테 제안을 하나 하고 싶어. 아주 파격적인 제안."

또 제안. 이놈의 인생은 어째 거래와 제안의 연속인지 모르겠다. 이용해 먹기 좋게 생긴 얼굴인가.

"우리 아들을 회사로 돌아오게 도와주게. 그러면 두 사람의 교제를 인정해 주겠네."

"회장님."

"회사에 소문이 났더군. 어떤 여자가 창영건설 장남이랑 만나는데 아무래도 이상하다. 돈을 목적으로 만나는 게 아니냐, 여자의 배경이 하찮다, 꽃뱀이다, 이런 소문."

혜윤의 눈동자가 크게 흔들렸다.

"전 그런 여자 아닙니다."

"그런 여자가 아니지만 소문으론 그런 여자가 되어 버렸네. 이런 경우 방법은 두 가지야. 한 가지는 전면 부인하며 아들 앞에서 흔적도 없이 사라지는 것."

허탈한 웃음이 나서 혜윤은 눈을 내렸다.

"두 번째는 그런 소문에 정면 돌파하며 소문을 진실로, 괴담을 미담으로 바꾸는 것. 두 가지 중 어떤 걸 선택하겠나."

혜윤은 무섭다는 공 회장의 얼굴을 정면으로 바라보았다. 그녀의 눈빛이 반짝거렸다.

"꼭 그 두 가지 중에서 선택해야 해요?"

"뭐?"

"전 다 마음에 들지 않습니다. 전부 아들 위주의 선택이잖아요."

이번엔 공 회장이 혜윤을 물끄러미 보았다.

"전 어떤 남자의 여자가 될 생각 없습니다. 제 삶의 결정권은 제게 있어요."

"허……."

"저의 남자라면 모를까. 두 가지 방법 다 한 남자의 여자로 사는 것이잖아요. 그래서 전부 거절합니다."

"허허, 거절이라."

"네. 회장님께서 말씀하신 제안은 받아들일 수 없습니다."

혜윤은 간을 배 밖으로 내놓기로 작정하고 결심한 듯 고개를 살짝 끄덕였다.

"회장님, 염치 불구하고 한 가지 더 말씀드리고 싶은 것이 있습니다."

"들어나 보지."

"선배님이 왜 밖으로 도는지 알고 계세요?"

"자네는 알고 있다는 말처럼 들리는군."

"주제넘는 말인 거 알지만 한 말씀 드리겠습니다."

"계속해 보게."

"선배님에게 회사를 물려주고 싶다면 아버지로서 먼저 다가가셨으면 좋겠습니다. 전 회장님께서 선배님에게 미안하다고 사과하셔야 한다고 생각합니다."

"사과를 해라?"

"선배님은 어머니를 그리워합니다. 그래서 여태 어느 누구도 사랑하지 못하고 있었죠. 자신이 사랑을 하면 죄가 된다고 생각하거든요. 회사를 거부하는 것도 어머니를 위해서라고, 그렇게 해야 어머니의 한을 갚아 주는 거라고 생각하고 있어요."

"……."

"전 선배님이 지금처럼 살아도 전혀 문제 되지 않는다고 생각합니다. 하고 싶은 일을 하면서도 부족함이 없고, 이미 정상에 있으니까요. 그것만으로도 행복해하는 남자니까요. 높은 자리에 올라 가족들과 싸우고 인상을 써야 한다면 전 그 자리가 독이 된다고 생각합니다."

"독이 된다?"

"네. 그럼에도 불구하고 회장님께서 선배님을 그 자리에 꼭 앉혀야겠다면 반드시 사과를 먼저 하시길 바랍니다."

공 회장은 눈앞에 앉아 있는 젊은 여자를 보며 한참 전에 하늘로 보냈던 아내를 떠올렸다. 두 사람은 닮아 있었다. 외모가 아니라 분위기가 절묘했다.

공 회장은 그녀의 눈을 잠시 쳐다보다 바닥에서 일어섰다. 혜윤도 후다닥 따라 일어섰다.

"협상 결렬이군. 서로 원하는 바가 다르니."

그녀의 얼굴이 순식간에 변했다. 지금은 또 겁먹은 강아지 같은 얼굴이다.

"궁금하네. 내일은 또 어떤 여자가 되어서 나타날지."

공 회장은 처음으로 미소를 지었다. 미소만큼은 정말 지섭과 닮았다는 생각에 혜윤의 마음이 알싸하게 아파 왔다.

"듣자 하니 이 바닥에서 이름난 건축가라고."

"네? 아뇨. 그저 주어진 일을 열심히 하면서 살고 있습니다."

"창영 리조트 준공을 자네가 맡았다고 하더군. 형님과 영민이 그놈이 어찌나 꽁꽁 숨겼는지 그런 소식을 이제야 듣게 되었어."

이미 소문이 쫙 퍼졌나 보다. 그렇다면 라이언이 설계한 것도 아시겠지.

"아들놈이 그럴 때 보면 좀 쓸 만해."

또 마음을 읽어 내는 공 회장을 보며 혜윤은 얼굴이 붉어졌다. 마음 읽는 건 집안 내력인가.

"아버지를 닮아서 아주 똑똑하고 선하군. 천재 건축가였는데 말이야. 자랑스러워하겠어."

공 회장은 알 수 없는 말을 내뱉으며 문을 나섰다. 한동안 멍하니 서 있던 혜윤도 뒤따라 나갔다. 한 번도 뒤돌아보지 않는 그였지만 그녀는 허리를 숙여 떠나는 차에 대고 인사했다.

"아버지?"

혼잣말을 내뱉은 혜윤은 방금 전 대기업 회장이 제집에서 나간 사실이 떠올라 주저앉았다. 주제도 모르고 막 내뱉은 자신을 자책했다.

"이 무데뽀야. 정말 널 어쩌면 좋니. 상대를 봐 가면서 객기를 부려야지."

혜윤은 제 머리를 감싸 쥐었다.

"대화하다 보니 생각보다 안 무서운데…… 선배님은 무서웠구나."

혜윤은 멍한 정신을 붙잡고 잠자리에 들었다. 기나길었던 하루를 마무리하며. 여러 남자에게 괴롭힘을 당한 하루를 달래며.

7

우리 연애, 제대로 다시 시작해

사무실로 출근한 혜윤의 책상 주변에 사람들이 모여 있었다.

"제 책상에서 뭐 하세요?"

그녀의 목소리에 사람들이 일제히 돌아보았다. 제 책상으로 다가온 혜윤은 책상의 반을 차지하고 있는 커다란 꽃바구니를 보고 눈이 휘둥그레졌다. 알록달록 예쁜 꽃의 향기가 사무실을 가득 채웠다.

"누가 보냈어요?"

"그야 우리도 모르지."

"꽃 배달 서비스라며 퀵이 왔다 갔어."

혜윤은 꽃바구니를 이리저리 돌리며 혹시 있을지도 모르는 쪽지를 살폈다. 하지만 쪽지는커녕 힌트도 없었다.

"원 과장님은 좋겠다. 이런 커다란 꽃바구니도 받고."

여직원 두 명이 혜윤을 부러워하며 눈을 흘겼다.

"이제 사실대로 말해도 되잖아요. 역시 소장님이죠?"

"뭐?"

당황한 혜윤은 고개를 세게 저었다.

"나 사귀는 사람 없어! 이 꽃도 누가 보낸 건지 전혀 모르겠다고."

"누군지도 모른다고요? 보낸 사람 맥 빠지겠다."

혜윤은 의자에 앉아 꽃바구니를 물끄러미 바라보았다. 떠오르는 남자가 두 명 있었으나 직접 물어볼 수도 없는 노릇이었다. 만약 아니라고 하면 대략 난감한 상황이 될 게 뻔했다.

"그런데 진짜 예쁘다."

사람들의 말에 혜윤의 입가에도 미소가 피었다. 꽃이 정말 예뻤다. 비록 백합을 좋아하는 자신의 취향과 달리 장미로 가득했지만.

특이한 일은 계속되었다. 리조트 준공 회의를 끝마치고 사무실로 돌아왔는데 이번엔 커다란 상자가 그녀의 책상 위에 놓여 있었다.

"이거 뭐야?"

혜윤은 제 자리에서 제일 가까이에 있는 경수에게 물었다.

"아까 또 퀵 왔었어요."

"발송인 몰라?"

"우리도 물어봤는데 익명 처리했대요."

원래 퀵 서비스를 하려면 발송인을 밝혀야 하는 거 아닌가. 혜윤은 고개를 갸웃하며 상자를 감싸고 있는 리본을 풀었다. 상자를 벗겨 낸 그녀의 눈동자가 휘둥그레졌다.

"우와, 이 옷 진짜 예쁘다."

여직원들이 고새를 못 참고 주변에 다가와 상자 안을 들여다보았다.

"이거 C사 패션쇼 의상 아니에요?"

"정말 그러네. 이거 셀럽들도 못 갖는 거잖아요!"

패션쇼, 셀럽. 어려운 업계 용어를 내뱉던 그녀들은 혜윤의 허락도 없이 원피스를 들어 자기들 몸에 걸쳐 보았다.

"이게 그렇게 좋은 옷이야?"

"당연하죠! 돈 주고도 못 사는 옷이에요!"

"원 과장님 진짜 부러워요! 대체 누구예요!"

"이런 옷을 어떻게 알아?"

"원 과장님이 외국 남자들 몸에 정신 팔려 있을 때 대부분의 여성들은 뷰티 잡지에 관심을 보인답니다. 자기가 갖지는 못해도 그 옷이 어떤 옷인지는 알고 있죠. 그걸 우린 관심사라고 표현하구요."

혜윤은 고개를 끄덕이며 제 앞에 놓인 옷을 보았다. 한눈에 보아도 고급지고 만져 보지 않아도 비싼 것 같은 원단이 눈에 들어왔다.

혜윤은 옷을 대보지도 않고 다시 접어 상자 안에 넣어 뚜껑을 닫았다.

"입어 보지도 않으세요?"

"이건 내 옷이 아니니까요."

혜윤의 표정이 한순간에 차가워져 여직원들은 서로의 허리를 찌르며 자기 자리로 돌아갔다. 천사 같은 그녀의 얼굴이 차가워진다는 건 화가 많이 났다는 것을 의미했다.

점심시간이 지나고 상자가 또 들어왔다. 아까보다 작은 규모지만 혜윤은 무엇인지 알 것 같았다. 이번엔 퀵 배달원을 붙들어 잡았다.

"누가 보내는 거예요?"

"네? 전 잘 모르는데요."

"거짓말. 보낸 사람을 모를 리가 없죠."

혜윤의 단호한 얼굴에 퀵 배달원은 난처한 얼굴을 했다.

"혹시 공 씨인가요?"

"전 잘……."

곤란해 하는 거 보니 발송인이라는 작자가 절대 비밀로 붙이라고 했나 본데.

"딱 기다려요."

혜윤은 배달원이 있는 자리에서 지섭에게 전화를 걸었다.

—안녕.

전화를 받자마자 능청스럽게 대응하는 목소리에 혜윤은 잔뜩 인상을 썼다. 목소리는 또 어찌나 부드러운지 그녀는 이 와중에 심장이 뛰는 것을 탓하며 퉁명스럽게 말했다.

"이것들 다 가져가요. 지금 당장."

—뭘 가져가라는 거지?

"다 알아요. 이거 선배님이 보낸 거잖아요."

—마음에 안 들어? 나름 심혈을 기울여서 고른 거야.

"누가 이런 거 보내 달래요?"

—오늘 회장님 보러 갈 때 입을 옷이야.

혜윤은 지난밤 자신을 찾아온 공 회장이 떠올랐다. 말문이 막혀 왔다. 자신은 잘못한 게 없는데 왜 그에게 떳떳하지 못한 걸까. 이 연극을 회장님께서 눈치챘으니 그만하자고 알리면 그만인데.

—이따 4시에 회사 앞으로 나와. 그 옷 입고 갈 거야.

그는 제 할 말만 하고 전화를 끊어 버렸다. 황당한 얼굴로 휴대폰을 쏘아보던 혜윤은 한숨을 내쉬었다. 이런 옷은 제 평생 입어 본 적도 없었고 입을 일도 없었다.

그런데 그와 만나면 이런 옷만 입어야 하는 건 아닌지 걱정이 밀려왔다. 왠지 자신을 잃고 다른 사람의 얼굴로 살아가야 할 듯한 예감이 들었다.

어쨌든 약속했으니까, 그의 아버지가 알든 모르든 깔끔하게 임무를 완수하는 게 이 거래의 끝이니 그가 원하는 대로 해 주어야 했다.

시간은 물 흐르듯 지나갔다. 하루가 이리 빨리 지나간 적이 있었는지 혜윤은 벌써 시곗바늘이 3시 50분에 가 있는 것을 보며 상자 두 개와 가방을 들고 사람들을 둘러봤다.

"저 오늘 먼저 퇴근할게요. 들를 곳이 있어서요."

혜윤이 상자를 반납하러 가는 거라 생각한 건지 사람들은 아쉬운 눈길을 보냈다.

복도를 걷던 혜윤은 앞을 막아서는 구두를 보고 고개를 들었다. 그녀의 심장이 다시 불편하게 뛰었다.

"소장님."

"어디 가?"

"네. 오늘 일찍 퇴근하겠습니다."

"그 상자들은 뭐야."

"그게…… 일하러 갈 때 필요한 것들이라서요."

영민은 알 수 없는 말을 하는 혜윤을 빤히 바라보았다. 혜윤도 영민의 시선이 느껴져 눈을 돌렸다.

"들어 줘?"

"아뇨, 가벼워서 괜찮습니다. 그럼."

혜윤은 고개를 숙이고 먼저 걸어갔다. 그녀가 간 곳을 돌아본 영민은 가슴을 알싸하게 찌르는 아릿함에 얼굴이 굳어졌다. 밝게 웃으며 어딘지 들떠 보이는 그녀를 눈앞에서 직접 보는 건 생각보다 쉬운 일이 아니었다.

"혜윤아, 그러지 마. 멀어지지 마."

이미 그녀가 사라진 공간에 영민은 힘없이 내뱉었다.

"네가 멀리 가 버리면…… 난 정말 견디기 힘들어."

허탈한 웃음을 짓던 영민이 표정을 굳히고 돌아갔다.

혜윤은 그대로 건물 밖으로 나왔다. 불어오는 바람결에 머리카락이 휘날렸다. 한 손으로 머리카락을 넘기던 그녀는 차에 기대서 자신을 보고 있는 지섭에게 눈이 갔다.

세상에나. 그는 머리끝부터 발끝까지 탈바꿈했다. 단정하게 빗어 올린 머리카락 덕분에 날렵한 눈매와 수려한 외모가 더욱 빛을 발했고, 짙은 네이비 슈트 덕분에 잘 빠진 몸매와 장신의 키가 돋보였다.

혜윤은 심장 떨리게 멋진 그를 보며 애써 시선을 돌렸다. 정말 인정하기 싫지만 그는 멋있었다. 주변의 빛을 모두 흡수했는지 혼자서 빛나는 것 같았다.

혜윤을 보던 그가 어느새 다가와 상자를 넘겨받았다. 말끔하게 올린 머리 때문인지 눈빛이 유독 날카로워 보였다.

"옷 안 입었어?"

"어떻게 입어요. 우리 회사엔 옷 갈아입을 데가 없어요."

그가 먼저 몸을 돌려 걸어가자 혜윤도 뒤를 따라갔다. 지섭은 트렁크에 상자를 싣고 조수석으로 와 문을 열었다.

"그럼 입으러 가자."

그의 얼굴에 드디어 미소가 드리워졌다. 좀 전과는 또 달라 보였다. 세상 누구보다 부드럽고 섹시해 보여 혜윤은 일렁이는 마음을 숨기고 차에 탔다.

"사실 지금 이대로도 좋은데."

운전을 하는 그가 나지막이 내뱉자 혜윤의 시선이 그에게 닿았다. 그도 혜윤을 보며 빙그레 웃었다.

"지금도 예뻐."

심장이 다시 쿵, 내려앉았다. 말 한마디에도 심장이 정신을 차리지 못하고 움직였다.

"그런데 왜 이렇게까지 하면서 차려입어야 하냐면……."

그래, 궁금하다. 왜 그마저도 평소와 다르게 옷을 차려입었는지 그녀는 진심으로 궁금했다.

"내가 만나는 여자를 존중해 주고 싶어서."

빨간불에 차가 멈추자 그가 다시 돌아보았다. 모르겠다는 얼굴로 바라보는 혜윤의 손을 잡아끌더니 그의 입술이 손등에 닿았다.

"내가 평소 입던 대로 입어서 네 입장이 난처해진다면 그건 내 탓이니까. 옷으로 사람을 평가하는 건 아니지만 이 자리는 마냥 편한 자리가 아니야. 특히 아버지를 보는 자리라서 온갖 눈들이 우리를 주시할 거야. 사모님 생신 파티와는 달라."

"선배님."

"네가 이런 옷 싫어하는 거 알아. 하지만 오늘은 날 위해 한 번만 입어 주면 안 될까?"

난생처음 그에게서 부탁하는 말을 듣자 혜윤의 심장이 미친 듯이 뛰었다.

"입을게요. 그러니까 그렇게 미안해하지 않아도 돼요. 나야 좋죠. 공짜로 비싼 옷 생기는 건데. 저한테 주는 거 맞죠?"

혜윤을 바라보던 지섭의 입가에 미소가 진하게 그려졌다.

"당연하지."

지섭은 독특한 건물 앞에 차를 세웠다. 조명이 은은하게 비치는 연하늘색의 예쁜 단독 건물이 눈에 들어왔다. 차에서 내릴 생각을 못 하고 건물을 살펴보던 혜윤이 입을 열었다.

"여긴 어디예요?"

"우리 어머니가 다니던 의상실."

"왜 여길……."

"옷 입을 곳 필요하다며."

지섭은 말을 마치고 차에서 내렸다. 그랬기로서니 이런 곳에 데려오면 어쩌자는 건지 혜윤은 옅은 한숨을 쉬었다. 앞뒤 재지 않고 돌진하는 건 예전이나 지금이나 변함없었다.

지섭은 학교를 다닐 때에도 원하는 게 있으면, 해야 하는 과제가 있으면 무조건 해내야 했다. 눈치 보는 법 없이 항상 당당했고, 뒤로 물러서지 않고 앞으로 나아갔으며, 무모하리만치 자유로웠다.

그런 모습에 반한 것일 수도 있다. 언제나 그의 자유로움이, 당당함이 부러웠고 빛처럼 눈부신 모습이 꿈처럼 간절했던 것 같다.

조수석 문이 열리자 혜윤도 그를 따라 일어섰다.

지섭이 온 것을 알았는지 안에서 사람들이 나와 양옆으로 나란히 서서 허리를 숙여 인사했다. 그리고 아무런 말도 없었는데 트렁크가 열리자 알아서 다가와 상자를 꺼내 가져갔다.

지섭은 익숙한 듯 그들의 인사를 자연스럽게 받고 혜윤을 데려갔다. 깍듯이 인사하던 사람들은 그가 안으로 들어서자 따라 들어왔다.

밖에서 보던 것과 달리 고급스러운 인테리어가 돋보이는 내부였다. 깔끔한 실내에 폭신하고 넓은 소파가 한쪽으로 자리를 차지했고, 팔각형 모양의 벽 전체에는 유리 거울이 놓여 있었다. 2층으로 올라가는 계단은 모던함이 돋보였다.

"여기 분들이 옷 입는 거랑 메이크업, 헤어를 봐주실 거야."

지섭은 가장 옆에 서 있는 여인에게 혜윤을 소개시켰다.

"장 실장님, 저 상자 풀어서 도와주세요."

"걱정 마세요. 이리 오세요, 아가씨."

장 실장이라 불리는 여인은 혜윤에게도 깍듯이 아가씨라 부르며 앞장섰다.

혜윤은 얼떨결에 그녀를 따라갔다. 거울 안쪽 문을 열자 의상을 갈아입는 곳과 메이크업을 하는 곳으로 나뉘었다.

혜윤은 여인들의 손에 의해 입던 옷이 벗겨지고 상자 속 원피스가 입혀졌다.

윗부분은 노란색과 흰색의 비즈들로 한 땀 한 땀 수놓은 장식이 돋보였고 허리 아래로는 하얀색 실크가 부드럽게 내려왔다. 앞이 깊이 파인 가슴 부분과 어깨를 드러내는 부분은 같은 색 볼레로가 가려 주었다. 허리부터 등까지 지퍼가 사르륵 부드럽게 올라갔다. 잘록한 허리와 봉긋한 엉덩이를 감싸 주는 천의 감촉이 좋았다.

원피스를 입고 거울 앞에 선 혜윤은 자신의 몸을 이리저리 살펴보았다. 매일 셔츠에 청바지, 재킷 위주로 입었는데 여성스런 옷을 입으니 다른 사람을 보는 듯했다.

"정말 너 맞니."

제 입술을 매만지던 혜윤은 하이힐을 가져온 여인에게로 눈을 돌렸다. 아까 열어 보지도 않은 상자에서 나온 구두였다. 원피스 색깔에 맞춘 레몬색 하이힐을 혜윤은 저도 모르게 손끝으로 훑었다.

단화를 벗고 구두로 발을 옮겼다. 제 발에 꼭 맞는 하이힐이 발끝에서 반짝였다.

"메이크업이랑 헤어해 드릴게요. 이쪽으로 오세요."

다시 여인들은 혜윤을 거울이 놓여 있는 의자로 손짓해서 데려갔다. 그녀는 시키는 대로 앉았다.

"피부가 깨끗해서 화장은 연하게 하는 게 좋겠어요. 도련님은 화장 진한 거 별로 안 좋아하세요."

장 실장이라는 여인이 혜윤의 얼굴에 분을 바르면서 입을 열었다.

"누구를 데려오신 건 처음이네요."

"네?"

혜윤이 놀란 눈으로 바라보자 장 실장이 잔잔한 미소를 지었다.

"도련님을 많이 오해하셨나 봐요. 저렇게 바람둥이 같아도 사실은 순정남이에요."

"저 사람과 잘 아는 사이신가 봐요."

"어릴 때부터 자주 봤어요. 사모님이 돌아가신 뒤로는 기댈 곳이 여기밖에 없어서 그런지 더 자주 오셨어요. 와서 그냥 덩그러니 앉아 있다가 가곤 했죠."

"그랬구나."

"이 건물도 도련님이 설계해서 다시 지으셨어요."

"아."

혜윤은 새삼 눈을 돌려 보았다. 건물 안이 라이언의 스타일처럼 내추럴하고 자연스러웠다. 인위적인 공간 구성과 색이 아니라 텅 빈 것 같은 여백을 주고, 그 안에 강점만 돋보이게 지었다.

그래서 건물 안에 들어왔을 때 소파 앞에 놓여 있던 거울이 유독 눈에 들어왔구나. 그는 소파에 앉아서 거울 속 자신을 여러 모습으로 관찰했겠구나.

"다 됐습니다. 이번엔 머리해 드릴게요. 머리카락이 긴데 원하는 스타일 있으세요?"

"아, 아뇨. 전 그냥 자연스러운 걸 좋아해서……."

장 실장이 웃었다.

"알겠습니다."

장 실장은 혜윤의 기다란 머리카락에 손을 대지 않고 드라이만 해 주었다.

"아무래도 머리 손질은 하지 않는 편이 좋을 것 같습니다."

혜윤은 장 실장의 말에 거울을 보았다. 그녀의 눈동자가 얄팍하게 흔들렸다.

거울에 비친 제 얼굴과 팔, 허리, 골반을 손으로 훑었다. 정말로 다른 여자를 보는 듯했다.

혜윤은 다시 안내를 받아 천천히 문밖으로 나왔다. 소파에 앉아 있으리라 생각했던 그의 모습이 보이지 않았다. 그녀의 눈이 지섭을 찾았다.

"나 찾아?"

바로 옆에서 들리는 소리에 화들짝 놀란 혜윤의 몸이 돌아갔다.

지섭이 거울에 기대선 채 자신을 보고 있었다. 호주머니에 넣었던 손을 빼고 한 걸음 다가왔다. 그는 한동안 혜윤을 빤히 보더니 뺨을 어루만졌다.

"진짜 예쁘다."

저도 모르게 얼굴이 붉어져 혜윤은 입술 끝을 깨물었다.

"정말 아름다우시네요. 피부가 고와서 화장은 거의 하지 않았습니다."

장 실장이 혜윤을 칭찬하며 옷을 스르륵 만졌다.

"지난밤에 난리 피우며 고르시더니 그럴 만한 이유가 있었네요. 아가씨한테 딱 맞아요."

"이 옷은 딱 혜윤이 거라니까요. 아무튼 신경 써 주셔서 고맙습니다. 늦은 밤이었는데 공수해 오시다니, 역시 능력자세요."

"잘 맞으시니 더없이 기쁩니다."

이해하지 못할 그들의 대화를 듣던 혜윤은 제 옷으로 시선을 내렸다.

잘은 모르겠지만 지섭이 이 옷을 고르려고 노력했다는 건 느낄 수 있었다. 혜윤의 허리에 손을 두른 그가 그녀를 끌어 건물 밖으로 나왔다. 들어올 때와 같이 나올 때도 그들은 변함없이 허리를 숙였다.

그가 조수석 문을 열었다. 부드럽게 웃는 지섭의 얼굴에 혜윤의 심장이 또다시 쿵쿵 뛰었다.

"제가 혼자 할 수 있으니까 열어 주지 마세요."

일부러 쌀쌀맞게 내뱉었는데도 그는 뭐가 좋은지 입가에 미소를 거두지 않았다. 운전석으로 온 지섭은 혜윤아, 하고 부르더니 그녀가 돌아보자마자 입술에 입을 맞췄다.

"으, 또!"

"어쩔 수 없어. 네가 너무 예쁘잖아."

혜윤은 귀까지 붉어진 얼굴로 지섭을 쏘아보았다.

그래도 예쁘다고. 지섭은 미처 내뱉지 못한 말을 속으로 삼키며 그녀의 손을 잡아당겼다.

"원래도 예쁜 줄 알았지만 이렇게 입으니까 더 예쁘다."

그가 혜윤의 귓가에 속삭였다.

"정말 예뻐."

그를 바라보는 커다란 눈동자가 흔들렸다. 애써 시선을 피하는데 그의 손가락이 혜윤의 얼굴을 잡아 눈을 피하지 못하게 했다.

"다른 곳 보지 말고 날 봐. 눈 돌리면 가만 안 둬."

"가만 안 두면 뭐요."

"잡아먹을 거야."

그리고 웃는다. 남의 속도 모르고. 이 바보는 저런 말에 속절없이 흔들렸다. 흔들리면 안 된다는 걸 알면서도 멍청이처럼 심장이 울렁거렸다. 겨우 저런 말에, 가볍기만 한 저따위 말에 마음이 방망이질 쳤다.

"잡아먹게 가만있을 것 같아요? 도망칠 거야. 있는 힘을 다해."

"결국엔 잡혀. 내가 더 빠르거든. 달리기."

눈을 흘기는 혜윤이 왜 이렇게 사랑스러운지 모르겠다. 무슨 짓을 해도 다 예뻐 보이니 콩깍지가 제대로 쓰인 것 같다.

눈을 뗄 수 없을 정도로 혜윤은 아름다웠다. 마치 인형을 보는 듯했다. 노랗고 하얀 원피스가 그녀의 몸에 맞춤옷처럼 딱 맞았다. 기다란 목선, 가는 어깨 아래로 섹시하게 보이는 쇄골, 하얀 피부, 굴곡진 그녀의 실루엣이 그대로 드러났다.

등까지 내려오는 기다란 생머리가 바람에 날릴 때에는 그대로 멈춰 주길 저도 모르게 바랐다. 매번 하나로 묶거나 돌돌 만 헤어스타일만 고집해서 머리카락이 이렇게 긴 줄 몰랐다. 지섭은 혜윤의 뺨에 입을 맞추고 차를 출발시켰다.

혜윤은 그의 입술이 다녀간 자리에 손을 대고 창밖으로 시선을 돌렸다. 낯선 분위기, 낯선 옷차림, 익숙지 않은 스킨십. 혜윤은 옅은 한숨을 내쉬며 흘러가는 풍경을 바라보았다.

이질감이 들었지만 낯선 감각이 묘한 흥분을 불러일으켰다. 마치 제 마음처럼, 구멍이 막힌 것처럼 시원하지 않은 답답함이 몰려왔다. 이성은 여기서 멈추라고 하는데 본능은 그보다 더 앞서가며 그녀를 재촉했다. 가고 나서 후회하자고, 지섭처럼 자유롭고 당당하게 가 보자고 졸랐다. 아이처럼 막무가내로.

창영건설 사옥 앞에 차가 서자 기다렸다는 듯 대기하던 사람들이 줄지어 나왔다.

"저 사람들은 뭐예요. 설마 우리 마중 나온 사람들인가요?"

"그런 것 같네."

"무슨 회장님 보러 가는 길이 이렇게 험난해요. 수행원도 줄줄이 따라와야 하는 거예요?"

혜윤이 당황한 얼굴로 지섭을 돌아보았다.

"내가 만나는 여자니까. 회장님도 일단은 예의를 지켜 주시는 거지."

지섭은 운전석에서 내려 조수석으로 와 문을 열었다.

"일하러 가자."

그가 내미는 손을 잡고 내려섰다. 주변의 시선이 낯 뜨겁도록 느껴졌다.

지섭은 여느 때처럼 혜윤의 허리를 잡고 안으로 이끌었다. 그 뒤를 수행원들이 따라왔다. 그가 지나갈 때마다 사람들은 당연하듯 허리를 숙여 인사했고, 그 인파가 끝없이 이어졌다.

임원 엘리베이터 앞에 설 때까지 시선이 계속 느껴져 혜윤은 제 손을 꼭 움켜쥐었다.

자신의 집에서 봤을 때는 몰랐는데 공 회장이 정말 높은 사람이라는 것을 새삼 실감했다. 제 옆에 선 남자 역시 같은 부류라는 것 또한 뼈저리게 느껴졌다. 의상실에서 보았던 사람들과 달리 이곳의 시선은 시베리아 벌판처럼 차갑고 무거웠다.

"원혜윤!"

자신을 부르는 소리에 혜윤이 돌아보자 유진이 놀란 얼굴로 다가왔다. 그녀가 가까이 오려 하자 수행원들이 막아섰다.

회사 게시판에 소문을 내긴 했지만 정말로 자신의 앞에 나타날 줄은 몰랐다. 지섭의 품에서 비싸 보이는 옷을 걸치고 모두의 주목을 받고 있는 당당한 혜윤이 참으로 못마땅했다. 저 자리에 서 있는 혜윤이 미치도록 싫었다.

믿을 수 없는 얼굴로 바라보는 유진을 보며 혜윤은 착잡한 기분에 고개를 돌렸다.

20년 넘게 한집에 산 유진은 자매나 다름없는데 별로 좋지 못한 상황에서 마주쳐 마음이 불편했다. 자신을 벌레 보듯 바라보는 시선도 견디기 힘들었다.

그때 엘리베이터 문이 열렸다. 지섭은 표정이 굳은 혜윤의 허리에 힘을 주었다.

"신경 쓰지 마. 저런 여자애."

귓가에 들리는 그의 목소리에 혜윤이 고개를 돌려 그를 올려다보았다. 그리고 살짝 미소를 지으며 고개를 끄덕였다.

"알아요."

엘리베이터에 탄 그들을 속수무책으로 바라보던 유진 주변으로 사람들이 몰려들었다.

"뭐야. 정말 맞아요? 돈을 목적으로 만난다는 여자 맞죠?"

"진짜 만나는 거래요? 민 팀장님은 저 여자 아세요?"

"그런데 생각보다 괜찮네요."

"맞아. 난 회장님 아들이 워낙 여성 편력이 심하다는 소문도 있고, 개망나니라고 해서 꽃뱀인 줄 알았는데 그렇게 보이진 않고."

주변 사람들이 하는 말에 유진은 입술을 깨물며 미간을 일그러뜨렸다. 소문을 내면 회장님을 비롯한 모든 사람들이 저 보잘것없는 계집애를 비난하고 돌을 던질 거라 생각했는데 극빈 대접을 해 주고 있다. 아무것도 아닌 고아를 대우해 주고 있다.

항상 혜윤보다 앞서고 이기려고 노력했다. 설계를 못 하게 막았고, 그녀의 삶을 무시했다. 그런데 자신이 다니는 회사에서 당당해 보이는 혜윤을 보자 유진은 머리끝까지 분노가 끓어올랐다.

"아무것도 아닌 고아 주제에 감히 누구를 넘봐. 분수를 알아야지."

회장실 앞에서 혜윤은 심호흡을 했다. 어떤 얼굴로 봐야 할지 문 앞에 선 지금까지도 대책이 서지 않았다.

고민하는 동안에 문이 열리고 자신의 몸은 회장실 안으로 들어가고 있었다. 공 회장은 창가에 기대선 채 지섭과 혜윤을 지

그시 바라보았다.

"어서 와라."

혜윤이 허리를 숙여 인사했다.

"안녕하세요. 원혜윤이라고 합니다."

철면피처럼 인사말을 건넸다. 지금은 천연덕스러울 정도로 해맑은 연기가 필요한 시점이었다. 혜윤을 뚫어지게 보던 공 회장은 소파로 팔을 뻗었다.

"앉지."

"아버지. 제가 분명히 말씀드렸지만 아버지께 허락받자고 온 거 아닙니다. 어떤 소문이 있든 일일이 대응하고 싶지도 않고, 회사 사람들이 절 어떻게 생각하는지도 관심 없어요. 아버지가 굳이 회사로 오라고 하셔서 온 거지만 이번이 마지막입니다. 다신 찾아오지 않을 거예요."

지섭의 목소리는 참으로 차가웠다. 그를 알고 처음 듣는 목소리였다.

혜윤은 새삼 그의 분노를 떠올렸다. 아버지에 대한 분노가 생각보다 커 보였다. 이 가짜 연애의 목적 자체가 회사로 돌아가지 않겠다는 극명한 의지에서 비롯된 것이니 그는 공 회장의 계획을 순순히 받아들이지 않을 것이다.

한동안 지섭을 보던 공 회장이 먼저 소파로 가 앉았다.

"일단 앉거라. 서서 할 이야기는 아닌 것 같군."

공 회장의 목소리 역시 딱딱하게 굳어 있었다. 지난밤 자신을 찾아와 거래를 제안하던 노신사의 목소리가 아니었다. 지섭은 혜윤의 손을 잡고 공 회장의 앞에 앉았다.

"소문에 일일이 반응하고 싶지 않다고 했는데 어떤 소문이 돌고 있는지는 아는 것이냐."

"뻔하죠. 수준 낮은 여자를 만나서 놀고 있다거나 아무 여자나 만난다고 하겠죠. 그 소문에 사모님도 한몫하셨을 거고."

"그럼 하나 묻자. 넌 네 여자가 그런 취급 받는 게 좋으냐?"

지섭은 공 회장의 질문에 말문이 막혀 대답하지 못하고 그를 노려보았다. 솔직히 이 거래의 목적은 그런 이유에서 시작되었다.

호텔에서 혜윤을 대하던 자신의 태도도 다른 사람들의 시선과 별반 다르지 않았다. 그녀의 마음은 생각하지도 않고 제멋대로 정해 버렸다. 문득 지섭은 혜윤을 바라보았다. 그녀는 시선을 제 손으로 향한 채 조용히 앉아 있었다.

"하, 당했네."

저도 모르게 중얼거린 그의 말을 공 회장은 놓치지 않고 들었다.

"네가 무슨 실수를 저지른 줄 아냐. 넌 네가 만나는 여자라고 하면서 그 여자의 급을 스스로 떨어뜨렸어. 회사로 오지 않겠다는 생각 하나 때문에 넌 네 소중한 것에 상처를 주었단 말이다. 내 말이 틀리냐."

제 아버지의 말이 구구절절 옳아 지섭은 더욱 화가 났다. 다른 사람도 아니고 아버지에게서 그런 말을 듣고 싶진 않았다.

"그리고 넌 또 중요한 사실을 놓치고 있다. 내가 이 아가씨를 싫어할 거라고 생각해서 데려왔나 본데 잘못 봤어. 난 이 아가씨가 마음에 든다. 마음에 들지 않았다면 회사로 부르긴커녕 진작 조치했을 거야."

아버지는 벌써 혜윤의 뒷조사를 한 듯했고, 이미 결론을 낸 상태에서 자신을 보자고 한 것이었다. 지섭은 공 회장의 의중이 궁금했다.

"하시고 싶은 말이 뭡니까. 제 의도를 간파하고 대책까지 세워 놓으신 것 같은데."

"나야 한 가지지. 네가 회사로 들어오는 거."

"싫다고 분명히 말씀드렸습니다."

"이제 그만 어린애 같은 감정은 집어치우거라. 싫다고 안 할 수 없다는 걸 너도 알지 않냐."

"제가 아니어도 회사를 이어 갈 사람은 충분히 많아 보입니다. 사모님 외가 식구들에게 부탁해 보시지요. 아마 두 손 들고 환영할 것 같은데요."

"이 버르장머리 없는 놈. 회사가 네들 놀이터냐. 마음에 들면 갖고 아니면 버리는 싸움터야!"

"애초에 그 싸움을 가져오신 분이 아버지십니다."

"공과 사도 구분하지 못하는 놈."

"네. 전 그런 놈이에요. 아버지가 가져오신 결과에 아직도 분노하는 한심한 놈입니다."

"너 이놈! 6년 동안 방황했으면 이제 정신을 차려! 대체 얼마만큼 헛돌아야 정신 차릴 거냐!"

"전 아마 평생일 것 같습니다. 아버지 얼굴 보면 자꾸만 어머니가 생각나서요."

공 회장의 얼굴이 노여움으로 붉어졌고 지섭의 얼굴은 시리도록 차가워졌다. 한 치의 물러남도 없는 두 남자의 기 싸움에 혜윤은 그저 가만히 앉아 있어야 했다. 이럴 땐 조용히 있는 게 상책이었다.

"아가씨."

하지만 현실은 늘 이상과의 괴리를 불러일으킨다. 대부분 원하지 않는 방향으로.

"아가씨라면 지금 저 녀석의 고집을 어떻게 꺾겠나."

화살이 결국 제게 돌아왔다. 고래 싸움에 새우 등 터진다는 말이 바로 이것이리라. 방황하던 눈동자는 겨우 공 회장에게 향했다. 마른침을 삼키고 빙그레 웃었다.

"저는 이 사람이 항복할 때까지 쫓아다녔어요. 그리고 그가 원하는 대로 저를 맞추었습니다. 절대적으로요."

한마디로 회장더러 지섭에게 맞추라는 뜻이었다. 그 말은 곧 아들에게 사과를 하란 소리였다.

"맞춘다, 절대적으로. 어떻게?"

"그건 회장님께서 이미 알고 계실 거라고 생각합니다."

혜윤의 미소를 보니 어젯밤 자신의 제안을 거절하던 당찬 여자가 떠올랐다. 공 회장은 저절로 허리가 세워졌다. 그의 얼굴에도 얄팍한 미소가 생겼다.

"아가씨가 이 녀석을 회사로 들어오게 도와주게. 그럼 맞추는 걸 생각해 보지."

"회장님, 그건…… 어제 분명히 말씀드렸습니다."

"어제?"

지섭의 목소리에 혜윤이 그를 돌아보았다.

"아버지, 저 몰래 혜윤이 만나셨습니까?"

"그래. 널 회사로 들어오게 해 달라고 했다. 그러면 만나는 걸 허락하겠다고."

"왜 그러셨어요! 도대체 무슨 권리로 혜윤일 찾아가세요! 이 아이 생각은 묻지도 않고 왜 마음대로!"

공 회장은 소리를 지르는 지섭을 물끄러미 바라보았다. 이 녀석이 이렇게 흥분하며 발끈하는 일이 있었던가. 매사 모든 일에 태연하며 평상심을 잃지 않던 아들이 겨우 눈앞의 여자를 찾아갔다는 말에 이토록 화를 내고 있다.

"넌 왜 그 사실을 말 안 했어! 그런 일 있으면 바로 말했었어야지! 그랬다면 회사로 오는 일 따위 하지 않았을 거야."

"죄송해요. 하지만 오늘 약속은 이미 예전부터 정해졌던 중요한 일인데 제 입장 때문에 말할 순 없었어요."

"그래도……! 아니다, 내가 미안해."

지섭은 회장실을 들어온 순간부터 지금까지 혜윤에게 미안해서 얼굴을 마주치기도 힘들 지경이었다. 그녀의 마음을 너무도 아프게 했다. 자신은 이 순간까지도 그녀에게 상처를 주었다.

"미안해. 다신 이런 일 없을 거야."

"괜찮아요. 저 신경 쓰지 마세요."

지섭은 괜찮다며 다정하게 웃는 혜윤을 끌어안고 싶었지만 그녀의 손을 대신 잡는 것으로 참아 냈다. 공 회장은 둘의 분위기를 보더니 자세를 바꿔 앉았다.

"공지섭, 나와 거래하자."

지섭은 어디 해볼 테면 해보라는 얼굴로 공 회장을 주시했다.

"네가 만약 결혼을 해야 한다면 그건 이 아가씨로 한다. 단, 네가 회사로 들어오는 조건이야. 만약 그렇지 못하다면 난 너희 두 사람을 지구 끝까지 쫓아가서라도 반대할 생각이다. 이 문을 나가는 순간부터."

두 사람 모두 경악한 얼굴로 공 회장을 보았다. 한다면 하는 공 회장은 마음먹으면 혜윤의 존재까지도 없애 버릴 수 있는 사람이었다. 실없는 농담이 아니었다.

"회장님, 전 그럴 생각 없습니다."

황당한 혜윤이 제일 먼저 입을 열었다.

"제 의사도 없이 결혼이 정해졌네요? 제 의사도 없이 반대의 상황에 놓였고요. 정말 너무하시네요. 두 분이 좋으면 전 무조건 결혼을 해요? 제 의견은 없는 거예요?"

혜윤은 얼굴이 잔뜩 붉어진 채 거친 숨을 내쉬었다.

"의외군. 연애는 하면서 결혼하기는 싫다?"

"결혼을 이렇게 갑자기 결정할 순 없습니다. 결혼이 뉘 집 애 이름도 아니고 쉽게 진행할 문제가 아니라고 생각합니다."

얼굴은 붉어져서도 할 말을 또박또박하는 혜윤을 보던 지섭이 실소를 터뜨렸다. 눈을 동그랗게 뜨고 대답하는 그녀가 이 와중에도 대단해 보였다.

아버지를 보면 대부분 제대로 말 붙이기도 힘들어하는데 이 여자는 누가 앞에 있든 제 의견을 밀어붙였다. 정말 죽을병인가 보다. 자신을 거부하는 여자에게 반하는 상황은 절대 정상이 아니었다.

"호기롭게 회장실로 들어온 순간부터 아가씨에게 결정권은 없었어. 그 정도는 각오했을 거라고 생각했는데."

공 회장의 말에 기가 찼는지 혜윤의 입이 벌어졌다. 뭐라고 말을 해야 하는데 종래에는 말문이 막혔다. 지섭을 따라온 것도, 공 회장이 이미 가짜 연애라는 걸 알고 있었음에도 철판 깔고 온 것도 자신이었기에 할 말이 없었다.

곧 울 것 같은 얼굴을 하는 혜윤을 보던 지섭이 공 회장에게 시선을 돌렸다. 치사하고 야비하게 요구를 밀어붙이는 공 회장에게 화가 치밀었지만 한편으로는 제 아버지가 이렇게까지 하는 이유가 궁금하기도 했다.

아버지는 분명 혜윤을 마음에 들어 했다. 굳이 그의 입을 통해서가 아니라 눈빛만 봐도 알 수 있었다. 그런데도 저런 말을 하는 그의 의도가 무엇인지 헷갈렸다. 정말 이런 거래를 해서라도 자신을 회사로 들어오게 하고 싶은 것일까. 왜 이토록 자신에게 집착하는 거지. 도대체 무슨 권리로.

"아버지가 반대하셔도 저희 두 사람은 계속 만날 겁니다. 제 연애를 터치하실 수도 없습니다. 아버지도 저도 서로를 잘 알고 있잖습니까. 남이 억지로 시킨다고 해서 할 인간이 아니라는 것은."

"내가 농담하는 것으로 보이냐."

"물론 아니죠. 한다면 하는 공건우 회장님 아닙니까. 하지만 저 또한 한다면 하는 놈이라서요. 아버지의 뜻대로 움직이지 않을 겁니다. 아버지가 저희 둘 사이를 반대한다고 해도 계속 만날 거고, 혜윤이를 괴롭힌다면 저는 두 번 다시 한국으로 돌아오지 않을 겁니다."

"뭐?"

"그리고 우리의 거래에 혜윤이를 절대 끼워 넣지 마십시오. 제가 사랑하는 여잡니다."

그의 말에 혜윤의 고개가 그를 향했다. 공 회장도 흥미로운 눈으로 지섭을 주시했다.

사랑하는 여자. 지섭은 비로소 제 감정을 정확히 알게 되었다. 혜윤을 사랑한다.

"아버지가 요구하시는 것, 생각해 보겠습니다. 그러니까 다신 혜윤이에게 사적으로 접근하지 마십시오. 한 번만 더 만나시면 그땐 이 집안과의 연을 끊겠습니다."

"버르장머리 없는 놈."

"분명히 말하지만 생각해 보는 겁니다. 결정된 것은 없습니다. 제게 강요하지 마세요."

제 할 말만 하고 일어선 지섭이지만 공 회장은 말없이 바라보았다. 생각해 보겠다는 것만으로도 이미 절반은 성공한 셈이었다.

지섭은 공 회장의 대답을 듣기도 전에 그녀의 손을 끌고 문으로 갔다. 얼떨결에 따라가면서도 혜윤은 공 회장에게서 시선을 떼지 못했다.

아버지와 아들 사이에 오래된 앙금이 쌓여 있는 것이 안타까웠다. 오죽했으면 공 회장이 자신에게까지 찾아와 부탁 아닌 부탁을 했을까.

문을 나갈 때 눈이 마주친 공 회장은 어렴풋이 미소를 띠며 고개를 살짝 끄덕였다. 혜윤도 덩달아 머리를 숙였다.

엘리베이터로 갈 때까지 지섭은 한마디 말도 하지 않았다. 혜윤의 손을 꼭 잡고 놓지 않을 뿐이었다. 버튼을 누르고 위로 올라오는 숫자를 보던 그가 혜윤에게로 시선을 내렸다.

"오늘 정말 미안했고, 고마웠어."

"아니요. 약속이었잖아요. 저보다 선배님 얼굴이 더 안 좋아 보여요. 괜찮은 거예요?"

"나? 늘 겪던 일이라서 아무렇지도 않아."

지섭이 빙그레 웃으며 혜윤에게 몸을 돌렸다. 그녀를 내려다보던 그가 손을 올려 혜윤의 뺨을 쓸어내렸다.

"호텔에서 네게 그런 제안을 하는 게 아니었는데, 내가 도대체 무슨 생각을 했던 걸까. 아버지한테는 화를 냈지만 솔직히 널 보기가 부끄러워진다. 미안해."

"그땐 저도 라이언 잡기 위해 무슨 짓이든 해야 했으니까요. 서로 비긴 거로 해요."

혜윤의 웃음소리가 잔잔하게 들렸다.

"선배님, 이제 가짜 연애는 끝났잖아요. 그러니까 회장님께서 말씀하신 것처럼 반대하는 상황에 놓이지도 않아요."

"혜윤아, 난……."

부드러운 그의 목소리에 심장이 떨려오는 것을 참으며 혜윤은 숨을 깊게 들이마셨다.

"억지로 싫은 자리에 갈 필요 없어요. 선배님이 하기 싫은 일은 하지 마세요."

지섭은 자신이 듣고 싶어 하는 말을 해 주는 혜윤에게 괜히 섭섭해져 미간을 찌푸렸다.

"내가 왜 그 조건을 생각해 보겠다고 했는지 궁금하지 않아?"

그의 눈빛은 매서웠고 목소리는 차가웠다. 혜윤은 시린 기분이 들어 고개를 땅으로 내렸다.

"네 말대로 난 회사에 들어오고 싶지 않아. 생각만 해도 답답한 일이야. 그런데도 내가 생각을 해 보겠다고 했어. 왜 그랬을 것 같아?"

"선배님."

"널 사랑하니까."

이미 알고 있는 사실이었지만 그녀의 심장이 또 정처 없이 떨렸다.

"널 제대로 만날 수 있잖아. 적어도 어른이 반대해서 만나지 못하는 상황은 만들지 않는 거잖아. 널 마음껏 만날 수 있다면 어떤 일도 마다하지 않을 생각이야."

"대체 왜 그렇게까지 해요. 왜 마음에도 없는 일을 하면서 절 만나려고 해요!"

그는 빙그레 웃었다. 그 미소가 혜윤의 심장을 자꾸만 떨리게 했다.

"혜윤아. 내가 널 정말 많이 사랑하나 봐. 눈에서 멀어지면 불안하고 잠도 이룰 수 없을 만큼 사랑하는 것 같아. 네가 그랬지? 그 사람이 미워해도 좋고, 미워하면 마음이 찢어질 듯 아프고, 어쩌다 말이라도 걸어 주면 그게 그렇게 좋고, 잠시라도 웃어 주면 세상을 다 가진 것 같다고."

그녀의 눈가에 눈물이 고였다. 제 말을 다 기억하고 있었다. 술 마시고 주절주절 내뱉은 그 말을 모두 마음에 담고 있었다.

지섭은 혜윤이 제일 좋아하는 미소를 지으며 그녀를 품에 안았다. 규칙적으로 뛰는 그의 심장 소리가 귓가에 들려왔다. 그는 혜윤의 떨리는 몸을 힘주어 안았다.

 "많이 불안한 거 알아. 그래도 나를 믿어 줄래? 다신 6년 전처럼 멍하니 놓치고 바보처럼 보내지 않을 거야. 그러니까 너도 조금만 용기 내주라. 조금만 마음을 열어 줘."

 천하의 공지섭이 여자 때문에 자존심도 다 내려놓고 사랑을 구걸하고 있다. 혜윤은 아찔하게 떨리는 심장을 달래며 그의 가슴을 손으로 밀었다. 눈물이 뺨을 타고 흘러내렸다.

 "저도 선배님 좋아해요. 많이요."

 "근데 왜 우는 거야? 좋은데 왜 울어?"

 지섭은 혜윤의 뺨에 흘러내린 눈물을 닦아 주었다. 눈물이 가득 담긴 눈동자로 지섭을 올려다보던 혜윤은 살며시 시선을 내렸다.

 "선배님을 좋아하지만 그건 제 감정일 뿐이에요. 선배님이 사랑한다고 고백했는데 전 사실 와 닿지 않아요. 그게 문제예요."

 그녀의 시선이 지섭을 향했다.

 "전 6년 전에 참 많이 아팠어요. 선배님이 거절했던 기억이 아직도 제 마음을 흔들어요. 시간이 이렇게나 많이 지났는데 아직도 그렇죠."

 "혜윤아."

 "절 거절했던 사람이 이제 와서 고백하면 어떤 생각이 드는지 아세요? 이 사람이 진심일까. 왜 갑자기 내가 좋은 걸까. 그땐 싫었으면서 이젠 왜 마음이 바뀌었을까."

"혜윤아, 그건……."

"절 거절하던 사람이 이젠 저 때문에 회사에 들어가려고 하는데 제가 마냥 기쁠 수 있을까요? 자유로운 삶을 꿈꾸던 사람이 본인 의지도 아니고 여자 때문에 마음을 바꾼다고 하는데 제가 좋아할 수 있겠어요?"

지섭은 눈앞의 여자가 좀처럼 쉽지 않다는 것을 느꼈다. 마음을 다 보여 줬다고 생각했는데 이 여자는 아직도 한참 부족하다고 한다. 아무래도 자신이 지난날 참 많이도 상처를 줬나 보다. 그래서 제대로 미움을 받나 보다.

"왜 회장님과 선배님은 제 의견을 물어보지 않으세요? 방금 선배님이 말한 것도 결국 제 마음을 배려하지 않은 거예요. 절 사랑한다면서 회사로 들어간다고 하면 좋아할 줄 아셨어요? 천만에요. 전 그런 민폐 덩어리가 되고 싶지 않고, 되기도 싫어요."

혜윤은 이미 한참 전에 올라와 대기하고 있는 엘리베이터의 버튼을 누르고 먼저 안에 탔다. 뒤를 돌아보니 굳은 표정의 지섭이 멍하니 서 있었다. 그 뒤편 모퉁이에선 비서실 직원들이 고개를 내밀고 있는 게 보였다.

"안 타실 거예요?"

혜윤의 목소리에 지섭은 잠시 멍했던 정신을 차렸다.

옆에 서서 닫힌 문을 응시하는 혜윤을 내려다보았다. 머리를 강하게 맞은 느낌이다. 당차고 똑똑하다는 건 알았지만 이렇게 사리 분별이 좋은 여자란 생각은 못 했다. 그녀는 눈에 보이지 않는 권력 싸움에도 현명하게 대처하고, 정면으로 상황을 직시

하는 힘을 가졌다. 그걸 오늘에야 알았다.

그래서 심장이 떨려 온다. 멍하던 정신이 마침내 맑아진 것 같은 느낌이었다. 그녀가 진정 원하는 게 무엇인지 이제야 알 듯했다.

지섭이 혜윤의 손을 살며시 잡자 그녀의 시선이 손으로 향했다. 그는 잡은 손에 힘을 주었다.

"그래. 네 말이 모두 맞아. 내 실수야."

혜윤이 그를 올려 보았다. 지섭이 빙그레 웃었다.

"아버지 대신 사과할게. 너한테 함부로 대한 거 미안하다. 나도 미안해. 널 울린 거."

서로를 바라보는 눈동자가 허공에서 부딪쳤다. 그녀는 한동안 그를 보다가 살짝 고개를 끄덕였다.

"알면 됐어요."

그때 엘리베이터 문이 열렸다. 1층 엘리베이터 밖에서 기다리고 있던 수행원들이 다시 그들의 뒤를 따라왔다. 건물 밖으로 나온 그들은 미리 대기하고 있는 차 앞으로 왔다.

"타. 집까지 데려다줄게."

혜윤도 흔쾌히 차에 올라탔다. 차 안에서 그들은 종일 침묵했다. 하지만 이 침묵은 서로에 대한 생각을 주는 시간이 되었다. 같이 있는 것만으로도 편안한 느낌을 주었다.

그녀의 집 앞에 선 지섭은 혜윤을 따라 내리며 동네 환경을 훑었다. 추운 계절이 다가와 밤이 깊어진 탓에 어느덧 어둠이 짙게 깔렸다. 어두운 분위기에 지섭의 미간이 살짝 찌푸려졌다.

혜윤은 서초동과 많이 다른 동네 환경에 민망해서 어색한 미소를 지었다.

"돈 벌면 더 좋은 집으로 이사 갈 거예요."

"그동안 모은 돈은 어쩌고. 더 좋은 집으로 알아보지 그랬어."

혜윤은 활짝 웃으며 고개를 끄덕였다.

"여기도 좋아요. 혼자 사니까 좋은 점도 있더라고요. 눈치 보지 않고 늦잠 잘 수 있고, 어지럽게 흘려 놔도 지적할 사람 없고, 늦게 들어와도 혼낼 사람 없고요."

밝게 웃는 혜윤을 보며 지섭은 그녀의 마음을 읽었다. 혜윤의 성격상 돈을 흥청망청 썼을 리는 없고 분명 쓸 일이 있어서 썼을 것이다. 지섭은 그녀의 머리를 흐트러뜨렸다.

"그래. 그런 점이 최고지."

"그럼 조심해서 가세요."

발을 떼려는 그녀의 팔을 잡아 세웠다. 돌아보는 혜윤의 눈동자가 그의 마음을 흔들었다.

"혜윤아, 네 마음 다치게 하지 않아. 그리고 보여 줄게. 내 결심이 단지 널 얻기 위해서가 아니라 너와 발을 맞추며 걷는 동등한 사람이 되기 위해서라는 걸."

"선배님."

"그러니까 너도 조금만 마음을 열어 줘. 믿어 달라는 말은 하지 않을게. 마음만 열고 바라봐 줘."

그녀의 커다란 눈동자가 흔들렸다.

"이게 내가 오면서 내린 결론이야. 다시 시작하자. 우리 연애,

제대로 다시 시작해."

지섭이 그녀의 손을 당겨 품에 안았다. 폭 안기는 작은 몸이 그의 품 안에 쏙 들어왔다. 혜윤은 쿵쿵 뛰는 심장 소리를 느끼며 눈을 감았다.

그의 품 안에 안긴 지금이 꿈처럼 아득했다. 당장 사랑한다고 고백하고 싶다. 너무도 그리워했다고 말하고 싶다.

하지만 그런 말들을 내뱉는 것보다 지금부터 진심으로 대하면 된다는 생각이 들었다. 처음부터 다시 시작하고 싶다. 공평하게 서로 같은 마음으로.

"네. 마음을 열게요. 우리 서로 노력해요."

그녀의 작은 목소리에 지섭은 큰 숨을 내쉬며 사르륵 눈을 감았다.

"다행이다. 놓치지 않아서."

지섭은 놓기 힘든 그녀의 품을 떼어 내고 그녀의 몸을 돌렸다.

"먼저 안으로 들어가."

"싫어요. 가는 거 보고 들어갈래요."

"난 남자고 넌 여자야. 네가 안전하게 들어가는 걸 봐야 발걸음이 떨어질 것 같아."

"치, 난 선배님이 가는 걸 봐야 발걸음이 떨어질 것 같은데."

"참……."

이런 앙증맞은 여자를 봤나. 사람 마음을 갈기갈기 찢어 놓고 이제는 애교를 부리고 있다.

"지금 안 들어가면 내가 네 집에 들어가는 수가 있다."

혜윤은 서둘러 건물 안으로 뛰어 들어갔다. 2층 계단에 올라 문 앞에 선 그녀가 빼꼼 돌아보더니 웃으며 손을 흔들어 주었다.

"전 백합을 좋아해요."

무슨 말인가 잠시 생각하던 지섭은 예쁘게 웃는 혜윤을 보며 미소를 지었다.

"너에 대해 한 가지 더 알았네."

"조심해서 가요."

지섭도 손을 흔들어 주었다. 혜윤이 안으로 들어갔다. 곧 불이 켜졌다.

"잘 자, 내 가우디."

지섭은 허공에 대고 나지막이 손을 흔들어 주었다. 방금 헤어졌는데 뼛속이 시릴 만큼 허전하고 공허했다.

"정말 중증이네."

지섭은 떼기 힘든 발을 옮기며 차에 올랐다.

자동차 소리가 멀어지는 걸 들으며 혜윤은 다시 문을 열고 밖을 내다보았다.

심장이 쿵쿵 뛰어 손끝이 떨려왔다. 요즘은 매일이 스펙터클하고 임팩트 있는 사건들로 채워졌다. 지섭을 다시 만나면서 이모든 일이 시작된 것 같다. 그래서 자신은 결국 빠질 수밖에 없나 보다.

그는 참 나쁜 남자다. 여자 마음을 쥐고 흔든다. 그러면서 쓸데없이 멋지기까지 하다. 참으로 도도하고 제멋대로인 남자였는데 이제 그의 마음이 변화하고 있다. 처음 호텔에서 봤을 때의 지섭이 아니었다. 그는 자신에게 눈을 맞추며 걸음 보폭도 작게 만들었다. 그러니까 얄미우리만치 잘난 저 남자를 조금 탐내도 되지 않을까.

사랑해도 되지 않을까.

8

정말 사랑했다

가평 출장 때문에 일찌감치 출근해서 사무실로 들어오니 영민은 이미 사무실에 나와 있었다. 그는 혜윤이 들어오자 손을 들어 인사했다.

"원 과장 복장은 늘 한결같네."

한 실장이 혜윤의 옷을 보며 웃음을 터트렸다. 청바지에 셔츠, 재킷을 입은 차림새를 두고 한 말이었다.

"출장 갔다가 바로 퇴근할 거니까 그리 알고."

영민의 말에 한 실장이 고개를 끄덕이며 슬쩍 웃었다.

"오늘 두 분이서 오붓한 시간 보내시는 겁니까?"

"그랬으면 좋겠는데 원 과장이 협조해 줄지 모르겠군."

영민의 말에 모두의 시선이 혜윤에게 쏠렸다. 그녀는 굳은 표정으로 몸을 돌렸다.

"다녀오겠습니다."

먼저 사무실을 나가 버리는 혜윤을 씁쓸하게 보던 영민이 사무실 직원들에게 눈인사를 하고 따라 나갔다.

"아무래도 저 두 사람, 심상치 않죠?"

"원 과장 생긴 거와 다르게 참 독한 여자야. 저렇게 노골적으로 마음을 표시하는 남자에게 어떻게 철벽을 칠 수가 있지?"

"원 과장님이 좀 독특하긴 합니다. 우리 소장님처럼 잘생기고, 능력 좋고, 집안 빵빵한 남자 찾기 힘든데."

"그러니까요. 소장님이 저렇게 관심을 보이는데도 평범한 옷차림을 하는 여자는 드물죠."

"오늘 출장에서 별일 없어야 할 텐데, 왠지 폭풍이 휘몰아칠 것 같은 느낌은 뭘까."

오랜 시간 영민과 혜윤을 봐 온 한 실장은 두 사람의 분위기를 보며 앞날을 예측하는 경지에 이르렀다.

건물 밖으로 나온 혜윤은 뒤따라 나온 영민에게 몸을 돌렸다. 언제 보아도 깔끔한 복장에 단정한 머릿결, 부드러운 눈매에 하얀 피부, 큰 키.

여자라면 한 번쯤 눈길을 돌릴 만한 남자인데 혜윤은 그토록 오랜 시간 동안 봐 오면서 왜 마음이 움직이지 않았는지 문득 궁금해졌다. 끌릴 만도 했을 텐데 어째서 남자로서의 설렘을 느끼지 못했을까.

"제가 운전을 하면 좋았을 텐데, 죄송합니다."

"됐어. 내가 하면 돼."

영민은 기분 좋게 웃으며 차로 발을 옮겼다. 조수석 문을 여는 영민의 행동이 지섭과 겹쳐 보였다. 혜윤은 착잡한 마음으로 조수석에 올랐다.

운전석에 탄 영민은 한동안 운전에만 집중했다. 그러고 보니 그의 차를 타고 조수석에 앉은 건 오늘이 처음이었다. 그의 차를 탈 땐 회사 사람들과 함께 이동했고, 그럴 때마다 한 실장이나 경수가 운전을 했다. 영민이 조수석에, 자신은 뒷자리에서 편하게 앉아 갔다. 지금 생각하면 그는 사소한 일상에서 언제나 자신을 배려했다.

"어제 지섭이 차 타고 가는 것 봤어."

혜윤의 고개가 그를 향했다. 그녀의 눈동자가 흔들렸다.

"보셨어요?"

"창문으로 비쳤거든. 그 녀석 빼입은 것 보니까 평소 가던 곳은 아닐 것 같고. 회장님 보러 간 거였어?"

눈썰미도 좋다. 이 집안사람들은 다 그런 건지 사람의 행동을 보면 천 리 앞도 내다보는 것 같다.

"나랑 지섭인 각별한 사이거든."

그녀의 표정을 읽고 영민이 답했다. 그는 평소처럼 굳은 얼굴을 하지도 않고 어쩐지 편안해 보였다.

"어릴 때부터 많은 시간을 공유하고 서로의 가치관이나 생각도 함께 나누다 보니 행동만 봐도 어떤 상태인지 알아."

"네."

"그래서 결국…… 네 선택은 지섭인 거야?"

단도직입적으로 물어 당황스러웠지만 그게 영민의 매력이란 생각이 들었다. 그는 돌려 말하는 법이 없었다. 언제나 직설적으로, 구체적으로 물어보았다.

혜윤은 결심한 듯 고개를 옆으로 돌렸다. 그녀의 표정을 보고 영민은 살며시 웃었다.

"조금 이따 답해 줘. 지금 말하면 사고 날지도 모르니까."

혜윤은 다시 앞을 보았다. 편하게 말한다지만 지금 그의 심정은 타들어 갈지도 모른다. 짝사랑 전문인 혜윤이기에 영민의 마음이 잘 느껴졌다.

움직이는 창밖으로 북한강을 따라 흐르는 강물을 바라보았다. 날도 좋아 햇살에 비치는 강물이 반짝였다. 창밖을 보던 혜윤이 나지막이 내뱉었다.

"예전에 대학교 다닐 때 MT 가던 길이 생각나네요. 그때도 가평에 있던 펜션이었는데. 그땐 경춘선 기차가 있을 때였죠. MT 장소에서 먹을 것들을 사 오라고 3학년 과대 선배가 말했는데 선배님이랑 지섭 선배님이 서울에서부터 먹거리를 잔뜩 사 들고 기차에 탔어요. 가평에도 큰 마트가 많았는데 촌 동네라고 생각해서 바리바리 사 가지고 왔잖아요."

"그래. 기억난다. 덤앤더머였지."

영민이 잔잔히 웃으며 답했다.

"매번 자동차를 끌고 다니던 사람들이 처음으로 대중교통을 이용하니까 정신 못 차리던 것도 생각나요. 그때 과 사람들이 얼마나 황당하게 바라봤던지. 덕분에 그 무거운 걸 서울에서부터 낑낑대며 다 같이 이고 지고……. 술은 또 얼마나 많이 샀는지 사람들이 펜션에 도착해서 제일 처음 한 말이 '내가 죽는 한이 있어도 이 술은 전부 비우고 죽는다' 였어요."

혜윤은 추억을 말하며 예쁘게 웃었다. 평소엔 완벽하고 빈틈 없는 그들이었지만 가평에선 바보도 그런 바보가 없을 정도로 어리바리했다.

혜윤은 그 모습을 오랜 시간 기억했고 또 친근하게 느꼈었다. 먼 존재라고 생각했던 그들이 사실은 별 볼 일 없이 자신과 비슷한 사람이라는 것에 묘한 안도감마저 들었다.

지섭과 영민은 그 와중에도 서로를 불평하지 않았다. 오히려 웃기는 노릇이라며, 주변 사람들의 놀림에도 꿋꿋하게 바보를 자청했다. 재벌인데 티를 내지 않고 동네 오빠처럼 놀았다. 덕분에 사람들은 그때 MT를 최고로 재미있었다고 얘기했고, 아직도 동창회에 가면 그때 이야기가 회자되었다.

"제게 소장님은 오빠처럼 다정한 존재예요."

혜윤이 그에게 눈을 돌렸다. 영민과 허공에서 시선이 부딪쳤다.

"전 소장님을 보면 친오빠처럼 편안한 마음이 들어요. 대학 때도, 사회에 나와서도. 소장님 덕분에 이만큼 성장했고, 또 여태까지 버틸 수 있었어요."

"혜윤아."

"지섭 선배님과는 별개예요. 그 사람이 없었어도 제 마음은 똑같아요."

그는 혜윤에게서 시선을 돌려 앞을 보았다. 그가 표정을 굳히자 혜윤의 마음도 편하지는 않았지만 더 이상 제게 마음을 두도록 하고 싶지 않았다.

"소중한 소장님이지만 제 옆에 두는 남자로는 생각하지 않아요. 앞으로도 그럴 거고요. 전 소장님이 제가 아닌 다른 분께 마음을 돌렸으면 좋겠어요. 저와는 비교할 수 없을 정도로 예쁘고 소장님을 사랑해 주는 분과 행복하셨으면 좋겠어요."

급기야 영민은 차를 갓길에 세워 혜윤을 돌아보았다.

"6년이야. 아니, 사실은 처음 본 순간부터야. 그런데 내 마음이 이제 와 다른 사람에게로 옮겨질 것 같아? 어쩜 그렇게 잔인해."

"소장님."

"친오빠 같은 마음. 그것도 어떻게 보면 사랑이야. 네가 나를 보며 그런 마음이 들었다면 그것 역시도 사랑의 한 부분이라고."

영민은 격한 감정에 혜윤의 손목을 꽉 움켜쥐었다. 혜윤의 미간이 고통으로 찌푸려지자 그는 금세 손을 놓았다.

"……미안하다."

혜윤의 손목이 붉게 물들었다. 영민의 아픈 눈빛을 보자 그녀도 심장이 저릿하게 아파 왔다.

"제가 회사를 나가면, 그래서 소장님 눈에서 보이지 않으면 마음을 접으시겠어요?"

"원혜윤, 무슨 말이 그래!"

"회사 사람들이 다 알아채도록 행동하시면 전 나갈 수밖에 없어요."

"하……."

지독하게 잔인한 방법이지만 그녀가 할 수 있는 최선의 방법이었다. 이래야 그를 단념시킬 수 있었다.

영민은 다시 차를 출발시켰다. 이후로 서로 간에 한마디 말도 않고 목적지에 도착했다.

현장은 산과 들로 어우러진 커다란 목초지였다. 이제 이곳에 리조트가 들어설 것이다.

문득 지섭이 말했던 자연을 훼손한다는 것이, 주변 환경과 위화감이 든다는 것이 무슨 뜻인지 알 듯했다. 하지만 꼭 어우러지도록 지을 것이다. 그게 이 리조트 사업의 목적이었다.

차에서 내린 두 사람은 한참 동안 걸었다. 공건호 회장을 만나기로 한 장소에서 기다리고 있었더니 수행원들과 나타나는 노신사가 보였다.

가까이 다가오는 노신사에게 혜윤이 허릴 숙여 인사했다. 공건우 회장과 형제라는 것을 단번에 느낄 만큼 두 사람은 닮아 있었다.

"회장님. 저희 회사의 원혜윤 과장입니다."

영민은 좀 전에 절망적인 표정을 완전히 지운 뒤 웃으며 혜윤을 소개했다. 공 회장은 혜윤을 보더니 만면에 웃음을 띠웠다.

"어떤 여자가 이 소장 마음을 흔드나 했더니 이 아가씨였구면."

공 회장은 나름 두 사람을 생각해서 한 말이었는데 둘의 표정이 단번에 굳어졌다. 공 회장은 민망한지 큼큼 헛기침을 하며 먼저 발을 옮겼다. 잠시 멈칫하던 두 사람은 금세 공 회장의 뒤를 따라갔다.

"설계도 봤네. 그대로 진행하면 될 것 같군. 아우가 그러던데, 라이언이 지섭이 놈이었다고."

"네. 그렇게 됐습니다."

혜윤이 부드러운 목소리로 공 회장에게 설명했다.

"처음엔 저희도 라이언이 누군지 모른 상태에서 접촉했고 나중에야 공지섭 씨인 것을 알았습니다. 어렵게 설득해서 설계한 만큼 회장님 마음에도 꼭 들었으면 좋겠습니다."

"허허, 마음에 들다 뿐인가. 라이언이 지섭이라는 사실이 좀 놀랍긴 한데 역시나 난놈이란 말이야. 아우가 왜 그렇게 지섭일 회사로 데려오려는지 알 것 같아."

"네."

예쁘게 웃는 혜윤을 보던 공 회장이 영민과 그녀를 번갈아 보았다.

"둘이 싸웠나?"

"네?"

"자네 오늘 좀 이상하군. 무슨 일 있나?"

"아뇨. 없습니다."

영민도 빙그레 웃으며 답했다. 공 회장은 두 사람을 빤히 보더니 고개를 끄덕였다.

"뭐, 청춘사업은 그대들이 알아서 하고. 자네 할아버지랑 점심이나 먹으러 가세."

"네."

앞서가는 두 사람을 보던 혜윤은 옅은 한숨을 내쉬고 따라갔다.

그들이 간 곳은 근처 한정식 집이었다. 미리 예약한 것인지 실내는 텅 비어 있었다.

"두 시간 동안 전체 예약을 했습니다."

영민의 말에 두 회장은 아무 말 없이 자리에 앉았다. 한 테이블에 앉은 두 노신사와 젊은 두 남녀. 남들이 보면 이상한 광경이라고 생각할 만큼 밸런스가 맞지 않았지만 어떻게 보면 코믹한 장면이었다.

음식이 나올 동안 두 노신사는 이런저런 대화를 나누었다. 혜윤은 앞에 앉은 두 사람이 참 절친한 사이라는 생각이 들었다. 나중에 지섭과 영민도 저런 모습일까. 저렇게 곱게 늙어서 계속 안부를 주고받는 벗이 될까.

그녀의 미소를 봤는지 이 회장이 혜윤에게로 시선을 돌렸다.

"아가씨가 원혜윤이라고."

"네."

혜윤은 살며시 웃었다.

"우리 손자를 그렇게 애태운다면서."

혜윤은 아무런 말을 하지 못했다. 지체 높으신 어르신들 앞이지만 거짓을 고할 순 없었다.

"우리 영민이가 너무 반듯해서 걱정이긴 하지만, 그래도 참괜찮은 놈이야. 일편단심이라고."

"네. 압니다."

혜윤은 미소를 잃지 않은 채 답했다.

"너무 좋은 사람인 거 압니다. 제겐 더없이 소중한 사람이에요."

"그래?"

이 회장의 눈빛이 밝아졌다.

"그뿐이에요. 할아버지, 이제 그만 하세요."

"뭐? 타이밍 좋은데 왜 그만둬. 아가씨가 지금 고백하잖냐."

영민은 옅은 숨을 내쉬고 제 할아버지를 바라보았다.

"여기서 할아버지가 계속 말씀하시면 저는 더 비참해지는 겁
니다."

"무슨 말을 하는 거냐."

이 회장은 답답한지 혜윤에게 시선을 돌렸다.

"전……."

"혜윤인 좋아하는 사람 있어요. 이제 그만하세요."

혜윤은 담담히 말하는 영민을 바라보았다. 영민도 그녀를 보
며 빙그레 웃었다.

"미안해. 이젠 제대로 말해야겠다."

영민은 노신사들을 바라보며 말했다.

"처음부터 혜윤이는 제게 한 번도 눈길을 주지 않았어요. 그
걸 알면서도 제 욕심 때문에 외면했어요. 다른 사람에게 뺏기고
싶지 않았어요."

"영민아, 너 지금 무슨 말을 하는 거냐."

"자세한 건 말씀드리기 힘들지만 아무튼 혜윤이는 제게 마음
이 없으니까 할아버지도 이제 그만 마음 접으세요."

식사 시간은 그렇게 끝이 났다. 사실 영민은 두 노신사에게
혜윤을 소개해 주려고 자리를 만들었지만 결국 선을 긋는 자리
가 되어 버렸다. 혜윤은 제 여자가 아니라는 것을 알리는 아이
러니한 자리였다.

두 노신사는 한동안 황당한 얼굴로 영민과 혜윤을 보았지만

이내 고개를 끄덕였다.

"그래. 너희들이 알아서 해라. 늙은이들이 그런 것까지 알 필요가 있냐. 고얀 놈. 그럼 그렇다고 진작 말할 것이지 잔뜩 기대하게 만들고선 이게 뭐냐."

"죄송합니다."

영민이 허리 숙여 인사하자 이 회장은 손자 어깨를 툭툭 치고 대기하던 차로 갔다. 두 사람이 사라지자 영민이 혜윤을 돌아보았다.

"미안하다. 이 자리에서 그렇게 말해 버려서."

"아니에요. 제가 더 미안하죠."

"타. 데려다줄게."

혜윤은 잠시 망설이다 조수석에 탔다. 서울로 오는 차 안에서 혜윤은 창밖을, 영민은 앞만 보며 시간을 보냈다. 그러다 어느새 차가 혜윤의 집 근처에 섰다.

"내일부터 우린 상사와 직원의 관계로만 머무는 거야. 더 이상 네게 마음을 표현하지 않아. 약속해."

혜윤은 가만히 눈을 돌렸다.

"예전부터 수차례 거절했던 너였는데 이제 와서 마음이 바뀔 리가 없다는 거 알고 있었어. 그래도 붙잡고 싶더라. 정말 미치도록 사랑한 여자니까."

그의 처절한 고백에 혜윤은 차마 눈을 돌리지 못했다. 지금은 그를 충분히 바라보고 싶었다.

"그때 지섭이 작업실에서 들었어. 그리고 네 고백도."

"아."

혜윤은 미안함에 고개가 저절로 떨구어졌다.

"참 이상도 하지. 술 때문에 완전히 뻗었는데 순간 네 목소리가 들리더라. 나도 미친 것 같긴 해. 그 와중에 네 목소리가 들렸어."

영민은 서글픈 미소를 지으며 그녀의 뺨을 쓰다듬었다.

"오늘만. 지금만 잠깐 손댈게."

끝내 버리지 못한 미련이 재촉하여 혜윤의 입술 가까이로 다가가게 했다.

하지만 그녀의 동그란 눈이 더욱 커지는 것을 보며 그는 결국 입을 맞추지 못하고 멈추었다. 그녀의 뺨에 맞댄 영민의 손끝이 떨려 왔고 눈가엔 눈물이 맺혔다. 차마 흘러내리지 못하는 물기가 가득 비쳤다.

"정말 사랑했다."

"소장님."

"그리고 미안했다. 네 마음 알면서 외면했던 거. 지섭의 마음을 말해 주지 않았던 거. 그 녀석도 사실은 널 좋아하고 있더라. 그 녀석의 진심을 닫고 내 욕심 때문에 바람둥이처럼 내버려 뒀어."

혜윤은 서서히 고개를 저었다.

"소장님이 말해 주었어도 그 사람은 그때 그 선택을 했을 거예요. 소장님 잘못이 아니에요."

"정말?"

"정말요. 소장님은 그런 것과 다르게 절 많이 아껴 주셨어요. 둔한 저도 느낄 만큼 잘 챙겨 주셨어요."

"넌 정말······."

영민은 혜윤에게서 시선을 돌렸다. 곧 눈물이 흘러내릴 것 같아 있는 힘을 다해 참아내었다.

"오늘 고마웠어요. 회장님들께 진심을 말해 줘서. 소장님은 참 좋은 사람이에요. 절대 나쁜 사람이 될 수 없어요. 그게 소장님의 최대 장점이라고 생각해요."

"그래."

"내일 회사에서 뵙겠습니다."

혜윤은 고개를 숙여 인사하고 차에서 내렸다. 그의 차는 곧 사라졌다. 모질고 못되고 잔인했지만, 이게 영민을 위한 일이었다. 마음을 받아 주지 못할 거면 확실히 선을 긋는 게 잘한 선택이었다.

6년 전, 지섭이 자신의 고백을 거절했던 것도 이제야 이해가 되었다. 마음을 받아 주지 못할 거면 매몰차게 대해야 한다는 걸, 그도 마음이 저리도록 아팠을 거라는 걸. 이렇게 못된 년 되는 게 결국 상대를 위한 일이라는 걸 같은 처지가 되어서야 이해할 수 있었다.

＊   ＊   ＊

—오늘은 뭐하고 지냈어?

씻고 나오자 부재중 전화가 와서 연락을 했는데 지섭이 받자마자 확인도 안 하고 물었다. 혜윤은 머리를 말리며 거울 속 자신을 보았다.

"가평 현장 시찰 가고, 또 이것저것이요."

─오늘도 힘들었겠네.

"네. 엄청 피곤해요."

─그럼 얼른 자야겠다.

"그래도 선배님이랑 대화할래요."

수화기를 타고 그의 웃음소리가 들렸다.

"선배님은 뭐했어요?"

─음, 회사 갈 준비.

"회사로 들어가는 거예요? 혹시 저 때문에……."

─아예 거짓이라고는 말 못 하겠어. 내가 회사로 들어가는 이유는 네가 가장 커. 아버지에 대한 감정이 좋지 못한 것도 여전하니까.

"네."

─하지만 널 위한 내 행동이 부끄럽지 않고 당당하다면 그걸로 만족해.

"전 선배님이 뭘 하든 속상한 일은 없었으면 좋겠어요. 정말 그랬으면 해요."

─걱정 마. 너 걱정시키는 일 안 한다니까.

한동안 실실대며 웃던 혜윤의 입꼬리가 내려갔다.

"선배님."

─응?

"오늘 소장님이랑 함께 가평에 갔었어요. 그분에게 많이 미안해요. 이제 전 그 사람을 염려할 수 없어요."

─그랬구나.

부드러운 목소리에 혜윤의 얼었던 마음이 서서히 녹았다. 차갑게 말할 줄 알았는데 지섭은 따뜻했다.

"저 잘한 거죠?"

─잘했어.

"혹시 저 때문에 선배님과 소장님 사이가 틀어지는 건 아닌지 걱정돼요."

─별걱정을 다한다. 넌 그냥 네 마음을 말하면 돼. 나머지는 통보를 받은 사람이 알아서 마음을 정리하고 받아들이는 거야. 갑이 을 걱정도 하는 거야?

"제가 갑이에요?"

─그래. 넌 영원히 갑일 거야.

"괜찮네. 한 군데서라도 갑일 수 있어서."

혜윤은 침대에 누워 눈을 감았다.

"선배님 목소리 들으니까 졸려요."

그녀가 나른한 목소리를 내자 지섭의 입가에 저절로 미소가 걸렸다.

─잘 자. 내 가우디.

"가우디?"

─그래. 넌 잘 모르겠지만 네 설계 양식이 가우디와 닮아 있어. 가우디를 보는 것 같아.

"가우디, 이름만 들어도 설레요. 그럼 선배님은 구엘이에요."

─구엘이라.

"구엘, 부탁이 있어요. 노래 불러 줘요."

─노래?

"네. 자장가로."

혜윤은 그의 목소리를 들으며 잠이 들었다. 그날 그녀는 아빠의 무릎에 누워 자장가를 듣던 꿈을 꾸었다.

9

내 바보

사무실에서 오전 내내 업무를 보던 혜윤은 소장실로 눈을 돌렸다. 해외 출장, 혹은 외근으로 자리를 비울 때 빼고 결근한 적이 없었던 영민인데 오늘은 언급도 없이 자리를 비웠다.

개인 사정으로 늦을 수도 있지. 혜윤은 걱정되는 마음을 접고 점심을 먹으러 나갔다. 그런데 퇴근 시간이 될 무렵까지 그는 회사에 나오지 않았다.

"한 실장님. 오늘 소장님 왜 안 나오신 거예요?"

"아 참, 오늘 몸이 좀 안 좋다고 쉰다고 하셨어."

"전화로요?"

"아니, 문자로 연락이 오셨더라고."

한 실장도 소장실로 고개를 돌렸다.

"생각해 보니 이런 적이 없었던 것 같네. 내가 입사하고 나서 출장 이외에 결근하신 건 거의 처음이지 않나?"

그의 입사는 가우디 회사의 창립 시기와 비슷하다고 볼 수 있다. 따라서 영민은 창립 이후에 개인적인 일로 결근한 적이 없다는 말이었다.

한 실장은 가방을 어깨에 둘러메며 일어섰다.

"원 과장은 퇴근 안 해?"

"아, 저도 곧 갈 거예요. 리조트 시공 계획서만 마무리하고 가려고요."

한 실장은 주먹을 불끈 쥐었다.

"화이팅, 우리 회사의 대들보. 그럼 수고해."

한 실장의 농담에 혜윤도 빙그레 웃었다.

사람들은 혜윤에게 인사를 하고 먼저 사무실을 나갔다. 혼자 덩그러니 앉아 있던 그녀는 어깨를 주무르며 다시 컴퓨터 작업을 했다.

한참 업무에 몰두하던 혜윤의 폰이 진동했다. 컴퓨터에서 시선을 떼지 않은 채 휴대폰으로 손을 옮긴 그녀는 버튼을 누르며 시선을 옮겼다.

〈혜윤아. 혜윤아. 혜윤아.〉

영민의 문자였다. 이름을 쓴 게 다였지만 혜윤은 심장이 철렁거렸다. 휴대폰만 들여다보며 연신 숨을 내쉬던 그녀는 지섭에게 전화를 했다.

—오, 나도 방금 하려고 했는데.

"선배님, 소장님 집 어딘지 아세요?"

253

—영민이? 알지. 왜?

"지금 바빠요?"

—바빠도 안 바쁘다고 할래.

"그럼 지금 회사로 좀 와 주세요. 같이 갈 데가 있어요."

잠시 말이 없던 지섭이 입을 열었다.

—영민이 집?

역시 눈치가 빠르다. 솔직하게 털어놓는 게 좋을 듯했다.

"아무래도 걱정돼서요. 소장님 오늘 결근하셨어요. 한 번도 이런 적 없었는데 한 실장님한테 문자만 남겼대요. 몸이 안 좋다고."

모니터를 보며 말하던 혜윤은 문득 그 원인이 자신에게 있다는 생각이 들어 더욱 속상해졌다.

—아무래도 안 되겠다. 난 하던 일 마무리해야 되니까 너 먼저 가 있어. 집 주소 문자로 넣어 줄게.

"네. 그럼 이따 봐요."

혜윤은 급히 컴퓨터를 종료시키고 코트를 걸쳤다. 바쁜 걸음으로 사무실을 나와 택시를 잡아탄 그녀는 지섭이 알려 준 곳으로 향했다.

고급스러운 주상 복합 건물 앞에서 내린 혜윤은 건물을 올려다보았다. 영민의 집에 찾아온 건 그를 알고 처음 있는 일이었다. 이렇게 불쑥 찾아와도 괜찮은 건지 고민이 됐지만 그가 아픈 건 자신의 책임이 크기 때문에 도와주는 게 맞다는 결론을 내렸다.

1001호 문 앞에 선 혜윤은 잠시 심호흡을 하고 벨을 눌렀다.

여러 번 눌렀지만 인기척을 느낄 수 없었다.

"없나."

혜윤은 영민에게 전화를 걸었다. 세 번 만에 그가 전화를 받았다.

—여보세요.

역시 제 짐작이 맞았다. 다 죽어 가는 목소리를 듣자 혜윤은 미안함에 심장이 울렁거렸다.

"소장님. 지금 소장님 집 앞에 와 있는데요. 집에 계세요? 벨 여러 번 눌렀는데 답이 없으셔서 전화했어요."

—……혜윤이?

"네. 혹시 비번이 뭐예요? 힘들면 제가 열고 들어갈게요."

그는 말이 없었다.

"소장님?"

—0529.

숫자를 따라 누르던 혜윤의 손이 멈칫했다. 손끝이 살짝 떨려 왔다. 제 짐작이 맞다면 비밀번호는 자신의 생일이었다. 이 남자는 대체 어디까지 자신을 생각하고 있었던 걸까.

문이 열리고 어두운 실내로 들어갔다. 현관 센서가 켜져서 실내가 환해졌다. 영민이 거실 벽에 기대어 서 있는 것을 보았다.

"어떻게…… 왔어."

"많이 아프면 병원을 가지 집에서 뭐하시는 거예요!"

혜윤은 답답한 마음에 소리를 버럭 질렀다. 그는 손을 휘저었다.

"가. 언제 내가 오라고 그랬어?"

기운이 없던 영민의 몸이 저절로 내려앉았다. 혜윤이 급히 다가와 그를 부축하며 침대로 데려가 눕혔다. 이마에 손을 댄 혜윤의 눈이 커졌다.

"이렇게 열이 나는데 어떻게 참았어요?"

"몰라. 그냥…… 움직이기가 힘들어서 쉬고 있었어."

하얀 피부가 더욱 창백해 보였다. 혜윤은 한숨을 푹 내쉬고 코트를 벗어 바닥에 내려놓았다.

"혹시 집에 구급함 같은 거 있어요?"

"거실 벽장 맨 아래."

혜윤은 곧장 거실로 가서 구급함을 꺼냈지만 감기약과 해열제는 없었다. 고민하던 그녀는 욕실에서 수건을 적셔 와 그의 이마에 얹어 주었다. 그는 쓰러지듯 잠들어 있었다.

"이렇게 아프면 제가 너무 미안하잖아요."

잠든 영민을 바라보다 혜윤이 방을 나왔다. 그의 집은 성격답게 깔끔하고 흐트러짐이 없었다. 하지만 남자 혼자 사는 집이라 그런지 어딘가 허전함이 느껴졌다.

물수건을 갈아 주길 몇 차례, 영민이 일어서려던 혜윤의 손목을 잡았다.

"나 흔드는 거야?"

"네?"

"왜 왔어. 내버려 두지 왜……."

"저한테 문자 했잖아요."

"잘못 보낸 거야. 진짜로 전송됐을 줄은 몰랐어."

"그럼 제가 무시하고 넘어가면 좋아요? 누구 하나 들여다보지도 않는데 그러다 큰일 나면 어떡해요."

혜윤은 잔뜩 인상을 쓰고 그에게 훈계했다.

"남자들은 참 이상해요. 이러면 상대가 얼마나 미안해할지 모르는 거예요?"

"안 오면 되는데 왜 왔어. 내가 아무리 불러도 외면하면 되는 걸……."

"그래도 선배님이고 가우디 건축 사무소 소장님이니까요. 그리고 소장님이 아니더라도 전 찾아왔을 거예요. 아픈 사람 외면하고 그러는 거 아니라고요."

쏘아붙이고 방을 나가는 혜윤의 뒷모습을 보던 영민은 다시 눈을 감았다. 그러고 보니 그녀는 어린 나이에 부모를 여의었다고 했다. 죽음을 남들보다 빨리 겪고 자랐을 테니 사람이 아픈 걸 못 견디는 것 같다.

"맞아. 내가 널 사랑하기 시작한 것도 바보 같을 정도로 선한 마음 때문이었지."

영민은 아픈 와중에도 입가에 미소가 지어졌다.

"참 바보다. 나 같은 놈 뭐가 예뻐서 들여다봐. 그냥 넌 예쁜 사랑하면 되는데."

잠시 뒤 혜윤이 쟁반을 들고 방으로 들어왔다. 사기그릇에 하얀 죽이 담겨 있었다.

"소장님 잠들었을 때 만들었어요. 죄송해요. 부엌 마음대로 뒤져서. 그래도 종일 아무것도 못 먹었을 거 아니에요."

"허……."

영민은 눈을 들어 그녀를 올려다보았다. 이래 놓고 마음 주지 말라고, 사람을 감동시키고 좋아하지 말라면 넌 진짜 잔인한 여자야. 완전 나쁜 여자야.

죽이 뜨거운지 입으로 호호 불어 식히던 혜윤은 현관 벨 소리에 쟁반을 협탁에 올려놓고 급히 나갔다. 문을 열자 완벽한 슈트를 입고 머리를 단정히 빗어 올린 지섭이 모델처럼 서 있었다.

"왔어요?"

혜윤이 예쁘게 웃으며 맞이하자 지섭은 묘한 감정에 휩쓸렸다. 다른 남자의 집에서 자연스럽게 문을 열어 주는 제 여자. 그런데 그녀는 스스로 무슨 짓을 했는지 모르고 있다. 몸을 돌려 가려는 혜윤의 등을 붙잡아 품에 안았다.

"서, 선배님. 왜 이래요."

"착한 여자랑 사귀는 거 참 힘드네."

"네?"

"너니까 봐주는 거야. 다른 여자였으면 가차 없었어."

"선배님, 여기 소장님 집이에요."

혜윤이 기어들어 가는 목소리로 속삭였다. 다른 남자 때문에 목소리도 낮추다니. 지섭은 그녀의 몸을 돌려 자신을 향하게 했다.

"너 사실은 천년 묵은 구미호야. 그렇지?"

지섭은 황당해하는 혜윤에게 쪽, 입을 맞췄다. 그녀의 얼굴이 금세 붉어졌다.

"선배님!"

"넌 절대 모르겠지만 이런 상황에서 남자가 제정신인 게 이상한 거야."

지섭은 커다란 눈을 한 혜윤을 보며 빙그레 웃었다. 그녀의
이마에 손가락을 튕겼다.

"아야!"

"이렇게 착하니까 내가 반해, 안 반해."

알 수 없는 말만 내뱉는 지섭을 보며 이마를 문지르던 혜윤은
정신을 차린 듯 눈을 크게 떴다.

"맞다. 소장님 죽 드리다 말고 나왔는데."

몸을 돌리려는 그녀의 팔을 잡아 세웠다.

"놔둬. 내가 들어갈게."

눈에서 안 보일 땐 그런대로 참을 수 있었지만 눈앞에서 다른
남자 방에 들어가는 건 죽어도 보기 싫었다.

지섭은 방문을 열고 안으로 들어갔다. 영민이 감았던 눈을 서
서히 떴다.

"평생 앓아누운 적이 없던 녀석이 웬일이냐."

"어떻게 알고 왔어?"

"혜윤이가 전화했지. 너 다 죽어 가니까 같이 가자고 해서."

"왜 쓸데없는 짓을 해."

"괜찮아?"

지섭은 재킷을 벗어 테이블 위에 올려놓고 침대에 걸터앉았
다. 협탁엔 아까 혜윤이 말했던 죽 그릇이 놓여 있었다.

"마음의 병이야."

지섭은 고개를 돌려 버리는 영민을 한참 동안 바라보았다.

"혜윤이가 걱정한다. 이제 그만 털고 일어나."

"그래야지. 정말 지독히도 아팠나 봐. 오늘 아침에 도저히 몸을 움직일 수가 없더라."

"앉아. 죽 줄게."

지섭은 영민을 일으켜 침대에 앉혔다. 그리고 쟁반을 가져와 제 무릎에 받쳤다. 숟가락으로 죽을 한 숟갈 떠 입으로 불었다.

"자."

제 앞으로 다가오는 숟가락을 보며 영민은 초점 없는 눈으로 내뱉었다.

"입맛이 없다……."

"그래도 먹어, 인마. 한 숟가락이라도 먹어야 기운이 나지."

영민은 남자가 주는 죽을 받아먹어야 하는 이 상황이 죽도록 싫었다. 하지만 이 미친 상황에 웃음이 났다.

"옛날에 나 아팠을 때 네가 이렇게 줬던 거 기억난다."

지섭의 말에 영민도 고개를 끄덕였다.

"나도 그 생각했어."

한동안 죽을 건네고 받아먹길 반복하다 보니 그릇에 죽이 반 절나마 사라졌다.

"젠장, 혜윤인 요리도 잘하네."

나지막이 내뱉는 영민을 보며 지섭은 쟁반을 협탁에 올려놓았다.

"어찌 됐든 미안하게 생각한다."

"뭐가."

두 사람의 시선이 허공에서 부딪혔다. 영민은 허탈한 웃음을 지었다.

"네가 미안할 게 뭐 있냐. 혜윤이 마음을 잡지 못한 내가 등신이지. 난 어떻게 해도 안 되나 봐. 그렇게 애원을 했는데, 치졸하게 졸랐는데도 끄떡없더라."

"이영민."

"혜윤이 눈에서 눈물 나게 하면 가만 안 둬. 너 진짜 반 죽여놓을 거니까 그리 알아."

지섭은 영민의 진심을 알기에 아무런 말도 꺼낼 수가 없었다.

"어렸을 때부터 아픔을 가지고 있다는 공통점이 있어서 그런지 나는 그 틈에 파고들어 갈 수 없었어. 애초부터."

"그런 건 아냐."

"왜 그렇게 혜윤이가 좋았을까 생각해 보았어. 머리가 어지러워서 쓰러지기 일보 직전이었는데도 왜 혜윤이가 아니면 안 되었는지 제일 먼저 떠오르더라고."

"왜 그랬는데?"

"가질 수 없는 여자여서. 처음부터 알고 있었나 봐. 무의식은 처음부터 혜윤이가 내 사람이 될 수 없다는 걸 알았던 것 같아. 그래서 오기가 생겼어. 무슨 수를 써서라도 갖고 싶었어. 그 눈이 매번 널 향하고 있다는 걸 알았을 때부터는 더더욱 포기하기 싫었어."

급기야 눈물이 흘러내렸다. 영민은 황급히 손으로 눈물을 닦았다.

"젠장. 네 앞에서 별꼴을 다 보인다. 눈물이나 흘리고…… 완전 미쳤나 봐."

"혜윤이 앞에서 우는 것보단 낫잖아."

그 와중에 실없는 웃음이 났다. 지섭의 농담에 웃음이 터져 나왔다.

"혜윤이한테 잘할 거야. 나도 참 등신 같아. 혜윤이를 다른 여자들과 같은 방법으로 대해도 된다고 생각했어. 언제나 그랬으니까."

"상상을 초월하지?"

지섭이 동의의 의미로 웃었다.

"매번 놀란다. 어쩜 저렇게 독특하고 통통 튀고, 매일 예쁠 수가 있는지."

지섭의 입가에 잔잔한 미소가 생겼다.

"제대로 살아 보고 싶어져. 혜윤이 옆에 있으면 삶이 그리 재밌을 수가 없다."

"다행이네. 네 무의미한 삶에 빛이 생겨서. 고모 돌아가시고 어딘지 포기한 것 같아 영 불안했는데 잘됐어."

영민의 입가에도 미소가 비쳤다. 이젠 정말로 빠져 주는 게 맞다. 그동안 자신 때문에 지섭도 맘 편히 행동하지 못했을 거고, 혜윤은 계속 미안한 마음을 가졌을 것이다.

똑똑. 노크 소리에 이어 문이 열리자 두 남자의 시선이 문가로 향했다. 혜윤이 고개를 내밀고 바라봤다.

"들어가도 돼요?"

"들어와."

두 남자가 동시에 말했다. 혜윤은 신나는 얼굴로 안으로 들어왔다. 쫑쫑 뛰어 그들 앞에 선 그녀가 헤헤 웃었다.

"거실에 혼자 있으려니까 심심해서요. 나 빼고 무슨 얘기하나 궁금하기도 하고."

침대에 앉아 있는 영민과 침대 끝에 걸터앉은 지섭. 완벽한 투 샷을 선사하는 두 남자를 꼼짝 못 하게 묶어 두고도 태연할 수 있는 건 저 여자뿐일 것이다.

"소장님, 부엌에 죽 좀 더 끓여 놨어요. 식사 거르지 말고 챙겨 먹어요. 그래야 금방 나으니까."

"그래. 고맙다. 죽 맛있더라."

"그래요? 제가 죽을 좀 많이 끓여 봐서…… 맛있었다니 다행이에요."

다른 남자에게 저런 예쁜 웃음을 짓다니, 해도 해도 너무한다. 지섭은 못마땅한 얼굴로 혜윤을 뚫어지게 보았다.

혜윤은 시선이 느껴지는 쪽으로 눈을 돌렸다. 날카로운 눈매 때문에 흠칫 놀란 그녀는 영민 쪽으로 몸을 살짝 움직였다. 순간 눈에서 불꽃이 튄 지섭이 그녀의 손목을 확 잡아당겼다.

"엄마야!"

혜윤의 몸이 지섭에게 쏠려 품에 안겼다. 후다닥 벗어나려는 그녀의 몸을 놓지 않고 가뒀다. 혜윤이 그의 가슴을 마구 두드려도 절대 빼 주지 않았다.

"지금 내 앞에서 뭐하는 짓이야. 당장 안 꺼져!"

영민이 두 사람을 노려보고서야 지섭이 힘을 뺐다. 잔뜩 붉어진 혜윤이 그의 어깨를 퍽 때렸다.

"얼른 털고 일어나. 연락하고."

지섭이 몸을 일으키더니 혜윤의 어깨에 팔을 둘러 당겼다.

"이 녀석은 내가 데리고 가마. 푹 쉬어라."

"소장님, 얼른 쾌차하세요. 먼저 가 보겠습니다."

인사를 한 혜윤이 지섭의 팔에 끌려가다시피 방을 나갔다. 대놓고 사랑질을 하는 그들을 황당한 얼굴로 바라보던 영민이 허탈하게 웃었다.

"마음을 숨길 수가 없구나. 너희 둘 다."

이젠 정말 놓아주어야 할 것 같다. 그렇게 생각하니까 마음이 편안해졌다.

이젠 정말로 여동생이 된 것 같다. 그렇게 생각하니까 혜윤의 사랑을 응원하게 되었다.

부디 그녀의 사랑이 평탄하기를.

"선배님은 정말 눈치가 없는 것 같아요."

조수석에 앉아 종알거리는 혜윤을 어이없이 보던 지섭이 그녀의 손을 끌어와 제 가슴에 대었다.

"이것 봐. 내 심장 어때?"

"잘 뛰네요."

"내가 정말 눈치가 없어서 그런 것 같아?"

지섭의 눈빛이 진해져서 혜윤은 입을 다물었다. 또 잠자는 사자의 코털을 건드린 것 같은 느낌이 들었다.

"제가 뭐 잘못했어요?"

오히려 되묻는 그녀의 말간 눈동자를 보자 지섭은 머리가 지끈 아파 왔다. 아무래도 넌 구미호가 맞는 것 같다. 어쩜 저렇게 순진한 얼굴로 사람을 미치게 하는지. 옅은 숨을 내쉬는 그를 보던 혜윤이 지섭의 손을 제게로 당겨와 입을 맞추었다.

"질투하는 거예요?"

혜윤의 눈웃음에 지섭은 결국 길가에 차를 대었다. 그리고 그녀의 뒷머리를 당겨 입을 맞췄다. 부드러운 입술이 닿자 그녀의 커다란 눈이 감겼다. 그의 따뜻한 감촉이 혜윤의 정신을 아득하게 만들었다. 처음과는 다르게 부드럽고 녹아내리는 그의 키스가 눈물이 날 만큼 좋았다. 떨어진 입술이 닿을 거리에 지섭의 눈동자가 비쳤다.

"질투해. 네가 다른 남자를 보며 웃는 것만 봐도 화가 나."

"선배님."

"나 아닌 다른 남자에게 눈 돌리지 마."

나지막한 목소리로 경고하는 남자의 강렬한 눈빛에 혜윤은 저도 모르게 고개를 끄덕였다. 그의 입가에 만족스러운 미소가 비쳤다.

지섭의 입술이 다시 닿았다. 지난번의 낯설었던 감촉이 다시 그녀의 안으로 침투했다. 따뜻한 날카로움이 혜윤을 헤집고 다닐 동안 수줍었던 제 감촉도 그를 맞이했다. 서로 휘감겨 있을 때는 발끝부터 전율이 오르며 배꼽 아래가 알싸하니 아파 왔다. 부드럽고 따뜻한 입술을 한껏 머금은 그가 아쉬운 입술을 떼었다.

"맛있다."

지섭은 아무 일도 없었던 것처럼 다시 차를 출발시켰다.

맛있다. 맛있다. 그의 목소리가 귓가에서 떠나지 않고 들렸다.

음란마귀가 쓰인 건지 야릇한 감각이 혜윤에게 휘몰아쳤다.

생각하지 않으려고 해도 자꾸만 그의 목소리가 귓가에 울려 퍼졌다.

"미치겠네."

차창 밖을 보고 있던 혜윤이 나지막이 내뱉었다.

"뭐가?"

옆에서 들리는 목소리에 심장이 다시 쿵, 내려앉았다. 그녀의 붉어진 얼굴을 힐끔 본 지섭의 입가에 미소가 걸렸다. 낯선 본능이 혼란스러운가 보군.

"집에 가기 싫다. 오늘 나 네 집에 가도 돼?"

"네?"

혜윤의 동그란 눈동자가 보름달처럼 커졌다. 이제 키스 두 번째인데 마음의 준비도 없이 다음 단계로 무한정 넘어가는 건가.

"하하. 너 정말 웃겨."

갑자기 지섭이 큰소리로 웃자 맑은 눈동자가 흔들렸다. 지금 연애 못 한다고 비웃는 건가. 연애 초보인 게 그렇게 티 나는 걸까.

"푸하하."

지섭은 연거푸 웃어 대며 운전하는 내내 혜윤을 돌아보았다. 영문을 모르겠다는 얼굴로 자신을 보고 있는 그녀가 왜 이렇게 사랑스러운지 모르겠다. 이럴 땐 정말 깨물어 주고 싶다. 빨간 불에 차를 세운 그가 혜윤을 돌아보았다.

"연애는 사람마다 달라. 네 마음대로 하는 거야."

역시나 마음을 읽었나 보다. 그녀의 얼굴이 붉게 타올랐다.

"연애 못 한다고 비웃지 않았어. 연애 초보여도 난 좋기만 하다. 참신하고 신선해서 좋아."

"선배님."

자꾸 놀리는 것 같아 혜윤의 미간이 살짝 찌푸려졌다.

"손만 잡고 잘게. 오빠 믿지?"

놀리는 게 분명하다. 정녕 저 말뜻이 뭔지 모를 거라고 생각하나 보다. 혜윤이 살짝 흘겨보자 지섭이 그녀의 머리를 흐트러뜨렸다.

"진짠데. 선 넘어가면 쫓아내."

"정말이죠?"

"그럼 거짓일까."

지섭은 입가에서 미소를 거두지 않은 채 유쾌하게 말했다. 이래서야 늑대 같은 마음을 먹겠나. 이 순진한 여자에게 못된 짓을 할 수 있냔 말이야.

"들어가요."

현관문을 열고 그가 들어가기를 기다린 혜윤은 지섭이 안으로 들어가자 문을 닫았다. 혼자 살 때는 몰랐는데 회장님이 올 때도 그렇고, 키 큰 장정이 들어오니 집이 참 좁아 보였다. 그의 몸 하나가 공간을 다 차지하는 것 같았다.

"아쉬운 대로 집 구경할래요?"

"스캔만으로 끝나겠는데?"

"그럼 다시 스캔하고 있어요."

혜윤은 이리저리 바쁘게 움직이며 집 안을 치우기 시작했다. 작은 공간인데도 불구하고 다정한 그녀의 성격처럼 아기자기하며 부드러운 분위기의 인테리어 소품이 균형을 갖추고 있었다.

"좀 위험하다. 밤에 문단속 잘하고."

"네."

지섭은 바쁘게 움직이는 혜윤을 끌어안으며 행동을 멈추게
했다.

"그만해도 돼. 충분히 긴장하는 거 아니까 괜찮은 척 안 해도
된다고."

역시나 자신을 간파했다. 긴장한 거 들키지 않으려고 일부러
바쁘게 움직였는데 그것까지 알아채다니.

"난 그냥 이렇게 널 안고 싶었어. 자꾸만 방해하는 것들이 있
어서 속 시원히 안지도 못했잖아."

혜윤이 대답 대신 그의 허리에 팔을 둘렀다.

"아, 좋다."

"저도요."

"거 봐. 너도 좋으면서 왜 튕겨."

"바보."

혜윤이 팔을 떼어 그를 올려다보았다. 그녀의 눈매가 예쁘게
휘었다.

"내가 안 잡았으면 어쩌려고 그랬어."

"그럼 딱 그만큼만 인연이었겠죠. 노력도 안 하는 남자라면
나도 됐거든요."

얄미운 말을 꺼내는 그녀의 얼굴에 도장을 남기고 싶은 생각
이 든다면, 그건 아마도 자신이 그토록 느끼기 힘들었던 감정을
온몸으로 받아들인다는 증거일 것이다. 그의 손가락이 혜윤의

뺨을 쓸어내렸다.

"사랑해."

그녀의 눈동자가 흔들렸다. 심장이 쿵쿵 요란을 떨며 소리를 냈다. 혜윤은 제 심장 소리와 떨리는 몸을 느끼며 그의 말을 생각했다.

"선배님은 진짜 나쁜 남자예요."

"알아."

"그런데 전 나쁜 남자 체질인가 봐요."

"혜윤아."

"저도 사랑해요. 오래전부터, 언제나 사랑하고 있었어요."

눈물을 글썽이는 혜윤이 예쁘게 웃었다. 그 바람에 눈동자에 가득 담긴 눈물이 뺨을 타고 흘러내렸다.

"이렇게 또 빠져서 물불 못 가려도 어쩔 수 없네요. 조심하라고 단단히 내 마음에다 못질을 해도 선배님 앞에선 금방 빠져버려요. 난 정말…… 당신이 좋아요."

"나도 네가 좋아. 네가 참 좋아. 알아?"

부드러운 목소리에 혜윤이 고개를 끄덕였다. 지섭은 그녀의 흘러내린 머리카락을 귀 뒤로 넘겨 주었다.

부드러운 입술 끝이 다시금 서로에게 닿으며 음미하였다. 간지러운 입김 때문에 웃음소리가 새어 나왔다. 그러던 그의 입술이 진하게 닿았다.

양손으로 혜윤의 얼굴을 부여잡으며 입안으로 파고들었다. 그의 힘에 의지하던 그녀의 몸이 주르륵 미끄러지자 지섭이 다시 받쳐 올렸다. 그의 손이 그녀의 셔츠 안으로 들어와 가슴에 닿았다. 봉긋한 가슴이 천에 가려져서 갈증을 일으켰다.

"아웃……."

한껏 움켜쥐자 그녀의 입에서 야릇한 소리가 새어 나왔다. 자신도 놀라서 눈이 커졌다. 혜윤은 가쁜 숨을 내쉬며 목덜미로 내려오는 그의 입술을 막았다. 그리고 가슴을 감싸고 있는 손도 잡았다.

"손만 잡고 잔다면서요."

"그럴 거야."

"그런데 왜……."

지섭은 혜윤의 목덜미에 한참 동안 입술을 묻더니 치아로 살짝 깨물었다.

"아야!"

"예뻐서."

입술을 뗀 그녀의 목덜미에 붉은 자국이 새겨졌다. 지섭은 꼭 안았던 그녀의 몸을 떼어 냈다. 만족했는지 입가에 미소가 걸렸다.

"넌 내 건데 다른 놈이 탐내면 안 되잖아."

혜윤의 얼굴이 새빨갛게 붉어졌다. 지섭은 재미있다는 얼굴로 그녀의 몸을 돌려 욕실로 밀었다.

"그만할게. 씻어. 또 동굴 필요할 거 아냐."

욕실 안으로 혜윤을 밀어 넣은 그는 문을 닫고 벽에 기대어 깊은숨을 몰아쉬었다. 말은 그렇게 했지만 위험할 뻔했다. 그녀가 아무 말도 하지 않았으면 자신도 모르게 다음 단계로 진행했을지도 몰랐다.

그녀를 보고 있으니 몸이 먼저 반응했다. 혜윤의 부드러운 입술과 향기로운 목덜미에 입술이 닿자 이성이 모조리 날아가 버리는 기분이 들었다. 가슴을 덮고 있는 천을 만졌을 뿐인데 보드라운 살결이 느껴지는 것 같아 손끝이 떨려 왔다.

좀 전에 다짐했던 마음가짐은 흔적도 없이 사라지고 그저 갖고 싶다는 생각만 들었다. 뜨거운 욕정이 끓어올라 지섭은 위기를 모면하려 혜윤을 욕실로 보냈다. 지섭은 욕실을 힐끔 보고는 자리를 벗어났다.

"평생 모르겠지. 자기가 지금 남자를 유혹하고 있는 줄은."

욕실 안에서 거울을 본 혜윤은 빨갛게 상기된 제 얼굴을 보며 손으로 뺨을 감쌌다. 알싸한 아픔이 있는 목덜미로 손가락을 내렸다. 지섭의 향기가 머물러 있는 듯해 좀 전에 쾌락이 다시 떠올랐다. 조금 아래로 내려와 그의 손길이 닿았던 제 가슴을 만졌다.

심장이 멈추는 줄 알았다. 너무 빨리 뛰어서 곧 멈추는 건 아닌지 걱정될 정도로 혜윤은 제대로 호흡하기 힘들었다. 시작도 하지 않았는데 심장이 널을 뛰니 정말로 사랑을 나누면 심장이 남아날까 걱정이 되었다.

씻고 나오자 지섭은 슈트 상의를 벗은 채 방바닥에 앉아 기다란 다리를 쭉 뻗고 앨범을 보고 있었다.

지섭은 정말로 회사로 갈 준비를 하는가 보다. 정말 자신 때문에 그런 결심을 한 건지는 모르겠지만 무엇이든 그가 상처받지 않았으면 좋겠다. 제복에 가까운 슈트를 걸쳐서 혜윤이 동경

했던 그의 자유로움이 감춰진다면 그건 감옥이나 다름없는 거니까.

다크 블루 셔츠 안에 단단한 그의 몸이 저절로 머릿속에 그려졌다. 이 몹쓸 병이 또 도지려고 한다. 남자의 멋진 몸을 보면 정신 차리지 못하고 파고드는 버릇. 남들이 패션 잡지에 관심을 가질 동안 저는 모델의 몸을 보고 다녔던 망측한 버릇.

혜윤은 자신의 망상을 자책하며 부엌에서 주스 두 잔을 따라 방으로 왔다.

"뭐 봐요?"

그녀의 목소리에 지섭이 고개를 들었다. 귀여운 오리가 프린트된 티셔츠와 트레이닝복을 입은 혜윤에게서 샤워코롱 냄새가 풍겼다. 괜히 제 발등만 찍는 다짐을 했을까. 지섭은 옅은 한숨을 내쉬며 혜윤이 앉을 수 있도록 엉덩이를 옆으로 끌었다.

"잘도 찾네요."

혜윤이 다가와 그의 옆에 앉았다. 샴푸 향이 나는 젖은 머리가 그의 코끝을 자극했다.

"굉장히 어릴 때인데 사진이 남아 있었네?"

"네. 아빠가 살아 계셨을 때까지 해마다 빠지지 않고 앨범을 만들었더라고요. 매년 앨범을 사서 사진을 인화하고 넣어 주셨어요. 그게 아빠의 취미였나 봐요."

지섭은 앨범을 천천히 넘기며 귀여운 여자아이를 보았다. 그의 입가에 미소가 생겼다.

"어릴 때도 예뻤네. 아빠 사랑 독차지하고 자랐겠어."

"맞아요. 영우 아저씨가 그랬는데 아빠는 절 정말 사랑하셨대요. 제가 엄마랑 좀 많이 닮았거든요."

사랑스럽게 웃는 혜윤의 머리를 쓰다듬었다.

"널 보면 어머니가 참 미인이었겠단 생각이 든다."

지섭과 혜윤은 상자 속에 넣어 둔 앨범까지 꺼내며 밤이 깊어 가도록 함께 보았다. 시간이 지날수록 앨범의 년도는 과거로 지나갔다.

"아버님 진짜 대단하다. 이걸 어떻게 매번 빼놓지 않고 만드셨니."

"저도 진짜 오랜만에 보니까 감회가 새롭네요. 커서는 볼 일이 없었는데."

앨범을 넘기던 지섭의 손길이 가운데 끼워진 사진에서 멈췄다. 그가 행동을 멈춰 혜윤의 시선도 함께 따라갔다. 다섯 살쯤 되어 보이는 어린 혜윤의 옆에서 함께 찍은 남자아이. 두 사람의 눈이 허공에서 마주쳤다.

"선배님?"

"왜 내가 여기 있지?"

"정말 선배님 맞아요? 닮은 사람 아닐까요? 제가 어떻게 선배님과 사진을 찍어요."

"나도 그렇게 생각하기는 한데, 여긴 나라고 하는데?"

지섭이 다른 장을 넘길 때마다 두 사람의 눈동자가 커졌다. 그는 손을 멈추고 앨범의 맨 앞표지에 적힌 년도를 확인했다.

"1991년."

두 사람은 약속이나 한 듯 그 이전 앨범을 모조리 꺼냈다. 혜윤이 태어난 순간부터 기록된 앨범 속엔 지섭이 자주 들어 있었지만 1992년부터 보이지 않았다.

"우리가 어릴 때부터 아는 사이였다니……."

지섭은 앨범을 뚫어지게 보고 있는 혜윤에게 시선을 돌렸다. 어머니가 돌아가신 뒤부터 아버지에 대한 분노의 감정과 삶에 대한 공허함이 그녀에 대한 추억도 사라지게 했나 보다. 그럼에도 불구하고 마치 자석처럼 서로를 다시 찾은 것이었다. 지섭은 그녀와의 긴 인연이 새삼 놀라웠다.

"선배님은 이때도 참 잘생겼네요."

혜윤은 잔잔한 미소를 지으며 앨범을 들여다보았다. 그러던 그녀의 눈이 지섭에게로 향했다.

"그런데 진짜 신기하다! 어떻게 이때부터……."

눈웃음을 짓는 혜윤에게 가볍게 입을 맞춘 지섭은 그녀의 무릎을 베고 누웠다.

"우리 부모님이랑 네 부모님이랑 아는 사이셨네. 특히 우리 어머니와 더 가까운 사이."

"그래요? 친구들이었나."

재벌과 친구였을까 싶지만 아빠가 건축가였다는 걸 생각하면 대학에서 만난 인연일 수도 있었다. 자신과 지섭처럼.

혜윤은 사진 속 어린 꼬맹이들을 바라보다 제 무릎에 누워 눈을 감은 그를 향해 고개를 돌렸다. 잘생긴 얼굴을 만지고 싶은 마음에 저도 모르게 손이 얼굴로 향하다가 급히 거두었다.

"만져도 돼."

혜윤은 놀란 눈으로 그를 보았다. 허공에서 방황하는 그녀의 손을 지섭이 잡아끌며 제 가슴에 얹었다. 규칙적으로 뛰는 그의 심장이 눈물 날만큼 좋았다.

"졸려. 누우니까."

지섭은 몸을 옆으로 돌려 그녀의 무릎에 얼굴을 묻었다. 혜윤은 그에게 잡힌 손을 빼어 머리카락을 쓸어 주었다. 말끔하게 빗어 올렸던 머리카락이 흐트러져 얼굴을 살짝 가렸다. 혜윤의 손길에 잘생긴 얼굴이 드러났다.

"씻고 자야 하는데."

혜윤이 조용히 속삭였지만 그는 이내 잠이 들어 듣지 못했다. 한동안 그의 머리카락을 정성스레 쓰다듬던 혜윤이 귓가에 속삭였다.

"잘 자요."

그의 머리맡에 베개를 대 주고 침대에 있던 이불을 아래로 내려 덮어 주었다. 방 불을 끄고 스탠드 불을 켠 혜윤은 침대에 엎어져 계속 앨범을 보았다.

참 한결같다. 자신은 이때에도 지섭을 보고 있었다. 어린 꼬맹이 주제에 보는 눈은 있었는지 사진 속 자신은 항상 그에게로 눈길이 가 있었다.

혜윤이 그의 옷소매를 붙잡고 놓지 않아 곤란해하는 어린 지섭의 표정, 울음을 터트린 혜윤에게 사탕을 건네는 지섭, 자신의 뺨에 뽀뽀를 해 준 그의 배려, 아마 부모님이 시켜서 울며 겨자 먹기로 뽀뽀를 해 줬겠지. 그리고 다시 사진 속 여자애처럼 예쁘고 사랑스럽게 웃었겠지.

사진 속에서 지섭은 자주 혜윤의 곁에 있어 주었다. 진짜 오빠처럼 챙겨 주고 보호해 주었다. 그 따뜻한 마음이 사진 속에서도 느껴졌다. 그는 이렇게나 다정하고 따뜻한 남자였다. 그래서 다시 반했나 보다. 몸이 알아보고, 마음이 알아보고, 그를 사랑했나 보다.

침대에서 일어난 혜윤은 조심스럽게 발을 옮겨 부엌으로 나왔다. 시곗바늘이 2에 가 있었다.

"시간이 벌써 이렇게 됐네."

가방에서 휴대폰을 찾던 혜윤은 마침 진동이 울리는 걸 느끼고 밖으로 빼냈다. 전혀 예상하지 못한 유진이 전화를 걸었다. 망설이던 혜윤은 화면을 터치했다.

"응. 어쩐 일이야."

—너 진짜 짜증 나.

발음이 꼬이는 걸 보니 이 시간까지 술을 마셨나 보다.

"늦었어. 내일 전화해."

—네가 뭔데 선배를 만나! 네까짓 게 선배의 애인이 될 수 있다고 생각해? 고아 주제에. 그 집안이 어떤 집안인 줄은 알아? 창영건설 사모님 보통 분 아니야. 넌 절대로 감당 못 해.

혜윤은 살짝 고개를 끄덕였다.

"그래. 보통 분은 아니더라. 신경 써 줘서 고마워."

—너 돌았어? 어디서 거지 같은 게 들러붙어서는! 우리 부모님도 갈라놓더니 이젠 그 집도 갈라놓으려고 하는 거야? 너 진짜 재수 없어. 자기 엄마 죽이고 태어난 게 결국 지 아빠도 죽였으면서, 이젠 또 누굴 죽이려고! 너랑 있으면 모두 불행해져. 충고하는데 선배한테서 떨어져. 경고야. 떨어져!

혜윤의 손끝이 떨려 왔다. 술주정일 거라고 마음을 다잡지만

276

애정을 준 상대가 저리 나오면 참 속이 아팠다.

유진과는 처음부터 어긋났다. 자신이 유진보다 좋은 성적을 받아왔을 때, 같은 전공을 한다는 걸 알았을 때, 그다음엔 지섭 선배를 둘 다 좋아한다는 걸 알았을 때, 급기야 영우 아저씨의 사랑이 자신에게로 향하는 걸 느꼈을 때부터 유진은 그녀를 함부로 대했다.

유진은 처음부터 자신을 미워했지만 모두 이해했다. 서초동에 얹혀살고 있으니 그들의 모진 말도 감당해야 한다고 생각했다. 그러다 보니 밖에서도 유진은 자신이 세상 최고인 줄 알고 사람을 함부로 대했다. 점점 그 도가 넘어서고 있었다.

부모를 죽이고 멀쩡하게 살아 있다는 말은 혜윤의 트라우마였다. 유진의 말대로 엄마를 죽이며 태어났고 아빠도 아파서 돌아가시게 하고, 그 집의 영우 아저씨마저 큰 위험에 빠질 뻔했다.

자신의 주변에 있는 사람들이 아플 때마다 혜윤은 끝도 없는 나락으로 떨어지는 기분이었다. 모든 두려움과 무서움에서 벗어나고자 일부러 밝게 웃고, 아무것도 생각하지 않으려 노력했지만 상대가 꼭 집어서 말하면 더는 피할 곳이 없었다. 그 무서운 현실을 마주해야 했다.

떨리는 손을 다잡고 말을 하려던 찰나 귓가에서 가져가는 다른 손에 혜윤의 눈이 휘둥그레 커졌다. 지섭이 그녀의 휴대폰을 가져가 스피커폰으로 켰다.

—듣고 있냐! 회장님 봤다고 네가 공주라도 된 줄 아나 본데 정신 차려. 헛된 꿈꾸지 말고 얼른 찬물이나 마시라고. 언감

생심 누굴 넘봐. 주제를 알아야지!

"주제를 알면?"

지섭의 목소리가 차가웠다. 남자의 목소리에 수화기 건너편은 금세 조용해졌다.

"되게 시끄럽게 꽥꽥거리네. 잠을 잘 수가 있어야지."

지섭은 휴대폰에 대고 느릿느릿 말을 이었다.

"네가 뭔데 이래라저래라 하냐. 듣자 하니 가관이네. 궁금해서 그러는데, 넌 대체 왜 그러는 거냐."

—서, 선배님.

"뭐라고 지껄이나 들어 주려고 했는데 도저히 들어 줄 수가 없다. 질이 낮아서."

—선배님, 원혜윤은 안 돼요! 걔가 어떤 앤 줄 아세요? 주변 사람을 불행하게 만드는 여자예요! 걔랑 있으면 모두 불행해져요. 선배님 위해서 하는 말이에요. 원혜윤 멀리하세요.

"고맙다, 충고. 하지만 내 일은 내가 알아서 할게. 넌 신경 끄고 네 일이나 제대로 해."

—선배님!

"선배라고 하지 마. 난 너 같은 후배 둔 적 없어. 아, 그리고 한 가지 더."

혜윤이 잘못 본 건지 지섭의 눈빛이 시리도록 차갑게 느껴졌다.

"다신 혜윤이에게 전화하지 마. 한 번만 더 전화해서 내 여자 속 긁어 놓으면 나도 가만있지는 않아. 경고다."

—선배님 정말!

"설계 팀 팀장이라고? 우리 회사도 진짜 수준 떨어지네. 실력도 없는 주제에 자리 차지하고 있는 인간들이 도대체 몇이나 되는 거야."

그의 말에 유진은 입을 꾹 다물었다.

"내가 회사로 가면 제일 먼저 손볼 곳이 바로 거기더라. 그러니까 넌 어떻게 하면 잘리지 않을지 고민이나 해. 그 자리 유지하고 싶으면 그에 합당한 결과물도 내놓고."

―서, 선배님!

"우리는 알아서 잘할 거니까 너나 잘해."

지섭은 휴대폰을 끄고 혜윤에게 건넸다. 그리고 머리가 울리는지 손바닥으로 이마를 짚었다.

혜윤은 마치 죄를 지은 사람처럼 고개를 숙였다. 부끄러움, 창피함. 그의 앞에 비친 자신은 바보천치에 못난이였다. 눈물이 차올라 피가 맺히도록 입술을 깨물었다. 한번 터지면 감당할 수 없을 것 같아 있는 힘을 다해 참았다.

"이리 와."

지섭은 혜윤의 손을 끌어 방으로 들어와 침대에 끌어당겼다. 걸터앉은 그녀의 어깨를 밀어 눕히고 바닥에 떨어진 이불을 침대로 올려 덮어 주었다. 옆에서 어깨를 토닥여 주는 그의 손길에 울컥, 눈물이 솟구쳤다. 베개로 떨어지는 눈물을 닦으려고 급히 손으로 얼굴을 가렸다.

"미안해요. 너무 못나서…… 미안."

지섭은 혜윤을 가만히 내려다보다가 그녀의 옆에 누워서 가녀린 어깨를 품에 안았다. 그의 덩치에 작은 침대가 꽉 채워졌다. 떨리는 혜윤의 어깨를 쓰다듬으며 등을 토닥여 주었다.

"너도 참 너다. 모진 말을 못 해서 매번 당하고 있으니."

혜윤의 눈물샘이 그칠 줄 모르고 눈물을 쏟아 냈다. 셔츠를 적시는 눈물에 그의 마음도 알싸하니 아파 왔다. 여자의 눈물이 마음을 울린다는 걸 처음 느꼈다.

"나한테는 매몰차게 잘도 따지면서, 심지어 우리 아버지한테도 맞받아치면서 왜 그런 여자애한테는 아무 말도 못 하는 거냐."

"모르겠어요. 제가 왜 그러는지……. 왠지 그러면 안 될 것 같은 무의식이 절 누르고 있나 봐요."

"바보네."

혜윤이 천천히 고개를 끄덕였다.

"그런데 사실…… 너무 슬퍼요. 누군가에게 미움을 받는 걸 견딜 수가 없어요. 유진이 말처럼 내가 정말 주변 사람을 불행하게 만들까 봐 겁나요."

그녀를 안은 지섭의 팔에 힘이 들어갔다.

"그런 소리는 하지도 마. 민유진 말 따위에 흔들리지 말라고. 사람의 정해진 명을 네가 어떻게 죽이고 살릴 수 있어. 그게 네 의지대로 되는 거야?"

"그렇지만 엄마를 죽이고 태어난 건 맞잖아요."

"반대로 생각해. 어머니는 그 와중에도 널 살리려고 안간힘을 쓰셨어. 네가 죽인 게 아니라 어머니가 널 살린 거야. 그렇게 태어났으니까 부모님 보기에 자랑스러운 여자가 되었지."

"선배님……."

"절대로 그 여자애 말에 흔들리지 마. 사람의 약한 곳을 공격하는 사람치고 잘 되는 사람 못 봤어. 민유진 말은 사뿐히 무시하고 넌 지금처럼 내 사랑받으면 돼. 내가 부모님 몫까지 더 많이 사랑해 줄게."

고개를 끄덕이면서도 눈물을 흘리는 혜윤의 머리를 몇 번이고 쓰다듬었다. 이렇게라도 그녀를 위로할 수 있다면, 달랠 수 있다면 셔츠가 흠뻑 젖는 것쯤은 괜찮았다.

"그런데 너 그거 알아? 우리 지금 한 침대에 누워 있는 거. 선 넘었는데, 나 쫓겨나?"

혜윤은 울다 말고 웃었다.

"울다 웃다 그러면 안 돼. 큰일 나."

"네."

"더 울 거야?"

"아니요."

"그럼 이제 나 좀 봐봐."

지섭은 혜윤의 어깨를 잡아 저를 바라보게 했다. 잔뜩 붉어져서 퉁퉁 부은 그녀의 눈가에 입을 맞췄다.

"다음에 또 민유진한테서 전화가 오면 그냥 무시해. 그 애는 네 사랑을 받기엔 너무 부족한 여자야. 사랑도 봐 가면서 하는 거야. 아무나 사랑하면 안 된다고. 알지?"

혜윤이 작게 고개를 끄덕였다. 지섭은 눈앞의 여자를 보며 옅은 한숨이 나왔다. 착한 것도 병이다. 그래서 이토록 끌리는 건지도 모르지만. 미치도록 착한 마음에 마음이 퐁당 빠진 건지도.

"자책감 갖지 않아도 돼."

"그래도 될까요?"

"그래도 돼. 만약 도저히 모질게 끊지 못하겠다면, 그래서 또 속상하면 언제든 나한테 와. 내가 안아 줄게."

"든든하다, 내 남자."

"당연하지."

혜윤의 미소에 지섭이 입을 맞추었다.

"내 바보."

10

좋아하는 목록은 구체적

회사로 출근하는 내내 머릿속에서 지섭이 떠나지 않아 혜윤의 입가에 미소가 짙게 걸렸다. 대화를 나누다가 어린 시절 서로의 공통점을 찾아 공감하기도 하면서 못난 그녀의 슬픔을 달래 주던 지섭은 혜윤이 잠든 사이 집을 나섰다. 정말로 손끝 하나도 건드리지 않고 잠만 잤다. 아침에 깨어나 보니 그는 없었고 문자만 남겨져 있었다.

〈자는 모습도 예쁜 내 가우디, 일어나면 문자 한 통 줘. 출근 잘하고.〉

가우디. 벅차기도 하고 감격스럽기도 한 애칭에 혜윤은 자꾸만 웃음이 나왔다. 그의 목소리로 속삭이는 말이 자꾸만 듣고 싶어졌다.

"좋은 아침입니다."

혜윤이 들어오자 사람들은 손을 들어 알은체를 했다. 곧이어 영민이 사무실로 들어왔다.

"좋은 아침입니다."

"소장님, 오셨습니까."

언제 아팠냐는 듯이 그는 말끔한 모습으로 돌아와 있었다.

"몸은 좀 괜찮으십니까? 출근도 못 하실 정도면 많이 아프셨나 봅니다."

한 실장의 말에 영민이 웃었다.

"괜찮습니다. 맛있는 죽 먹고 다 나았어요."

죽 이야기에 혜윤이 고개를 돌려 영민을 보았다. 그는 빙그레 웃으며 말을 이었다.

"나 없다고 근무를 소홀히 했다면 각오하는 게 좋을 겁니다. 10분 뒤 전체 회의합시다."

영민은 말을 마치고 사무실을 나갔다. 사람들은 소장의 말에 갑자기 분주해졌다. 그가 저렇게 웃으며 친절하게 나올 땐 어마무시한 후폭풍이 기다리고 있다는 뜻이었다.

"원 과장, 리조트 시공 계획서 다 끝냈어?"

한 실장이 혜윤의 책상으로 다가오며 컴퓨터를 켰다. 그녀도 파일을 찾다가 소장실 쪽으로 고개를 돌렸다. 마음의 빚을 어느 정도 덜어 내었으니 이젠 영민을 편하게 마주할 수 있을 것 같았다.

✻   ✻   ✻

모두의 생각대로 영민은 거침없이 일을 몰아붙였다. 지옥 같았던 오전 회의가 끝나고 사람들은 녹초가 되어 각자의 자리로 돌아왔다. 진도가 나아가지 않던 리조트 시공도 쉬는 날이 없을 정도로 빠듯하게 일정이 잡혔다.

점심시간이 되어 직원들과 밥을 먹으러 나가려던 혜윤은 휴대폰이 울려 들여다보았다. 그녀의 얼굴이 금세 밝아졌다.

"전 다른 약속이 생겨서요."

알았다는 사람들을 뒤로하고 혜윤은 휴대폰 화면을 손가락으로 밀어 귀에 갖다 댔다.

"아저씨!"

―잘 지냈냐?

"죄송해요. 연락도 못 하고."

―그래. 보름 동안 연락 두절이더라.

그동안 우여곡절을 겪으며 한 달은 족히 넘었을 거라 생각했는데 겨우 보름이 지났다.

―바쁘냐?

"바빠도 아저씨가 부르면 달려갈 거예요."

―그렇다면 잘됐다. 나 회사 앞 카페에 있어.

"정말요? 조금만 기다리세요. 제가 점심 사 드릴게요."

혜윤은 총알처럼 사무실을 나가 카페로 향했다. 밝게 웃으며 다가오는 혜윤에게 영우가 손을 들었다.

그의 옆에는 목발이 놓여 있었다. 이젠 완전히 목발에 의지하며 걷는 것 같다.

"그냥 동네로 부르지 왜 여기까지 오셨어요? 힘드신데."

"하나도 안 힘들어. 생각보다 날도 좋고 춥지 않아서 나들이 겸 나왔다."

영우가 부드럽게 웃으며 혜윤의 손을 잡아당겨 앉혔다.

"못 본 사이 더 예뻐졌네."

"헤헤, 정말요?"

"갈수록 네 엄마를 많이 닮는구나."

"그런 것 같아요. 어제 우연히 아빠가 만든 앨범을 봤는데 거기 엄마 모습이랑 제가 많이 닮았더라고요."

"연애하냐?"

혜윤의 커다란 눈동자가 영우를 바라보았다. 속이 훤히 들여다보여 그가 빙그레 웃었다.

"그걸 어떻게……."

"딱 보면 알지. 내가 지금은 집에 처박혀 있어도 왕년에 꽤 잘나갔던 사람이다."

양반은 못 되는지 때마침 지섭에게서 전화가 울렸다. 쿵쿵 뛰는 심장을 달래며 혜윤은 휴대폰을 들었다.

"제가 만나는 사람이에요."

"어서 받아."

"네, 여보세요."

―일어나면 문자 주라니까.

"아, 맞다! 깜박했어요. 오전부터 소장님이 어찌나 닦달하는지 정신이 하나도 없었거든요."

―그 녀석, 혼 좀 내 줘야겠군.

"선배님, 저 지금 대화 중이라서요. 나중에 다시 통화해요."

—누구랑?

"있어요. 되게 멋진 남자."

혜윤은 놀리듯 말하고 전화를 끊어 버렸다. 그녀의 입꼬리가 활짝 올라갔다.

"이 남자는 이렇게 좀 해 줄 필요가 있어요."

영우에게 말하는데 다시 휴대폰이 울렸다.

"참, 바쁘다니까요."

—나 지금 회사 근처야. 좀 만나지.

"나 지금 다른 사람 만나고 있다니까요."

—나도 급해. 어떤 놈 만나는 건데!

"있어요. 선배님처럼 바람둥이도 아니고 나만 예뻐해 주는 남자요."

다시 대뜸 전화를 끊어 버렸다.

"그렇게 놀려도 되는 거냐? 화났을 텐데."

"아저씨가 저를 예뻐해 주시는 건 맞잖아요?"

환하게 웃는 혜윤을 보며 영우는 마음이 한결 편안해졌다. 잘 살고 있는지 걱정이 되었는데 그녀는 어디서든 빛을 내고 있었다.

"점심 드시러 가요. 여기 한정식 잘하는 집 있어요."

"그래."

혜윤이 일어서서 영우를 부축하는 찰나 그녀의 팔을 확 잡아당기는 사람으로 인해 몸이 확 돌아갔다.

"선배님!"

"여기에 있을 줄 알았지. 그렇게 끊으면 내가 못 찾을 줄 알았어?"

멋들어진 슈트에 머리를 깔끔히 빗어 올린 지섭이 날카롭게 노려보았다.

"대체 어떤 놈이야. 얼굴이나 보자."

지섭은 그녀의 곁에 선 남자를 확인하려고 시선을 돌렸다. 이내 그의 눈이 커졌다.

"민영우 사장님?"

영우가 반가운 얼굴로 지섭을 바라보았다.

"오랜만이네, 공지섭 군."

"두 분이 아는 사이예요?"

"너야말로 이분을 어떻게 아는 거야?"

지섭의 말에 혜윤은 커다란 눈을 영우에게 돌렸다.

"절 키워 주신 분이니까요. 선배님이야말로 어떻게 알아요?"

"열 살 때부터 키워 주셨다는 아저씨가 이분이었어?"

고개를 끄덕이는 혜윤을 멍하니 보던 지섭이 정신을 차리고 영우에게 눈을 돌렸다.

"아깐 실례했습니다. 혜윤이가 자꾸 열 받게 해서 그만……."

지섭이 허리를 숙여 인사하는 와중에도 혜윤은 여전히 영문을 모르겠다는 표정이었다.

"아저씨, 선배님이랑 어떻게 아세요?"

"내가 회사 운영할 때 1년 동안 인턴 생활했던 사람이야."

"인턴이요?"

"휴학하고 여기저기서 일했었거든. 그때 만났던 분이야. 귀국하고 찾아갔더니 다른 분으로 사장이 바뀌었더라고."

지섭의 시선이 영우의 목발로 향했다. 말하지 않아도 그의 신변에 문제가 생겼다는 것을 알 수 있었다.

"제가 모시겠습니다."

지섭이 영우의 옆으로 가 그의 팔을 잡아 부축했다.

"가려던 곳이 어디야?"

"아, 따라오세요."

앞서가던 혜윤이 문득 뒤를 돌아보았다. 두 남자를 번갈아 보던 그녀의 입가에 잔잔한 미소가 생겼다.

"인연이 이렇게도 생기는구나."

한정식 집에 도착해 음식을 주문한 혜윤은 맞은편에 앉은 영우가 못내 걱정되었다. 아직 영우가 손을 절기 때문에 편하게 먹을 수 있도록 도와줘야 했는데 제 옆에 앉은 남자가 옷자락을 꼭 잡고 놓지 않았다.

"저쪽으로 가지 마."

귓가에 속삭이는 지섭의 목소리에 혜윤은 그를 흘겼다.

"몰랐네요. 선배님이 이렇게 질투가 많은 남자인 줄은."

"내가 지금 얼마나 참고 있는지 알면 놀랄걸?"

동그란 눈으로 노려보며 지섭이 그녀의 어깨를 끌어당겼다.

"아저씨고 뭐고 이 자리에서 확 키스해 버릴까. 그 생각 중이거든."

혜윤의 얼굴이 순식간에 붉어졌다.

"좋은 소식 있어서 알려 주려고 왔는데 약이나 올리고. 진짜 너 안 되겠다."

"말도 없이 전화해서 불쑥 찾아온 사람이 누군데요."

"너랑 내가 꼭 용건이 있어야 보는 사이인가?"

"아무리 그래도 사생활은 보장해 줘야죠."

지지 않고 맞받아치던 혜윤이 갑자기 그의 뺨에 가볍게 입을 맞추곤 눈웃음을 지었다.

"봐줘요, 응?"

눈에 불을 켜고 받아치던 혜윤이 꼬리를 내리고 애교를 부리자 지섭은 황당한 얼굴을 하다 웃음을 터뜨렸다.

"안 봐줘. 죽었어, 너."

지섭은 혜윤에게서 눈을 돌리며 앞에 앉아 있는 영우를 보았다. 젊은 남녀를 흐뭇하게 바라보던 영우는 그와 눈이 마주치자 인자하게 웃었다.

"사실 남 주기 아까운 혜윤이라서 어떤 놈이랑 만나는지 감시하려고 했거든. 그런데 그럴 필요가 없을 것 같아."

"잘 보셨습니다. 딱 제가 정답이지 않습니까?"

어쩜 저런 말을 자신만만하게 하는지 혜윤은 오랜 시간을 지켜봤지만 지섭이 매번 놀라웠다. 사람 눈치 보지 않고 직설적으로 말하는 건 변함이 없었다.

"자네, 창영건설 공건우 회장님 아들 맞지?"

"네, 맞습니다."

"그렇군."

영우는 한동안 지섭을 빤히 바라보았다. 재벌에 속하는 그의 집안으로 인해 혜윤이 위축될까 염려스러웠지만 이내 걱정을 접었다. 지섭의 부모님과 혜윤의 부모님, 그리고 자신까지 이어지는 인연을 믿어 보고 싶었다.

"우리 혜윤이 잘 좀 부탁하네."

"아저씨, 저 결혼하는 거 아니에요. 말투가 어째 멀리 시집보내는 사람 같아요."

영우의 말이 은근 서운해 혜윤이 예쁘게 흘기며 속삭였다.

"전 꼭 아저씨랑 함께 살 거니까 멀리 보낼 생각일랑 마세요."

"언제 내가 보낸다고 하든? 좋은 사람 만나서 잘 살면 좋은 거니까 그렇지."

"걱정 마십시오. 잘 만나겠습니다."

애기를 나누는 사이 차려진 음식은 입맛에 딱 맞았다. 사랑하는 사람들과 함께 먹어서 그런지 더 맛있었다. 혜윤은 오랜만에 찾아온 행복에 설렘을 느꼈다. 부디 이 순간이 오래가기를 바라면서 눈앞의 풍경을 가슴에 담았다.

점심을 먹고 밖으로 나온 혜윤이 지섭을 돌아보며 물었다.

"참, 좋은 소식이 뭐예요?"

"빨리도 물어본다. 자."

지섭은 서류 봉투를 내밀었다. 식당에 도착했을 때부터 그의 손에 들려 있던 게 뭔지 내내 궁금했던 혜윤의 눈이 그에게로 향했다.

"이제 제대로 설계해 봐야지. 안에 들어 있는 내용 잘 읽어보고 꼭 응모해 봐."

그의 말에 혜윤의 시선이 다시 봉투로 향했다.

"오늘은 자네가 데려다줬으면 좋겠군."

"그렇게 하겠습니다. 아무래도 제 차로 이동하는 편이 좋을 것 같습니다."

"제가 모셔다드리려고 했는데."

"됐다. 넌 어서 회사 들어가 봐. 점심시간이 한참 지났는데 상사가 쪼면 어쩌려고."

"그건 괜찮습니다. 만약 쪼면 제가 가만 안 둘 거거든요."

지섭의 미소에 영우가 그의 어깨를 툭툭 쳤다.

"쓸데없는 데에다 권력 남용하지 말고."

그런 거 아닌데. 지섭이 작게 중얼거렸다.

"아저씨, 또 뵈어요. 곧 연락드릴게요."

영우가 몸을 돌려 혜윤을 향해 살며시 웃었다.

"그래. 꼭 연락해라."

지섭의 차에 탄 영우가 떠나는 모습을 오래도록 지켜보던 혜윤은 알 수 없는 두근거림을 간직한 채 급히 몸을 돌려 회사로 걸음을 옮겼다.

"제게 하실 말씀이 있어서 데려다 달라고 하신 거죠?"

지섭은 운전하며 옆에 앉은 영우를 슬쩍 보았다. 뒷좌석에 타라고 했는데 굳이 옆에 타겠다는 그를 보니 할 말이 있어 보였다.

"눈치가 참 빠르네."

"하하, 제가 눈칫밥만 20년 가까이 먹었거든요. 혜윤인 눈치가 없다고 혼내지만."

"혜윤이야말로 눈칫밥을 먹고 자라서 남들보다 빠릿빠릿하지."

"그런 것 같습니다."

영우는 미소 짓는 그를 찬찬히 훑어보았다.

"혜윤이 부모에 대해서는 들었나?"

"어느 정도는 압니다. 제가 혜윤이와 어렸을 적에 어울렸다는 것도 얼마 전에 알았습니다."

"참 친했었거든, 다들. 지섭 군, 아버지를 너무 미워하지 말게."

"네?"

영우는 창밖으로 눈을 돌렸다.

뜬금없는 말이지만 지섭은 영우의 말에 얼굴이 굳어졌다. 자신을 꿰뚫어 보는 느낌이 들어 혼란스러웠다. 하지만 창영건설 이야기는 언론에서 이미 다뤄진 적이 있어 영우도 알 수 있을 거라 생각했다.

"혜윤이 아버지, 원석우를 알고 있나?"

"아뇨. 처음 듣습니다."

"천재 건축가였어. 현재 건축물로서 가치를 인정받는 건 다 그 양반 작품이거든."

"아, 그랬군요. 그래서 혜윤이가 그쪽 방면으로 뛰어난가 봅니다."

"허허, 역시 인재는 인재를 알아보는군. 그 뛰어난 재능을 살리지 못하고 숨기고 있었으니 얼마나 속상한지 모르네."

"다시 살릴 겁니다. 걱정 마십시오."

"원석우, 공건우, 나. 우리 세 사람은 모두 대학 동창이야."

"네. 짐작하고 있었습니다."

"이름이 '우' 자로 끝나는 공통점도 있었고 무엇보다 마음이 잘 맞았어. 자네 아버지는 호탕하고 자유로운 성격이었고, 석우 놈도 사람 가리지 않고 제 편으로 만드는 친화력을 가졌지. 그들에 비하면 내가 제일 뒤처지긴 했어."

"농담도 잘하십니다."

껄껄 웃던 영우의 입가에서 미소가 서서히 사라졌다.

"근데 그들 사이에 두 명의 여인이 등장해. 자네 어머니랑 혜윤이 어머니."

지섭의 얼굴이 굳어졌다. 처음 듣는 소리에다가 어머니 이야기를 꺼내자 지섭의 심장이 저리기 시작했다.

"그 시절엔 여자 건축학도가 흔치 않았지. 과 내에도 여자가 딱 두 명이었어. 우리보다 4년 후배인 이주연과 서재인."

"그런 얘길 제게 하시는 이유가 궁금합니다."

"그저 한 사람쯤은 그들의 이야기를 기억했으면 해서. 자네 아버지가 해 줬을 리는 없고. 이미 하늘에 간 친구들이 셋이나 되니 나라도 기억해 주자, 뭐 이런 뜻에서 말하는 거네."

영우는 모든 걸 훌훌 털어 버리고 어디론가 떠나는 사람처럼 평안해 보였다. 지섭은 오히려 그게 불안했다.

"자네 아버지가 자네 어머니를 쫓아다녔다는 건 유명한 일화니까 생략하겠네. 그런데 문제는 그녀가 사실 다른 남자를 좋아했다는 거야."

지섭의 눈이 커졌다. 그는 도저히 운전에 집중할 수가 없어

길가에 차를 멈추었다.

"사장님."

"석우를 좋아했어. 석우도 같은 마음이었으면 좋았겠지만 운명의 장난처럼 그놈은 재인이를 좋아했지. 잘 알겠지만 주연이와 건우는 집안끼리도 알고 있었고 사업적으로도 좋은 연이었기 때문에 일사천리로 결혼이 진행됐어. 그리고 자네를 낳았지. 그런데 석우와 결혼한 재인이는 몸이 약했어. 그래서 아이도 힘들게 가졌고 결국 하늘나라로 갔지."

"……."

"석우는 재인이를 많이 사랑했어. 그래서인지 아내가 떠나자 쓸쓸함을 못 견디고 병을 앓기 시작하더군. 어린 혜윤을 두고 떠날 때는 눈도 못 감았지."

덤덤하게 말하면서도 영우는 옅은 한숨을 쉬었다. 지섭에게로 눈을 돌리자 그도 얼굴이 굳은 채 앞만 보고 있었다.

"자네는 그저 아버지가 바람을 펴서 어머니를 아프게 했을 거라고 생각하겠지. 어떻게 어머니를 두고 다른 여자와 바람을 피우는지 경멸할 거야. 그런데 자네 아버지도 오랫동안 기다렸어. 아내가 자신에게 마음을 주기를. 하지만 아이를 낳고서도 다른 곳으로 마음을 주는 여자를 어느 남자가 좋아하겠나. 그러다 보니 자연스레 석우랑 나와도 멀어졌고 연락도 끊겨 버렸어. 주연이에게도 아이 데리고 자꾸 찾아가지 말라고 했는데 자네 어머니도 고집이 좀 세거든. 혼자 남은 석우랑 혜윤이가 못내 안쓰러웠는지 자주 찾아갔어."

지섭의 눈동자가 크게 흔들렸다. 앨범 속 자신의 모습과 어머니가 겹쳐 보였다.

어머니의 병은 남편의 바람 때문에 얻은 거라 생각했는데 꼭 그것만은 아니라는 생각이 들었다. 사랑하는 남자에게 사랑을 받지 못한 쓸쓸함, 친구의 죽음이 주는 공허함, 남편의 외면, 바람, 그 모든 것들로부터 달아나고 싶었을지도 모르겠다.

가련한 제 어머니의 삶에 지섭은 가슴을 울리는 통증을 느꼈다. 누구보다 부유하고 부족함 없이 자랐을 아가씨가 평생 느껴 보지 못한 허전함을 오랫동안 느끼면서 병을 키웠던 것 같다.

좀 더 빨리 어머니를 마음 깊이 위로하지 못한 회한이 느껴졌다. 그땐 너무 어려서 어머니의 슬픔을 알지 못했다.

"그래도 공 회장이 잘못했지. 사랑하는 여자랑 결혼했으면 끝까지 지켜야 했는데 순간의 실수로 평생 가슴의 한을 지고 살아가지 않나."

"아버지는 별로 그러지 않는 것 같습니다."

영우의 입가에 미소가 비쳤다.

"회장이라는 직함 때문에 마음을 닫았지만 내가 아는 공건우라면 지금 많이 후회하고 있을 거네."

지섭은 다시 차를 출발시켰다. 서초동으로 오는 동안 차 안은 고요한 적막이 흘렀다. 누구 한 명 말을 하지 않았지만 각자의 생각으로 머릿속이 가득 차 있었다. 곧 차가 영우의 집 앞에 도착했다.

"오늘 만나 뵙게 되어서 영광이었습니다. 그때 사장님 밑에서 일하면서 많이 배웠어요. 꼭 감사하다는 말씀을 전하고 싶었는데 이렇게 말할 수 있어서 다행입니다."

"그래. 여전히 잘생기고 멋져서 보기 좋구먼."

영우의 말에 지섭의 입가에 미소가 비쳤다.

"난 두 사람이 만난 게 저 위에 있는 친구들 덕분이란 생각이 드네."

그가 손가락을 위로 향한 채 웃어 보였다.

"혜윤이는 참 안타까운 아이야. 더 잘 보듬어 줬어야 했는데 아내랑 딸아이가 못내 받아들이지 못해서 상처를 많이 받고 자랐어. 그 점이 항상 미안해."

"이렇게 훌륭하게 키워 주신 것만도 감사한 일입니다. 혜윤이 잘 키워 주셔서 고맙습니다."

"부탁하네. 혜윤이를 많이 아껴 줘."

"걱정 마세요. 혜윤이가 절 들었다 놨다 합니다. 아까도 보셨죠? 제가 꼼짝 못 하는 거요."

"여자한테는 져 주는 게 이기는 거야."

지섭은 조수석으로 가 문을 열어 주었다. 차에서 내리는 영우를 부축한 뒤 목발을 건넸다.

"오늘 와 주셔서 감사했습니다. 혜윤이가 참 좋아하네요. 자주 뵈었으면 합니다."

지섭을 보던 영우가 잔잔한 미소를 지었다. 그리고 그의 어깨를 톡톡 두드렸다.

"그래. 또 보자."

✻　　　✻　　　✻

사무실로 온 혜윤은 지섭이 건넨 봉투를 열고 서류를 꺼냈다. 맨 첫 장에는 시립 미술관 설계 공모전이란 글씨와 내용이 쓰여 있었고, 그 뒤로는 공모전 신청서와 대상에게 주는 스페인 유학 특전이 있었다.

한참 서류를 들여다보던 혜윤이 고개를 들었다. 허공을 멍하니 바라보던 그녀는 다시 서류로 시선을 내린 채 생각에 잠겼다.

기회와 도전, 익숙함과 새로움, 그간의 틀을 깨고 앞으로 나가야 하는 두려움, 해 보지 않은 것을 추구하고 싶은 열망, 그리고 지섭의 배려.

"넌 설계에 재능이 있어. 그 재능 아깝게 썩히지 마."

"필요하면 내가 도와줄 테니까 언제든, 주저하지 말고, 자신 있게."

그의 말처럼 주저하지 말고 나아가고 싶다. 갖가지 생각이 혜윤을 재촉했다.

"도전하는 건 좋은 거니까."

혜윤은 신청서를 가방에 넣었다. 집에 와서도 책상에 서류를 내려놓고 앉아서 한참을 들여다보던 그녀가 무릎에 고개를 묻었다.

똑똑, 문을 두드리는 소리에 급히 고개를 든 혜윤이 문 쪽으로 시선을 돌렸다.

"누구세요?"

"나야."

익숙한 목소리에 얼었던 마음이 금세 풀렸다. 문을 열자 사랑하는 남자가 서 있었다. 지섭은 안에 들어오자마자 혜윤을 끌어안았다.

"선배님."

그는 혜윤을 품에 안은 채 그녀의 어깨에 얼굴을 묻었다. 한동안 멍하니 서 있던 그녀의 팔이 지섭의 등을 감쌌다.

"사랑해."

이토록 감정을 표현하던 남자가 아니었지만 예전보다 훨씬 자연스러워졌다. 혜윤이 느끼기에도 그의 감정은 매 순간 곱절로 불어났다. 예전엔 상상할 수도 없었던 그의 애정 표현에 코끝이 찡해졌다.

"사랑해요."

"아까 낮에 봤는데 또 보고 싶어서 무작정 찾아왔어. 연락도 안 하고. 나 혼낼 거야?"

"선배님."

"왜?"

"저 좀 봐요."

"싫은데."

혜윤은 떨어지기 싫어하는 그를 품에서 떼어 내고 눈을 맞추었다. 예쁘게 웃으며 지섭의 얼굴을 양손으로 잡았다.

"사랑해요. 사랑하는데 어떻게 혼을 내요."

그의 입술에 쪽 입을 맞추곤 그의 목을 끌어안았다.

"나 오늘 못된 짓 좀 할게."

그의 목소리가 떨려 왔다. 심장이 쿵쿵 뛰기를 반복했다. 혜윤은 목을 안았던 팔을 풀고 그의 얼굴을 바라봤다. 발그레 붉어진 여자의 얼굴이 남자의 열망과 부딪쳤다.

"저도 원해요."

"하아."

지섭은 그녀의 입술을 탐하는 것으로 울컥하는 마음을 달랬다. 침대에 혜윤을 안아다 눕히고 그녀를 내려다보았다. 붉게 물든 여자의 얼굴과 마주하자 본능이 꿰차고 올라왔다.

"좀 아플지도 몰라. 내가 지금 제정신이 아니거든."

그녀의 입가에 미소가 피었다.

"괜찮아요."

그는 혜윤의 이마에 입을 맞추었다. 눈과 콧등을 넘어 입술에 닿자 지섭은 기다렸다는 듯 그녀를 집어삼켰다. 목덜미를 타고 내려오던 입술이 옷가지에 걸려 멈추었다. 지섭이 그녀를 안아 일으켰다.

"만세."

시키는 대로 얌전히 따르는 혜윤은 팔을 위로 뻗었다. 속옷까지 한 번에 벗기는 능숙한 그의 손길에 혜윤의 하얀 어깨와 곧게 뻗은 쇄골, 보기에도 부드럽고 말랑거리는 가슴, 그리고 탐스럽게 열린 붉은 유실이 드러났다. 금세 덮치려 드는 지섭의 몸을 혜윤이 손으로 막았다.

"이제 와서 그만하자고 하면 나 죽는다."

사랑스러운 웃음소리에 지섭의 미간이 구겨졌다.

"뭐야?"

"바보."

혜윤은 천천히 손을 올려 그의 셔츠 단추를 하나씩 풀었다. 단추가 풀어질 때마다 탐스러운 그의 몸이 드러났다. 감칠맛 나게 아른거리는 몸이 얼른 보고 싶어 서둘러 셔츠를 벗겨 냈다. 단단한 어깨와 매끈한 가슴이 그녀의 시선을 자극했다. 지섭은 그녀의 손가락이 자신의 가슴골을 매만지고, 입술이 손길을 따라 연이어 닿자 떨리는 심장을 주체할 수 없었다.

"네가 지금 하는 행동이 어떤 건지는 알고 있어?"

"어떤 건데요?"

지섭의 등을 끌어안으며 그의 가슴에 얼굴을 기댄 혜윤이 나직이 속삭였다.

"남자를 미치게 하는 짓."

지섭은 제 가슴에 얼굴을 기댄 그녀를 침대로 털썩 눕혔다. 아까부터 제 남성이 아프다고 아우성을 치고 있어 더는 참기가 힘들었다.

그의 입술이 그녀의 유두를 혀로 희롱하자 혜윤이 눈을 질끈 감았다. 그의 기다랗고 커다란 손이 탄력 있는 젖가슴을 쥐었을 땐 저도 모르게 신음이 새어 나왔다.

생각한 대로 그녀의 살결은 부드럽고 말랑거렸다. 만지는 모든 곳이 탐스러워 어느 한 곳에 정착할 수가 없었다. 그녀의 모든 곳을 정복하고 싶었지만 더 이상 버틸 수 없어서 촉촉하게 젖은 여자의 안으로 급하게 들어갔다.

지섭의 입에서도 신음이 터져 나왔다. 고통에 미간을 찡그린 혜윤의 이마에 입을 맞추었다. 가늘고 보드라운 허리로, 봉긋한 엉덩이로 손을 가져가 제게 더욱 밀착시켰다. 그녀의 동굴 끝까지 밀어붙이려는 듯 그는 주저함이 없었다.

"선배님. 하아⋯⋯."

"이름 불러 줘, 혜윤아."

잠시 멈췄던 그가 천천히 몸을 흔들자 허리가 끊어질 듯 아파 왔다. 몸을 관통하는 아픔이란 것이 이런 것일까. 말로는 설명할 수 없는 고통이 느껴졌다. 부딪치는 속도가 빨라질 때마다 그녀의 신음 소리가 커졌다. 그런데 쾌감을 동반한 아픔은 잠재되어 있는 새로운 본능을 일깨워 주었다. 정신을 차릴 수 없을 정도로 밀려오는 쾌락이 그녀의 머릿속을 지배했다. 단전 밑을 울리는 느낌과 발끝까지 흐르는 짜릿한 전기가 혜윤의 몸을 온통 흔들었다.

"하웃, 선⋯⋯."

"이름 부르지 않으면 끝내지 않을 거야."

숨 쉬기도 힘든데 이름을 부르라니. 혜윤은 잡은 어깨를 꼬집으며 그의 목덜미를 힘껏 끌어안았다.

"아웃, 그만해요. 죽을 것 같아요⋯⋯."

"싫어. 어떻게 안은 너인데 벌써 끝내."

"미워."

그녀의 울렁이는 목소리가 귓가를 자극해 미치게 만들었다. 어서 안에 풀어내라고 제 몸이 소리쳤지만 지섭은 멈추고 싶지 않았다. 오늘 밤은 혜윤을 원 없이 갖고 싶었다. 머리털 하나까지, 숨결까지도 제 것으로 만들고 싶었다. 뜨거운 여자의 몸이 남성을 조일 때마다 위기가 찾아왔지만 쉽게 끝을 보기 싫었다.

그녀의 귓가에 속삭였다.

"혜윤아, 혜윤아······."

"선배님····· 허억! 으으······."

혜윤의 귓가에 남자의 숨결과 속삭임, 침대의 삐걱거림, 몸이 부딪치며 내는 소리가 어지럽게 들려 정신을 차리기 힘들었다.

"나 좀 살려 줘요, 제발······."

흐느끼는 혜윤의 눈가에 눈물이 맺혔다. 미치도록 강렬한 쾌락에 곧 숨이 멎을 것 같은 오르가슴이 전신을 훑고 지나갔다.

"지섭, 하아······. 지섭 씨······."

간절한 외침에 그도 마침내 뜨거움을 내뿜었다. 거친 숨을 내쉬며 지섭이 혜윤의 위로 털썩 쓰러졌다. 두 사람의 거친 숨소리가 방 안을 메웠다. 한동안 뜨거운 여운을 느끼던 그들은 차츰 정신을 차렸다.

"사랑해요."

그의 귓가에 혜윤의 목소리가 속삭이듯 들려왔다. 지섭이 몸을 일으켜 혜윤을 내려다보았다.

"평생 원하던 남자를 드디어 가졌네요."

흘러내리는 눈물을 닦아 준 지섭이 그녀의 손을 가져와 입 맞추었다. 그리고 단단한 가슴에 손을 가져다 대었다.

"내 심장이 어때?"

아래로 내려졌던 그녀의 눈동자가 다시 지섭의 얼굴로 향했다.

"뛰어요. 예쁘게."

혜윤이 그의 몸을 끌어안아 뒤집었다. 말캉거리는 그녀의 젖가슴이 또다시 지섭의 몸을 자극했다. 그의 몸 위로 올라온 혜윤은 넓은 가슴에 머리를 기댔다.

"듣기 좋다. 심장 소리."

그녀의 행동에 자극받은 지섭이 다시 몸을 뒤집어 위로 올라왔다. 단단하게 솟아오른 그녀의 붉은 정점을 잇새로 깨물었다.

"아읏."

금세 얼굴이 붉어지며 숨이 새어 나왔다. 예쁘게 부푼 연분홍빛 과실을 혀끝으로 핥았다. 그녀의 팔이 지섭의 목을 확 끌어안았다. 열기가 금세 자신의 몸을 달구었다.

"베어 문 채로 놓지 않고 있으면 좋겠다."

"으, 야해."

몸을 부르르 떨면서도 혜윤은 앙탈을 부렸다. 그의 머리카락을 품에 안고 움직이지 못하게 막았다.

"안 돼요, 한 번에 다 먹으면. 나눠서 먹어야 더 맛있어요."

"정말?"

"응."

두 사람의 웃음소리에 진동을 타고 몸이 떨려 왔다.

"네가 그렇다니까 나눠서 먹어 볼게."

"두말하면 입 아프죠."

"침대가 작아서 불편할 줄 알았는데 덕분에 꼭 붙들어 안고 있어서 더 좋다."

"제 침대가 좀 만능이죠?"

"너보다 더 만능일까."

"그거야 당연한 거죠."

"계속 그렇게 애교 부리면 한 번 더 한다."

"이 남자가."

그의 가슴팍을 퍽 때린 혜윤이 눈을 흘겼다.

"그럼 무서워할 줄 알고?"

지섭은 다짜고짜 입술을 들이밀었다.

"하나도 안 무서워."

앙탈을 부리면서도 그의 목을 감는 혜윤을 보자 지섭은 허허 웃다가 다시 움직이기 시작했다. 출구가 없는 그녀의 모든 것을 탐하려고 손을 뻗었다.

또 한 번 뜨거운 사랑을 나누고 지쳐 쓰러진 혜윤을 물끄러미 보던 지섭이 그녀의 마른 어깨를 쓰다듬었다.

"정말로 사랑한다, 내 가우디."

그녀의 어깨에 가볍게 입을 맞췄다. 낮에 영우와 이야기를 나눈 후 지섭은 어딘가 붕 뜬 것 같은 감정 때문에 제대로 업무를 볼 수 없었다. 아직 정식 출근은 하진 않았지만 이미 일을 배정받은 것이나 다름없어 그 업무량이 방대한데도 집중할 수가 없었다. 생각 끝에 자신이 지금 할 수 있는 일은 한 가지뿐이란 걸 깨달았다. 운명처럼 이끌렸던 이 여자를 끝까지 지켜 주고 사랑해 줘야 한다는 걸.

그 생각을 하니 도저히 얼굴을 보지 않고는 견딜 수 없었다. 예전엔 어떻게 살았는지 모르겠다. 그녀 없는 삶은 생각하기도 싫을 정도로 눈에서 보이지 않으면 허전했다.

"생각해 봤는데 내 어머니는 네 아버지를 사랑할 수밖에 없었

을 거야. 널 닮은 분이라면 내가 여자여도 사랑에 빠졌을 것 같
거든. 그렇게 생각하니까 아버지가 덜 밉더라. 여전히 밉긴 한
데 그래도 봐줄 만해."

"으음……."

혜윤이 잠결에 몸을 뒤척이며 그의 품에 파고들었다. 그녀의
벗은 몸을 쓰다듬으며 지섭은 행복이란 것을 손끝으로 느꼈다.

"미안하다. 좀 더 좋은 곳에서 안았어야 했는데 아깐 정말 제
정신이 아니었어."

"바보."

작게 속삭였는데 혜윤이 들었는지 대답했다.

"깼어? 더 자."

지섭이 등을 토닥여 주었다. 혜윤은 그의 허리에 손을 두르며
더욱 파고들었다.

"선배님 품이 따뜻해요."

"내가 좀 뜨거운 남자야."

웃는지 그녀의 어깨가 떨렸다.

"전 선배님과 있으면 어디든 좋아요. 이렇게 좁은 방도 좋고,
대궐같이 넓은 방도 좋고, 구름 위도 좋고, 전부 다 좋아요."

"그래도 여자의 처음은 중요하잖아."

"그런 사람이 다른 여자는 잘도 탐하고 다녔네요."

혜윤이 눈을 흘기며 지섭을 보았다.

"무슨 소리야."

"솔직히 말해 봐요. 몇 명이나 사귀어 봤어요?"

"없었는데?"

"거짓말!"

입을 삐죽 내민 혜윤이 귀여웠다. 너도 질투를 하는구나.

"정말인데. 사귄 여자는 한 명도 없었어."

"그럼 제가 봤던 그 여자들은 다 뭐예요! 대학 다닐 때 선배님 곁에 붙어 다니던 여자들 말이에요."

"그냥 나 좋다고 쫓아다니던 애들이야."

혜윤이 기가 막힌 표정을 지으며 입술을 삐죽였다.

"그래도 제가 처음은 아니잖아요."

지섭이 그녀의 콧등을 톡톡 두드렸다,

"그래. 이실직고해서 첫 여자는 아니지."

"거봐."

"그렇지만 첫 여자야, 네가."

"이제 와서 그렇게 말해도 소용없어요. 이미 상처 받았어요."

입이 댓 발 나온 혜윤을 보며 지섭이 덧붙였다.

"사랑한 여자는 네가 처음이야."

"치……."

"이렇게 가슴 떨리게 안은 것도 처음이야."

"……."

"결혼하고 싶은 여자도 네가 처음이고. 넌 절대 모르겠지만 요즘 매일이 설레고 긴장된다. 네가 눈앞에 안 보이면 미친놈처럼 허공만 바라봐."

혜윤이 고개를 들어 그를 보았다. 지섭은 그녀가 제일 좋아하는 미소를 짓고 있었다.

"그러니까 다른 여자 때문에 속상해할 필요 없어. 나한텐 네가 첫 여자야."

혜윤이 그의 입술에 가볍게 입을 맞췄다.

"6년 전에 선배님이 처음인 여자는 싫다고 해서 선배님을 만
족시키지 못하면 어쩌나 살짝 걱정했어요."

내뱉는 그의 웃음소리가 시원하게 들렸다.

"그런 걱정은 안 해도 돼. 이거 봐. 벌써 반응하잖아."

그가 혜윤의 손을 제 몸에 가져다 댔다. 단단한 남성이 손끝
에 닿자 그녀의 얼굴이 급격히 붉어졌다.

"야해, 정말."

유쾌하게 웃으며 그가 혜윤의 몸을 힘껏 끌어안았다. 피부로
그녀의 몸을 느끼며 한동안 머리카락을 쓰다듬던 지섭이 나지막
이 내뱉었다.

"이번 토요일에 상무로 취임해."

"정말요? 우와, 멋지다."

"낙하산이라고 생각해?"

"누가 낙하산이라고 해요?"

눈치 빠른 혜윤이 되물었다.

"날 미워해서 안달인 사람들이."

"아, 사모님이?"

"그렇지."

지섭이 씨익 웃었다. 혜윤은 그의 머리카락을 쓰다듬었다.

"신경 쓰지 마요. 실력은 가린다고 해서 없어지는 게 아니에
요. 곧 선배님 능력을 알아보는 사람들이 많아질 거예요."

"나도 그렇게 생각해."

항상 자신감이 넘치고 무얼 해도 완벽하게 끝을 보길 원하는 남자다. 그러니 낙하산이란 단어가 따라붙더라도 얼마 지나지 않아 흔적도 없이 사라질 것이다. 혜윤은 침대에 바르게 누워 천정을 바라보았다.

"선배님이 주신 신청서 봤어요."

옆으로 누운 지섭이 머리를 괴고 혜윤을 내려다보았다.

"좋은 기회야."

"맞아요. 그래서 도전해 보려고요."

혜윤은 쑥스러운 미소를 지으며 양팔을 허공에 뻗었다. 엄지와 검지로 네모를 만들며 이리저리 돌려 보았다.

"공모전에서 대상 타면 유학 특전이 주어지던데요?"

"응. 우리 회사가 후원하고 시공하는 거라 특전이 좀 빵빵해. 그런데……."

지섭은 재미있다는 얼굴로 혜윤의 얼굴을 톡톡 두드렸다.

"대상 타려고?"

"아니, 그럴 수도 있잖아요. 정말 만약에 말이에요. 혹시 선배님이 심사 봐요?"

"심사는 미술관 주최 측에서 보는 거야. 우린 후원만 하는 거고."

"그런 거죠? 괜히 민망할 뻔했다."

"어떻게 할 생각인데?"

"글쎄요."

혜윤은 지그시 눈을 감아 머릿속으로 바쁘게 그림을 그렸다. 급히 침대에서 일어나던 그녀는 아무것도 걸치지 않은 제 몸을 손으로 급히 가렸다.

"다 봤는데."

"그, 그래도……."

혜윤은 바닥에 떨어진 옷가지를 집어서 후다닥 입었다.

"이, 일단 좀 씻어야겠다."

바닥으로 발을 내리던 혜윤은 몸을 알싸하게 관통하는 아픔 때문에 다리를 절룩거렸다.

"도와줘?"

"아, 아뇨!"

서둘러 방을 나간 혜윤을 흐뭇하게 바라보던 지섭이 행복한 한숨을 내쉬었다. 한 번 침대에 누우니까 일어나기가 싫었다. 거기다 혜윤의 체향이 그를 벗어나지 못하게 했다.

"주머니에 넣고 다닐 수도 없고, 널 어쩌냐."

서서히 눈이 감기던 지섭은 혜윤이 씻고 나왔을 땐 완전히 잠들어 있었다. 침대에 걸터앉아 잠든 그를 보던 혜윤은 지섭의 얼굴을 손가락으로 훑었다.

"잘 자요."

혜윤은 바닥으로 내려와 책상 앞에 앉았다. 연습장에 이것저것 그리다가 어느 순간 막히는 부분이 생겨 뻐근한 목을 스트레칭 했다. 벽면을 주시하던 그녀는 가우디의 건축물 카사 바트요를 떠올렸다.

"내가 왜 그 생각을 못 했지."

혜윤은 다시 고쳐 앉고 연습장에 도면을 그렸다. 곡선을 중시하던 가우디의 발끝도 따라갈 수 없겠지만 혜윤은 미술관의 느낌을 부드러운 곡선으로 표현했다. 기둥도 네모반듯한 기둥이 아니라 물이 흘러내리는 듯한 매끄러움으로 잡았다.

바쁘게 오가던 손이 딱 멈추었을 때는 동이 트고 있었다.

"벌써 시간이 이렇게 됐네."

혜윤은 일어서다 곤히 자고 있는 지섭에게로 눈을 돌렸다.

"잘도 자네."

혜윤은 부엌으로 나와 밥을 지었다. 지섭에게 손수 요리를 해 주고 싶었다. 바닥에 떨어진 그의 옷가지는 다리미로 반듯하게 다려 옷걸이에 걸어 두었다.

한참 음식을 만들고 뒤돌아서던 혜윤은 깜짝 놀라 손을 가슴에 댔다. 지섭이 바지 주머니에 손을 넣은 채 문가에 기대서 자신을 보고 있었다.

"언제 깬 거야? 아니, 언제 잤어?"

푹 잠긴 허스키한 목소리에 혜윤은 마른침을 삼켰다. 낮은 저음의 목소리가 야하게 귓가를 울렸다. 지섭은 제 몸에 걸친 셔츠를 손으로 매만졌다.

"옷은 또 언제 다려 놓은 거야? 책상 보니까 설계도 한 것 같은데. 안 잤어?"

"아, 네. 못 잤어요."

지섭은 시계를 보았다. 7시가 다 된 시간이었다. 혜윤은 이마를 긁적이다가 생글생글 웃었다.

"아침 먹을래요?"

"이 와중에 아침까지 했어?"

"선배님 주고 싶어서."

311

혜윤은 제 감정을 숨기지 않고 그대로 드러냈다. 제가 가지고 있는 모든 것을 이용해서 지섭을 사랑했다. 그 마음이 그에게도 고스란히 느껴졌다.

"일단 좀 씻고."

지섭은 욕실로 향하며 미친 듯이 뛰는 심장을 달랬다. 그녀 앞에서 망나니처럼 들쭉날쭉 뛰는 심장을 진정시킬 필요가 있었다.

혜윤은 상에 음식을 올려놓고 벽에 기대앉았다. 눈을 감은 혜윤의 곁으로 다가온 지섭이 옆에 앉아 그녀의 머리를 제 어깨에 기대게 했다.

"음, 씻었어요?"

그의 어깨에 닿자마자 혜윤이 눈을 떴다. 닿을 만큼 가까운 거리에서 두 사람의 시선이 부딪쳤다. 젖은 머리카락에서 샴푸 향이 났다. 자신과 똑같은 향이 풍기자 혜윤은 묘한 기분이 들어 얼굴을 붉혔다. 가만히 그녀를 보던 지섭이 서서히 미소를 지었다.

"혜윤아."

대답을 대신한 그녀의 커다란 눈동자가 그를 향해 반짝였다.

"사랑해."

혜윤의 입가에도 미소가 흘렀다.

"저도 사랑해요."

"토요일에 상무 취임식하고 나면 정식으로 소개하고 싶어."

"누구한테요?"

"아버지한테. 결혼할 여자라고 소개하려고."

혜윤의 눈동자가 흔들렸다. 지섭이 손끝으로 그녀의 **뺨**을 훑었다.

"너무 성급하게 말해서 네가 싫다고 할 수도 있는데, 떨어져 살 필요가 없다는 생각이 들어."

"아침밥 차려 줘서 감동 먹은 거예요?"

농담으로 말했지만 그는 웃지 않았다.

"응, 감동 받았어."

지섭이 가만히 그녀의 입술에 입을 맞췄다.

"이건 내 이기심 때문인 게 맞아. 하지만 널 옆에 두고 매일 눈으로 직접 봐야 멍하니 허공을 바라보는 시간이 줄어들 것 같아."

"지금 프러포즈하는 거죠?"

"그렇다고 봐야지."

"무슨 프러포즈를 이렇게 뜬금없이 해요."

혜윤이 예쁘게 웃으며 눈을 살짝 흘기더니 고개를 바닥으로 내렸다.

"생각할 시간이 필요해요."

"내가 싫어?"

"아뇨. 그런 문제가 아니라……."

혜윤은 어깨를 으쓱하며 그를 보았다.

"결혼을 생각할 만큼 제 인생이 그리 평화롭지는 않았어요."

"……."

"너무 갑작스럽고 또 걱정되기도 해요."

"뭐가?"

"제가 정말 선배님 짝이 되는 게 맞는 건지. 우린 갭이 크잖아요."

"아버지가 이미 허락하신 일이야."

"조금만 생각할게요. 오래 걸리지 않아요."

한동안 빤히 혜윤을 보던 지섭이 옅은 숨을 내쉬었다.

"하여튼 뭐 하나 쉬운 게 없는 여자야, 너."

혜윤의 머리를 흐트러뜨리곤 다시 입을 맞췄다. 그녀의 몸이 점점 뒤로 기울어지더니 이윽고 등이 바닥에 닿았다.

"아침이에요. 출근해야 돼요."

"누가 뭐래?"

"그럼 왜……."

혜윤은 얼굴이 붉어진 채로 눈을 꼭 감았다. 웃음이 터지는 상황에 지섭은 그녀의 이마에 손끝을 튕겼다.

"아야!"

"나도 안 할 거거든. 상처 받았어."

지섭은 누워 있는 혜윤의 팔을 잡아당겨 앉혔다.

"우리 아가씨가 날 위해 뭘 했는지 볼까?"

지섭은 상으로 고개를 돌렸다. 두부와 호박이 들어간 된장찌개, 계란으로 부친 호박전, 파송송 계란찜, 김치가 담겨 있었다.

"나 된장찌개 좋아하는 거 알고 있었어?"

"네. 좀 의외긴 한데 한식 위주로 먹더라고요. 된장찌개를 자주 시키던 것도 봤어요."

오래전부터 자신을 사랑해 온 혜윤의 마음이 새삼 다시 느껴졌다. 그것도 모르고 여자들과 다니는 자신을 볼 때마다 얼마나 마음이 아팠을까. 자신은 그 옛날 혜윤에게는 잔인한 남자였을 수도 있겠다 싶었다.

"잘 먹겠습니다!"

영민의 말처럼 혜윤은 요리도 잘했다. 아침을 먹은 건 어릴 때를 빼고선 거의 처음 있는 일이었다.

혜윤의 된장찌개는 어머니가 손수 끓여 준 것 같은 맛이 느껴졌다. 순간 울컥했지만 옆에서 맛있게 먹는 혜윤을 보며 애써 마음을 달랬다.

"넌 어떤 음식 좋아해?"

"저도 된장찌개요. 가장 좋아하는 음식은 김밥이요."

"김밥?"

"네. 한 번에 여러 가지를 먹을 수 있잖아요. 바쁜 일상 중엔 김밥만 한 것이 없죠."

"흠."

"왜요?"

"내가 해 줄 수 있는 난이도의 음식이 아니라서."

"요리해 주려고 했어요?"

"난 받은 만큼 돌려주는 사람이거든."

"그럼 어디 만들어 봐요. 꼭 김밥으로요!"

"글쎄다. 또 뭐 좋아해?"

맛있게 먹던 혜윤이 눈을 들었다. 그와 시선이 부딪쳤다.

"선배님이요."

"그건 당연한 거고."

혜윤이 실실 웃었다.

"보통은 좋아하는 목록이 구체적이죠."

혜윤의 말뜻을 알아차렸는지 그가 턱을 괴었다.

"색깔은?"

"연두색이요."

어울린다.

"동물은?"

"강아지요."

그래, 너 닮은 놈이다.

"식물은?"

"나무요. 완전 울창하게 우거진 숲을 좋아해요."

동감. 지섭은 그녀를 보며 슬쩍 웃었다.

"사람은?"

"라이언."

허허, 요 녀석 봐라. 거침없이 나온다.

"남자는?"

"공지섭."

그의 얼굴이 가까이 다가왔다.

"그럼 사랑은?"

"당신."

밝게 웃는 혜윤이 그의 목을 끌어안았다. 유쾌하게 웃던 지섭
도 그녀의 몸을 가볍게 들쳐 안으며 방으로 향했다.

"안 되겠다. 오늘 회사에 좀 늦는다고 해."

"선배님, 잠깐만요! 저 진짜 출근해야 돼요!"

"내 알 바 아냐."

지섭이 혜윤을 침대에 살포시 내려놓았다.

"사람 마음을 이렇게 흔들어 놓고 모른 척하면 넌 진짜 구미호야. 그것도 천년 묵은 구미호."

이렇게 착한 구미호 봤어요, 라고 말하려던 혜윤의 입은 곧 그에 의해 막혀 버렸다.

그날 혜윤은 난생처음 지각이란 것을 해 봤다.

11

도전

퇴근 후 회사에서 나와 거리를 걷던 혜윤이 지섭에게 전화를
걸었다. 그는 바쁜지 전화를 받지 않았다. 라이언의 작업실에서
도면을 그릴 생각에 전화했는데 답이 없었다.

"바쁜가 보네."

혜윤은 그의 작업실 앞에 서서 대문을 바라보았다. 슬쩍 다가
가 지난번에 알려 줬던 여섯 자리 번호를 누르자 틀렸다는 경고
음이 울렸다.

"응? 바꿨네?"

난감해진 혜윤은 한참 동안 생각하다 번호를 눌렀다.

"자기 생일?"

혜윤은 다른 여섯 자리를 눌렀지만 역시나 통하지 않았다.

"그럼 어머니 생신? 난 모르는데."

그에게서 연락을 기다려 봤지만 휴대폰은 여전히 잠잠했다.

한 번만 더 해 보고 안 되면 다음에 오자는 생각으로 혜윤은 비밀번호를 눌렀다.

870529.

띠리릭. 도어록 풀리는 소리가 울렸다. 혜윤의 입가에 서서히 미소가 피었다.

"이렇게 티를 낸다니까. 사람 설레게."

혜윤은 문을 열고 안으로 들어갔다. 한파에 모든 생명체가 꽁꽁 얼어붙은 바깥과 달리 안에는 작은 묘목들이 씩씩하게 버티고 있었다. 허리를 숙여 자세히 살펴봤다.

"힘내. 내년 봄에도 꼭 만나자."

손끝으로 나뭇결을 훑던 혜윤은 추위에 움츠러든 몸을 녹이려 안으로 급히 들어갔다. 집 안은 지난번에 왔을 때처럼 변함없이 아늑하고 조용했다. 그땐 그와 이런 사이가 될 줄은 꿈에도 몰랐는데 지나고 보니 작업실에서의 시간이 참 소중했다. 그를 더 깊이 이해하게 되었으니 말이다.

커다란 데스크를 보자 어서 빨리 설계도를 그리고 싶었다. 혜윤은 도면을 빼 와 펼쳐 놓고 가방에서 연습장을 꺼냈다.

그녀는 연필로 도면에 거침없이 그려 나갔다. 감추고 숨겨 왔던 본능이 도면을 통해 끝없이 뿜어졌다. 손끝은 떨리고 심박수는 빨랐지만 혜윤은 연필 끝에 힘을 주고 계속해서 도면을 채웠다.

어느덧 제 손을 거쳐 완성된 설계도를 보자 혜윤은 울컥한 마음에 눈시울이 붉어졌다.

"미쳤나 봐. 왜 울고 난리야."

손으로 황급히 눈물을 훔치던 혜윤은 등 뒤에서 자신을 안아 오는 팔에 화들짝 놀라 뒤를 돌아보았다. 아니, 돌아보려고 했지만 굳건한 힘 때문에 보지 못했다. 하지만 알 수 있었다. 익숙한 향, 따뜻한 체온.

"울고 싶으면 울어. 닦아 줄게."

"안 울어요."

혜윤은 눈가를 꾹꾹 누르고 자신을 안은 그의 팔에 손을 얹었다.

"나 여기 있는 줄은 어떻게 알고 왔어요?"

"사람들 만나느라 휴대폰을 못 받았어. 책상에 두고 나갔더라고. 전화를 걸었더니 안 받길래."

"아, 전화했었어요?"

"네 집으로 바로 갔는데 없더라?"

"그렇다고 내가 여기 있는 줄은 어떻게 알았어요?"

"척하면 척이지. 원혜윤과 사귀는 남자인데 모르면 바보지."

"그렇구나. 놀랍네."

혜윤의 입가에 잔잔한 미소가 생겼다. 따뜻한 품에 안기니 그제야 집 안이 다소 썰렁했다는 것을 깨달았다.

"나야말로 놀랍다. 비밀번호는 어떻게 알고 들어왔어? 바꾼 건데."

"척하면 척이죠."

그녀를 안은 팔에 힘이 들어갔다. 그녀의 정수리에 제 턱을 댄 지섭이 도면을 바라봤다.

"얼마나 작업한 거야?"

시계를 보던 혜윤이 헉 소리를 냈다. 네 시간이 지나 있었다.

"너도 정말 집중하면 끝이 없구나."

이마를 긁적이던 혜윤이 옅은 숨을 내쉬었다.

"이렇게 가슴 떨리게 작업한 건 처음이에요. 정말 그리고 싶었나 봐요, 저."

그녀의 귓가에 입술을 댄 지섭이 작게 속삭였다.

"거봐. 넌 설계할 때가 제일 빛나."

혜윤은 작게 고개를 끄덕였다. 그녀의 정수리에 턱을 부비며 지섭이 작게 속삭였다.

"내 작은 가우디."

"그럼 선배님은 구엘이 되어 주세요."

그녀가 고개를 돌리자 그의 입술이 혜윤에게 닿았다. 한동안 깊은 키스를 주고받던 두 사람의 입술이 떨어졌다.

"해 줄게. 네가 원한다면 하늘의 달도 따다 줄게."

"우와, 그거 굉장히 어렵다던데."

"껌이지. 널 위해서라면 뭔들 못 할까."

"으아, 닭살. 더는 못 받아치겠다."

까르륵 웃는 혜윤을 그가 더욱 힘주어 안았다. 애써 팔을 풀고 슈트 상의를 벗어 테이블에 올려놓은 지섭이 의자를 가져와 그녀의 옆에 앉았다.

"어떻게 그렸는지 보고 싶다."

혜윤은 옆에 앉은 지섭에게 제 설계도를 설명했다. 왜 그렇게 생각했으며 어떤 이유에서 시작한 건지, 그리고 어떻게 지어졌으면 좋겠다는 제 바람도 덧붙였다.

"어때요? 가능성 있을 것 같아요?"

한동안 도면을 보던 지섭의 입가에 미소가 슬쩍 비쳤다 사라졌다.

"모르지, 내가 심사하는 것도 아니고. 하지만 만약 내가 심사위원이라면……."

그의 눈이 혜윤을 향했다. 잔뜩 얼어붙은 그녀의 머리를 쓰다듬었다.

"대상 줄래."

동그란 눈동자가 커졌다.

"정말요?"

"응."

"그럼 됐어요. 저 대상 안 타도 돼요."

"왜?"

"라이언에게 인정받았으니까. 그거면 돼요."

지섭은 순식간에 밝게 웃는 그녀를 안아 들어 2층으로 발걸음을 옮겼다.

"지금 어딜 가요."

얼굴이 붉어진 혜윤이 그의 목을 끌어안았다.

"다 알면서."

"며칠 전에도 선배님 때문에 지각했다고요. 오늘은 절대 안 돼요."

침대에 내려놓은 지섭이 혜윤의 턱을 들어 올렸다.

"그럼 아예 못 가게 만든다?"

혜윤의 얼굴이 새빨갛게 붉어졌다. 그가 빙그레 웃었다.

"자꾸 자극하지 마. 이 구미호야."

"이렇게 예쁜 여우 봤어요?"

혜윤이 제 얼굴에 꽃받침을 만들어 눈을 깜박였다. 그의 입가에서 웃음이 터져 나왔다.

이렇게 사랑스럽고 애교가 많은 줄 몰랐다. 저만 보면 꿀 먹은 벙어리가 되는 그녀를 처음 봤을 땐 자신을 싫어하는 줄 알았다. 몇 번 말이라도 걸어 봤다면 달랐을 텐데 혜윤은 철저하게 거리를 두었다.

한참을 돌아 그 속에 자신을 품고 있었다는 걸 알았을 땐 오히려 그녀에게 다가가지 못했다. 제 마음 상태가 누군가를 위해 최선을 다할 수 없었고, 눈꽃처럼 하얀 혜윤을 더럽히고 싶지 않았다. 하지만 서로를 마주 보고 있는 지금, 자신은 더 이상 주저하지 않으리라 다짐했다. 원 없이 사랑하고, 아껴 주고, 함께 웃으며 모든 순간을 나눌 것을.

입술을 가르고 들어온 혀가 부드럽게 그녀를 감쌌다. 혜윤은 내일 아침 다시 온몸이 아파 와도 그를 사랑할 기회를 놓치고 싶지 않았다. 뜨거운 열기가 두 사람을 휘감고 숨소리가 귓가를 자극해도 멈추지 않고 서로를 품에 안았다.

✳   ✳   ✳

21세기에 어울리는 인터넷 접수도 있건만 이 공모전은 무조건 직접 제출해야 해서 회관에는 신청자들로 인산인해였다.

미술관 건축 공모전 신청서와 도면을 들고 회관에 들어서던 혜윤은 반대편에서 오던 유진과 마주쳤다. 그녀의 손에 들린 서류를 본 유진이 먼저 다가왔다.

"공모전 신청하려고?"

"응. 너도?"

"당연하잖아. 우리 회사가 후원하는 건데 안 할 이유가 없지."

유진의 날카로운 눈매가 혜윤을 쏘아보았다.

"이젠 대놓고 설계를 하겠다?"

"못 할 이유 없으니까."

혜윤의 목소리는 차분했다. 그게 점점 더 열이 뻗쳐 유진은 목소리에 힘을 주었다.

"선배를 등에 업으니까 뭐라도 된 줄 아는 것 같은데 넌 아무 것도 아니야. 미술관 설계는 아무나 하니? 갑자기 설계에 손을 댄다고 실력이 나올 것 같아? 꼭 깨지고 부딪쳐 봐야 아나 봐."

목소리에 분노를 가득 담은 유진을 물끄러미 보면서 혜윤은 그녀를 향한 마음에 마침표를 찍을 수 있겠다는 생각이 들었다. 두려울 것도, 겁낼 것도 없었다. 한집에 살 때는 모두의 평화를 위해 제가 물러나야 했지만, 저렇게 죽일 듯이 노려보는 사람 앞에서 더 이상 고민하거나 괴로워할 필요가 없었다.

"깨지고 부딪쳐도 도전하는 것 자체에 의미가 있는 거니까."

혜윤의 입가에 미소가 피었다. 그럴수록 유진의 얼굴은 붉어졌다.

"너야말로 잘해 봐. 나야 채택되지 않아도 별문제 없지만 넌 사람들 앞에 얼굴 들고 다니기 힘들지도 모르잖아. 명색이 최고

의 건설 회사 설계 팀에서 일하는데 당연히 대상 받아야지. 안
그래?"

"야, 원혜윤!"

"남 비난할 시간에 네 설계도나 완벽하게 만들어. 난 나대로
최선을 다할 테니까."

"너 따위가 감히 날 이길 수 있을 것 같아?"

"하아, 민유진. 말 좀 조심해서 해. 넌 어떻게 그런 못된 말을
아무렇지도 않게 하니?"

기가 막히는지 유진은 아무 말도 못 하고 씩씩거렸다. 자신의
집에 살 때는 꼼짝도 못 하더니 잘난 남자 좀 만난다고 콧대가
하늘을 찌르는 혜윤이 짜증 났다. 하루아침에 달라진 그녀를 보
며 유진은 자꾸만 부아가 치밀었다.

혜윤은 그녀에게서 시선을 돌려 먼저 걸음을 옮겼다.

"넌 결국 선배도 불행하게 만들 거야. 뻔해. 네 곁에 있는 사
람들은 모두 불행해지거든. 나중에 가서 후회하지나 마."

유진의 말을 등 뒤로 들으며 혜윤은 손끝이 떨려 오는 것을
가까스로 참아 내었다. 또다시 트라우마를 건드리는 그녀의 목
소리가 혜윤의 귓가를 울렸다. 몸을 돌려 그녀를 보았다.

"고맙다. 조심할게."

유진은 제 손에 들린 서류 봉투를 힘주어 잡으며 멀어지는 혜
윤을 기가 막힌 얼굴로 바라보았다.

외근 겸 신청서를 내고 회사로 들어오던 혜윤은 복도에서 영
민을 마주했다. 그는 예상외로 마음 편하게 대해 주었다. 정말

친오빠처럼.

"미술관 공모전에 신청서 냈다며?"

벌써 지섭이 말했나 보다. 혜윤은 빙그레 웃으며 고개를 끄덕였다.

"한번 해 보려고요."

영민이 웃으며 그녀의 어깨를 톡톡 두드렸다.

"잘 생각했어. 뭐든 도전하는 것 자체가 중요한 거지."

"네."

"기왕이면 꼭 대상 타고. 그래야 우리 가우디 이름도 더 널리 알려지지."

혜윤도 주먹을 불끈 쥐고 웃었다.

"회사에 보탬이 되도록 노력하겠습니다!"

"그래, 수고."

아직 혜윤에 대한 마음이 완전히 정리되지 않아 가끔 울컥했지만 이젠 환하게 웃는 그녀를 진심으로 응원하고 싶었다. 영민은 씁쓸한 미소를 지으며 혜윤을 뒤로하고 걸음을 옮겼다.

12

네 탓이 아니야

근하신년. 새해가 되었다는 것을 알리는 문구가 거리 곳곳에 떠 있었다. 길거리를 걷던 혜윤은 전광판에서 나오는 자막에 눈을 돌렸다.

새해 세우신 계획들, 꼭 이루시길 바랍니다. 새해 복 많이 받으세요.

시선을 내린 혜윤은 도로 맞은편에서 손을 흔들어 주고 있는 지섭을 향해 밝게 웃었다. 초록 불로 신호가 바뀌자 총총 뛰어다가갔다. 그에게 팔짱을 끼고 추운 몸을 기댔다.

"얼굴이 빨갛다. 목도리라도 하고 나오지. 대중교통 이용하자는 여자가 옷차림이 너무 가벼운 거 아니야?"

혜윤은 실실 웃으며 제 몸을 내려다보았다. 평소엔 잘 입지도 않는 스커트에 스타킹, 구두까지 신은 자신을 보며 사람은 역시 평상시에 하던 대로 살아야 한다는 것을 느꼈다.

지섭은 코끝이 빨개진 혜윤에게 제 코트를 벗어 덮어 주었다. 그에겐 적당한 길이의 코트가 그녀에겐 발목까지 내려왔다.

"그럼 선배님이 춥잖아요."

"네가 추운 것보단 나아."

그녀의 손을 잡고 끌었다. 고급 레스토랑에 도착하자 지섭의 얼굴을 알아본 직원들이 나와 인사했다.

"예약하신 룸으로 안내하겠습니다."

혜윤의 허리에 손을 두른 지섭이 직원의 뒤를 따라갔다.

"그래도 다행이에요, 늦지 않아서. 전 회장님이나 아저씨가 먼저 와 계시면 어쩌나 했어요."

"그래. 다신 버스 안 타."

조금 전 버스를 타고 이동했던 지섭은 차 안을 꽉 메운 사람들로 신경이 곤두섰다. 거기에 버스 기사가 액셀과 브레이크를 세차게 밟는 바람에 몸이 이리저리 쏠렸고 덕분에 그는 혜윤을 보호하랴, 몸을 지탱하랴 진땀을 뺐다. 그를 올려다보며 웃던 혜윤이 고개를 끄덕였다.

"서민 체험하기 힘들죠? 보통 사람들은 다 그러고 다녀요."

"너도 이제부터 차만 타. 뭐하면 내가 기사 붙여 줄게."

"전 그래도 버스가 좋아요. 매번 그렇게 북새통은 아니에요. 안 막힐 땐 얼마나 속 시원하게 달리는데요."

어이없이 바라보던 지섭은 그녀의 머리카락을 흐트러뜨렸다.

"웬만하면 내가 태워 주는 차 타."

"영광이네요."

룸에서 기다리고 있자 공 회장이 수행원의 안내를 받고 안으로 들어섰다.

혜윤은 긴장되는 마음 탓인지 손에서 땀이 났다. 일어나 그를 맞이하며 허리를 숙여 인사했다. 언제 보아도 긴장되는 만남이지만 처음보단 익숙해졌다.

공 회장은 결혼을 하겠다고 찾아온 혜윤을 단번에 허락했다. 그의 입장에서는 그녀를 반대할 이유가 없었다. 심지어 혜윤에게 부탁까지 했다.

"지섭이 놈이 참 외롭게 자랐어. 나에 대한 원망 때문에 어딘지 뜬구름처럼 공허했거든. 그런데 너를 만나고 참 많이 변했어. 삶에 대한 의욕이 생겼다고나 할까. 부탁하마. 혜윤이, 네가 그놈 좀 많이 사랑해 줘."

공 회장과 영우 아저씨, 자신의 아버지가 대학 시절 친구였다는 이야기도 나중에 지섭에게 들었다. 그의 어머니와 자신의 어머니 역시 그랬고, 한 남자를 동시에 사랑했다는 것도 알았다.

"그러니까 너와 나는 원래부터 맺어져야 했던 인연이야. 그건 어쩌면 운명처럼 정해진 일이라고 생각해. 아니, 운명이 아니더라도 그렇게 만들 거야. 그리고 난 우리 어머니의 사랑을 지켜 주고 싶어. 아버지도 이해하실 거야. 이제라도 아내의 사랑을 알아줬으면 해. 그게 아버지가 어머니에게 속죄할 수 있는 방법이고, 내 증오도 없애 줄 거야."

지섭을 본 이래로 제일 진지하게 말한 고백이었다. 서로 눈물을 흘리며 고개를 끄덕이던 그날이 잊혀지지 않았다. 그의 아픔, 자신의 모든 상처가 그 눈물 속에서 씻겨 나갔다.

마주 보고 앉은 혜윤은 공 회장을 보며 어색한 웃음을 지었다. 눈을 회피하던 찰나 그가 입을 열었다.

"보면 볼수록 재인이를 많이 닮았어."

혜윤은 제 얼굴을 매만지며 눈웃음을 지었다. 공 회장의 입가에 얼핏 미소가 비쳤다.

"석우가 네 엄마를 참 많이 아꼈는데."

"알아요."

"근데 이 자식은 왜 아직도 안 와."

공 회장은 제 손목시계를 보다가 문가를 노려보았다. 상견례나 다름없는 자리인데 영우가 아직 오지 않았다. 약속 시간보다 10분이나 지나 있었다. 혜윤이 휴대폰으로 그에게 전화를 걸었지만 받지 않았다.

"아저씨가 원래 이렇게 늦는 분이 아닌데 길이 막히나 봐요."

혜윤은 공 회장에게서 시선을 돌려 휴대폰을 내려다보았다. 오랜 시간 영우를 봐 온 혜윤은 뭔가 이상하다는 것을 느꼈다. 그는 약속에 한 번도 늦어 본 적이 없는 사람이었다.

"오실 거야."

옆에 앉아 있던 지섭이 혜윤의 손을 끌어와 힘주어 잡았다. 그녀의 얼굴에 드리워진 걱정이 읽혔다. 혜윤은 그에게 살며시 미소를 짓고 다시 문가로 시선을 돌렸다.

"아빠, 지금 그 자리에 가면 우리 가족과 연을 끊겠다는 뜻으
로 알겠어요!"

유진이 영우에게 소리를 지르며 얼굴을 붉혔다. 옷을 차려입
고 현관으로 몸을 향하던 영우가 그녀의 말에 몸을 돌렸다.

혜윤과 지섭의 결혼 소식이 언론을 통해 알려지자 오 여사는
자신이 우려했던 일이 실제로 일어났다는 사실에 몸을 부르르
떨었다.

유진도 마찬가지였다. 만난 지 얼마 되지도 않았는데 벌써 결
혼을 한다니 기가 막혔다. 여우 같은 계집애가 미치도록 싫었
다.

하지만 모녀의 속도 모르고 영우는 그들의 결혼을 위해 혜윤
의 혼주를 자청했다. 혜윤의 손을 잡고 식장을 들어갈 것이고
혼수도 부족함 없이 해 주고 싶었다.

오 여사와 유진의 입장에선 두 팔을 걷어붙이고 반대할 상황
이었다. 핏줄 하나 섞이지 않은 계집애를 위해 자선 사업이나
다름없는 짓을 하고 있는 그가 이해되지 않았다. 그만큼 키워
주고 좋은 집에서 편하게 자라게 해 줬으면 됐지, 우리가 얼마
나 더 봉사를 해야 하는지를 따지며 목소리를 높였다.

하지만 영우는 침묵으로 일관했다. 상대하지 않으려는 듯 아
예 아내와 딸을 쳐다보지도 않았다.

"아빠는 돌아가실 때에도 그 계집애만 부를 거예요."

유진은 구두를 신는 제 아빠의 등에 대고 소리쳤다. 영우가

유진을 노려보았다.

"아버지한테 하는 말이 버릇없구나."

"유진이 말이 틀려요?"

거실에 서 있던 오 여사도 거들었다.

"당신은 혜윤이 부모 귀신한테 쓰인 게 분명해요. 그 애한테서 빠져나오질 못하잖아요. 이젠 좀 홀가분하게 놔 줘요!"

"결혼하는 아이를 위해서 내가 혼주를 하겠다는데 당신이 무슨 참견이야. 도와 달라고 하지 않을 테니까 걱정 말라고."

"한 발자국도 움직이지 마세요. 그 계집애 편들지 마시라고요. 싫어요!"

순간 영우가 유진의 뺨을 때렸다.

"당신 이게 지금 뭐하는 짓이에요! 유진이한테 손찌검한 거예요?"

오 여사가 다가와 유진을 감쌌다.

"참 못났다. 어찌 살면서 마음이 넓어지는 게 아니라 더 추해져!"

오 여사의 얼굴이 분노로 붉어졌다.

"그만해요."

"당신도 처음엔 안 그랬는데 말이야. 유진이 낳을 때만 해도 그러지 않았는데 대체 무엇이 당신을 이렇게까지 망가뜨린 건지 모르겠어."

"다 그 애 때문이잖아요! 아무런 말도 없이 혜윤일 데리고 온 순간부터 난 그 애가 결국 우리 가족을 엉망으로 만들 것 같았어요. 처음부터 불길했다고요. 제 어미 잡아먹고 태어나더니 아비까지 죽게 한 애를 집에 들이는데 어느 누가 좋아하겠어요."

영우의 얼굴이 점점 붉어졌다.

"당신 생각해서 처음엔 최선을 다했어요. 하지만 결과는 어때요. 유진이를 위협하는 존재가 바로 그 애잖아요. 걸림돌이라고요! 호랑이 새끼를 키운 거지, 우리가."

"그만, 거기까지 해……."

영우의 얼굴이 붉어지면서 호흡이 가빠 왔지만 오 여사는 알아채지 못했다.

"그러니까 가지 마세요. 당신이 거기 가는 건 유진이를 더 비참하게 만드는 거예요."

"맞아요. 그 계집애가 어떤 남자를 만나는지 몰라서 그러세요? 제가 마음을 준 남자라고요. 왜 혜윤이 감정만 중시하세요? 걔가 다 뺏어 갔다고요!"

"네가 마음 준다고 다 널 좋아해야 하냐. 왜 그렇게 어리석어. 제발 이제라도 정신 차리고 제대로 살아. 내가 아비로서 마지막으로 부탁한다. 그 못된 성격 고치고 너그러운 마음 좀 가져. 넌 지금도 충분히 잘 살고 있으니까 괜히 엄한 아이 괴롭히지 말고."

몸을 돌리는 영우의 팔을 유진이 돌려세웠다.

"가지 마시라고요!"

그 순간 영우의 몸이 기울더니 앞으로 고꾸라졌다. 잠시 멍하던 유진이 바닥에 쓰러진 그에게 다가가자 오 여사도 뒤따라왔다.

"아빠!"

"여보!"

몸을 흔들어도 눈을 뜨지 않는 영우를 보자 그들의 표정도 굳어졌다.

"얼른 119에 전화해!"

＊　　　　＊　　　　＊

벌써 약속 시간을 30분이나 넘겼다. 기다리다 못한 지섭이 누군가에게 전화를 걸어 민영우 씨의 소재 좀 파악해 달라는 말을 전했다.

잠시 후 걸려 온 전화를 받고 그의 얼굴이 잔뜩 굳어졌다. 혜윤이 불길한 얼굴로 바라봤다.

"무슨 일이래?"

공 회장도 어두운 얼굴로 물었다. 지섭은 말없이 혜윤을 바라보기만 했다. 그녀의 손이 그의 옷자락을 잡았다.

"왜, 왜요. 무슨 사고라도 나셨대요?"

"그게 아니라……."

지섭도 괴로운지 말을 쉽게 꺼내지 못했다.

"뭔데 그렇게 뜸을 들여. 어서 말해 봐!"

보다 못한 공 회장이 호통을 쳤다.

"아저씨가 지금 병원에 계시는데."

혜윤의 낯빛이 새파랗게 변했다. 커다란 눈동자가 흔들렸다.

"방금 전…… 돌아가셨대."

말이 끝남과 동시에 혜윤의 눈에서 눈물이 주르륵 흘렀다. 옷자락을 잡고 있는 손이 떨렸다.

"그게 정말 사실이냐. 오늘 아침까지도 나랑 멀쩡하게 통화했는데 갑자기 무슨 말이야!"

"저도 믿어지지 않지만 사실입니다."

공 회장이 어두운 얼굴로 일어서자 수행원이 급히 안으로 들어왔다.

"어디 병원이야."

"서인대학 병원이요."

"황 비서, 당장 차 대기시켜."

비서가 나가자 공 회장은 멍하니 앉아만 있는 혜윤에게로 눈을 돌렸다. 저절로 안타까운 마음에 목이 잠겼다.

"애야, 어서 가자."

그 말에 혜윤이 눈을 들어 공 회장을 보았다. 눈물이 비 오듯 쏟아지는 커다란 눈으로 고개를 살짝 끄덕였다.

지섭은 나가는 동안 자꾸만 힘이 빠져 여러 번 주저앉는 그녀를 보다 고개를 저었다. 결국엔 그가 혜윤을 안아 들고 차로 갔다.

병원으로 향하는 동안 사람들은 약속이나 한 듯 한마디 말도 없었다. 그저 쉴 새 없이 흐느끼는 혜윤을 안타깝게 바라보기만 했다.

병원에 도착한 혜윤은 문을 열고 뛰어나갔지만 영우가 어디에 있는지 알 수가 없었다. 로비 한가운데서 빙빙 도는 머리를 부여잡고 고개를 이리저리 돌렸다. 어느 틈에 지섭이 다가와 그녀의 어깨를 잡고 끌었다.

"이쪽."

지섭은 응급실로 발을 옮겼다. 응급실에는 오 여사와 유진이 멍한 얼굴로 침상을 바라보고 있었다. 침상에 눕혀져 있는 인영 위엔 하얀 천이 덮여 있었다. 혜윤은 당장이라도 잃을 것 같은 정신을 부여잡고 덮인 천을 벗겼다. 또다시 그녀의 눈에서 눈물이 쏟아졌다.

"아……저씨. 아저씨. 흐흑, 아저씨……."

아저씨만 되뇌어 부르던 혜윤이 주저앉아 오열했다. 응급실을 뒤덮는 울음소리에 지나가던 사람들이 눈을 돌려 안타깝게 보았다.

"저리 가! 네가 뭔데 우리 아빠한테 와!"

유진이 혜윤을 밀쳐 바닥으로 내쳤다.

"민유진!"

지섭이 다가와 혜윤을 부축하며 유진을 노려보았다.

"제 아빠예요. 다른 누구도 아니고 내 아빠라고요! 가장 슬픈 사람은 나니까 넌 꺼져 버려!"

유진이 악을 지르는 통에 혜윤이 찔끔거렸다.

"감히 여기가 어디라고 와. 너 때문에 돌아가신 거야! 네가 결혼한다고 설치지만 않았으면 아빠가 이렇게 돌아가실 일도 없었어!"

혜윤의 눈동자가 그녀를 올려다보았다. 눈물이 가득 고인 눈가가 흔들렸다. 유진이 손을 부들부들 떨며 노려보았다.

"꺼져! 당장 꺼져! 내 눈앞에서 사라지란 말이야!"

고래고래 소리를 지르는 유진에게 한 간호사가 다가와 제지

했다.

눈물이 가득 담긴 눈을 아래로 내리자 혜윤의 눈에 눈물이 주
르륵 흘렀다. 가슴을 찌르는 고통에 숨쉬기가 힘들었지만 겨우
몸을 일으켰다.

그러다 오 여사와 눈이 마주쳤다. 그녀는 혜윤을 무섭게 노려
보더니 고개를 돌려 버렸다. 부들부들 떨리는 어깨를 지섭이 힘
주어 안으며 오 여사와 유진을 향해 차갑게 내뱉었다.

"돌아가셔서 찾아온 사람에게 그런 악담을 내뱉는 게 과연 옳
은 건지 묻고 싶다. 너는 떳떳한지, 이분을 힘들게 하지 않았는
지, 정말 그런 적이 없는지! 민유진, 네가 과연 그런 말 할 자격
이 있는지 생각해 봐. 넌……."

차갑게 쏘아붙이던 지섭은 혜윤이 그의 팔을 잡자 말을 멈추
었다.

"됐어요. 하지 마요……."

"직장 상사라고 제 마음까지 이래라저래라 하실 권리는 없어
요. 저 애 얼굴 보고 싶지 않으니까 데리고 나가세요. 당장."

유진은 그들에게서 몸을 돌려 침상을 내려다보았다. 뒤늦게
눈물이 솟구쳤다. 제 아버지가 세상을 떠났다는 사실이 그제야
가슴으로 느껴졌다.

"원혜윤, 넌 정말 불길한 아이야. 너랑 있으면 모두가 불행해
져. 상무님도 잘 생각하세요. 지금은 좋을지 몰라도 언젠가 겪
게 되실 거예요. 저 아이가 얼마나 불행한 존잰지."

유진은 눈물이 가득 고인 눈을 돌려 혜윤을 노려보았다.

"내 말이 맞잖아. 넌 결국 우리 아빠까지 돌아가시게 만들었

어. 나쁜 년."

"너 정말 그따위 말밖에 못 해? 왜 이렇게 못됐어!"

지섭이 화가 나서 소리쳤다.

"나가요."

혜윤이 그의 팔을 끌어 밖으로 향했다. 먼저 걸음을 옮기던 그녀가 순간 바닥으로 쓰러졌다.

"혜윤아!"

✻   ✻   ✻

힘겹게 눈을 뜬 혜윤은 익숙한 향에 다시 눈을 감았다. 상무로 취임하면서 그는 기나긴 호텔 생활을 접고 주상 복합 아파트로 들어왔다. 몇 번 그의 집에 가 본 적이 있었는데 낯익은 침대를 보니 그의 집이 맞는 것 같다.

팔에는 링거 바늘이 꽂혀 있었다. 몸을 움직이기도 힘들었다. 그렇게나 흘렸는데도 눈물은 그칠 줄을 몰랐다. 몇 날 며칠을 울고 울었는데도 쉴 새 없이 흘렀다.

일어났다 까무러치기를 반복하던 혜윤은 결국 영우의 발인도 보지 못하고 쓰러졌다. 아저씨의 마지막을 보내 드리지도 못하고 죽은 듯 누워 있었다. 그것이 또 사무치도록 가슴 아팠다. 그의 마지막 가는 길을 용기 내서 함께하지 못한 죄책감이 컸다.

트라우마. 어린 시절에 잊지 못할 경험을 한 사람은 다시 같은 상황이 오면 환각 증세를 일으킨다. 그 사람의 인생을 뒤흔드는 트라우마는 쉽게 극복되지 않는 불치병이다.

사랑하는 사람들이 제 곁에서 떠나간다. 제 부모님이 그랬고, 영우마저 그렇게 됐다.

어린 나이의 혜윤은 부모의 죽음을 받아들이려고 애썼고, 그 불안함을 감추기 위해 남들보다 밝게 행동했다. 간혹 심장을 찌르는 유진의 독설을 들으면서도 휩쓸리지 않으리라 다짐하면서 마음을 다잡았다. 억지로 마음속 호리병 안에 트라우마를 가두어 놓았는데 쉽게 깨지고 말았다. 무서운 괴물이 혜윤에게 속삭였다.

다 너 때문이야. 네가 있어서 불행해지는 거야.

얼굴을 타고 흐르는 눈물이 베갯잇을 적셔 갔다. 머릿속을 뒤덮는 생각은 점점 커져 숨 쉬는 것도 힘들어졌다.

"하아, 하아."

안으로 들어오던 지섭이 혜윤의 숨소리에 급히 다가와 걸터앉았다.

"혜윤아, 정신이 들어?"

혜윤은 눈도 뜨지 못하고 거친 숨을 내쉬었다.

"정신 차려, 제발. 응?"

어두운 얼굴로 지섭이 그녀의 어깨를 흔들었다. 눈가를 흐르는 혜윤의 눈물이 볼을 타고 흘러내렸다. 그의 마음도 찢어질 듯 아파 왔다. 혜윤의 눈물을 보기만 해도 속이 답답하고 문드러졌다.

영우는 세상을 떠났다. 2차 뇌경색이 원인이었다. 전에 뇌출혈로 쓰러진 병력이 있었기 때문에 또 그런 상황이 오면 살기 힘들다고 병원에서도 수차례 설명했었다.

장례식장엔 수많은 문상객이 왔지만 정작 혜윤은 정신을 놓은 상태라 찾아가지도 못했다. 그 뒤로 벌써 보름이 지났다.

영우는 생전에 자신의 죽음을 예상하기라도 했는지 유서를 써 놓았다고 했다. 혜윤 앞으로 재산의 절반을 남긴다는 내용도 포함되어 있었다. 사업체를 운영하던 영우였기에 액수도 적지 않았다.

그녀에게 남겼다는 편지도 있는데 지섭은 아직 혜윤에게 전해 주지 못했다. 누워서 울다 지쳐 잠들기를 수차례 반복하는 그녀를 어쩌지 못하고 지켜볼 방법외에 할 수 있는 일이 없었다. 정신을 차리면 곧 다시 기절하는 통에 혜윤의 얼굴은 핏기가 가신 채 창백했다.

아직도 숨이 제대로 안 쉬어지는지 거친 숨을 내쉬던 혜윤이 천천히 눈을 떴다. 그녀의 머리카락을 쓸어 주던 지섭이 눈가를 매만졌다.

"혜윤아, 나 좀 봐봐."

그의 말에도 혜윤은 눈을 돌리지 않았다. 어딘지 끈을 놓아 버린 사람처럼 그녀는 완전히 산송장이나 다름없었다.

"뭐라도 좀 먹자. 죽 가져올게."

혜윤이 몸을 일으키려던 지섭의 손을 잡자 그가 돌아보았다.

"먹을 수가 없어요. 목이 아파서. 자고 싶어요……."

울컥하는 마음에 그는 그녀의 손을 힘주어 잡았다.

"그래도 가져올게. 조금이라도 먹어야 돼."

지섭이 방을 나갔다. 그가 사라진 곳에 눈길을 주던 혜윤이 다시 눈을 감았다. 자꾸만 졸음이 밀려왔다. 자고 싶었다. 일어나는 일이 너무 힘들었다.

그가 죽을 가져왔을 때 혜윤은 다시 잠들어 있었다. 쟁반을 협탁에 올려놓고 혜윤의 얼굴을 쓸었다. 벌써 보름째 회사를 나가지 못했다. 그녀를 두고 도저히 나갈 수가 없어서 아버지에게 한시적 휴직 처리를 부탁했다.

상무로 취임하고 한동안 잡음을 내던 시스템이 겨우 갖춰지고, 아니꼽게 보던 시선들을 제 편으로 막 돌리려던 참이었다. 이 시기에 회사를 휴직하는 건 제가 생각해도 미친 짓이었지만 다른 방법이 없었다. 지금 혜윤의 곁을 비우면 그녀가 떠나 버릴 것 같아서 잠시도 떨어질 수 없었다.

"제발 기운 내. 네가 이렇게 아프면 나도 너무 아파. 네 눈물이 자꾸만 칼날처럼 박혀."

불과 보름 전만 해도 세상 누구보다 밝은 빛을 내는 그녀의 커다란 눈동자를 보며 더는 욕심낼 게 없다고 자부했다. 사랑하는 여자와 한집에서 살 수 있다면 다른 소원은 필요 없다고.

하지만 나약한 인간은 다시금 소원을 빌게 된다. 이 여자를 살려 달라고, 조금만 자비를 베풀어 달라고. 제발 그녀의 마음속 괴물을 물리쳐 달라고. 그리하여 스스로를 절망에 빠지지 않게 해 달라고.

어둡고도 차가운 암흑이 혜윤을 뒤덮었다. 그 검은 연기가 뒤돌아 서 있는 남자에게 서서히 움직였다. 그가 몸을 돌려 혜윤을 보았다. 그녀가 제일 좋아하는 미소를 짓는 그를 보며 혜윤도 따라서 웃었다. 한 걸음 다가가려고 하는데 검은 연기가 순식간에 그를 덮었다. 잠시 후 그는 흔적도 없이 사라졌다. 지섭의 이름을 목 놓아 불렀지만 대답이 없었다.

"허억!"

혜윤은 소리를 지르며 눈을 떴다. 온몸이 식은땀으로 젖어 있었다. 한동안 거친 숨을 내쉬던 그녀가 눈을 굴렸다. 그가 방에 없다. 꿈인가. 아직도 깨지 못한 건가.

혜윤은 팔에 꽂힌 링거를 힘주어 빼고 몸을 일으켰다. 몸이 납덩이 같았지만 그녀는 이를 악물고 앉았다.

"선배님!"

가득 잠긴 목소리로 겨우 내뱉었다. 목소리가 너무 작아 들릴리 없었지만 혜윤의 눈동자가 급격히 흔들렸다.

머리를 울리는 진동을 참으며 일어서서 문가로 다가갔다. 몇번이고 주저앉다 이를 악물고 일어서길 반복하며 힘겹게 문을 열었다.

거실은 어두웠다. 사람도 없이 고요했다. 혜윤은 덜덜 떨리는 몸으로 지섭을 찾기 위해 눈을 이리저리 돌렸다.

"선배님! 흐흑, 선배님!"

작은방, 서재, 욕실, 부엌 어디에도 그가 없었다. 거실 한가운데 덩그러니 서 있던 혜윤의 눈에서 다시 눈물이 주르륵 흘러내렸다.

"선배님……."

그때 현관문 소리에 혜윤의 시선이 따라갔다. 겨우 찾아낸 그의 모습에 눈동자가 흔들렸다. 한달음에 뛰어가 그를 안았다. 지섭은 품에 안긴 혜윤을 놀란 눈으로 보다 등을 다독여 주었다.

"선배님이 사라진 줄 알았어요."

떨리는 그녀의 음성에 지섭은 안은 팔에 힘을 주었다.

"쓸데없는 걱정한다."

"나 두고 또…… 죽었을까 봐……."

혜윤은 또다시 그의 품에서 정신을 놓았다.

침대에 혜윤을 눕힌 지섭은 그녀를 걱정스럽게 내려다보았다. 트라우마에 스스로를 가둬 놓고 불안해하는 그녀가 안쓰러워 그의 눈가에도 눈물이 비쳤다. 앉아서 얘기라도 하고 싶은데 그녀가 자주 정신을 놓아 그럴 틈도 없었다. 지섭은 어두운 얼굴로 휴대폰을 열었다.

"네, 박사님. 지금 좀 와 주세요. 수액을 다시 놓아야겠습니다."

지섭의 연락을 받고 온 권 박사는 혜윤의 팔에 다시 바늘을 꽂고 맥박을 쟀다.

"맥이 약하네요."

"몸도 몸이지만 정신적으로 많이 힘든 상태입니다. 이러다간 큰일 날 것 같아요."

"신경 안정제가 도움이 되긴 하는데 상무님이 그건 싫다고 해서 아무런 처치를 할 수가 없습니다. 지금은 본인이 스스로 기운을 차리는 수밖에 없어요."

"조금 더 기다려 보고 다시 의논하시죠. 오늘 감사했습니다.

늦은 시간인데."

"허허, 아닙니다. 그럼 전 가 보겠습니다."

권 박사를 보내고 지섭은 다시 침대에 걸터앉았다.

한참 뒤에 혜윤이 눈을 떴다. 그녀를 지켜보던 그의 시선과 허공에서 부딪쳤다. 커다란 눈동자가 파르르 흔들렸다.

"왜 제 곁에 있는 사람들은 자꾸 떠나갈까요. 무슨 병이 깊어서 그리도 빨리 하늘로 가 버리는 걸까요."

혜윤이 그에게서 시선을 돌려 허공을 바라봤다. 또다시 눈물이 흘러내렸다.

"아깐 정말 미친 사람처럼 선배님을 찾았어요. 이 세상에 저 혼자 남은 줄 알았어요."

"혜윤아, 나 좀 봐."

그가 혜윤의 얼굴을 자신에게 향하게 했다. 그녀의 얼굴을 손끝으로 훑던 지섭이 그녀의 입술에 가볍게 입을 맞췄다.

"나 여기 있어. 어디 안 가. 그러니까 그런 생각하지 마."

"생각을 해 봤어요. 정말로 제가 곁에 있어서 사람들이 죽는 거라면, 선배님도 더 늦기 전에 놓아야 한다고."

지섭의 눈빛이 차가워졌다. 하지만 혜윤은 그의 눈을 보면서도 멈추지 않았다.

"전 정말 문제가 많은 여자 같아요. 그래도 잠깐 동안 당신을 만나 세상의 행복을 모두 누리고 살았어요. 더 욕심내지 않아도 전 충분해요. 선배님을……."

"한마디만 더 해. 나 화낸다."

"우리 그만……."

"원혜윤!"

"제 곁에 있으면 선배님도 위험해요. 차라리 제가 사라지는 게 나아요."

"그래서 가 버리면! 네가 날 위한답시고 떠나면 난?"

눈물이 그렁그렁 맺힌 혜윤은 화가 나서 고함을 지르는 지섭을 올려다보았다.

"난 잘 살 것 같아? 네 말대로 너로 인해 사람들이 다 죽는다고 치자. 나도 너 때문에 죽는다고 치자고. 그런데 그게 네 책임이야?"

혜윤의 얼굴이 일그러지며 눈물이 가득 차올랐다.

"네 어머니는 네가 원인이 아니라 원래부터 몸이 약하셨어. 의사도 임신하면 신체에 무리가 갈 거라고, 심하면 생명이 위험하다고 전달하셨대."

"……."

"아버지? 너 때문이 아니라 어머니를 못 잊어서 병이 난 거야. 그만큼 사랑하셨으니까. 영우 아저씨도 합병증 때문이야. 아무도 없는 집에서 뇌출혈로 쓰러지셨고 이번엔 그 모녀가 아저씨를 사망에 이르게 했지. 네가 아니라."

그녀의 볼을 타고 눈물이 흘러내렸다. 흔들리는 눈동자가 그를 향했다.

"나? 난 아직 멀쩡해. 너 두고 먼저 죽거나 그러지 않아. 약속해."

"하지만 정말로 제가 원인일 수도 있어요."

"절대 아니야. 절대."

"⋯⋯."

"트라우마 때문에 너 스스로를 가두지 마. 그 괴물을 네가 무찌르지 않으면 넌 평생 그 감옥에서 나올 수 없어. 내가 증명해 보일게. 네 안에 괴물이 사실은 실체 없는 허상이라는 거 내가 보여 줄게. 그러니까 너도 나 좀 살려 줘. 이게 날 죽이게 하는 거야. 네가 날 놓아 버리는 게."

"전⋯⋯."

"민유진이나 그 어미가 하는 말에 흔들리지 마. 아무도 널 그렇게 생각하지 않아."

지섭은 침대에서 일어나 테이블 위에 놓인 편지를 가져와 혜윤에게 건넸다.

"영우 아저씨가 너한테 남긴 편지야. 한참 전에 줬어야 했는데 네가 계속 정신을 잃어서 주지 못했어. 읽고 나서 기운 차려. 죽 가져올게."

지섭은 혜윤을 배려해 방에서 나가 주었다. 혼자 생각할 시간도 필요했다.

혜윤은 침대에서 몸을 일으켜 앉아 편지를 매만졌다. 다시 눈물이 솟구쳐 문가로 시선을 돌렸다. 차갑게 말하고 나가 버린 지섭이었지만 혜윤은 그의 목소리를 듣는 지금도 그저 감사했다. 아깐 정말이지 까무러칠 정도로 무서웠다.

봉투만 매만지던 혜윤이 편지지를 꺼냈다. 손끝이 떨려 왔다.

사랑하는 혜윤아, 안녕. 아저씨다.

이 편지를 보지 않았으면 하지만 아무래도 난 내 명을 어느 정도 예상하고 있어서인지 네가 결국엔 볼 것 같구나.

슬퍼하지 마라. 아프지 마라. 너 때문이라고 자책하지 마라.

누구도 제 죽음을 네게 담보 맡기고 내놓은 적 없다. 그저 사람의 명이 다했을 뿐이야.

네 엄마도, 아빠도, 또 나도 널 두고 떠날 때 가장 먼저 떠오르는 생각이 뭔 줄 아니.

사랑한다. 너를 깊이 사랑한다.

열 살 때 눈물이 가득 고인 너를 우리 집에 데려왔을 때, 난 네 눈에 비친 정신적 불안을 보았다. 그런데도 부모를 모두 여읜 내가 슬픔 때문에 움츠러들지 않고 빛처럼 밝게 빛나는 걸 보며 안도했다. 네 선함이, 따뜻함이, 다정함이 그 어둠을 모두 거두는 것을 보았어.

부탁한다. 눈물 흘리지 말고 살아가라. 널 사랑해 주는 사람 곁에서 보란 듯이 당당히 살아. 지금처럼. 늘 그랬던 것처럼.

그게 이 아저씨가 마지막으로 부탁하는 거다. 하늘에 네 부모님도 그러길 바랄 거야.

그동안 집사람과 딸아이 때문에 아팠던 건 대신 사과하마. 널 괴롭힌 걸 알면서도 묵인한 점도 정말 미안하다. 용서하기 힘들겠지만 그래도 내 사람들인 걸 어쩌겠니. 미워도 내 가족인걸.

하지만 이젠 그 사람들에게서 자유로워졌으면 좋겠다. 잘해 줄 필요도 없고, 챙길 필요도 없어. 너만을 위해 살아.

부디 꼭 이겨 내고 웃음을 되찾길 바란다.

"흐흑."

혜윤은 편지를 부여잡고 오열했다. 가슴을 관통하는 아픔이 그녀의 전신을 흔들었다. 이렇게 떠나는 순간에도 자신을 염려하여 편지를 남긴 영우의 마음이 느껴져 더욱 쓰라렸다.

"죄송해요, 아저씨. 가시는 것도 못 보고…… 너무 죄송해요."

한참을 흐느끼며 울던 혜윤은 눈물을 닦고 링거 바늘을 뺐다. 침대에서 내려서서 문가로 갔다. 당장이라도 주저앉을 것 같았지만 이를 악물고 한 걸음씩 움직였다. 지금 이 순간 가장 보고 싶은 사람을 보기 위해 발을 옮겼다.

문을 연 혜윤의 눈동자가 흔들렸다. 지섭이 문 뒤에 서서 그녀를 기다리고 있었다.

"있죠, 나……."

혜윤이 말을 잇기도 전에 지섭이 그녀를 끌어와 품에 안았다. 따뜻한 품이 느껴지자 눈물이 다시 세차게 흘러내렸다.

"울어. 여기서 다 울고 다신 울지 마. 그땐 안 봐줘."

그 말이 정답이었는지 혜윤은 그의 목을 끌어안고 펑펑 울었다.

엄마 없이 아빠 손에서 자랐고, 사랑하는 아빠마저 떠나갔고, 애정으로 키워 주신 아저씨를 보냈다. 그 서러움이 폭발했다. 오랜 세월 삭였던 눈물을 한꺼번에 쏟아 내었다.

"울보야, 이제 다 울었어?"

지섭은 그의 품에서 점차 잠잠해지는 혜윤을 보고 말을 꺼냈다. 그녀가 고개를 끄덕였다.

"두 번 다시 날 위해 놓아 주겠단 헛소리하지 마. 또 그딴 말

꺼내면 알아서 해."

혜운이 또 고개를 끄덕였다. 지섭은 그녀의 머리를 쓰다듬으며 정수리에 턱을 댔다.

"날 위해 살아. 네가 있어야 내가 사니까. 나도 살려 줄 겸 덤으로 같이 살자."

그녀의 팔에 힘이 들어갔다.

그래요. 살아갈래요. 나쁜 괴물을 단번에 물리칠 순 없겠지만 잘 설득해서 내 편으로 만들게요. 이 절망적인 상황에서도 당신을 보며 이겨 낼게요.

"뭐 좀 먹을래?"

그녀가 고개를 끄덕이자 지섭이 덧붙였다.

"맛은 없을지도 몰라. 내가 만들었거든."

혜운이 고개를 들어 그를 올려다보았다. 지섭은 미소를 지으며 그녀의 얼굴을 쓰다듬었다.

"위기의 순간도 있었지만 일단 비주얼은 그럴싸해."

보름 만에 처음으로 그녀의 입가에 미소가 살짝 비쳤다.

"먹고 싶어요."

지섭은 그녀의 입에서 먹고 싶다는 말이 나오자 울컥한 마음에 힘주어 안는 것으로 달랬다.

"내가 먹여 줄게. 내가 또 죽 먹이는 데 일가견이 있거든."

지섭은 그녀의 손을 끌어 부엌으로 데려와 식탁에 앉혔다. 혜운의 맞은편에 앉아 숟가락에 죽을 떠서 그녀에게 가져갔다.

"아."

죽을 잠시 음미하던 혜운의 입가에 미소가 생겼다.

"맛있어?"

잔뜩 기대하는 얼굴로 대답을 기다리던 지섭에게 혜윤이 고개를 가로저었다.

"맛은 없어요."

"그래?"

실망한 얼굴이다. 그 모습이 사랑스러워 혜윤의 손이 저도 모르게 그의 얼굴에 닿았다.

"그래도 주세요."

그가 또 떠서 한입 넣어 주었다.

"소금 넣지 않았죠?"

"응. 소금 넣어야 돼? 난 안 좋을 것 같아서."

"조금 넣는 건 괜찮아요. 탈수가 진행되는 사람은 몸속의 전해질이 많이 빠져나가서 나트륨이 있어야 체내 흡수가 빠르거든요. 그렇다고 엄청 넣는 게 아니라 조금."

혜윤이 엄지와 검지를 살짝 벌려 보였다.

"그랬다면 정말 맛있었을 것 같아요."

"그렇군. 내일은 그렇게 해 줄게."

그녀가 웃는다. 그 웃음이 이렇게도 행복할 줄은 몰랐다.

"고마워요. 제 곁에 있어 줘서. 떠나지 않고 남아 줘서. 선배님이 없었다면 전 아마 그 괴물에게 그대로 먹혀서 죽었을 것 같아요."

"그러니까 나한테 잘해."

혜윤이 고개를 끄덕이며 그의 가슴에 제 머리를 기댔다.

"너무 무서웠어요. 제 곁에 아무도 남아 있지 않을까 봐. 절

버릴까 봐. 절…… 미워할까 봐."

　혜윤의 등을 토닥여 주며 지섭은 말없이 그녀의 괴로움을 달
랬다.

13

힘든 결정을 했네

마주치는 사람마다, 전화 오는 사람마다 괜찮냐는 말뿐이었다. 얼굴이 많이 상한 혜윤을 보고 사람들은 안타까워하며 그녀의 상태를 염려했다.

"네 탓이 아니야."

지섭의 말을 떠올린 혜윤은 미소를 지으며 괜찮다고 답해 주었다. 그들을 위해 할 수 있는 가장 최선은 밝게 웃는 것이었다.

소장실로 혜윤을 부른 영민은 핼쑥해진 그녀의 얼굴을 보며 어깨를 톡톡 두드렸다. 달리 위로해 줄 방법이 없었다.

"괜찮은 거지?"

"네. 괜찮아요."

예쁘게 웃는 그녀였지만 어쩐지 예전보다 빛을 잃은 느낌이었다. 하지만 이 자리에서 웃고 멀쩡하게 서 있는 것 자체만으로도 그는 행복했다.

지섭에게 듣기로는 거의 시체나 다름없는 수준이었다는데 이 정도면 그 녀석도 많이 애썼다는 것을 알 수 있었다. 삶을 놓지 않고 이으려는 이들에게 조용히 박수를 쳐 주고 싶었다. 힘든 일을 연거푸 겪는 상황에서도 서로에게 의지하며 위기를 헤쳐 나가는 모습이 참 예뻤다.

"기운 못 차리는 건 오늘까지야. 내일부터는 다시 바쁘게 움직여야 하니까 각오하고."

"네, 알겠습니다."

혜윤은 빙그레 웃으며 소장실을 나왔다. 책상에 앉아 컴퓨터를 켜려는데 휴대폰이 울렸다.

공건우 회장님

혜윤은 잠시 망설이다 전화를 받았다.

"회장님, 안녕하세요."

—몸은 좀 괜찮은 거냐. 지섭이한테 들었다. 기운 좀 차렸다고.

"네. 선배님이 맛있게 죽 끓여 줘서 금방 나았습니다."

—그 녀석이 죽을 끓였어? 허, 오래 살고 볼 일이네.

"맛있었어요."

공 회장은 한동안 말이 없더니 입을 열었다.

—오늘 점심은 내가 사마. 이따 점심시간에 나와. 회사 앞으

로 차 보내 놓으마.

혜윤은 이 얼굴로 공 회장을 보는 것이 민망해 선뜻 말이 나오지 못했다.

―힘들었을 텐데 죽 가지고 되겠냐.

"전 괜찮아요."

―어허, 시아비가 산다는데 지금 거절하는 거냐?

"그럼 늦지 않게 가겠습니다."

혜윤은 점심시간에 맞춰 공 회장이 보내 준 차를 타고 고급 레스토랑에 도착했다.

직원의 안내를 받고 룸 안으로 들어간 그녀는 먼저 앉아 있는 공 회장을 보고 허리를 숙여 인사했다. 그는 혜윤을 보고 의자에서 일어서 다가왔다. 그리고 그녀의 어깨를 가볍게 안아 다독여 주었다.

"잘 이겨 내 줘서 고맙다. 네가 제일 아플 거야. 그래도 살아야지. 널 아끼는 사람들을 위해 당차게 살아."

그녀의 커다란 눈동자가 흔들렸다. 금세 눈시울이 붉어졌지만 혜윤은 시선을 내리며 눈물을 참아 내었다.

"감사합니다."

"자, 앉아라."

직원이 다가와 혜윤이 앉을 의자를 빼 주었다. 마주 보고 앉은 혜윤은 공 회장의 시선에 눈을 아래로 내렸다. 못 본 사이 많이 수척해진 그녀의 얼굴에 공 회장도 마음이 좋지 못했다. 잠시 후 지배인이 나타났다.

"항상 먹던 것으로 줘. 아, 이 아가씨 거는 부드럽게 해 줬으면 좋겠네."

"네, 알겠습니다."

지배인이 나가자 공 회장은 다시 혜윤에게 눈을 돌렸다.

"너 아플 때 지섭이도 회사에 나오지 못했어. 참 중요한 시기였는데 말이야."

"정말 죄송합니다. 도저히 정신을 차릴 수 없어서 몰랐는데 나중에 말하더라고요. 저 때문에 선배님이 너무 고생했어요. 혹시 회사에 영향이 있는 건 아닌지 걱정돼요."

그녀의 얼굴이 미안함으로 가득 찼다.

"고작 보름 빠졌다고 안 좋은 이미지가 생긴다면 딱 그만큼이 그놈 깜냥인 거지."

무슨 생각을 하는지 알 수 없는 공 회장의 얼굴을 보던 혜윤이 살짝 고개를 끄덕였다. 영향이 없단 소리 같아 마음이 한결 편해졌다.

"원래 계획 그대로 진행하자."

"네?"

"영우 보고 나면 곧바로 날 잡기로 했잖냐."

"아……."

"지금은 네 마음이 힘들어서 결혼에 대한 걸 생각할 틈이 없겠지만 내가 더는 안 되겠어서 그래. 이제부터는 내가 네 보호자가 되어 주려고 한다."

"회장님."

혜윤의 눈이 커졌다. 무섭기로 유명한 공 회장의 얼굴에 옅은

355

미소가 비쳤다.

"후원하는 것도 있지만 굳이 널 멀리 두고 싶지 않아. 가장
확실하게 널 지켜 주는 건 지섭이의 짝이 되어서 내 며느리로
있는 방법이야."

혜윤의 심장이 빠르게 뛰었다. 어렵기만 했던 공 회장의 입에
서 나온 말이라 혜윤은 그 떨림이 배로 전달되었다.

"네 부모님, 그리고 영우 모두 그러길 바랄 거다. 우리 셋이
예전에 대학 다닐 때 그런 약속을 한 적이 있었지. 우리 중 어느
누구 하나가 먼저 죽거든 그 자식을 챙기기로."

"그건 그저 옛날 일이에요. 그것 때문에 회장님께서 애쓰실
필요는 없습니다."

"너무 늦었지. 석우와 영우 모두 내게 화가 많이 났을 거야.
저렇게 아파하는 내 자식 챙기지 않고 뭐하냐고."

그녀의 커다란 눈동자가 사정없이 흔들리더니 끝내 눈물이
흘렀다. 제 곁에는 이렇게 자신을 생각해 주는 사람들이 많다
고, 부모님은 항상 이렇게 제 곁에서 절 지켜 주었으니 자신은
결코 불행한 아이가 아니라는 생각이 들었다.

"어쩌면 너는 우리 모두의 불행을 한 번에 바꿔 줄 아이라고
생각한다. 너라는 존재가 나의 죄책감, 죽은 아내의 소원, 지섭
이의 아픔을 거둬 줄 수 있다고 믿어. 내가 지난날 참 못되고 못
나게 지냈는데 말이다."

"……."

"생각해 보니 지섭인 그런 나를 미워하고 증오하면서도 곁을
떠나지 않았더구나. 모두 네 덕분이야."

"회장님."

"그러니 내가 더 이상 널 따로 둘 이유가 없지 않냐."

커다란 눈동자로 그를 바라보던 혜윤의 입가에 살며시 미소가 걸렸다.

"전 제가 불행한 아이라고 생각했어요. 그런데 사실은 복이 많은 사람이었네요. 그걸 이제야 알았어요."

그녀의 목소리가 떨려 왔다. 떨어지는 눈물을 손끝으로 닦은 그녀의 눈이 공 회장을 향했다.

"제게 또 아버지가 생겨서 너무 좋아요. 전 참 좋은 아버지들을 두었어요."

그때 음식이 나왔다. 공 회장은 입가에 미소를 띠운 채 말했다.

"맛있게 먹고 기운 내라."

점심을 먹고 다시 회사로 들어온 혜윤은 오후 업무를 보다가 퇴근 시간이 되었음을 확인하고 가방을 멨다. 이렇게 칼퇴근을 한 건 거의 처음 있는 일이었다.

그녀는 목적지를 향해 거리를 걷다가 버스를 탔다. 퇴근 시간이라 사람들이 많았지만 그것마저도 고마웠다. 거리를 지나가는 사람들의 분주한 발걸음이 혜윤과 맞물려서 지나갔다. 추위에 코끝이 빨개졌지만 살아 있는 세포의 감각이 그녀의 생명력을 이끌어 냈다. 천천히 걷던 혜윤이 어두운 밤하늘을 올려다보았다.

"아빠, 엄마, 아저씨. 저 잘 살게요. 걱정하지 마세요. 세 분

몫까지 열심히 살 거예요."

혜윤은 입꼬리를 활짝 올려 웃으며 활기차게 발걸음을 내디뎠다.

창영건설 앞에서 혜윤은 지섭에게 전화를 걸었다.

—응, 혜윤아. 퇴근했어?

"네. 지섭 씨는요?"

—지섭 씨? 웬일이야. 네 선배님은 어쩌고.

"헤헤, 그냥요."

—웃음소리 들으니까 살 것 같다. 일이 많아서 숨쉬기도 힘들었거든.

"그럼 얼른 끊고 일해요."

—싫어. 네 목소리 들으니까 살 것 같은데 어떻게 끊어.

"나 없으면 어쩌려고 그런대."

—없으면 죽는 거지, 뭐.

"그런 말 하지 마세요. 장난이라도 죽는다는 소리는 싫어요."

—알았다, 이 녀석아.

"일 많으니까 오늘 늦게 끝나겠네요?"

—너 어디야? 이 아가씨가 오늘 심심한가 보네.

귀신같이 제 마음을 알아챈 그를 생각하며 혜윤은 살포시 웃었다.

"나 회사 앞이에요. 할 말 있어서 왔으니까 잠깐만 내려와요. 오래 걸리지 않아요."

—그러지 말고 네가 올라와.

"그래도 돼요?"

―당연하지. 로비에 가면 연락이 되어 있을 거야. 수행원 따라서 17층으로 올라와.

처음 그의 사무실로 가는 거라 혜윤은 살짝 긴장한 얼굴로 발을 옮겼다.

퇴근 시간을 넘겼지만 회사엔 아직 지나다니는 사람들이 많았다. 이전처럼 모든 사람의 이목이 집중되진 않았지만 그녀의 얼굴을 알아본 사람들이 더러 있는 듯했다.

엘리베이터 앞에 서 있던 혜윤은 때마침 옆 엘리베이터에서 내리는 유진과 마주쳤다. 굳은 얼굴로 그녀를 보던 혜윤이 눈을 돌렸다.

"원혜윤."

유진의 목소리에 다시 눈이 돌아갔다.

"얼굴 많이 상했네? 그동안 힘들었다며. 어쩌다 들었어."

"……."

"나도 정말 미칠 것 같은 하루하루를 보냈는데 말이야. 누가 보면 네가 딸인 줄 알겠어."

영우의 장례를 치르고 회사로 복귀했을 때 지섭도 휴직 중이라는 말을 들었다.

개인 사정으로 그랬다지만 회사 직원들은 모두 암암리에 그의 부재가 애인 때문이라는 걸 알고 있었다. 아픈 애인의 옆자리를 지키고 있는 지섭을 두고 사람들은 대부분 로맨틱하다며, 바람둥이라더니 순정남이었다며 대수롭지 않게 넘겼다.

하지만 유진은 그가 회사 일을 미루면서까지 혜윤의 아픔을 보듬어 주는 것이 이해되지 않았다.

도대체 무얼 위해 그렇게까지 할까. 아버지를 잃은 나도 멀쩡히 회사를 나오는데 친딸도 아닌 그 아이의 슬픔을 왜 모두가 위로해 주지 못해서 안달일까.

그 답은 영우의 편지에 있었다. 영우의 담당 변호사가 장례 후 재산 분배나 유서에 대한 처리를 위해 집으로 찾아왔었다. 그때 변호사는 그의 재산 중 절반을 그녀와 혜윤이 갖게 됐다는 말을 전했다.

아내인 오 여사는 이미 상당량의 재산을 갖고 있기 때문에 추가적인 재산 분배 대상에 들어 있지 않았다. 변호사는 오 여사와 유진에게 영우가 남기고 간 편지를 건네주었다.

사랑하는 딸, 유진아. 아빠다.

내가 가장 먼저 사랑을 준 내 딸 유진이. 넌 뭐든 자신에 차 있고 당당해서 보기 좋았어. 거기다 예쁜 외모 덕분에 누구에게나 호감을 샀어. 아비로서 네가 바르게 성장하는 모습이 참 고마웠다.

어쩌면 네가 삐뚤어지기 시작한 게 혜윤이를 데려오고 나서부터인 것 같구나. 어린 네 입장에서는 그 아이를 칭찬하는 어른들을 보며 질투심이 생길 수도 있었을 거야. 그걸 내가 미처 몰랐던 것 같아. 점점 마음이 커지는 널 일찍부터 타이르거나 혼내지 못하고 놔뒀던 것이 화근이었어. 네 마음속에 어두운 감정을 내가 좀 더 보듬어 줬어야 했는데 그땐 사는 게 바빠 관심을 주지 못했어. 그 점이 참으로 미안하다.

하지만 그 마음도, 질투심도 조금은 내려놓을 수 없겠니. 이제라도 말이다. 내가 조금만 더 친절하게 대해 주고 웃어 주었다면, 내가 조금만 덜 질투했다면 너희 둘은 세상에 둘도 없는 친한 자매가 되었을 거야. 난 사실 그런 너희들을 보고 싶은 마음에 혜윤을 데려왔다. 내 바람이 너무 과했던 걸까. 그렇게 살 수는 없었던 거니.

너는 내 딸이기에 엄마와 내가 그 아이에게 상처 주는 말을 해도 묵인할 수밖에 없었다. 넌 내가 혜윤이만 감싸고돈다고 생각했겠지만 난 너를 생각해서 그 아이의 편도 들어주지 못했어.

유진아, 이제 아빠마저 죽고 나면 그 아이는 더 이상 기댈 곳이 없어진다. 혜윤이도 그걸 알아서 필요 이상으로 내게 더 집착했어. 넌 그걸 내 사랑을 독차지하려는 욕심이라고 생각했지만 그 아이에게는 절실한 삶의 끈이었다.

아마도 난 오래 살지 못할 것 같다. 마지막으로 부탁하마. 마음속의 미움과 욕망을 내려놓거라. 더는 혜윤이를 미워하지 마. 내 간절한 부탁이다. 그 아이를 그냥 놔둬. 네가 아니어도 충분히 힘들어하니까 이제 그 아이에 대한 감정을 모두 거둬 주길 바란다. 미움도, 분노도, 억울함도 모두.

더는 그 아이와 마주치지 마. 이제 내가 죽고 나면 더는 볼 일이 없어지는 사이가 될 거다. 찾아갈 필요도 없고 속 끓일 이유도 없어.

유진아, 아빠가 이렇게 부탁만 하는 것 같아서 미안하다. 그래도 이것 하나는 알아줬으면 해. 사랑한다. 너를 깊이 사랑한다.

유진의 말에 혜윤은 다시금 심장을 찌르는 아픔이 느껴져 눈가가 붉어졌다. 아직 그 슬픔을 온전히 치유하지 못했는지 시시각각으로 마음이 울렁거렸다. 유진은 혜윤에게 몸을 돌려 도전적으로 바라보았다.

"난 처음 봤을 때부터 네가 싫었어. 잘 지내고 싶은 마음이 아예 없었던 것은 아니었지만 너랑 다니면 내 존재를 모두 뺏길 것 같았어. 실제로 많이 뺏어 갔으니까. 지금도 그 마음이 바뀐 건 아냐."

"나도 알아. 알고 있는 얘기하려고 부른 거야?"

혜윤의 건조한 목소리에 유진은 옅은 숨을 내쉬었다.

"엄마가 많이 편찮으셔. 아빠의 죽음을 받아들이기 힘드신가 봐."

찔러도 피 한 방울 나오지 않을 것 같던 오 여사도 남편의 죽음 앞에서 무너졌나 보다. 혜윤도 알고 있었다. 오 여사는 아저씨를 많이 사랑했다. 그 사랑이 애증으로 바뀌어 종래에는 아저씨를 쓸쓸하게 했지만 그의 부재에 가슴 한군데가 뻥 뚫린 것처럼 허전했을 것이다.

"나도 아빠가 안 계시다는 게 아직까지 믿어지지 않아."

"누구에게나 좋은 분이셨으니까. 너뿐만은 아니야."

"너는 끝까지……."

유진은 허탈한 웃음을 짓다가 표정을 고쳤다.

"있지, 나 벌 받나 봐. 너한테 심한 말 해서."

유진의 말에 혜윤의 눈이 커졌다. 부친의 죽음이 유진을 변화시킨 건지는 모르겠지만 혜윤은 그녀에게 보이던 악의가 없어졌다는 걸 느꼈다. 불과 한 달 전만 해도 자신에게 폭언을 하던 여자의 얼굴이 아니었다.

"회사에서 이번 분기 성과에 대한 책임을 물었어. 지난해 우리 회사 실적이 좋지 못했거든. 대거 물갈이가 예상돼. 그중엔 나도 포함되어 있고."

"그게 선배님 때문이란 말은 하지 마."

유진의 입가에 헛웃음이 나왔다. 지섭이 휴직하기 전에 미리 처리해 놓은 일들이 회사 내에 바람을 일으켰다. 팀장 이상 임원급들은 모두 그동안의 실적 보고를 하라는 지시와 함께 그에 따라 해고 처리 방침이 나왔다. 사람들은 술렁였지만 아무도 지섭에게 불만을 표시하지 못했다. 실적에 따른 해고라는데 거부할 명분이 없었던 것이다.

"나도 이 모든 게 상무님이 악의적으로 만들어 낸 짓이고 날 적출하려는 생각에서 나온 일이었으면 좋겠지만 모든 사람들에게 공평하게 적용돼. 입사부터 지금까지의 실적, 성과 결과를 보고서로 제출해야 하는데, 자세히 보니까 그동안 내가 주도적으로 나선 프로젝트는 하나도 없더라. 다 운이 좋아서, 다른 사람의 도움으로 여기까지 온 거였어."

"……."

"미술관 공모전에 내 모든 것이 걸려 있다는 것도 같은 맥락이야. 난 더 이상 물러설 곳이 없거든."

"그래. 잘 되었으면 좋겠다. 어찌 됐든 같은 건축학도로서 응원해."

예전과 달리 차갑기 그지없고 담담한 혜윤을 보며 유진은 가습 깊이 서늘한 감정을 느꼈다. 그동안 혜윤의 다정함을 매몰차게 대하고 천대했던 자신이 막상 그녀의 차가움을 마주하자 적응하지 못하고 헤매고 있었다.

그 쓸쓸함에 유진은 제 팔을 감쌌다. 혜윤은 그녀에게서 고개를 돌려 엘리베이터를 바라봤다.

"이제 난 아주머니나 네게 가지 않을 거야. 너희 가족을 보면 아저씨가 생각나고 그럼 계속 마음이 아플 테니까."

"알아."

"그동안 두 사람을 힘들게 해서 참 미안했어. 난 그냥 화목한 가정 속에 부모님과 함께 있는 네가 참 많이 부러웠어. 그래서 더욱 갈구했나 봐. 네 관심을 말이야."

유진의 얼굴이 일그러졌다. 혜윤은 옅은 한숨을 내쉬었다.

"이제 정말로 너와 난 남남이 되었네."

"혜윤아."

"공적인 일 빼고 개인적으로 마주칠 일은 없을 거야. 그래도 어디서나 잘 지내길 바라. 넌 내가 사랑했던 사람이니까."

"너 정말 사람을 비참하게 하는구나."

유진의 목소리가 떨려 왔다. 마침 도착한 엘리베이터 안에서 지섭이 나왔다.

"한참 됐는데 안 오길래……."

말을 멈춘 지섭은 혜윤 옆에 서 있는 유진을 보며 미간을 찌푸렸다. 혜윤은 그를 보며 미소를 지었다.

"바쁜데 왜 내려왔어요?"

"뭐야. 얘가 또 괴롭혀?"

"아니에요."

살포시 웃던 혜윤이 그의 팔에 손을 얹었다.

"가요. 막 올라가려던 참이었어요."

그대로 엘리베이터에 몸을 실은 혜윤은 문득으로 유진의 눈물을 난생처음 보았다. 혜윤은 옅은 한숨을 내쉬며 그의 어깨에 제 머리를 기댔다.

"왜 그래. 민유진이 뭐라고 했어?"

"아뇨."

"그럼 도와 달래?"

혜윤이 고개를 들어 그를 돌아보았다. 지섭에게 잘 봐 달라는 이야기는 아니었지만 그는 거기까지 예상했었나 보다. 문득 이렇게까지 미움을 받는 유진이 안타깝게 느껴졌다. 지섭의 입술에 가볍게 입을 맞춘 그녀가 고개를 저었다.

"그냥 허전한가 봐요. 아빠가 돌아가셔서."

그의 팔이 혜윤의 어깨를 감쌌다.

"그래. 내가 사귀는 여자가 어떤 여자인지 잠시 잊었다."

"어떤 여자인데요?"

혜윤의 눈동자가 맑게 빛났고 그의 입가에 미소가 그어졌다.

"구미호."

"치……."

그는 가볍게 눈을 흘기는 그녀의 머리를 끌어당겨 품에 안았다.

"자, 처음으로 소개하는 내 일터."

엘리베이터 문이 열리자 그가 손을 잡고 이끌었다. 전에 회장실을 갔던 것처럼 그의 집무실도 넓은 복도를 한참 지나야 했다.

"이 넓은 층을 선배님 혼자 다 쓰는 건 아니죠?"

"설마. 이번에 총무실이랑 경영 지원 본부는 같은 층에 배정해 달라고 했어. 세 팀이 쓰고 있어."

그가 문을 열고 들어가자 비서실이 나왔다. 그곳에 앉아 있던 여직원 두 명이 일어섰다.

"오셨습니까."

깍듯이 인사하는 그들에게 지섭은 먼저 퇴근하라는 말을 하고 문을 열었다.

그의 집무실은 깔끔했다. 쓸데없는 장식품이나 액자 따위는 걸려 있지 않았고 인테리어 자체가 블랙 앤 화이트라 그가 일하는 데스크를 돋보이게 만들었다.

"역시 상무님이 일하는 곳은 뭐가 달라도 다르네요."

혜윤이 웃으며 그를 돌아보았다. 그때 지섭이 문고리를 잠그며 아무 일도 없었다는 듯 슬쩍 웃었다.

"난 원래 문 잠그고 일해."

"거짓말."

혜윤은 살짝 눈을 흘기다가 곧 눈웃음을 지었다.

"뭐, 잘됐어요. 오늘은 좀 용기가 필요하거든요. 남이 보기도 그렇고."

그의 입가에 웃음이 터졌다.

"대체 뭐하려고 그러는지 되게 궁금하네. 아까부터 일이 손에 안 잡혀."

지섭이 서서히 다가왔다. 혜윤도 한 걸음 다가가 아래로 내렸던 시선을 들어 올렸다. 그를 보며 예쁘게 웃던 혜윤이 큰 결심을 한 듯 숨을 깊게 내쉬었다.

"저랑 결혼해 주세요, 지섭 씨."

지섭의 눈썹이 살짝 꿈틀거렸다. 어디 더 해 보라는 듯.

"아저씨 돌아가시고 얼마 되지도 않아 이런 얘기 꺼내는 게 좀 이상한 거 아는데, 음…… 사랑해요."

결국 내뱉은 건 사랑한다는 말이 전부였다. 뭔가 더 멋지고 애틋한 말을 생각하려고 했는데, 다른 말은 모두 사라지고 결국 제게 남은 건 이 네 글자였다.

"당신을 사랑해요. 그리고 떨어지기 싫어요. 그래서……."

한달음에 다가온 그가 혜윤을 품에 안아 입을 맞췄다. 그의 부드러운 입술을 받아들이며 그녀도 그의 목에 팔을 둘렀다. 뜨겁게 휘감던 지섭의 입김이 귓가를 울렸다.

"당장 결혼하자. 너만 좋다면, 당장."

혜윤은 살짝 고개를 끄덕였다. 그의 얼굴을 쓰다듬으며 사랑에 빠진 눈을 마주 보았다.

"원래는 집에서 맛있는 음식도 하고 분위기도 내면서 근사하게 고백하려고 했는데 지섭 씨가 너무 바쁠 것 같아서 오라고 할 수 없었어요. 보고 싶기도 하고, 당장 고백하고 싶어서 그냥 막 찾아왔어요."

"잘했어."

이번엔 그의 손길이 혜윤의 얼굴을 쓸었다. 그녀의 이마에 숨결이 닿았다.

"맛있는 음식 필요 없어. 네가 제일 맛있는 음식인데 뭐가 더 필요해요. 근사한 고백도 필요 없어. 사랑해요, 한마디면 돼. 이것 저것 생각하지 말고 그냥 마음 가는 대로 해. 그게 내가 원하는 거야. 네가 왔다고 있던 시간이 갑자기 없어지는 것도 아니니까 절대 방해한다는 생각 말고. 언제나 네가 원하면 찾아와. 그리고 고백해. 사랑한다고."

"그럼 키스해도 돼요?"

"말이라고."

혜윤이 먼저 입을 맞추었다. 말랑한 혀가 그의 입술을 가르고 들어왔다. 간지럽고 부드러운 물컹거림이 기분 좋았다.

"맛있어요."

혜윤의 눈웃음에 지섭은 잠시 고민하는 얼굴을 했다.

"왜요?"

"난 사실 작업실이든 집무실이든, 공적인 공간에서 다른 건 일체 하지 않아. 일만 해."

"그렇겠죠."

혜윤의 손이 그의 등을 어루만졌다. 그녀의 입가에 미소가 진하게 올라갔다.

"그런데 어떤 구미호가 자꾸만 결심을 흔들리게 해. 이럴 땐 어떡해야 된다고 생각해?"

"음."

혜윤은 셔츠에 가려진 그의 가슴을 손끝으로 쓸어내렸다.

"글쎄요. 다시 결심하면 되지 않을까요?"

반짝이는 눈동자가 그를 올려보았다.

"오늘은 기억에서 지우고."

혜윤이 그의 셔츠 단추를 천천히 풀었다.

"내일부터는 절대로 다른 건 하지 말고 일만 하기로요. 어때요?"

마침내 단추를 모두 푼 혜윤이 셔츠 사이로 보이는 그의 살결에 가볍게 입을 맞췄다.

그의 눈동자가 짙은 흑색으로 빛났다. 타들어 갈 정도로 강렬한 그의 눈매가 혜윤을 집어삼켰다. 그녀의 심장이 쿵쿵 뛰었다.

"오늘 집에 가긴 힘들 거야."

"왜요?"

궁금해하는 그녀의 얼굴을 보며 그의 팔이 혜윤의 허리를 힘주어 안았다.

"날 자극했으니까 죽었다는 뜻이지. 오늘 안 놔줄 거라고."

말이 끝남과 동시에 그의 뜨거운 몸이 혜윤을 덮쳤다. 여태까지와는 비교할 수 없을 정도로 강한 남자의 힘에 그녀의 몸이 뒤로 꺾였다.

틈을 놓치지 않고 그가 팔로 받쳤다. 입술이 닿는 곳마다 뜨거운 열기와 자국이 남았다. 하얀 살결에 지섭이 남긴 흔적이 그대로 비쳤다. 부드러운 피부가 그의 입술에 붉게 물들었다. 거친 숨결에 떨림이 그대로 전해졌다.

혜윤의 눈물을 혀로 핥아 낸 지섭은 틈을 봐주지 않고 몰아붙였다. 그 강인함에 몸은 열기를 받아 뜨겁게 달아올랐고 전신에는 전율이 흘렀다.

그녀를 안아 주는 그의 모든 것이 강렬했다. 밖에 들릴까 봐 입술 끝으로 나오는 신음 소리를 막으려고 안간힘을 썼더니 혜윤의 숨이 더욱 거칠어졌다.

"하아…… 사랑해요. 당신을 사랑해요. 영원히."

"사랑해."

뜨거운 열기를 쏟아 낸 그의 숨결도 거칠었다. 열락에 들뜬 그녀의 얼굴을 내려다본 지섭의 눈가에도 눈물이 맺혔다. 그녀의 숨소리와 살결, 저를 보고 웃는 미소가 그저 고맙고 행복하기만 했다. 더 바랄 것이 없었다.

"사랑한다."

결혼 준비는 일사천리로 진행되었다. 신혼집은 공 회장이 준비해 주었고, 식장은 창영호텔에서, 웨딩드레스와 메이크업은 이전에 지섭을 따라갔던 의상실에서 담당하게 되었다. 스튜디오 촬영은 신혼 여행지에서 스냅으로 찍기로 했다. 결혼식 날짜는 꽃피는 4월이었다.

결혼 전부터 혜윤은 지섭의 압박으로 그의 집에서 지내게 되었다. 잠시도 떨어지기 싫다고 으름장을 놓는 지섭 때문에 동거 아닌 동거에 들어갔다. 하지만 방은 무조건 따로 쓰자는 혜윤의 강력한 주장에 그는 일정 부분 수긍해 주었다. 하지만 그녀는 한술 더 떠 제 방문을 넘어오는 순간 이 집에서 나갈 거라고 엄포를 놓았다.

"그럼 네가 내 방에 들어오는 건?"

"네?"

"왜 나만 네 방에 들어갈 거라고 생각해? 네가 내 방문을 넘어올 수도 있는 거야."

"조, 좋아요. 제가 당신 방에 들어가면 어떡하실래요?"

"어쩌긴."

그는 혜윤의 턱을 끌어당기며 입꼬리를 올렸다.

"잡아먹어야지."

그와 함께하는 모든 순간이 소중했다. 혜윤은 그와 함께 가구를 고르고, 가전제품이나 인테리어 소품을 보러 다니는 매 순간이 꿈만 같았다. 평생 사랑하던 남자를 남편으로 맞이할 준비를 하는 것도, 그와 알콩달콩 살 미래를 그리는 일도 모두 설레었다.

특히 존경하는 라이언의 설계를 매일 눈으로 보면서 그에게 많은 것을 배우고, 건축 설계에 대한 이야기를 하며 밤을 새울 수 있는 상대가 옆에 있다는 사실이 가슴 뛰었다.

회사에서도 본격적으로 설계 업무를 맡기로 했다. 창영 리조트 준공은 전 직원이 매달려서 준비하고 진행하는 만큼 경험을 넓힐 좋은 기회였다.

오후 업무를 보고 있는데 혜윤의 휴대폰 진동이 울렸다.

아주머니

예전에 응급실에서 본 뒤로 처음 연락이 온 것이었다. 두 달 만이었다.

혜윤은 한참 휴대폰을 들여다보다가 뒤집어 내려놓았다. 진동은 금방 사라졌다. 하지만 또다시 울리기 시작했다. 받을 때까지 걸 생각인 것 같아 그녀는 화면을 터치했다.

"안녕하세요, 아주머니."

—받긴 받는구나.

"받을 때까지 하실 거잖아요."

—바쁘니? 여기 회사 앞 카페야. 잠깐 나올 수 있어?

혜윤은 오 여사의 목소리에 옅은 숨을 내쉬었다. 결혼을 준비하며 그녀가 가끔 생각났다. 충격으로 몸져누웠다는 유진의 말이 아무래도 마음에 걸렸던 모양이다. 그렇게 모진 말을 듣고도 자신은 멍청이처럼, 습관처럼 그녀들을 걱정했던 걸까.

일전에 창영건설 1층 엘리베이터 앞에서 유진을 마주친 뒤로는 한 번도 그녀를 보지 못했다.

지섭에게 듣기론 성과가 저조하다고 판단되면 해고할 것이라고 했다. 단순히 유진이 미워서 그런 것이 아니라, 실제로 그녀가 팀장 자리에 있기에 역량이 부족하다는 객관적인 분석을 통한 결정이라고 했다. 유진 또한 요즘 회사 내에서 없는 듯 지낸다고 했다. 회사 직원들의 신뢰를 잃어 입지가 좁아진 탓이었다.

오 여사는 세상에서 최고로 여기는 딸, 유진이 그런 상황에 놓이게 된 것을 감당할 수 있을까. 남편이 세상을 떠나 제정신이 아닌 상태에서 딸마저 회사에서 잘릴 처지에 놓여 있으니 그녀는 지금 제일 힘든 시간을 보내고 있을 터였다.

"나갈게요."

혜윤은 통화가 종료된 휴대폰을 바라보다가 코트를 입고 일어섰다. 카페에 들어서니 오 여사는 창가에 앉아 밖을 보고 있었다. 혜윤이 다가가자 그녀의 시선이 돌아갔다.

"앉거라."

오 여사의 얼굴은 말이 아니었다. 자신이 알고 있던 도도하고 우아한 여성이 맞는지 의심이 들 정도로 초췌하고 혈색을 잃은 모습이었다. 화장을 하지 않아서 더욱 그랬는지도.

"뭐라도 드시겠어요?"

"아니. 우리가 나란히 앉아서 차를 마실 사이는 아니지 않니."

그건 그렇죠, 혜윤은 오 여사를 물끄러미 바라봤다. 아저씨가 살아계셨을 때는 세상에서 제일 빛나는 사람처럼 보였는데 그가 떠난 지금 그녀는 세상의 빛을 모두 잃어버린 사람 같았다. 혜윤의 마음도 알싸하니 아파 왔다.

"할 말 있어서 오신 거죠? 하세요."

오 여사는 한동안 혜윤을 보더니 허탈한 미소를 지었다.

"그래. 할 말이 있어서 왔지. 내게 이런 날이 올 줄은 상상도 못 했지만 딸이 다 죽게 생겼는데 못할 게 뭐 있겠니."

혈색은 창백해서도 목소리는 변함없었다. 그녀는 여전히 차가웠다.

"유진이 좀 살려 줘."

"아주머니."

"너 창영건설 사람이 되는 거잖아. 그 정도 부탁은 들어줄 수 있지? 그 남자가 절대 안 된다고 하지는 않을 거야. 네가 부탁하면."

이 상황에서도 제 입장만 말하는 오 여사를 보며 혜윤은 옅은 한숨을 내뱉었다. 아직도 자신을 한집에 살던 때처럼 하대했다.

"유진이가 그렇게 하라고 하던가요? 아주머니더러 대신 말해 달라고."

"아니야. 유진이는 몰라. 저 혼자 속 끓이고 있는 게 안쓰러워 내가 나섰을 뿐이다."

자신에게 오 여사는 참 모진 사람이었지만 유진에겐 심장도 내어 줄 정도로 절대적인 어머니였다.

"전 그 사람에게 부탁하지 않을 거예요. 유진이도 이미 알고 있는 사실이에요."

오 여사의 얼굴이 대번에 굳어졌다.

"키워 준 은혜를 이렇게 갚니? 우리가 네게 차갑게 굴었다고 해서 지금 복수하는 거냐고."

"말씀이 지나치시네요."

"이렇게 된 것도 모두 네 탓이잖아. 네가 건축 일을 하지만 않았어도, 네가 결혼한다고 하지만 않았어도 우리가 이 지경까지 오지는 않았을 거야. 유진이 아빠의 마음을 빼앗더니 이젠 딸아이가 좋아하는 남자의 마음도 빼앗고. 그런데 네 책임이 없어?"

이 사람은 단지 화풀이할 상대가 필요한 것은 아니었을까. 아무에게도 화를 낼 수 없으니까 자신에게 찾아와 그동안의 속상함을 모두 쏟아 내는 것은 아닐까.

혜윤은 맞은편에 앉은 여인의 얼굴을 보다가 살짝 고개를 끄덕였다.

"사람은 변하지 않는다는 말, 아시죠?"

오 여사의 얼굴이 굳어졌다. 혜윤은 한숨을 내쉬며 제 이마를 긁적였다.

"이제 더 이상 아주머니를 만날 일은 없을 거예요."

"뭐?"

"제가 오늘 여기 나온 건 아주머니의 사과가 듣고 싶어서였어요."

"허, 내가 너한테 왜 사과를 하니?"

"적어도 제게 부탁하려고 찾아오신 거라면, 제가 싫더라도 굽히고 들어가는 게 도리라고 생각해요. 그런데 아주머니는 끝까지 절 슬프게 하시네요."

혜윤은 연이어서 나오는 한숨을 내쉬고 말을 이었다.

"키워 준 은혜에 대한 보답은 예전에 충분히 갚은 걸로 알아요. 더 이상 갚을 은혜는 없는 것 같습니다. 그리고 전 당한 만큼 갚아 주는 사람 아니에요. 복수가 아니라 유진이 일에 관여하지 않겠다는 거예요. 제가 나설 수 있는 일도 아니고, 지섭 씨에게 부탁하고 싶지도 않은 일이에요."

"원혜윤, 너……."

"유진이 실력이 그것밖에 안 되는 거라면 받아들여야죠. 회사는 자선 단체가 아닌데 발전에 도움이 되지 않는 사람을 끝까지 안고 갈 수는 없어요. 교수님이니까 잘 아시잖아요."

오 여사의 얼굴이 붉게 물들었다. 혜윤은 그녀에게 시선을 고정하며 한 자 한 자 힘주어 말했다.

"이젠 정말로 아주머니에게서 벗어날 수 있을 것 같아요. 더는 아주머니나 유진일 보며 가슴 아파하거나 당신들 말 때문에 속상해하지 않을 거예요. 완전히 극복했거든요. 당신들이 독한 말로 절 힘들게 해도 전 주저앉지 않아요."

담담하게 말하는 혜윤을 보던 오 여사는 급기야 눈시울이 붉어졌다. 이대로 혜윤을 보내면 안 된다는 생각에 마음이 급해졌다. 예전엔 자신의 말이라면 무조건 들어주었는데 더 이상 그때처럼 여린 혜윤이 아니었다.

"부탁이다. 회사에 잘 좀 말해 줘서 잘리지만 않게 해 줘."

"제 권한이 아니라고 말씀드렸어요. 더 하실 말씀 없으면 이만 일어날게요."

혜윤이 일어서려고 하자 오 여사가 다급히 그녀의 손을 잡았다.

"혜윤아, 같이 산 정을 생각해서 한 번만 부탁하마. 제발 도와줘."

이제야 오 여사의 태도가 사뭇 바뀌었다. 자신에게 매달리고 있었다. 차갑게 마음을 닫고 돌아서려고 하니까 뒤늦게 부탁이란 걸 했다.

"그럼 같이 살 때 그렇게 해 주시지 그러셨어요!"

혜윤은 참고 참았던 서러움을 꺼내며 목소리를 높였다. 서서 오 여사를 내려다보는 혜윤의 눈가에도 눈물이 맺혔다.

"조금만이라도 절 딸처럼 대해 주시죠! 그렇게 예쁨 받으려고 애썼던 여자애한테 조금만 친절하게 대해 주시죠! 당신 말 듣고 꿈을 포기했던 애한테 고맙다는 말 한마디라도 해 주시지 그러셨어요!"

"혜윤아……."

"어린 나이에 아주머니나 유진이에게 독한 말을 들으며 자란 제 입장을 한 번쯤은 생각해 보셨어요? 영우 아저씨를 잘 부탁한다고 한 제 청을 듣고 조금만 잘 살펴 주시지 그러셨어요! 한 번 더 쓰러지면 그땐 정말 위험하니까 잘 보살펴 달라고…… 제가 그렇게 애원했잖아요! 제 모든 간절함을 그렇게 밟아 놓고 이제 와서 부탁이라는 걸 하는 사람을 전 어떻게 받아들여야 하나요."

"혜윤아……."

오 여사의 몸이 작게 떨렸다. 혜윤의 눈꼬리를 타고 눈물이 흘러내렸다.

"그 어린아이는요. 그저 당신의 사랑이 고팠어요. 엄마가 필요했다고요. 당신의 웃음이 간절했어요. 단지 그것뿐이면 되었어요."

오 여사는 아무런 말도 할 수가 없었다. 혜윤의 목소리가 아픔에 섞여 나와 주변을 가득 채웠기 때문이다.

"다시는 보지 않았으면 좋겠어요. 이젠 아주머니 볼 일 없을 거예요. 그리고 저에 대해 잘 모르셔서 그런 것 같은데 전 이런 부탁 들어주는 사람 아닙니다."

"……."

"뭐든 유진이가 스스로 부딪쳤으면 좋겠어요. 결과에 책임을 지고 다시 처음부터 시작하길 바라요. 결국은 그게 그 아일 위한 일이에요."

혜윤은 당황한 얼굴로 눈물을 흘리는 오 여사에게서 등을 돌렸다. 난생처음 그녀에게 제 감정을 속 시원히 말했다. 마음이 마냥 편한 것은 아니었지만 이제 자신은 오 여사를 보며 흔들리지 않으리라 다짐했다.

서로 가까워질 수 없는 사이란 것을 알았으니 더는 만날 필요가 없었다. 그들은 더 이상 혜윤의 사람들이 아니었다.

사무실로 들어오던 혜윤은 소장실에서 급히 나오는 영민과 마주쳤다.

"혜윤아!"

상기된 얼굴로 나오던 영민은 혜윤의 굳은 얼굴을 보더니 말을 멈추었다.

"왜 그래. 무슨 일 있어?"

"아뇨, 아무 일 없어요."

혜윤의 미소에 영민은 한동안 그녀를 빤히 바라보다 이내 표정을 고쳤다.

"아! 내가 그 말을 하려던 게 아니라…… 너 말이야!"

영민은 경이로운 탄성을 내질렀다.

"너 공모전에서 대상 탔어! 방금 전화 받았다. 네 디자인이 대상을 타서 앞으로 미술관 건축은 네 설계도로 지어질 거란다."

"정말이에요?"

혜윤의 얼굴이 금세 밝아졌고 커다란 눈동자가 반짝였다. 믿어지지 않는지 입을 벌린 혜윤의 얼굴에 점차 웃음꽃이 만연하였다.

"조금 이따 너한테 정식으로 전화가 올 거야. 거기 담당자가 회사에 먼저 전화를 해 줬어. 축하해!"

"우와! 우와……."

혜윤은 말문이 막혀 그저 감탄사만 내뱉었다. 심장이 쿵쿵 뛰며 몸속 에너지가 한꺼번에 샘솟는 기분이었다. 떨리는 마음을 다잡고 사무실로 들어온 혜윤은 동료들의 축하 인사를 받으며 자리에 앉았다.

잠시 멍하니 앉아 있던 혜윤은 곧 미술관 공모 주최 측 홈페이지로 들어갔다. 팝업창에 미술관 공모 디자인 수상이라는 네임이 떴고 아이콘을 클릭하자 '시립 미술관 건축 디자인 공모전 대상 원혜윤'이란 문구가 나왔다.

원혜윤. 자신의 이름을 보고 또 바라보던 혜윤은 계속해서 심장을 울려 대는 소리에 가만히 손을 얹었다. 평생 꿈으로만 간직하고 꺼내 보지 않았던 일이 조금씩 눈앞에 나타나려 했다.

설계에는 전혀 소질이 없다고 생각했는데 사실은 원하고 또 갈망하던 꿈이었다. 그 꿈에 한 단계 더 다가갈 수 있는 용기가 생겼다.

다른 사람이 객관적으로 바라보고 평가를 내린 이 공모전을 통해 '나는 설계를 참 좋아했구나. 그게 내가 원하던 꿈이었구나'라고 확신을 가질 수 있었다.

곧 전화가 울렸다.

"여보세요."

─가우디 건축 사무소 원혜윤 씨 맞으시죠?

"네. 맞아요."

─축하드립니다. 시립 미술관 건축 공모전에서 대상을 받으

셨어요. 사전 공지가 나가고 회사로도 연락이 간 상태라 이미 알고 계실 것 같습니다.

"네. 방금 전에 연락받았습니다. 감사합니다."

혜윤의 목소리가 떨려왔다.

—다시 한번 축하드리고요. 원혜윤 씨의 설계, 굉장히 감명 깊게 잘 보았습니다. 독특하면서도 세련되고 자연과 어우러진 감성이 보기 좋았습니다. 심사위원 심사에서 만장일치로 결정되었음을 알려드립니다. 이 디자인은 곧 있을 미술관 건축에서 기본 설계로 적용될 것입니다.

"네. 정말 감사합니다."

—좋은 소식이 한 가지 더 있죠? 앞선 공지에서 이미 알려드렸지만 대상을 받으신 분께는 스페인 유학 특전이 있습니다. 어학연수를 포함해 유학에 관한 모든 학비를 무상으로 지급해드린다는 내용이었습니다.

"아, 네."

—이런 기회가 쉽게 있는 것은 아닙니다. 이 기회에 좋은 건축가로 성장하셨으면 좋겠습니다.

"너무 좋은 기회죠. 그런데 혹시 못 가게 되면 어떻게 되나요?"

—아쉽지만 기회는 다음 분께로 넘어갑니다. 회사 때문에 그러십니까?

"여러 면에서 바로 결정하기가 어렵네요."

—생각해 보시고 이번 주 내로 결정해서 연락 주시기 바랍니다. 4월부터 시작하는 코스라서요. 9월 학기 시작 전에 어학연

수부터 들어가니까 가급적 빠른 결정 부탁드립니다.

전화를 끊은 혜윤은 유학이라는 변수를 마주하게 되었다. 불과 한 달 뒤면 결혼식이 있는데 유학을 갈 수는 없었다. 이미 모든 사람에게 날짜를 알렸고 청첩장도 돌린 상태라 결혼을 없던 일로 하는 것 자체가 힘든 일이었다.

적어도 2년은 걸리는 유학 기간 동안 장거리 결혼 생활을 하는 것도 현실적으로 불가능했다. 한마디로 결혼과 유학 둘 중 하나는 포기해야 한다는 말이었다.

퇴근 후 버스를 탄 혜윤은 창밖으로 눈을 돌려 옅은 숨을 내쉬었다. 디자인 공모전 대상을 탔다고 좋아했는데 이런 상황에 놓이게 될 줄은 몰랐다.

결혼. 그와 하나 되기를 바라던 단어였다. 평생 사랑해 온 지섭을 자신의 남자로 맞이하고 꿈처럼 아득했던 행복한 가정을 이루는 순간을 염원했다. 그랬기에 서둘러서 결혼하고 싶었다. 의심할 여지없이 혜윤이 소망하던 일이었다.

유학. 배부른 자들만 갈 수 있는 것이라고 여기며 스스로에겐 꿈도 꾸지 말라고 꽁꽁 묶어 놓았던 단어였다. 유학을 갈 수 있는 형편과 상황이 아니었기에 그건 제 일이 아닌 허상이었다.

하지만 마음 깊은 곳에서부터 갈망하던 꿈이었다. 좋아하는 설계를 마음껏 공부할 수 있고, 더군다나 자신이 존경해마지 않는 가우디의 고향으로 유학을 가는 순간을 어찌 거절하고 싶을까.

버스가 어느덧 집 근처 정류장에 서자 혜윤이 급히 내렸다.

집까지 터벅터벅 걸어가면서도 그녀는 고민에서 헤어나질 못했다.

아파트 앞에 선 혜윤은 깊은숨을 내쉬고 손에 힘을 주었다. 좋은 일에 울상을 짓지 말자고, 넌 충분히 칭찬받을 만하다고, 유학 안 가면 어떠냐고, 또 다른 좋은 일이 있지 않느냐고 스스로 다독였다.

지섭은 종일 바쁜 건지 전화 한 통이 없었다. 혜윤의 소식을 듣고 문자 하나를 보낸 게 다였다.

〈정말 축하해. 이따 집에서 보자.〉

저녁 준비를 마치고 거실 소파에 앉은 혜윤은 깜깜한 창밖에 비친 자신의 모습을 내다보았다.

모든 것이 행복한 이 순간을 생각하자 그녀의 입가에 잔잔한 미소가 떠올랐다. 앉아서 기분 좋은 상상을 하고 있으려니 현관문 열리는 소리가 들렸다.

혜윤이 일어서 현관으로 나가자 사랑하는 남자가 양손에 무언가를 가득 들고 들어서고 있었다.

"이게 다 뭐예요?"

지섭은 손에 들린 것을 한쪽에 내려놓더니 다짜고짜 그녀를 안아 들고 몸을 빙그르 돌렸다.

"내 여자 최고."

그녀의 얼굴 여기저기에 연신 입술 도장을 찍은 지섭이 다시 혜윤을 꼭 안는 것으로 마무리했다. 겨우 얼굴을 보여 주는 그를 보며 혜윤은 눈을 살짝 흘겼다.

"달랑 문자 한 통 해 놓고 이제 와서 잘 보이는 거예요?"

"봐줘. 정말 바빴어. 대신……."

지섭은 바닥에 놓여 있는 꽃다발을 들어 혜윤의 품에 안겼다. 백합 향이 차올랐다.

"지금부터 아침까지 잘할게."

혜윤은 빙그레 웃는 지섭의 가슴을 주먹으로 콩 내리쳤다.

"와인과 케이크도 준비했지."

"흠, 봐줬다. 와서 밥 먹고 케이크도 잘라요."

혜윤은 그의 손을 끌고 앞장섰다. 눈앞에 여자를 내려다보며 따라가던 그가 못 참고 혜윤의 등을 안았다.

"생각할수록 기특하고 예뻐. 난 정말 매일 반한다. 너란 여자한테 매번 빠져."

"지섭 씨."

"혜윤아. 혜윤아."

지섭은 계속 혜윤의 이름을 부르며 그녀를 놓지 않았다. 자신을 부르는 목소리가 일렁인다는 생각이 들어 지섭의 팔을 잡고 몸을 돌렸다.

"왜 그래요. 무슨 일 있어요?"

그는 활짝 웃으며 고개를 저었다. 물끄러미 그를 보던 혜윤이 슬쩍 웃었다.

"저 유학 안 가요. 당신 옆에 있을 거예요. 결혼해야죠."

그의 눈동자가 놀란 듯 커졌다. 혜윤은 눈웃음을 지으며 그의 뺨에 가만히 손을 대었다.

"당신을 두고 어딜 가요."

"혜윤아."

"고민이 좀 됐는데 전 공모전 대상 탄 걸로도 너무 행복하고 만족해요. 유학 아니더라도 한국에서 얼마든지 꿈을 펼칠 수 있으니까 안 갈 거예요."

"정말 그런 결정을 내린 거야?"

"네. 정말로요. 가우디를 한 번 더 가까이서 볼 수 있는 기회를 놓친 게 가장 아쉽지만 그건 나중에 당신이랑 같이 보러 갈래요."

지섭의 손끝이 혜윤의 뺨을 쓸어내렸다.

"힘든 결정을 했네."

그가 살며시 웃었다. 그의 미소에 혜윤의 심장이 쿵쿵 빨리 뛰기 시작했다. 저 미소엔 당해 내지 못하겠다. 평생 저 미소는 그녀를 흔들 게 분명했다.

"난 사실 이기적인 놈이야. 네가 성장하길 바라면서도 내 옆에 없는 건 매우 싫어. 참 못났지."

그의 팔이 혜윤의 등을 끌어안아 품 안으로 가두었다. 그녀의 정수리에 턱을 대고 눈을 감았다. 남자의 몸이 살포시 떨렸다.

"지금도 네가 없는 낮 시간 동안을 겨우 사는데, 그렇게 오랜 시간 네가 내 옆에 없다면 어떻게 될까. 아까 낮에 잠시 그런 생각을 했어. 그래서 사실 더 연락을 못 했어."

혜윤도 그의 허리에 팔을 둘러 작게 두드려 주었다. 어머니가 다독여 주는 것처럼 한없이 다정했다.

"지섭 씨, 전 당신의 여자예요. 당신은 제 남자고요. 그러니까 마음 편하게 가져요. 혹시 당신 마음이 변한다고 해도 전 절대 변하지 않을 거예요."

따뜻한 입술이 닿았다. 서로의 감촉을 느끼는 지금 이 순간 머리끝부터 발끝까지 아지랑이 피듯 울렁이는 물결이 차올랐다. 어딘가 붕 뜬 것 같은 몸의 기운을 누르며 서로의 체온을 나누었다.

저녁 식사는 맛있었고 케이크는 한없이 달콤했다. 곁들여 마신 와인은 부드러웠고 그의 품에 안겨 창밖을 바라보는 바깥 야경은 끝없이 아름다웠다. 계속해서 혜윤의 팔을 간질이며 쓰다듬던 지섭이 그녀의 귓가에 입술을 가져갔다.

"유학 잘 다녀와."

나지막하지만 부드러운 목소리에 귓가가 녹아내릴 것만 같았다. 혜윤이 몸을 돌려 그를 올려다보았다.

"안 간다니까요."

지섭의 입술이 그녀에게 가볍게 닿았다.

"가고 싶잖아. 그리고 가는 게 맞아."

목이 메어 아무 말도 하지 못한 혜윤은 그의 눈을 바라볼 수밖에 없었다. 그의 눈매가 부드럽게 휘었다.

"내 이기심 때문에 네 꿈을 포기하는 건 말도 안 돼. 그렇게 해서 내 옆에 둔다 한들 내 마음이 편할 리 없어."

"결혼은 어떻게 해요. 이미 언론이나 주변에서 다 알고 있는데 없던 일로 해도 괜찮겠어요? 결혼 한 달 남겨 놓고 갑자기 결혼 안 한다는 소식이 들리면 당신에게 좋지 못한 평이 나올 텐데. 사모님도 걱정되고."

지섭은 슬쩍 웃으며 그녀의 이마를 손끝으로 튕겼다.

"아야!"

"지금 내 걱정해 주는 거야?"

그가 소리 내어 웃었다. 웃음소리가 시원했다.

"내가 누군지 몰라? 나 공지섭이다. 사모님이 무서웠으면 회사에 들어가지도 않았지. 그런 가십에 흔들릴 거 같았으면 시작도 하지 않았어."

그의 커다란 손이 혜윤의 얼굴을 감쌌다.

"결혼은 취소가 아니라 유예야. 버림받은 남자가 아니라는 거지. 네가 스페인에서 다른 남자를 만난다면 또 모를까."

이번엔 혜윤의 입에서 웃음이 터져 나왔다. 하지만 곧 다시 얼굴이 굳어졌다. 그의 말처럼 너무나 가고 싶고 꿈꾸었던 일이다.

하지만 그래도 되나. 정말로 이런 결정을 내려도 되는지 확신이 서지 않았다. 그의 마음을 알고 있는데 떼어 놓고 가는 것도 마음에 걸렸다.

"오랜 시간 날 기다렸던 너니까 이젠 내가 기다릴게. 네가 기다렸던 시간을 나도 감당해 볼게. 네가 올 때까지, 네가 날 능가하는 건축가가 되어서 돌아올 때까지 기다릴 거야."

결국 혜윤의 눈가에 눈물이 고였다. 그의 마음이 제 가슴을 묵직하게 울렸기 때문이다.

"좀 많이 힘들겠지만 한번 도전해 볼게. 내가 어디까지 기다릴 수 있는지 나도 궁금하거든. 정 힘들 땐 어느 날이고 찾아갈지도 몰라."

"지섭 씨."

눈물이 뺨을 타고 흘러내렸다. 혜윤도 그와 떨어져 지내는 게 가슴 찢어지도록 아팠다. 매일 모든 생활을 공유하고 싶었는데 그 시간이 또다시 뒤로 밀려났다. 혜윤의 고개가 바닥으로 떨어졌다.

"미안하고, 고마워요. 사실 유학은 제가 결정할 수 없는 부분이었어요. 그런데 당신이 그렇게 말해 주어서 마음 한구석의 불편함이 해소되었네요. 좋은 마음으로 유학 갈 수 있을 것 같아요."

"……."

"절 이해해 줘서 너무 고마워요. 그리고 정말 미안해요."

지섭이 다시 혜윤을 끌어안았다. 제 품에 안고 그녀의 머리를 당겨 쓰다듬었다.

"공부 열심히 안 하면 쫓아가서 혼내 줄 거야."

"네."

"전화 안 하면 쫓아가서 데려올 거야."

"네."

"다른 남자 만나면 그건 내가 물러날게."

"왜요?"

"네 선택이니까. 나보다 잘난 남자 찾기가 쉽지는 않겠지만 그럼에도 네 마음을 사로잡은 남자가 있다면 그 사람은 네 사랑을 받기에 충분한 남자일 테니까. 널 잡을 명분이 없지."

"바보."

눈물이 흘러내리는데 웃음도 함께 터지는 이 기묘한 상황이 아찔했다.

"유부녀 신분으로 유학 보내지 않는 건 내 배려야. 하고 싶은 거 하고 누리고 싶은 거 마음껏 누리며 즐겁게 공부하라는 뜻. 남자를 만나고 싶으면 만나고 새로운 삶을 살고 싶으면 살라는 뜻도 돼."

"그만큼 배려한다는 건 자신 있다는 소리인가요? 아무도 당신을 대체할 수 없다는 걸 알고 일부러 그런 말 하는 거죠?"

혜윤이 예쁘게 웃었다. 그의 심장이 저리게 울렸지만 애써 미소를 지어 보였다. 그녀를 위해 마음을 숨겼다. 잡고 싶은 마음을 눌러서 가두었다.

"사랑해요. 제 숨이 다하는 날까지 당신만을 사랑할 거예요. 그러니까 제 마음을 왜곡하지 말아요. 그건 너무 잔인해요."

"하아."

지섭은 사랑하는 여자의 입술을 탐했다. 낮은 숨이 새어 나와 그 틈을 막았다. 마음속 울분을 숨기고 그녀의 입술 안을 파고드는 것으로 달랬다.

조금은 거칠게 그녀를 다뤘다. 조급한 마음이 드러날까 숨기고 감추려고 해도 손길이, 육체가 그녀를 갈망했다. 놓기 싫다고, 보내기 싫다고 울부짖었다. 뜨거운 숨결이 전신을 훑으며 지나갈 때마다 혜윤의 몸도 함께 뜨거워졌다.

뜨거운 숨과 함께 가느다란 흐느낌도 흘러나왔다. 사랑을 주고받는 그와 나, 그리고 사랑을 나누는 우리. 그 순간이 영원처럼 오래도록 머물렀다.

공 회장은 혜윤의 유학을 받아들이고 승낙해 주었다. 처음엔
못내 아쉬운 마음에 결혼하고 가라며 엄포를 놓았지만 곧 유학
을 가도록 허락해 주었다.

공 회장이 직접 스페인에 혜윤의 거처를 마련해 주고, 공부하
는 동안 불편함이 없도록 지원을 아끼지 않았다. 경호원까지 붙
여 준다는 걸 가까스로 막았다. 다른 것들도 거절하려 했지만
공 회장이 워낙 강경해 숙소를 받는 것까지만 하기로 했다.

회사에는 사직서를 냈다. 영민은 휴직 처리를 하자고 했지만
혜윤이 거절했다. 몇 년이 걸릴지도 모르고 회사 상황에 따라
직원 채용이 필요할 수도 있는 일에 자리를 남기고 싶지 않았
다.

주변 정리를 하면서 혜윤은 자신과 인연을 맺은 사람들이 많
았다는 생각이 들었다. 만나는 모든 사람들이 유학을 축하해 주
었고 그녀의 재능을 높이 샀다.

친구들은 지섭과의 결혼을 포기하면서 유학을 가는 그녀의
배짱에 박수를 쳐 준다고 했다. 오랜 시간 마음에 둔 남자를 드
디어 가지나 했더니 쉽게 유학을 결정할 줄은 몰랐단다. 하지만
원혜윤답다고 했다. 항상 예상을 벗어나는 행동을 하는 게 너란
여자라고. 그게 네 매력이라고.

지섭은 혜윤의 유학을 아낌없이 도와주었다. 회사 업무가 끝
나고 집에 오면 같이 대학원 공부에 대한 정보도 찾고, 배울 것
과 여행해 볼 곳까지 꼼꼼히 짚어 주었다. 이럴 땐 동생을 아껴

주는 친오빠 같았다.

그러다가도 밤이면 어김없이 혜윤을 안았다. 그들은 유학을 떠나는 날 전까지 하루도 빠짐없이 사랑을 나누었다. 땀에 젖은 남자의 단단한 몸을 쓰다듬던 혜윤이 그의 뺨에 입을 맞추었다.

"그거 알아요? 당신이랑 사랑을 나눈 모든 날들이 다 생생히 기억난다는 거. 첫 경험부터 오늘까지 단 한 차례도 잊은 적이 없어요. 신기하죠?"

지섭은 혜윤의 어깨를 어루만지며 부드러운 피부에 입을 맞추었다.

"나도 신기해. 너와 함께한 모든 시간이 오래도록 기억에 남아. 네가 호텔에 찾아온 날부터 지금까지, 모두 다."

그의 목소리가 살며시 떨려 왔다. 혜윤은 일부러 모르는 척 웃어 주었다.

"난 내일 공항에 안 가."

"네."

"미팅 약속이 있어."

"일하세요."

"그리고 출장도 가."

"조심히 다녀오세요."

"널 보면 손을 놓지 못할 것 같아서 그래. 쿨하게 보낸다고 해 놓고 바보처럼 붙잡을지도 모르거든."

그의 눈가가 반짝였다. 애써 눈물을 참고 있는 것 같았다. 혜윤의 가슴도 저릿하게 아파 왔다.

"자주 놀러 오세요. 저도 보러 올게요."

"내 숨이 다할 때까지 사랑해."

결국 눈물 한 줄기가 그의 뺨을 타고 흘러내렸다.

"사랑해요."

14

같이 살자

4년 후.

『엠마! 대표님께서 부르셔.』

『네. 지금 갑니다!』

혜윤은 양팔에 한 아름 든 설계 도면을 꼭 안고 하이힐을 신은 채 복도를 뛰어갔다.

건축계의 거장 알렉산드로의 수제자로 들어와 그의 밑에서 일한 지 어느덧 2년 가까이 되었다. 명성만큼이나 남들과 비교할 수 없는 천재적인 능력을 가지고 있지만 성격은 개차반인 장년의 남자를 모시고 궂은일과 커피 흘리기를 반복하며 일상을 견뎠다.

흔히들 천재는 곁에 사람들을 두기가 힘든 것인지 그도 아내와 이혼을 하고 일에만 파묻혀 사는 일중독 벌레였다. 때로는 혜윤의 연애를 못마땅하게 여기며 일에 파묻히도록 했다. 지섭을 만날 일이 생기면 더욱 못살게 굴고 닦달하며 그녀를 괴롭혔다.

스페인 유학이 마무리되어 갈 때쯤 혜윤은 현지 교수님에게 스카우트 제안을 받았다. '알렉산드로'라는 이름만 들어도 설레는 유명한 건축가가 자신을 데려오고 싶다고 했다는 것.

그 당시 혜윤은 유학이 끝나면 한국으로 돌아가 그리운 지섭을 만날 생각에만 부풀어 있었다. 하지만 또 다른 도전과 꿈이 혜윤의 심장을 타오르게 했다.

그는 변함없이 혜윤의 꿈을 응원해 주었다. 겨우 2년을 버티며 집값보다 비행깃값이 더 들 정도로 한국과 스페인을 오가던 지섭이었는데, 또 기다려야만 하는 끔직한 상황에서도 그는 자신의 마음보다 혜윤을 더 생각했다. 사실 유학 때처럼 아무 때고 찾아와서 만날 거라 생각했기에 응원했던 것이리라.

그러나 알렉산드로의 작업실로 들어간 순간부터 혜윤은 일주일에 한 번 통화하기도 어려운 업무량과 과제, 외부인과의 접촉 금지령으로 지섭을 만나기가 하늘의 별 따기처럼 어려웠다. 간신히 메일을 보내고 가끔 휴가를 내서 그를 보러 가는 일이 전부였다.

알렉산드로는 참으로 괴팍한 성격의 소유자였다. 처음엔 혜윤의 설계를 못마땅해하며 무시하고, 심지어 찢는 일도 허다했다. 왜 자신을 선택했는지 모를 정도로 그는 혜윤을 괴롭혔다. 서러워서 남몰래 울기도 했다.

그러던 그가 1년이 지난 시점부터 180도 달라진 모습으로 그녀를 대했다. 모든 일정과 건축 설계에는 반드시 혜윤을 포함시

켰고, 큰 그림부터 세세한 부분까지 그녀의 의견을 들으며 진행했다.

나중에야 어렴풋이 그가 왜 혜윤을 힘들게 했는지 알 수 있었다. 작업실에서 일하던 다른 동료는 그가 혜윤의 근성을 높이 산 것 같다고 했다. 대부분 그런 대접을 받으면 절반도 못 버티고 뛰쳐나갔다고 했다.

알렉산드로 밑으로 들어올 정도면 이미 그 실력을 보장받았다고 할 수 있는데, 그가 하는 행동을 견디며 버티기엔 자존심이 용납하지 못했을지도 모른다. 그런데 갖은 수모를 받으면서도 꿋꿋하게 버틴 혜윤을 그도 좋게 본 것이다.

'엠마'라는 이름은 알렉산드로가 직접 지어 주었다. 혜윤이란 이름은 발음하기가 너무 힘들다고, 자신이 알고 있는 가장 뛰어난 여성 건축가의 이름이니까 그 사람처럼 되라며.

노크한 뒤에 문을 열고 들어가자 알렉산드로는 여느 때처럼 데스크에 앉아 작업을 하고 있었다. 환갑이 넘는 나이인데도 그는 여전히 에너지가 넘쳤다. 혜윤은 설계 도면을 테이블에 올려놓았다.

『박물관 건축은 거의 마무리 되어 가나?』

『네. 오늘 현장 시찰 갔다 왔는데 우리 요구대로 변경된 것을 확인했습니다.』

『진작 그렇게 할 것이지. 지가 열 내면 어쩔 건데. 뭐든지 급한 놈이 수그리고 들어오는 거야.』

혜윤은 빙그레 웃으며 상사의 갑질에 동조했다. 도널드 브라운이라는 박물관 책임자는 시종일관 그들의 설계에 태클을 걸고 의심을 품었다.

하지만 자존심이 강한 알렉산드로도 봐주거나 넘어가는 일이 없었다. 자신의 설계에 의심을 품는다는 걸 용납하지 않을 정도로 건축 설계에 대한 자신감이 있었다.

그와 혜윤이 설계한 박물관은 지금 영국에서 가장 뜨겁게 이슈화되고 있었다. 곧 영국 총리가 직접 언급하고 홍보할 거라는 언론 기사도 쏟아진 상태였다. 그만큼 박물관의 완성된 모습에 많은 이들의 관심이 집중되어 있었다.

『내가 따로 지시한 것도 확실히 했나?』

『아…….』

혜윤은 머뭇거리며 날카로운 그의 눈매를 피했다.

『안 했어?』

『대표님. 아무리 생각해도 그건 너무 무리인 것 같습니다. 어떻게 제가…….』

혜윤은 또 말을 잇지 못하고 시선을 회피했다. 그도 마침내 펜을 내려놓고 정면으로 그녀를 보았다.

『엠마.』

『네.』

『넌 무슨 생각으로 내 밑으로 들어와서 일한 거지? 그저 고리타분한 늙은이 보좌하러 온 게 다인가.』

그의 눈빛은 점점 더 날카로워졌다.

『난 널 키우려고 데려온 거야. 자격이 충분하니까 그런 제안도 한 거고. 아무나 그런 권리를 누리는 줄 알아?』

그는 당장 전화기로 손을 옮겼다.

『좋아. 네가 안 했다면 내가 직접 말하지.』

그는 어디론가 전화를 걸고 상대방이 받기를 기다렸다.

『아, 도널드 브라운 씨. 내가 깜박 잊고 말하지 못한 게 또 있습니다. 이번 박물관 건축은 엠마 이름만 들어갑니다. 뭐, 당연한 거지. 그게 놀랄 일입니까. 네. 그럼 그리 알겠습니다.』

알렉산드로는 전화를 끊고 다시 혜윤을 보았다.

『책임자마저도 내가 아닌 네 이름을 넣어 달라니까 반색을 하며 좋아하는데 정작 네 스스로가 문제인 것 같군. 엠마 넌 평소엔 좌중을 압도할 정도로 빛나는데 가끔씩 너도 어쩌지 못하는 어두운 구석을 가지고 있어. 그걸 얼른 극복해야 해.』

『네. 알고 있습니다.』

혜윤은 꾸벅 인사를 했다.

『이번 달 말일이 2년 채우는 날인가?』

『네.』

알렉산드로는 스카우트한 제자들을 2년이 되면 다시 밖으로 내보냈다. 혜윤의 경우처럼 제 이름으로 우뚝 설 수 있을 만큼 만들어 놓으면 나가도록 했다. 그렇게 계약 만료하여 나간 사람이 손에 꼽을 정도로 적어 사례를 적용시키기가 힘들지도 모르지만.

『벌써 그렇게 되었군.』

그는 책상 서랍에서 서류 봉투와 노트 한 권을 꺼내 위에 올려놓았다.

『이 계약 건만 성사시키면 우리 계약 기간도 얼추 맞아떨어지겠어.』

혜윤은 말없이 그를 보았다. 그의 입가에 보기 힘든 미소가
생겼다.

『왜, 아쉬운가?』

『아쉽다기보다는 멍합니다. 대표님 밑에서 일하고 나면 뭔가
대단한 사람이 되어 있을 줄 알았는데 전 여전히 2년 전과 같은
것 같습니다.』

『아직 자신의 네임이 어떤 위치인지 잘 모르는 것 같군. 뉴스
나 인터넷 잘 안 보나?』

『일이 바빠서 거의 보지 못했습니다.』

『그럼 이제부터 느껴 봐. 네가 어떤 사람이 되었는지. 아마
고국에 돌아가면 더 생생하게 느낄 것 같군.』

고국. 마치 독립되지 못한 대한민국을 그리워하는 단어 같아
혜윤의 입가에 잔잔한 미소가 생겼다.

『다시 올 필요 없어. 마지막 계약 상대가 한국인이니까. 너한
테는 말하지 못했는데, 그 계약은 이미 상대편 책임자와 내가
오래전부터 진행해 온 일이니까 넌 건축물 확인 후에 서류에 서
명하고 나한테 메일로 보내 주면 돼. 사진 첨부하고.』

알렉산드로가 의자에서 일어서 혜윤에게 다가왔다. 그리고
호주머니에 손을 넣으며 그녀의 앞에 우뚝 섰다.

『엠마, 너는 참 매력 있는 여자야. 어떻게 보면 그런 사랑을
받는 것이 당연해. 난 사랑을 믿지 않지만 예외를 두기로 했어.』

『네?』

어리둥절한 얼굴로 자신을 바라보는 혜윤에게 알렉산드로가
눈썹을 찡그렸다.

『몰라도 돼.』

실없는 농담을 하지 않는 그가 오늘따라 말이 길어져서 혜윤은 더욱더 의아했다.

『그동안 성격 괴팍한 상사 밑에서 작업하느라 고생했네. 어디서든 지금처럼 빛나도록 해. 엠마 보려고 한국 한 번 가 봐야겠어.』

『꼭 오세요. 제가 안내하겠습니다.』

혜윤은 알렉산드로가 내미는 손을 마주 잡으며 활짝 웃었다.

혜윤은 문을 나와서 복도를 거닐며 노트를 폈다. 연필로 스케치를 한 그림은 한 건물을 여러 각도에서 그려 낸 모습이었다. 나무와 숲이 우거진 공간에 이층집이 들어섰고, 그 집의 겉면은 가우디의 구엘 공원처럼 둥글고 빛과 어우러진 색채감이 있었다.

1층의 한 면이 통째로 유리로 되어 있었고, 그 안에서 둥글게 난 계단을 따라 2층으로 올라갈 수 있었다. 2층에선 밤하늘의 별을 볼 수 있게 천장에 자그만 창을 내었고 침대가 놓여 있었다.

여러 개의 방이 있었지만 혜윤은 밤하늘의 별을 올려다 볼 수 있는 2층에 오랫동안 시선이 머물렀다. 노트의 여러 장을 넘겼지만 이 집만 모양이 다른 상태로 그려져 있었다.

혜윤은 어쩐지 익숙한 설계 양식에 심장이 쿵쿵 뛰기 시작했다. 무언가 놓치고 있는 듯한 느낌도 들었고, 무엇보다 그녀가 어릴 때부터 상상하던 꿈의 집을 현실로 옮겨 놓은 것 같은 설계도에 가슴이 찡하게 울렸다. 이런 집을 직접 눈으로 볼 수 있다는 사실에 벅찬 감동이 생겼다.

＊   ＊   ＊

—승객 여러분, 우리 비행기는 잠시 뒤 인천 공항에 도착합니다.
모두 안전벨트를 매시고 승무원의 안내에 따라 주시기 바랍니다.

한국행 비행기가 공항에 이륙했다. 혜윤은 완전히 멈춘 비행
기에서 내려 통로를 따라 걸었다.

캐리어를 찾아 입국장을 나온 혜윤은 순간 카메라로 사진을
찍어 대는 기자들을 보며 걸음을 멈추었다. 주변을 두리번거리
고 살펴보았지만 모두의 시선이 자신에게로 쏠렸다.

"원혜윤 씨! 영국 국영 박물관 건축 설계자로 이름이 올라간
다는데 사실입니까?"

"거장 알렉산드로가 직접 원혜윤 씨를 애제자라고 인터뷰했
었는데요. 기분이 어떠십니까?"

"한국에는 굉장히 오랜만에 오시는 걸로 아는데 소감 한마디
만 부탁드립니다."

"창영건설 공지섭 부회장님과의 관계는 어떻게 되는 겁니까?
향후 두 분의 일정에 많은 관심이 쏠리고 있습니다."

아무에게도 말하지 않고 한국으로 들어왔는데 어떻게 알고
기자들이 온 건지 알 수가 없었다.

이게 알렉산드로가 말하던 관심인 걸까. 자신의 위상을 느낄
수 있다는 말이 이런 것이었을까.

쏟아지는 질문에 대답도 못 하고 카메라 셔터의 빛을 있는 대로 받아 내는 그녀의 앞으로 정장을 입은 남자 두 명이 다가왔다.

"원혜윤 씨, 공 회장님께서 보내셨습니다. 저희를 따라 오십시오. 곧장 에스코트하라고 했는데 공항 주변이 생각보다 더 혼잡했습니다. 기다리게 해서 죄송합니다."

"아니에요. 지금 막 들어왔어요."

남자가 혜윤의 손에 들린 캐리어를 들고 앞장섰다. 기자들은 그들이 가는 길을 터주며 양옆으로 물러섰지만 셔터를 찍는 손놀림을 쉬지 않았다.

검정 세단에 탄 혜윤은 창밖으로 향하던 시선을 앞 좌석으로 돌렸다.

"회장님은 제가 오는 걸 어떻게 알고 계셨나요?"

"알렉산드로 대표님께서 직접 연락을 주신 것으로 알고 있습니다."

떠나기 전날 알렉산드로가 전화로 말했었다. 자신의 밑에서 일한다는 게 어느 정도의 위치인지 실감해도 된다고. 설마 공 회장에게까지 전화했을 줄은 몰랐다. 몰래 들어오려고 했는데 보기 좋게 실패했다.

"지금 어디로 가고 있죠?"

"일단 머무실 호텔로 안내하라고 하셨습니다."

"아, 전 오늘 바로 진행해야 하는 계약이 있어요. 그쪽으로 가 주세요. 영진호텔 세미나실로."

"네. 그럼 그리로 안내하겠습니다."

혜윤은 다시 창밖으로 시선을 돌렸다. 유학 중에도, 알렉산드로의 작업실에서 일을 할 때에도 가끔씩 한국에 왔는데 어쩐지 오늘은 대한민국이 새롭게 느껴졌다.

문득 혜윤은 지섭이 궁금했다. 공 회장이 알았다면 지섭에게 알려 줬을 수도 있다. 대한민국 기자들도 공항에 나와 대기하고 있었는데 그가 모를 리 없었다. 무척이나 바쁜 그이기에 전화를 못 할 수도 있다고 생각되지만 문자 한 통이 없는 지섭이 야속했다.

드디어 그를 반년 만에 보게 되었다. 가을과 겨울, 계절이 두 번이나 바뀌고 해가 바뀔 때까지 그들은 한 번도 만나지 못했다. 눈코 뜰 새 없이 바쁜 일정 때문에 연락하기가 힘들기도 했지만, 그 시기쯤 지섭의 연락이 뜸해지기도 했다.

기다린 시간만 4년, 애절했던 그의 마음도 식기 충분한 시간이었다. 옆에 없으면 불안해서 일에 집중하기가 힘든 시절도 있었지만 어찌 매번 그런 마음일 수 있을까. 사람은 누구나 시간이 지나면 그 생활에 적응하게 되고 영원할 것 같던 마음도 식기 마련이었다.

혜윤에게 지섭은 절대적인 존재기에 다른 상대를 생각할 수 없다지만 그는 다를 수도 있었다. 가만히 있어도 시선을 끄는 남자를 주변에서 가만히 두지 않을 텐데, 가끔은 유혹에 흔들릴 때도 있었을 것이다. 메일을 보내고 통화를 했지만 그는 어느 순간부터 통화도 일찍 끊으려고 했고 메일도 간략하게 썼다.

그의 행동에 섭섭한 마음도 들었지만 어디까지나 자신의 선택으로 일어난 일이기 때문에 감수해야 한다고 생각했다. 가끔씩 그리움에 무너질 때도 있었지만 애써 마음을 다잡았다.

계약 담당자와 약속한 시간보다 10분 먼저 도착한 혜윤은 호텔 직원의 안내에 따라 세미나실로 들어갔다. 빈 의자에 앉아 서류 봉투와 노트를 테이블에 올려놓았다.

제 옷매무새를 내려다보았다. 몸을 타이트하게 감싸는 아이보리 원피스에 무늬 있는 스타킹, 같은 색 구두까지 살펴보고 얼굴에 손을 대었다.

어쩐지 화장을 곱게 하고 싶어서 신경 쓰고 왔는데, 다행히 기사 사진에 민낯으로 나오는 참사는 발생하지 않은 것 같다. 약간 긴장한 탓에 두통이 몰려왔다.

약속한 시간이 10분 지났다. 혜윤은 손목시계를 내려다보았다.

가만히 앉아 있으려니 지루해져서 다시 노트를 펼쳤다. 보면 볼수록 심장이 뛰는 아름다운 건축물이었다.

"마음에 드십니까?"

뒤편에서 들리는 남자의 익숙한 목소리에 그녀는 화들짝 놀라 뒤를 돌아보았다. 꿈에도 그리운 남자가 문가에 서 있었다. 혜윤은 놀란 심장을 애써 달래며 의자에서 일어섰다.

"지, 지섭 씨……."

그가 한 걸음 걸어왔다. 혜윤도 겨우 발을 뗐다. 그 사이 그가 성큼 다가와 그녀의 앞에 섰다.

"여긴 어떻게……?"

지섭은 놀란 얼굴을 하고 있는 혜윤을 물끄러미 바라보았다. 눈동자가 흔들렸다.

그가 오른손을 내밀었다. 그녀도 맞잡았다. 지섭은 태연한 얼굴이었지만 손끝에 살짝 떨림이 느껴졌다.

"대표님과 계약하기로 한 건축 설계사 공지섭입니다. 가명은 라이언입니다."

그걸 몰라서 굳이 말하는 게 아닐 것이다. 혜윤의 눈동자가 그를 올려다보다가 곧 커졌다.

"그럼 계약 상대가 당신이에요?"

"네, 맞습니다. 접니다."

왜 그렇게 딱딱하게 나와요. 내가 반갑지 않아요? 격식을 차리니까 다가갈 수가 없잖아요.

그녀의 흔들리는 눈동자를 보던 그가 옅은 숨을 내쉬었다.

"서류에 적힌 계약자가 누구인지 보지 못했습니까?"

혜윤은 서류 봉투도 열어 보지 않고 계약을 진행하려고 했던 자신의 실수를 자책했다. 한 번도 이런 실수를 한 적이 없었는데 큰 오류를 범했다.

"죄, 죄송해요. 노트 속 그림만 보고 서류는 살펴보지 못했어요. 미리 알았다면 진작 물어봤을 거예요."

그는 맞잡은 혜윤의 손에 힘을 주었다.

"뭐, 상관은 없습니다. 미리 알았든 지금 알았든 일정에 큰 변화는 없을 거예요. 왜냐면 이 건축물의 주인이 바로 원혜윤 씨, 당신이니까요."

지섭의 말뜻이 이해가 가지 않아 혜윤은 더욱 혼란스러운 얼굴을 했다.

알렉산드로와 지섭이 오래전부터 함께 작업하고 지은 건축물이 그림 속 건물이라는 건데, 그게 자신과 관련되어 있다는 말을 하는 듯했다.

순간 그녀의 눈동자가 급격히 흔들렸다. 풀하우스 만화에 나온 집처럼 아름다운 집에서 사는 게 꿈이라고 했던 말. 딱 한 번 그에게 말했던 건데 기억했던 것일까. 정말 찰나의 순간이었는데.

하지만 노트 속 집은 분명 자신이 꿈꿔 오던 집을 구현해 낸 것이었다.

혜윤은 서서히 고개를 들어 그를 올려다보았다. 흔들리는 눈가에서는 곧 눈물이 차올랐다. 커다란 눈 안에 눈물을 가득 담고서 그를 바라보았다.

"이제 안 거야?"

그리운 목소리가 마침내 그의 입에서 흘러나왔다.

"기억하고 있었어요? 제가 지나가면서 했던 말을 아직도 잊지 않고 있었어요?"

"당연하지. 한순간도 잊지 않았어. 네 간절한 소망인데 내가 어떻게 잊어."

그의 대답이 처절하게 느껴졌다. 흐느낌에 목이 메어 소리가 잘 나오지 않았지만 혜윤은 힘을 주어 물었다.

"아직도 제가 좋아요? 절…… 사랑해요?"

혜윤의 목소리가 가냘프게 떨려 왔다. 이런 질문은 굉장히 무의미했지만 그녀는 확인하고 싶었다. 꼭 그의 입으로 듣고 싶었다.

그의 눈동자도 크게 흔들렸다. 한 손은 여전히 그녀의 손을 맞잡은 채 왼손의 손가락으로 혜윤의 얼굴을 쓸어내렸다. 지섭의 손길에서 떨림이 느껴졌다. 그도 간신히 참고 있다는 걸 몸으로 느꼈다.

"아직도가 아니야. 언제나 나는 네가 좋아. 그래서 더는 기다릴 수가 없어. 더 이상 멀리서 널 지켜보며 홀로 독수공방하기 싫어. 이 정도면 나도 충분히 기다렸다고 생각해."

"지섭 씨."

"넌 어때. 여전히 날 원해?"

"원해요. 전 항상 원했어요. 간절히 당신을 원해요."

깊은숨을 내쉰 그가 마침내 혜윤을 끌어당겨 품 안에 안았다. 뜨거운 체온이 느껴져서 그녀의 몸이 부르르 떨렸다. 그의 힘이 강해서 숨쉬기도 힘들었지만 혜윤은 이대로 죽어도 좋을 만큼 그의 품을 벗어나기 싫었다.

"혜윤아……"

떨리는 그의 목소리에 물기가 묻었다. 혜윤도 그의 목을 끌어안고 눈물을 흘렸다. 조금의 틈도 보이지 않게 밀착한 그들은 간절한 그리움을 온몸으로 흘려보냈다.

"나의 혜윤아."

울음소리가 섞인 그녀의 목소리가 그의 귓가에 울려 퍼졌다.

"보고 싶었어요. 너무 그리웠어요."

겨우 그녀를 품에서 떼어 낸 그의 기다랗고 커다란 손이 혜윤의 얼굴을 감쌌다. 초콜릿처럼 달콤한 입술을 머금었다. 곧 강렬한 열망이 그녀의 입술을 가르고 들어왔다. 그 열망에 자신의 몸을 내맡긴 혜윤은 온몸이 떨리는 전율을 경험했다.

깊은 키스를 나누던 입술이 서서히 떨어졌다. 감았던 눈을 뜨고 그의 눈동자를 바라보았다. 짙은 흑색으로 깊어진 눈매를 그녀의 손길이 어루만졌다.

세미나실부터 호텔 객실로 올라오는 동안 그들은 눈이 마주칠 때마다 서로의 입술을 탐했다. 오랜만에 만난 지섭과 혜윤은 둘만의 공간이 절실했다.

객실 문을 열고 안으로 들어간 혜윤은 지섭이 자신의 팔을 잡아당겨 품에 안자 본능적으로 그의 허리를 끌어안았다.

뒤늦게 쾅 닫히는 객실 문이 시작이었다. 지섭이 혜윤의 입술에 입을 살짝 맞추고 떼었다. 한 번, 두 번, 무엇을 기대한 것인지 혜윤의 눈썹이 파르르 떨리며 입이 살짝 벌어졌다.

그는 귓불을 잘근거리다 이내 목덜미를 핥았다. 그리 크지 않은 나지막한 신음이 들렸다. 하지만 뜨거웠다. 능숙한 그의 손에 의해 혜윤의 아이보리 원피스는 어느새 땅으로 떨어졌고 매끈한 속살이 그를 맞이했다. 혜윤의 손길을 스친 그의 몸도 어느새 옷가지를 전부 털어 내었다.

지섭은 안 되겠는지 혜윤을 안아 들어 침대 위로 눕혔다. 그녀의 몸 위로 올라가며 입술을 탐하자 기다렸다는 듯이 혜윤의 혀가 반응했다.

서로의 혀가 얽히며 휘감았다. 동시에 그녀의 브래지어 끈을 풀어 버린 지섭은 보드랍고 탄력 있는 젖가슴을 움켜잡았다. 손바닥에 긴장한 붉은 정점이 느껴졌다.

다른 한 손으로는 소중한 곳을 가린 팬티를 내리며 허벅지 안쪽을 간지럽혔다. 그녀의 숨이 거칠어지며 신음 소리가 객실 안을 울렸다.

지섭은 입술을 뗀 뒤 다시 목덜미를 핥기 시작했다. 그의 뜨거운 숨결이 귓가를 간지럽혔다. 점점 아래로 내려와 잔뜩 솟은 유두를 혀로 핥으며 그녀의 엉덩이를 움켜쥐었다. 그러던 손이 허벅지 안쪽으로 들어와 그녀의 숲을 매만졌다. 위아래를 동시에 공격하는 그의 손길에 혜윤은 정신 차리기가 힘들 정도로 얼굴이 붉어졌다.

"하아…… 하아……."

혜윤의 안은 이미 흥건히 젖어 있었지만 그는 서두르지 않았다. 그녀의 몸 구석구석을 맘껏 탐할 수 있는 지금 이 순간이 너무 행복했다.

지섭은 그녀의 계곡 근처를 계속 쓰다듬으면서 혀로 배꼽을 살살 꼬드겼다. 그리고 혜윤의 다리를 살며시 벌리며 그녀의 계곡에 얼굴을 묻었다. 그의 혀가 그녀의 동굴을 헤치고 들어가는 순간 혜윤의 몸이 활처럼 휘며 그의 뒷머리를 헤집었다.

"하웃…… 지섭 씨."

그의 혀는 점점 교묘해졌다. 핥는 듯하면서도 꾹꾹 누르는 느낌인가 싶더니 어느새 빠른 속도로 그곳을 핥고 있었다. 전신을 휘감는 쾌감에 혜윤이 몸을 부르르 떨었다.

지섭은 다시 혜윤의 젖가슴 위에서 잠시 머물다 그녀의 입술에 입을 맞추었다. 혜윤은 기다렸다는 듯 그의 목을 휘어 감으며 혀를 밀어 넣었다. 말캉한 혀가 그의 것을 찾고자 열심히 돌아다녔다.

동시에 지섭의 아랫도리에 그녀의 손길이 느껴졌다. 남성을 위아래로 흔들기도 하고 어루만지기도 하는 손길에 그의 몸도 한껏 달아올랐다. 그리 능숙하진 않았지만 오히려 서툰 손길이 더 묘한 기분을 느끼게 해 주었다.

그의 아래에서 몸을 만지는 게 조금 힘겨웠던 혜윤은 지섭의 몸을 끌어안아 눕힌 뒤 위로 올라왔다.

"오늘은 저도 당신을 기분 좋게 하고 싶어요."

"그래. 혜윤아."

지섭은 이미 그녀의 손길에 쾌락을 한껏 느끼던 참이었다. 서툴지만 가느다란 손가락이 자신의 몸을 부드럽게 쓸고 갈 때마다 첫 경험을 하는 것처럼 심장이 촌스럽게 뛰었다. 조금씩 그녀의 애무를 느껴가고 있을 때 갑자기 혜윤이 몸을 뺐다. 무언가 많이 아쉬울 찰나 갑자기 그곳이 뜨거워졌다.

헉, 지섭의 짧은 외마디 비명과 함께 그곳으로 피가 몰렸다. 어느새 혜윤은 그의 남성을 열심히 빨고 있었다. 강약 조절 같은 것은 없었다. 그런데도 그의 의지와 상관없이 모든 게 그녀의 입속으로 빨려 들어갈 것만 같았다.

"혜윤아, 조금만 천천히……."

"아, 미안해요. 아파요?"

"아니, 그런 게 아니라……."

네 입술이 강렬해서 참기가 힘들다고는 차마 말할 수 없었다. 천하의 공지섭이 네 애무에 속수무책으로 온몸이 뜨거워진다고 말하기엔 너무 부끄러웠다.

지섭은 자신도 모르게 두 주먹을 움켜쥐었다. 혜윤은 자신이 아프게만 해서 그런 줄 알고 이번엔 힘을 빼고 혀로 살살 어루만져 주었다. 그러나 얼마 안 가 다시 본능적으로 강하게 흡입했다.

그는 혜윤이 주는 감각에 죽을 것 같았다. 아니, 죽을 만큼 좋았다. 도저히 참고 있을 수가 없었다. 한시라도 빨리 그녀의 몸 안으로 들어가고픈 욕망이 들끓어 혜윤의 다리 사이로 남성을 밀어 넣었다.

"하웃!"

지섭과 혜윤은 누가 먼저랄 것도 없이 동시에 탄식을 터뜨렸다. 혜윤의 안은 따뜻하면서도 부드러웠고 규칙적으로 그를 조였다.

지섭은 천천히 몸을 움직였다. 그에 맞춰 그녀의 허리도 들썩이기 시작했다.

점점 속도가 빨라지자 둘의 호흡도 가빠지기 시작했다. 신음 소리가 객실 안 공간을 가득 메웠고 그 파장이 다시 그들의 귀로 들어갔다.

그가 허리를 움직일 때마다 들리는 질척거리는 소리는 허벅지가 부딪히는 소리와 함께 쾌락을 부추겼다. 그녀의 숨소리가 점점 더 거칠어지더니 지섭을 강하게 끌어안으며 양다리로 그의 허리를 더욱 세게 조였다.

스스로 쾌락을 느끼는 혜윤을 보자 문득 처음 그녀를 안았을 때가 생각났다. 온몸이 새빨갛게 변하여 곧 죽을 것처럼 숨을 헐떡이는 혜윤은 눈도 뜨지 못하고 그의 이름을 불렀다.

그는 다시 혜윤을 내려다보았다. 이미 온몸이 뜨거워지고 쾌락에 달뜬 그녀의 얼굴은 세상에서 제일 아름다웠다.

동시에 지섭도 호흡이 가빠 오며 아랫도리에 신호가 왔다. 몇 번만 더 들썩이면 참을 수 없을 지경이었다. 생각보다 너무 반응이 빨리 왔다. 오랜만에 안았기도 했지만 적극적으로 애무를 한 혜윤의 영향이 컸다. 그는 더 빠르게 허리를 움직였다.

"하아."

나지막한 신음 소리와 함께 그가 몸을 부르르 떨었다. 혜윤은 그런 지섭을 더욱 강하게 끌어안았다. 그녀의 몸 위에 쓰러져서 가쁜 숨을 몰아쉬던 지섭이 살며시 얼굴을 들어 혜윤을 바라보았다. 거친 숨을 내쉬며 눈물을 흘리는 혜윤의 눈가를 혀로 핥았다.

"울지 마."

"네."

말은 하면서도 그녀는 눈물을 그칠 수 없었다. 엄청난 쾌락에서 오는 오르가슴 때문이기도 하고, 오랫동안 보지 못했던 남자에 대한 그리움이 폭발한 것도 있었다.

"내 여자. 내 가우디."

지섭은 혜윤의 몸에서 내려올 생각이 없는지 그녀의 탐스러운 젖가슴을 또다시 만지작거렸다. 그리고 그녀의 뺨을 지분거렸다.

"사랑해."

지섭은 그 말을 하고 혜윤을 힘껏 안았다. 온몸이 부서질 듯 강렬한 힘에 심장은 또다시 정처 없이 뛰었지만 그녀는 그대로 놔두었다. 이대로 죽어도 좋을 만큼 행복했다.

새벽녘까지 이어진 섹스 후에 잠든 지섭을 두고 혜윤은 가운을 입은 채 창가에 기대어 섰다. 먼 곳에서 어렴풋이 동이 트고 있었다.

그 빛을 아련하게 보던 그녀는 제 배에 손을 얹었다. 격렬히 사랑을 나눈 터라 아랫배가 알싸하니 아파 왔다. 처음이었다. 이렇게 오랜 시간 동안 사랑을 나눈 것은. 그도 자신도 지칠 수가 없었다. 잠시라도 떨어지면 그게 못내 아쉬워서 곧 다시 찾았다.

등 뒤에서 혜윤의 허리를 감아 오는 팔에 그녀는 놀라지도 않고 습관처럼 머리를 기댔다.

"안 잤어?"

허스키한 목소리가 귓가를 자극했다. 심장이 다시 쿵쿵 뛰었다.

"네. 잠이 안 와요. 정말 피곤한데 졸리지 않아요."

"왜 그럴까."

"왜냐면……."

그녀의 고개가 옆으로 돌아갔다. 곧 그의 입술과 맞닿았다.

"당신 얼굴 보려고. 계속 보면서 웃으려고."

예쁘게 웃는 혜윤을 꼬옥 안았다.

"이 구미호야. 그만 좀 홀려. 간은 내어 줄 수 있지만 심장이 먼저 닳겠다. 하도 두근대서 제 명에 못 살겠어."

까르륵 웃는 소리가 듣기 좋았다. 그녀의 웃음소리에 숨통이 확 트이는 느낌이었다.

"마지막으로 보고 얼마만인 줄 알아?"

혜윤이 고개를 끄덕였다. 어떻게 잊을 수 있을까. 그와 떨어져 있던 그 시간을 한시도 잊은 적 없었다.

"이젠 내 옆에 꼭 붙들어 두고 살 거야. 이렇게 오랜 시간 못 보는 거 더는 안 해."

"네. 이젠 당신 옆에 있을 거예요. 지섭 씨 손 놓지 않아요."

그가 혜윤의 몸을 돌려 안았다.

"같이 살자, 혜윤아."

혜윤이 고개를 끄덕였다. 지섭의 입술이 그녀에게 가볍게 닿았다. 부드러운 감촉이 혜윤의 전신을 휘감았다. 지겨울 정도로 키스를 나눴는데 그녀는 여전히 그의 입술이 좋았다.

"집은 다 지었어. 지금 당장 들어가도 돼."

"언제 그렇게 준비했어요? 전 전혀 몰랐어요."

"네가 유학 갔을 때부터 천천히 작업했고, 네가 알렉산드로 밑으로 들어갔을 때 본격적으로 시작했지. 그는 나와도 친분이 있어. 건축학회 세미나에서 만났을 때 내가 다짜고짜 쫓아다닌 적이 있었거든."

"당신은 정말 안 만나 본 건축가가 없네요."

"하하. 그런가."

"그런데 왜 대표님과 계약했어요? 당신 능력으로 충분히 지을 수 있는데 왜 굳이 대표님과 계약을 하려고 했는지 모르겠어요."

"정말 몰라?"

혜윤과 지섭의 시선이 허공에서 부딪쳤다. 그가 빙그레 웃었다. 그녀가 제일 좋아하는 미소였다.

"그 계약은 허구야. 굳이 따지자면 널 내 곁으로 데려오기 위한 조건이긴 해."

"조건이요?"

"알렉산드로가 널 키운답시고 매일 혹독하게 훈련시키는 거 솔직히 마음에 안 들었어. 당장 빼 오고 싶었는데 그가 조건을 걸었지. 널 데려오고 싶다면 증명해 보라고. 얼마만큼 널 사랑하는지 보여 주지 않는다면 널 보내지 않겠다고."

그의 손이 혜윤의 머리를 쓰다듬었다.

"그 사람이 널 얼마나 아끼는지, 결혼해서 상처 줄 소지가 보이면 절대 그 소굴에 보내지 않겠다고 하더라."

알렉산드로는 이혼의 경험이 있기에 남녀의 사랑에 회의적이었다.

"어떻게 마주치는 남자마다 널 아끼지 못해서 안달인 건지."

맑고 깨끗한 눈동자가 자신을 바라보자 지섭은 옅은 숨을 내쉬며 웃었다.

"이 여자를 가지려면 그 정도 스케일은 되어 줘야 하는구나, 기다림은 필수고 다른 남자들의 눈길을 막기 위해 피 터지게 방어하는 건 옵션이구나. 거기에 건물 정도는 지어 줘야 가질 수 있구나."

그녀가 마침내 소리 내어 웃었다. 자신을 두고 하는 말이 간지럽기도 하고 또 기분 좋았다.

혜윤은 사랑이라는 절대적인 감정이 제 몸속에서 아지랑이처럼 올라오는 것을 느꼈다. 사랑은 그녀를 살아 움직이게 하는 자양분이었다. 상대 역시 같은 마음으로 사랑을 공유했다.

사랑은 그들 사이에서 죽지 않고 살아 있었다. 오래도록 기다리게 하는 힘이었고, 앞으로 그들의 미래 역시 지탱해 줄 믿음이었다.

사랑은 그렇게 혜윤의 마음을 온전히 치유해 주었다. 어릴 때부터 가슴 속에서 지녔던 상처를 낫게 해 주고 보듬어 준 약이었다. 그 사랑이 괴물과 친구를 하도록 중간에서 애써 준 덕분에, 그녀는 이렇게 살아 숨 쉴 수 있었다.

사랑이 삶의 전부였다.

혜윤은 그에게 입을 맞추며 웃었다.

"우리 집 보고 싶어요. 지금 보러 가고 싶어요."

"가자."

지섭의 차를 타고 이른 아침 공기를 마시며 도착한 곳은 서울 근교의 전원 마을이었다. 자연환경과 어우러짐이 라이언이 만드는 건축의 핵심인데, 딱 보아도 이건 그의 마음과 열정이 담긴 집이었다.

노트 속 스케치로만 보던 것보다 훨씬 더 아름답고, 그림보다 훨씬 더 매력적이었다. 종이보다 훨씬 더 생생한 숨결이 느껴져 그녀는 건물에서 시선을 떼지 못했다. 지붕 하나에도, 기둥 하나에도, 심지어 마당에 심어진 나무 한 그루에도 그의 손길이 담겨 있었다.

지섭이 말하지 않아도 느낄 수 있었다. 그는 이 집을 지으며 그리움을 달래고 외로움을 숨겼다고. 손수 그의 손으로 모든 것을 일구어 냈다고. 완성되기까지 참으로 오랜 시간이 걸렸지만,

이 집의 모든 곳에는 그의 사랑이 꽃피었다고.

아침 햇살이 지붕에 닿아 빛을 반사했다. 이제 막 꽃이 피기 시작하는 나무들이 그 집의 담장과 주변으로 아름답게 둘러서 있었다.

지섭은 건물을 올려다보는 혜윤의 어깨에 손을 얹었다.

"우리가 살 집이야. 여기서 아이도 낳고, 눈을 감을 때까지 함께 살자."

아이들이 마당에서 뛰어노는 상상만 해도 전율이 일었다. 자신에게 드디어 가족이 생긴다는 생각에 울컥한 혜윤은 눈을 질끈 감았다 뜨는 것으로 마음을 다잡았다. 최고로 행복한 날에 계속 눈물을 흘리긴 싫었다.

그는 쉽사리 안으로 발을 떼지 못하는 혜윤을 기다려 주었다. 한참 동안 집을 바라보던 그녀가 지섭에게 고개를 돌렸다. 예쁘게 웃는 혜윤이 서서히 입을 열었다.

"저 사실 아이를 갖기가 힘들 수도 있어요."

"왜?"

"배란일에 지섭 씨와 함께 밤을 보낸 일이 꽤 많았어요. 당신은 항상 거침없으니까 어떤 경우든 괜찮겠지만 사실 여자는 임신이 걱정되고 또, 궁금하기도 하거든요."

"그랬어?"

그의 손이 혜윤의 얼굴에 붙은 머리카락을 옆으로 쓸어 주었다.

"그런데 임신이 되지 않더라고요."

지섭은 살짝 발그레한 그녀가 하는 말이 귓가에 와 닿지 않았다. 당장 혜윤을 안아 들고 들어가고 싶은 것을 힘껏 참을 뿐이었다.

"아이를 낳지 못해도 괜찮아요? 쓸데없는 질문인 거 알지만, 저만 사랑해 줄 수 있겠어요?"

그가 유쾌하게 웃으며 그녀의 이마에 손끝을 튕겼다.

"아야!"

"별걱정을 다한다. 아이가 없을 땐 너와 마음껏 사랑하면 되고, 아이가 있으면 함께 아이를 마음껏 사랑하면 돼. 넌 그냥 그 자리에 있기만 하면 돼."

"정말요?"

"정말이요. 그러니까 뭘 할 생각하지 말고 그냥 내 옆에 딱 붙어 있으세요, 내 사랑님."

혜윤이 눈웃음을 치며 활짝 웃었다.

"응. 그럴게요. 딱풀처럼 붙어 있을게요. 안으로 들어가요."

먼저 몸을 돌려 안으로 들어가는 그녀를 보며 지섭은 행복한 한숨을 내쉬었다.

"뒷모습만 봐도 사랑에 빠질 수 있는 걸까. 참, 나도 중증이다."

그녀를 뒤따라 걸음을 옮기던 지섭은 문득 새벽녘에 꾼 꿈이 떠올랐다. 보기에도 탐스럽고 먹음직스럽게 생긴 고운 복숭아가 냇가에 둥둥 떠내려와 그의 앞에서 멈췄다. 너무 신비롭고 예뻐서 자기도 모르게 허리를 굽혀 그 복숭아를 손안에 건져 올렸다.

코끝에 댔는데 그 향기가 전신을 휘감을 정도로 달콤해서 눈이 스르륵 감겼다. 정신을 일깨우는 향기에 온몸이 녹아내릴 것 같았다. 그리고 잠이 깨었다. 평소에 꿈을 꾸지 않던 그는 기묘한 꿈을 꾼 뒤 이상야릇한 느낌에 휩싸였다.

"참 요상한 꿈이야."

지섭은 안으로 사라진 혜윤을 따라 뛰어 들어갔다.

에필로그

"후아! 후아! 저 떨고 있어요?"

연신 숨을 내쉬는 혜윤을 내려다보던 지섭의 입가에 미소가 살짝 드러났다.

"엄청."

"죽진 않겠죠?"

"그렇겠지. 별일 없을 거야."

"아는데…… 왜 이렇게 떨리죠? 무서워요."

"걱정 마. 내 손 꼭 잡고 있어."

"그, 그럼…… 출발!"

혜윤은 과장된 걸음으로 커다란 대문에 들어섰다. 뒤따라 들어가는 지섭은 귀여워 죽겠다는 얼굴로 웃음을 참아 냈다. 가짜 연애를 할 때에는 당당하게 잘해 내던 여자가 막상 정식으로 발걸음을 하려니까 긴장이 되는가 보다.

앞서 정원을 걷던 혜윤의 곁으로 단숨에 다가간 지섭이 그녀의 손을 잡아 목덜미에 입을 맞추었다.

"하악! 지금 뭐하는 거예요!"

"긴장 풀어 주려고."

"이러면 더 긴장되거든요."

혜윤이 눈을 흘기자 지섭은 그녀의 몸을 돌려 양어깨를 잡았다. 깊은 눈매가 그녀의 시선을 잡고 놓지 않았다.

"저 안에 있는 사람들, 네가 잘 보여야 할 사람들 아니야. 오히려 너에게 잘 보여야 할 사람들이지. 그러니 긴장하지 마. 내 아내가 되는 자리가 원래 그런 거야."

"뭔가 되게 재수 없네요."

"재수 없어도 사실이야. 그러니까 떨 필요 전혀 없어. 일하러 간다고 생각해. 알았지?"

혜윤은 지섭에게 눈을 고정한 채 고개를 끄덕였다. 그의 입가에 미소가 활짝 열렸다.

"예쁘다."

쪽. 기습 입맞춤을 한 지섭이 혜윤을 와락 안았다.

"아이참, 가족들이 봐요."

"보면 어때."

귓가에 속삭이는 그의 입김 때문에 혜윤의 얼굴이 점점 붉어졌다.

"보면 한 대 맞아야지."

낯선 목소리가 들림과 동시에 지섭의 뒤통수로 손바닥이 날아왔다. 딱 소리와 함께 그의 머리가 기우뚱 넘어갔다.

"때와 장소는 좀 가려서 해라. 이놈아."

"아버님."

"들어가자꾸나. 저 음흉한 짐승은 내버려 두고."

공 회장은 혜윤의 손을 이끌면서 지섭을 살짝 노려보았다.

"여튼 기회만 되면 잠시도 못 참고."

정작 얼굴이 붉어지는 건 혜윤이었다. 지섭은 억울한 표정으로 뒤를 따랐다. 공 회장은 쌀쌀맞던 눈빛을 혜윤에게 돌리며 곧 온화한 얼굴로 탈바꿈했다.

"그래, 집은 마음에 들고?"

"네. 정말 좋아요. 평생 그런 집에서 살아보는 게 꿈이었어요."

"생각 같아서는 내 옆에 두고 보살피고 싶은데 어쩔 수 없구먼."

"자주 올게요. 제 하나뿐인 아버지시잖아요."

혜윤의 눈웃음에 공 회장은 그녀의 머리카락을 쓰다듬었다.

"매일 와라."

"네. 제가 귀찮다고 하셔도 올 거예요."

공 회장과 다정하게 말하는 혜윤의 옆모습이 지섭의 눈에 들어왔다. 어느 누구도 공 회장을 보며 저렇게 편한 얼굴을 하지 못하는데 오직 혜윤만이 아버지를 세상 착한 사람으로 만들었다.

그것도 재주라면 재주다. 그녀는 그 어떤 매서운 바람도 잔잔하게 잠재울 수 있는 따뜻한 마음을 갖고 있다.

"어떻게 세 분이 같이 오세요?"

현관에는 사모님이 서서 기다리고 있었다.

"오다가 만났어."

공 회장의 목소리에 안에서 가족들이 나왔다. 가족이라고 해도 사모님의 외가 식구들이 대부분이었고, 분위기는 싸움터나 마찬가지였다. 일전에 사모님 생신 파티에서 보았던 지섭의 배다른 동생도 눈에 들어왔다.

그때만 해도 회사의 경영권을 두고 지섭과 날 선 신경전을 벌였는데 이젠 어느 정도 포기한 건지 예전보다 부드러운 표정이었다. 회사 경영을 더 잘 이끌어 내는 지섭의 실력 앞에서 동생은 더 이상 욕심을 낼 수가 없었겠지.

"형수님, 이렇게 뵈니까 감회가 새롭습니다."

"오랜만이에요, 도련님."

"식사 준비 조금 더 해야 해요. 거실에 잠시 앉아서 얘기하고 계세요."

사모님의 말에 공 회장의 낯빛이 차갑게 변했다.

"애들 오기 전에 모두 끝냈어야지. 아직도 하고 있으면 어떡하나!"

"열심히 준비하느라 그랬죠. 혜윤 씨, 음식 세팅해야 하는데 도와줄래요?"

"네."

혜윤은 사모님의 뒤를 따라가며 일전에 생신 파티에서 자신을 보란 듯이 무시하던 때가 떠올랐다. 마음이 변하신 건가. 혜윤은 사모님에게 더 가까이 다가갔다.

식당으로 들어서던 사모님은 곁눈으로 혜윤을 보며 말했다.

"재력이 없으면 눈치라도 있어야지. 정말로 손님인 줄 알았니."

먼저 걸음을 옮긴 사모님을 보며 혜윤은 허허 혼자 웃었다. 사모님을 상대하는 게 쉽진 않겠다는 생각이 스쳐 지나갔다.

화려한 음식들이 테이블에 거의 다 놓였을 때 사람들이 식당으로 들어섰다. 지섭의 옆에 나란히 앉은 혜윤을 공 회장이 흐뭇한 얼굴로 바라보았다.

"그만 좀 보세요, 아버지. 혜윤이 얼굴 닳겠어요."

지섭의 말에 집안사람들의 시선이 일제히 공 회장과 혜윤에게로 쏠렸다.

"언제 봐도 혜윤인 참 사람을 기분 좋게 한단 말이야. 이러니까 내가 쳐다볼 수밖에."

입꼬리가 올라가는 두 사람과 달리 반대편에 앉은 사람들의 표정은 갈수록 어두워졌다.

"며느리 사랑은 시아버지라더니. 혜윤 씨가 부러울 정도네요."

사모님이 인자한 얼굴로 웃었다.

"처자식한테도 그렇게 해 주면 좋으련만 공 회장님은 정말 한결같아요."

어쩜 아무렇지 않은 표정으로 뼈 있는 말을 내뱉는 건지 혜윤은 감탄한 얼굴로 사모님을 바라보았다. 지섭의 얼굴이 굳어지며 눈빛이 날카로워지려는 찰나 혜윤이 그의 손을 잡고 손등을 살며시 두드렸다. 공 회장은 혜윤의 얼굴을 바라보느라 사모님이 한 말을 흘려들었다.

"많이 먹어요, 혜윤 씨. 적은 나이도 아닌데 아기는 낳을 수 있을까 몰라. 어서 회장님 품에 손주를 안겨 드려야죠."

"손주? 허허, 손주 낳아 주면 더 좋지."

공 회장은 손주라는 말에 얼굴이 급격히 밝아지며 고개를 끄덕였다.

"아…… 네. 노력하겠습니다!"

혜윤이 빙그레 웃으며 답했다.

"사모님께서 맛있는 음식을 많이 해 주셔서 벌써 건강해지는 느낌이에요. 아이도 쑥쑥 낳을 수 있겠어요."

혜윤은 젓가락을 들어 제 앞에 놓인 음식을 먹었다.

"와, 사모님은 요리 솜씨도 좋으시네요. 정말 맛있어요."

혜윤의 목소리에 사모님의 미간에 주름이 졌다. 눈앞에 음식을 맛있게 먹던 그녀가 엄지를 척 올렸다.

"그래요. 맛있다니 다행이네."

"우욱!"

변기에 대고 구역질을 하는 혜윤의 등을 쳐 주는 지섭의 목소리가 불만에 찼다.

"먹지도 못하는 음식을 꾸역꾸역 먹더니. 뭐 하러 그걸 다 먹고 있어."

"그럼 어떡해요. 눈앞에서 먹으라고 주시는데."

"안 먹어도 돼. 안 먹는다고 뭐랄 사람 없다니까 그러네."

먹은 걸 다 토해 냈는지 핼쑥해진 혜윤이 변기 물을 내리며 일어섰다.

"힘내서 애 낳으려면 잘 먹어야죠."

혜윤이 싱긋 웃으며 지섭의 어깨를 톡톡 두드렸다.

"열 내지 마요. 나 괜찮으니까."

"혜윤아."

지섭이 그녀의 팔을 잡아 세웠다.

"아이 없어도 잘 살 수 있으니까 그런 말에 부담 갖지 마."

혜윤의 눈동자가 지섭을 올려다보았다.

"알아요. 그냥 사모님 말씀처럼 아버님 품에 아이를 안겨 드리고 싶어서 그랬어요."

"……."

"부담 가지지 않아요. 지섭 씨, 나 정말 괜찮아요."

혜윤이 지섭의 미간에 주름을 손가락으로 눌러 폈다. 그리고 그의 가슴골을 손가락으로 쓸었다.

"나 내일 일찍 출근하는데……."

그의 입술에 닿을 듯 가까이 다가왔다.

"이대로 그냥 놔둘 거예요?"

손끝으로 그의 어깨를 살짝 쓸고 지나가자 지섭이 그녀의 손가락을 훔쳐 잡았다.

"그냥 놔두면 남자가 아니지."

입꼬리를 올리며 웃는 지섭이 혜윤을 번쩍 안아 들었다. 그의 목을 끌어안은 그녀가 웃음을 흘리며 귓가에 속삭였다.

"남자라는 걸 증명해 봐요."

"얼마든지."

한차례 뜨거운 사랑을 나눈 후 나른해진 몸을 침대에 누인 그들이 같은 밤하늘을 바라봤다. 오늘은 유난히 별이 잘 보였다.

"내일 아버님 기일이지?"

"어떻게 알았어요?"

"당연히 알아야 하는 거 아니야?"

지섭이 몸을 옆으로 돌려 혜윤을 향했다.

"너에 관해서라면 모르는 게 없다, 내가."

혜윤의 얼굴에 미소가 번졌다.

"같이 가자. 내일."

그녀가 고개를 끄덕였다.

"간 김에 엄마랑 영우 아저씨도 보고 와요."

"그래. 그러자."

지섭이 혜윤의 어깨를 끌어안았다. 그의 가슴에 머리를 기댄 혜윤이 눈을 감았다.

"사랑해요."

"압니다."

✳   ✳   ✳

"좋은 아침입니다."

사무실로 출근한 혜윤이 직원들을 보며 반갑게 인사했다.

"소장님, 일찍 출근하셨네요."

혜윤이 가까이 다가와 섰다.

"10분 뒤 전체 회의합니다. 오늘은 제가 현장 시찰 나갔다가 바로 퇴근할 예정이니 오늘까지 마무리하기로 한 설계 도면을 회의 때 점검하도록 할게요."

혜윤이 소장실로 돌아가자 사람들은 한숨을 내쉬었다.

"소장님이 설계에는 굉장히 날카로우신데 걱정입니다."

"오늘도 편히 넘어가지는 않겠네요."

"자. 회의하러 가자고."

외국 생활을 끝내고 한국으로 들어오자 영민은 기다렸다는 듯 혜윤에게 가우디 건축 사무소의 소장 자리를 주었다. 전부터 E&G 건설 부사장으로 스카우트가 된 상태였고, 더는 할아버지의 청을 거절하기가 힘든 상태라 그녀를 만나자마자 소장 직함을 주었다.

이제 겨우 두 달이 지났지만 혜윤이 소장으로 있는 가우디 건축 사무소는 벌써 국내외에 소문이 났고 여러 건의 건축 제의가 들어왔다. 덕분에 사무실 사람들은 눈코 뜰 새 없이 바쁜 하루를 보냈다.

회의실에서 혜윤은 설계 도면을 꼼꼼히 살펴보았다. 벌써 5분째 아무런 말도 없이 도면만 보고 있는 그녀를 사람들이 긴장한 얼굴로 바라보았다.

"클라이언트가 제시한 요구와는 다소 거리가 있어 보입니다. 한 실장님은 어떻게 생각하세요?"

"요구는 충분히 반영하여 넣었다고 생각합니다."

"정말 그렇게 생각하세요?"

혜윤은 회의에 참석한 사람들을 둘러보며 말했다.

"클라이언트가 자연주의를 좋아한다, 집 구석구석에 그런 부분이 보였으면 좋겠다, 그래서 여러분은 목재를 사용하고 집 내부를 텅 비어 보이게 작업한 거군요."

사람들은 마른침을 꿀꺽 삼켰다.

"자연주의를 이상하게 생각하면 안 돼요. 자연주의라고 해서 친환경, 자연과 어우러짐, 여백의 미라고 생각하기 쉽지만 클라이언트는 결코 그걸 바라고 말한 게 아닙니다. 우리는 지식인이기 이전에 사업가고, 그래서 클라이언트의 특성을 잘 파악해야 합니다."

"클라이언트가 요구한 건 다른 거라는 말이십니까?"

혜윤의 입가에 옅은 한숨이 새어 나왔다.

"첫 회의에서 제가 언급했습니다. 이번 클라이언트는 겉과 속이 다르고, 평소 그가 추구해 온 방식은 지금 요구하는 것과 차이가 있다고요. 사람은 쉽게 변하지 않습니다."

"그럼 자연주의가 아니라는 말이십니까?"

"아니, 자연주의는 들어가야겠죠. 하지만 그걸 조금 다른 시각에서 봐야 합니다. 집 안 구석구석의 도면에서 자연을 느낄 수 있게 하면 됩니다. 예를 들어, 거실만 놓고 보면 지금은 텅 비어 있는데 거실을 다른 공간과 구분 짓고 바닥을 약간 올린다든지 벽면에 스위치를 누르면 다른 색으로 변하는 홀로그램을 만들어보는 것도 좋겠죠."

"그럼 단가가 올라갈 텐데요."

"그건 클라이언트가 부담해야겠죠. 돈이 넘쳐 나는 사람이니 비용 면에서는 걱정하지 않으셔도 됩니다."

다들 책상으로 고개를 돌리며 끄덕였다.

"그럼 전 내일 오전에 다른 도면이 올라와 있기를 기대하며 출장 가 보겠습니다."

혜윤은 언제 그랬냐는 듯 밝게 웃으며 일어섰다.

"잘 다녀올게요."

혜윤이 나가자 사람들은 일제히 한숨을 내쉬었다.

"확실히 틀에 박혀 있던 우리와 생각의 차이가 있네요. 고정 관념이라는 게 이렇게 무섭습니다."

"그러게 말이야. 괜히 원혜윤, 원혜윤 하는 게 아니야. 기업들이 그렇게 데려가려고 난리라는데."

"그런데 소장님은 왜 여기로 온 걸까요? 아무리 예전에 다니던 회사라지만 훨씬 더 대접받는 곳으로 갈 수 있었을 텐데."

"자네 몰라?"

갓 들어온 신입사원의 질문에 한 실장이 허허 웃으며 말했다.

"우리 소장님이 가우디 열혈 팬이잖아."

"겨우 이름 때문에?"

한 실장은 그저 웃으며 일어섰다.

"소장님에게 가우디는 절대적이거든. 여러모로."

소장실에서 출장 준비를 하는 혜윤에게 전화가 울렸다. 좀 전에 입에 오르내리던 클라이언트였다.

"안녕하세요. 잘 지내셨어요?"

—네. 저야 항상 잘 지내죠. 오늘 점심 어떻습니까. 내일 설계 작업 마무리하는 날이니까 오늘은 거하게 대접하고 싶습니다.

"지금 현장 나가려던 길인데요. 그럼 잠시 들르겠습니다."

―하하, 시간만 내주신다면 얼마든지요.

"이따 뵐게요."

전화를 끊자 곧이어 지섭에게서 연락이 왔다.

―오늘 점심 때 데리러 갈게.

"선약이 있어요. 이따 3시쯤 만나요."

―누구랑 선약?

"클라이언트."

―그 돈놀이하는 갑부?

혜윤의 입가에서 웃음소리가 터졌다.

"그래요. 넘치는 돈으로 점심 사 준다니 가서 먹고 오려고요."

―그래. 많이 먹어. 이따 봐.

지섭과 점심을 먹고 싶었지만 먼저 연락이 온 클라이언트와 점심을 해야 했다. 혜윤은 오전 내내 바쁘게 현장을 돌았다.

고급 한정식 집.

현장을 돌던 혜윤은 약간 늦게 도착했다.

"죄송합니다. 길이 많이 막혀서 조금 늦었어요."

"괜찮습니다. 소장님 기다리는 시간이 기분 좋았습니다."

"듣기 좋은 말을 하시는 것 보니까 뭔가 바라는 게 있으신 것 같네요."

혜윤은 싱긋 웃으며 남자의 맞은편에 앉았다. 곧이어 음식이 나왔다.

"하여간 원 소장님 센스는 알아줍니다."

"말씀하세요."

"이번 건물 설계에 제가 요구한 자연주의 말입니다. 자연주의라는 말을 써서 소장님이 방향을 친환경적으로만 잡으실까 봐 뵙자고 했습니다."

클라이언트는 정확히 혜윤의 예상대로 행동했다.

"그런 큰 조건을 마감 전날 말씀해 주시다니, 가능하다고 생각하시는 건가요?"

"당연하죠. 원 소장님께 일을 맡기고 후회한 사람이 없다는 걸로 봐서 충분히 하실 거라고 생각합니다."

혜윤은 조용히 웃었다.

"뭘 말씀하는지는 알 것 같아요. 하지만 단가도 올라간다는 것 아시죠?"

"하하, 비용이라면 신경 쓰지 말고 작업해 주세요. 얼마든지 대겠습니다. 이거 맛있는 음식 앞에서 말만 했네요. 어서 드시지요."

"네. 그럼 잘 먹겠습니다."

혜윤은 아까 전 음식이 들어올 때부터 메슥거리는 속을 달래던 참이었다. 음식의 향이 코끝을 스치자 울렁거리던 속은 더심해졌다. 손을 입가에 대자 눈치 빠른 남자가 물어왔다.

"음식이 별로입니까?"

"아, 아뇨."

청포묵 무침을 집으며 혜윤은 밝게 웃어 보였다.

"어제 먹은 음식이 소화가 안 됐나 봐요."

"소화제라도 하나 사다 드리겠습니다."

"우욱!"

음식을 먹으려던 혜윤이 젓가락을 급히 내려놓으며 입을 막았다.

"죄송합니다. 오늘 점심은 이쯤에서 마무리해야 할 것 같아요."

"그럽시다. 안색이 창백하네요. 차로 갈 수 있겠어요? 사무실까지 데려다드리겠습니다."

혜윤은 메슥거리는 속을 달래며 빙그레 웃었다.

"과한 친절은 사양할게요. 혼자서 충분히 갈 수 있습니다. 그럼 내일 뵐게요."

음식점 밖으로 나오자 울렁거리는 속은 점차 가라앉았다.

"이상하네. 아직까지 얹혔나."

사무실로 돌아오자 지섭의 차가 이미 도착해 있었다. 소장실로 들어오니 지섭은 선 채로 데스크에 놓인 설계도를 보고 있었다.

"일찍 왔네요?"

"벌써 왔어? 점심 식사하고 온다며."

"응. 그런데 속이 안 좋아서 그냥 왔어요."

"어제 먹은 게 아직도 안 좋은 거야?"

"모르겠어요. 왜 그런지."

"그럼 나랑 가서 먹자."

혜윤은 고개를 끄덕였다.

"이 설계 네가 한 거야?"

"아뇨. 직원들이."

"어쩐지 네 스타일이 아니더라."

"딱 보면 알아요?"

"당연하지. 내가 봐 온 네 설계도가 몇 개인데."

지섭은 혜윤의 허리에 손을 두르며 걸음을 옮겼다.

"난 네가 그은 선만 봐도 알 수 있어."

"치, 그래도 기분은 좋다."

서로가 서로를 보며 웃었다. 사무실을 나올 때까지 허리에서 손을 떼지 않는 지섭의 뒤로 사무실 내 사람들의 시선이 끝까지 따라왔다.

"정말 다 가졌네, 소장님."

"그러니까요. 창영건설 부회장님의 마음을 가진 여자잖아요."

"아, 부럽다."

"에휴, 일이나 하세."

운전을 하면서도 지섭은 혜윤의 손을 놓지 않았다.

"추모원 가서 부모님한테 인사드리면 이제 결혼식만 남았다."

"이미 같이 살고 있는데 그게 중요해요?"

"당연하지. 공식적으로 내 여자라는 걸 알릴 기회잖아."

"알리지 않아도 이미 당신 여자라는 걸 온 세상이 다 알고 있어요."

"그래도."

빨간불에 차가 서자 지섭이 혜윤의 머리를 끌어와 안았다.

432

"마음을 놓지 못하는 녀석들이 아직도 있거든."

지섭은 혜윤이 한국으로 오고 나서 사람들의 이목을 받는 게 좋으면서도 신경 쓰였다.

온갖 남자들의 시선을 사로잡는 그녀와 일을 핑계로 한 번이라도 만나 보려는 클라이언트들이 넘쳐나는 것도 불만이었다. 조금 전 그 클라이언트처럼. 그러니 하루라도 빨리 그녀를 제 사람으로 만들어야 했다.

추모원 주차장에 차가 멈추었다. 석우의 기일이라 함께 왔지만 혜윤은 지섭이 같이 있는 게 아직도 꿈만 같았다. 아마 영원히 그럴 것이다.

내부로 들어오자 그녀의 눈빛이 흐려졌다. 지섭은 혜윤이 혼자만의 시간을 갖도록 자리를 피해 주었다.

"아빠 엄마, 저 왔어요."

나란히 놓여 있는 영정 사진을 물끄러미 보던 혜윤이 입을 열었다.

"갑자기 떠오른 게 있어요. 진짜 신기하게, 한 번도 생각나지 않던 기억이었는데 꿈에서 생각이 났지 뭐예요."

혜윤의 입가에 잔잔한 미소가 맺혔다. 유리를 손끝으로 쓸었다.

"어디가 아픈 것도 아닌데 계속 울기만 해서 아빠가 정말 난감해했잖아요. 그런데 지섭 오빠 데려올게, 라고 하니까 그제야 눈물을 그쳐서 아빠가 허허 웃던 거. 갑자기 그게 생각났어요."

혜윤의 눈동자가 흔들리며 눈꼬리를 타고 눈물이 흘러내렸다.

"나 아플 때 아빠 혼자서 발을 동동 구르며 얼마나 괴로워하셨을까. 혼자서 모든 걸 감당하고 잘 키워 주신 아빠의 사랑이 얼마나 컸는지 이젠 알 것 같아요."

"그 오빠가 항상 옆에서 지켜 주고 있으니까 아버님도 한시름 놓으세요."

어느새 지섭이 들어와 혜윤의 손을 잡으며 옆에 섰다. 그에게로 고개를 돌린 혜윤이 급히 눈물을 훔쳤다.

"아버님께서 딸아이가 울음을 그치지 않는다며 잠깐 와 줄 수 있냐고 부탁하셨을 때 제 나이가 여덟 살이었어요. 한창 친구들과 놀기 좋아할 나이잖아요. 근데 싫지가 않았어요. 생각해 보면 참 신기해요. 어머니 따라서 올 때마다 왜 전 한 번도 불평을 하지 않았을까."

꼭 잡은 손에 힘이 들어갔다. 지섭은 사진에서 혜윤에게 시선을 돌렸다.

"저도 혜윤이 보러 오는 게 좋았나 봐요. 혜윤이에게 와 달라고 부탁하셨을 때 귀찮지 않고 기분이 참 좋았어요."

"그게 기억이 나요? 전 하나도 기억나지 않는데……."

"너에 관한 건 모두 기억한다니까. 집에서 앨범 보자마자 기억이 나기 시작했어."

"절 보러 오던 거 정말로 싫지 않았어요?"

"정말로."

그의 미소에 혜윤의 눈동자도 반짝였다.

"가끔 전 이 모든 게 꿈인 것 같아서 놀라 깰 때가 있어요. 너무 행복해서 그런가 봐요. 행복이 사라질까 봐 무서워서."

"바보. 아직 더 행복해도 됩니다. 우리는 그럴 자격 있어. 아버님 어머님, 조금 더 행복해도 되죠? 우리 혜윤이 조금 더 행복해지도록 하겠습니다."

혜윤의 입가에서 웃음소리가 터져 나왔다. 곧 눈물이 흘러내렸다. 지섭은 소리도 없이 눈물을 뚝뚝 흘리는 그녀를 제 품에 안았다.

"에고, 이 울보. 왜 추모원만 오면 눈물바다가 되는 거야."

"그러게. 울지 않겠다고 매번 다짐하는데 항상 우네요."

"괜찮아. 내 앞에서 우는 건."

혜윤은 영정 사진을 보며 빙그레 웃었다.

"아빠, 엄마. 제가 사랑하는 남자예요. 잘 알고 계시죠? 이 사람, 이제 곧 제 신랑이 되어요. 저도 드디어 가족이 생겨요."

"잘 데리고 살겠습니다. 최고로 행복하게 해 줄 겁니다."

울다가 웃는 혜윤을 보며 지섭은 그녀의 어깨를 소중하게 감싸 안았다.

온김에 영우 아저씨도 보고 오자는 혜윤의 말에 그들은 영우가 있는 추모원에도 들렀다. 어느새 초여름으로 접어드는 터라 길가에 가로수에는 나뭇잎이 파릇파릇하게 우거졌다.

추모원 산책길을 걷던 혜윤은 맞은편에서 아이와 함께 오고 있는 유진을 보고 발을 멈췄다. 그녀는 양옆에 아이 둘을 데리고 남편으로 보이는 사람과 오고 있었다. 혜윤을 본 그녀도 발을 멈추었다.

"그냥 가자."

지섭의 말에 동의하며 발을 떼던 혜윤은 유진을 스쳐 지나갔다.

"원혜윤."

유진의 목소리에 혜윤은 옅은 숨을 내쉬며 그녀를 돌아보았다. 유진은 4년 전에 보았던 모습과는 많이 달랐다. 길었던 머리도 단발로 잘랐고 짙었던 화장도 거의 하지 않았다. 서너 살쯤 되는 아이들이 있는 걸로 보아 결혼도 오래전에 한 모양이다. 수수하기까지 한 그녀의 모습이 혜윤의 눈동자에 들어왔다.

"선배님. 잠깐만 혜윤이랑 대화 좀 할게요. 자기야. 애들 데리고 먼저 가."

남자는 고개를 끄덕이며 아이들을 데리고 갔다. 그런데 지섭은 쉽게 발을 떼지 않고 유진을 못마땅하게 바라보았다. 유진은 그런 지섭을 보며 부드럽게 웃었다.

"안 잡아먹을 거니까 인상 좀 푸세요."

"그래요. 잠깐이면 돼요."

혜윤의 말에 지섭은 겨우 발을 떼었다.

"빨리 와."

그가 멀어지는 곳을 보던 유진이 혜윤 쪽으로 고개를 돌렸다.

"네 소식은 뉴스에서 자주 보았어. 이젠 라이언을 능가하는 우리나라 최고 건축가가 되었더라. 아빠가 좋아하실 거야."

"고마워. 곧 결혼해. 오려면 와."

"그것도 알고 있어. 요즘 가장 핫한 이슈잖아. 그런데 난 안 가. 선배님이 좋아할 것 같지도 않고 나도 내키지 않아."

혜윤은 살짝 고개를 끄덕였다. 세월이 지났지만 유진은 여전히 당당하고 자신감 넘쳤다.

"넌 뭐하고 지냈어, 그런 질문을 할 줄 알았는데."

"뭐하고 지냈어?"

되묻는 혜윤의 목소리에 유진은 피식 웃었다.

"그때 회사 잘리고 한동안은 집에만 있었어. 엄마는 그런 날 인정하기 싫었는지 몇 달 동안 말도 걸지 않았고. 그러다가 소규모 건축 사무소의 채용 공고를 보고 지원해서 일했지. 남편도 거기서 만났어. 보다시피 잘살고 있어. 아이도 낳고 단란하게."

"그래. 좋아 보여. 얼굴도 훨씬 편해 보이고."

"많이 노력했어. 아빠가 물려주신 재산으로 카페나 차릴까 하다가 넌 지금 해외에서 잘 나가고 있는데 난 뭐하나, 그런 생각이 들더라. 이건 아빠가 원하는 모습이 아닌 것 같았어."

"아저씨는 네가 뭘 하든 응원하실 거야."

"후후, 난 지금도 네가 싫어."

"알아."

"하지만 고마워. 그때 엄마의 부탁 거절해 줘서. 만약 네가 부탁을 들어줬다면 난 여전히 허영심 가득하고 잘못을 인정하지 않는 여자로 남았을 거야. 물론 남편도 만나지 못했을 거고."

"유진아."

"미안했어. 예전에 널 못살게 굴고 괴롭혔던 거. 나쁜 말로 상처 주고 널 힘들게 한 거. 모두 미안해."

"그래."

"이제라도 사과할 수 있어서 다행이야 정말."

지섭의 차를 타고 오면서 혜윤은 창밖을 물끄러미 바라보았다.

"민유진하고 무슨 얘기했어?"

"비밀."

눈웃음을 흘리며 손가락을 입에 갖다 댄 혜윤이 옅은 숨을 내쉬고 앞을 보았다.

"잘 살고 있는 것 같아서 다행이에요. 가끔씩 생각나고 걱정되었는데."

"에고, 내 착한 여우."

"밥 먹으러 가요. 배고파요."

근처 식당에서 음식을 주문한 혜윤은 또다시 입을 틀어막았다. 음식 냄새만 맡아도 메스꺼웠다.

"안 되겠다. 병원 가자."

혜윤도 슬슬 걱정이 되어 고개를 끄덕였다. 늦은 시간이었지만 마지막 진료 시간에 맞춰 아슬아슬하게 들어갔다.

의사에게 진단을 받고 간단한 몇 가지 검사를 받은 혜윤은 잠시 뒤 진료실 안으로 들어오는 의사를 긴장한 눈으로 바라보았다.

"최근에 계속 속이 안 좋으셨죠?"

"네. 처음엔 음식을 잘못 먹었나 싶었는데……."

"이 정도면 알고 있을 줄 알았는데. 가끔씩 일이 바빠서 잘 모르고 지나가신 분들도 있습니다."

"많이 안 좋은 건가요?"

혜윤의 얼굴이 급속도로 어두워졌다.

대기실 의자에 앉아 기다리던 지섭은 혜윤이 진료실 밖으로 나오자마자 급히 다가갔다.

"뭐래. 왜 그런 거래?"

"지섭 씨."

"응. 그래."

"나……."

"괜찮아. 말해. 어떤 병이든 다 낫게 해 줄 테니까."

"할 수 없을 거예요. 낫게 할 수 없으니까."

"뭐야, 정말."

지섭의 얼굴이 굳어졌다. 그녀의 말을 듣자마자 수많은 생각이 머릿속을 스치고 지나갔다.

"나 아이 가졌대요."

말이 끝나자마자 혜윤의 눈에서 눈물이 쏟아졌다. 흐느끼는 소리가 들려 지섭은 순간 잘못 들은 건가 했다.

"다시 한번 말해 줘."

혜윤은 울던 얼굴을 들어 그의 목을 끌어안았다.

"나 임신했대요."

"……정말?"

"네. 벌써 임신 12주째인데 둔해서 알아채지도 못했대요."

"정말이야?"

혜윤은 말 대신 고개를 끄덕였다. 그녀를 안은 그의 팔에 힘이 들어갔다.

"이런 기분이구나."

"네?"

"세상을 다 가진 기분. 말로만 듣던 거라 대체 뭔가 싶었는데 이런 기분이었어."

"지섭 씨."

"세상을 다 가진 것 같아, 혜윤아."

"꺄악!"

지섭이 혜윤을 안아 올리며 그녀를 빙그르 돌렸다.

"내 여자 최고!"

병원이 떠나가도록 소리를 지른 지섭은 간호사들이 쳐다보든 말든 그녀에게 입을 맞추었다.

＊　　　＊　　　＊

"음마! 음마!"

좀처럼 눈을 떼기 힘든 혜윤의 귓가에 '엄마'란 단어를 시작한 아이의 목소리가 들려왔다. 아이는 혜윤의 몸 위에 올라타서 일어나라는 듯 그녀의 얼굴을 어루만졌다.

"으음…… 엄마 일어났어."

목소리가 잠긴 혜윤이 작게 속삭였다.

"이 녀석 또 엄마한테 갔네."

지원군이 다가와서 아이를 그녀의 품에서 떼어 냈다. 아이는 단번에 울음을 터뜨리며 발버둥 쳤다.

혜윤은 침대에서 부스스 일어나 앉아 반사적으로 두 팔을 내밀었다.

"이리 와, 연수야."

"이맘때는 다 그런가. 당신한테만 가려고 하네."

지섭은 약간 섭섭한 목소리로 허리에 손을 얹었다. 한시도 혜윤의 옆에서 벗어나지 않으려는 연수 덕분에 지섭은 두 여자 모두에게 버림받는 느낌이 들었다. 혜윤이 지극정성으로 아이를 보살피며 키우는 것도 알고, 아직 돌도 안 된 어린 딸이 엄마의 품을 찾는 건 당연하다는 것도 알지만 뭔가 속상했다. 연수는 혜윤의 품에 안기자 거짓말처럼 울음을 그쳤다.

"연수야. 맘마는 먹었어?"

연수는 혜윤의 젖가슴을 어루만지며 입술을 댔다.

"안 돼. 맘마 먼저 먹어야 줄 거야. 그래야 쑥쑥 크지."

혜윤은 가슴을 파고드는 연수에게 다정하고 명료하게 말해 주었다. 돌이 다 돼 가는데 아직도 이유식보다 모유를 찾는 딸이라 그녀는 요새 고민이 깊어졌다.

"이유식 다 만들었어요?"

혜윤이 연수를 안으며 지섭을 향해 미소를 지었다. 그녀의 머리를 쓰다듬으며 그가 침대에 걸터앉았다.

"당연하지. 만들 동안 의자에 앉혀 놓았는데 잠깐 바닥에 내려놓은 사이에 기어갔나 봐. 행동이 어찌나 재빠른지 날다람쥐인 줄 알았어."

"재빠른 건 누굴 닮았나. 우리 꼬마 아가씨."

혜윤은 제 아이의 얼굴을 요리조리 훑어보며 꿀 떨어지는 눈빛을 지었다.

혜윤에게 연수는 가장 완벽한 축복이었다. 엄마 없이 태어난 자신이 꿈꿔 오던 소망이었고, 아이를 가질 수 없을 거라 생각하며 마음을 정리하던 그녀에게 기적처럼 찾아온 선물이었다. 혹시 자신도 엄마처럼 잘못되면 어쩌지, 그래서 아이가 나처럼 엄마 없이 살아가면 어쩌지, 하는 두려움도 생겼다.

그렇게 건강하게 태어난 아이에게 혜윤은 해 줄 수 있는 건 뭐든 해 주고 싶었다. 자신은 경험해 보지 못한 것을 아이에게 온전히 해 주고 싶었다.

턱을 괴고 혜윤이 하는 양을 바라보던 지섭이 그녀에게 기습 키스를 했다. 입술은 금방 떨어졌지만 갑작스러운 행동에 혜윤의 눈동자가 커졌다.

"나 질투 나려고 그런다. 살다 살다 내가 딸내미한테 질투를 할 줄은 몰랐어."

그의 얼굴에 심술이 가득 찼다. 혜윤의 입가에 미소가 번지더니 상체를 살짝 들어 올려 그의 입술에 가볍게 입을 맞췄다.

"사랑해요."

생글생글 웃는 혜윤에게 오늘도 졌다는 것을 느끼며 지섭은 옅은 한숨을 내쉬었다. 평범한 고백인데도 그의 심장은 리듬을 타며 뛰었다. 몸이 뜨거워지는 걸 애써 참고 침대에서 일어섰다.

"얼른 일어나서 밥 먹고 갈 준비하자. 내가 김밥도 쌌다는 거 아니야."

"정말요?"

"내 요리 솜씨 보면 놀랄걸? 나날이 일취월장하거든."

방을 나서는 그의 등을 보던 혜윤이 제 몸을 놀이기구마냥 이리저리 탐험하는 연수에게 시선을 돌리고 슬쩍 웃었다.

"애가 둘이야, 둘."

추모원 주차장에 차가 섰다. 카시트에서 발버둥을 치던 연수를 내려 주며 옷매무새를 다듬던 혜윤은 어느새 내려서 차 문을 열어 준 지섭을 올려다보았다.

"지섭 씨, 저 화장 어때요?"

"예뻐."

지섭은 연수를 번쩍 안아 들고 하늘로 비행기를 태웠다. 꺄르륵 웃던 연수는 금세 엄마에게서 떨어졌다는 것을 알고 울상을 지었다.

"그래, 알았어. 요 엄마 껌딱지야."

"아직 안 오신 거죠?"

혜윤도 차에서 내려서며 주변을 둘러보았다.

"곧 오신다고 연락받았어."

곧이어 고급 세단 한 대가 주차장 안으로 들어섰다. 비서가 먼저 내려 뒷좌석 문을 열어 주자 공 회장이 모습을 드러냈다. 혜윤이 쪼르르 걸어가서 허리를 숙였다.

"아버님 오셨어요."

"오냐. 일주일 동안 잘 지냈냐."

거의 매주 본가로 가기 때문에 오랜만이란 느낌은 안 들었다. 혜윤이 워낙 공 회장을 잘 따라서 지섭은 귀찮은 마음이 들어도 가야 했다. 공 회장에게 딸이 있었다면 이런 느낌이지 않았을까 하는 생각이 들 정도로 혜윤은 그를 시아버지가 아닌 아버지처럼 애정을 갖고 대했다. 그런 며느리인데 어느 누가 싫어할 수 있을까.

공 회장은 혜윤에게 간이고 쓸개고 모두 빼 줄 것처럼 아껴 주었다. 그들 내외가 본가로 온다는 소식을 들으면 버선발로 뛰어가 맞이하였고 그녀가 좋아하는 음식을 사서 신혼집으로 보내주기도 했다. 혜윤에게 까칠하게 굴던 사모님을 목격한 공 회장이 '감히 내 며느리한테 무슨 태도냐'며 불같이 화를 냈던 이후로 그녀까지 혜윤의 눈치를 보게 되었다.

"연수야, 할아버지 오셨네."

연수는 공 회장을 보더니 두 팔을 뻗었다. 공 회장은 기분 좋게 껄껄 웃으며 연수를 안아 들었다.

"우리 강아지 잘 있었니. 지난주보다 더 무거워진 것 같다."

"아빠보다 할아버지가 더 좋은가 보네."

지섭이 떨떠름한 목소리로 내뱉었다.

"네가 얼마나 못 미더웠으면 어린애가 나를 더 좋아할까. 분발해라, 공지섭."

공 회장이 놀리듯 말하자 지섭은 혜윤의 어깨에 팔을 둘러 당겼다.

"괜찮아요. 저에겐 혜윤이가 있으니까."

"이놈아. 그 정인마저도 너보다 딸내미가 먼저인 것 같다."

"그럴 리가. 혜윤인 절 배신하지 않아요. 그렇지?"

가만히 듣던 혜윤이 지섭의 팔을 잡고 손등에 입을 맞추었다.

"당신 하는 거 봐서요."

살짝 윙크한 혜윤이 그의 손을 깍지 끼워 잡고 먼저 발을 뗐다. 지섭은 한숨을 내쉬었다. 어느 것 하나 쉬운 게 없었다. 결혼하면 온전히 혜윤을 가질 수 있을 거라 생각했는데 그녀는 사람 마음을 들었다 놨다 하며 그를 흔들었다.

지섭은 그녀의 손을 더욱 꼭 쥐며 나란히 서서 걸었다.

"문제없어. 네 마음은 언제나 내 거니까."

영우의 기일이라 온 가족이 추모원에 모였다. 결혼한 뒤 재인의 기일 때도, 그리고 석우의 기일 때도 공 회장을 포함한 그들은 늘 함께 다녔다. 어린 연수도 추모원에 오면 아이처럼 울지 않고 뭔가 아는 것처럼 행동했다. 연수가 어느 틈에 혜윤에게로 손을 뻗었다.

"어서 와. 우리 작은 가우디."

"가우디? 내 가우디는 너 하나야."

"우리가 만든 작품이니까 연수도 가우디 시켜 줘요."

"무슨 가우디 1호, 2호 만들 일 있어?"

"어? 그거 괜찮다. 둘째 생기면 가우디 2호라고 불러 줘야지."

"네가 외국 사람이었으면 분명 딸내미인데도 가우디라고 지었을 거야."

"그래서, 싫어요?"

혜윤이 살짝 눈을 흘기자 지섭은 빙그레 웃었다.

"네가 하자면 해야지. 가우디 가족 하지, 뭐. 까짓거 이름도 가우디로 바꾸자."

놀리는 것 같지만 혜윤은 뭐가 좋은지 헤헤 웃었다. 지섭이 그녀의 품에 안긴 연수를 데려가 하늘 위로 올렸다.

"가우디야, 사랑해."

"으앙!"

비록 연수는 얼마 못 가 지섭을 박차고 혜윤에게로 넘어왔지만 말이다.

—*fin*

작가 후기

스페인 여행을 떠나면 누구나 발걸음을 멈추게 하는 장소가 있습니다. 파밀리아 대성당, 그리고 구엘 공원. 건축에 대해서 잘 모르지만 그 건축물을 보면 오랜 시간 기다리고 생각하고, 다듬어서 만든 곳이란 것을 느낄 수 있습니다. 시작은 바르셀로나의 아름다운 건축물을 표현해 내고 싶은 마음에서 비롯되었죠.

그 아름다운 도시에서 사랑에 빠지는 남녀의 모습은 또 얼마나 멋있을까 하는 생각이 들었습니다. 비극적이지만 아름다운 사랑을 써 보고 싶었고, 서로가 서로에게 영향을 주는 관계를 쓰고 싶었어요. 거부할 수 없는 운명적 사랑도 가우디의 건축물과 어울리는 것 같습니다.

글은 쓰면 쓸수록 어렵고 책임감이 따르네요. 독자님들이 이 글을 어떻게 읽을지, 어떤 느낌을 받을지. 전 제 작품이 다른 이의 마음속에 조금이라도 묵직한 감동을 줄 수 있다면 만족해요.

그전에 우선 출간까지 글을 마무리하고 편집 과정을 거치는 순간까지 꼼꼼하게 도와주신 봄미디어 편집자 및 관계자 여러분, 감사하고 사랑합니다. 본업을 하는 와중에 원고 수정을 하게 되어 다소 벅찼지만 글을 되돌아보는 그 시간이 참 행복하고 설레었습니다. 일상 속의 일탈을 느끼며 힐링하는 순간이었습니다.

작업하고 수정하느라 함께 놀지 못해서 많이 심심했을 저의 가우디, 남편과 딸에게 고맙다고 전해요.

사랑. 모든 이의 간절한 소망.

Thank you.

—훈 드림.